Das Buch

Ein Monster aus einer anderen Welt. Freundschaft, die durch die Hölle geht. Eine verschlafene, deutsche Kleinstadt in den Siebzigern, die Sommerferien stehen vor der Tür. Es sind die letzten für Konstantin und seine Freunde, bevor der Ernst des Lebens beginnt. Sie wollen die Zeit gemeinsam verbringen, weit weg von ihren Eltern, von Misshandlung und Armut. Doch das Böse wartet auf sie, nistet sich in die Köpfe der Stadtbewohner ein und macht Jagd auf die fünf Freunde. Bald haben sie keine Möglichkeit mehr, ihm zu entkommen, und Hoffnung wird zu einer Überlebensfrage.

Der Autor

Christian Kässmayer, 1990 in Groß-Gerau geboren, lebt mit seiner Frau und seiner Tochter im hessischen Friedberg. Der gelernte Chemikant ging zunächst seinem Beruf nach, um sich nun im Schreiben zu verwirklichen. Seit 2019 schreibt er Thriller, Horror und Science-Fiction. In den letzten drei Jahren hat er sechs Romane und weit über dreißig Kurzgeschichten geschrieben. Er geht dabei der Frage nach, was passieren muss, dass ein Mensch den Verstand verliert. Was kann die Psyche vertragen und wann ist die Grenze zum Wahnsinn überschritten?

Bruno

DAS BÖSE AUS DER KLEINSTADT

THRILLER

Christian Kässmayer

1. Auflage
Vollständige deutsche Taschenbuchausgabe 07/2022

Am Steinernen Kreuz 24, 61169 Friedberg
Umschlaggestaltung und Motiv: Eva Finkbeiner, Design Studio Finez, www.finez.de
Lektorat und Korrektorat: Gundel Steigenberger, www.lektoratsteigenberger.de
Satz: Christian Kässmayer
www.christiankaessmayer.de
ISBN: 979-8834657156

Danksagung

In einem Buch steckt mehr Arbeit, als ich gedacht habe. Allein hätte ich die Fertigstellung niemals geschafft. Zum Glück hatte ich tolle Menschen um mich herum, die mich nicht nur weiter motiviert, sondern auch tatkräftig mit angepackt haben.

Stephanie, du warst wie immer eine hervorragende erste Leserin. Regina Rumpel und Andreas Arnold, danke, dass ihr zum Abschluss noch mal jede Zeile akribisch geprüft habt. Eva Finkbeiner, danke für das fantastische Buchcover.

Mein besonderer Dank gilt Gundel Steigenberger. Danke, dass du mein Buch lektoriert hast. Ohne dich wäre die Geschichte nicht so, wie sie jetzt ist.

Widmung

Stephanie, wir reisen jetzt schon so lang gemeinsam durch die Zeit und haben weiß Gott wie viele schöne und miese Tage erlebt. Aber weißt du was? Ich gehe gern durch jedes Unwetter, solange du an meiner Seite bist, denn mit dir weiß ich, dass selbst am grauesten Tag die Sonne über den Wolken scheint und wir nur warten müssen, bis die Wolkendecke aufreißt. Danke, dass du immer – ausnahmslos immer! – an mich geglaubt hast, mich unterstützt und für mich da bist. Und danke dir dafür, dass du aus zwei drei gemacht hast – jetzt scheint die Sonne in unserem Zuhause. Ich liebe dich!

Hanna, du erfüllst mein Leben und bringst es zum Leuchten. Ich liebe dich!

1

Die Bretterbude nebenan war ein Schuppen wie aus dem Mittelalter, schief, keine zweite Etage und der Schornstein war abgebrochen. Die tragenden Balken schimmerten durch den Putz, die Fenster waren marode und bei einigen fehlte das Glas.

Ein paar Wochen zuvor hatte ich mit den Jungs – Wilfred, Sporti und Alfi – vor dem Haus gekickt. Wilfred hatte mir eine Vorlage gegeben, die ich mit dem Kopf zu Alfi passen wollte, doch der Ball war angeschnitten und rotierte um die eigene Achse. Als ich ihn erwischte, drehte er in die völlig falsche Richtung und flog direkt auf die Bretterbude zu. Er schlug durch das Fenster im Erdgeschoss und das letzte Glas ging klirrend zu Bruch.

Da hatten wir nun gestanden. Die Sonne ging hinter dem Haus unter, lange Schatten griffen wie Finger durch die verrosteten Gitterstäbe des Eisentors, um jene zu packen, die sich zu nah an das Haus heranwagten. Hinter den leeren Fenstern war es selbst tagsüber stockduster. Nur zwei Sorten Mensch hielten sich in einer so zwielichtigen Behausung auf: Obdachlose und Alkoholiker. Und in dem Moment glaubte ich nicht mal, dass es Menschen waren, die dort auf uns lauerten.

Wir hatten gewartet, ob etwas passieren würde. Doch die Sonne sank tiefer, nur die Schatten wurden länger. Wir wichen immer weiter zurück und standen schließlich auf der Straße.

Alfi deutete mit dem Finger auf mich: »Konstantin, du gehst!«

Ich verschränkte die Arme vor der Brust. »Aber Wilfred hat den Ball geschnitten! Der muss ihn holen!«

»Weißt du, wo du mich mal lecken kannst?« Wilfred sprang auf. »An meinem schwarzen Arsch!« Er war als einziger von uns nicht käseweiß, weil seine Eltern aus einem anderen Land kamen. »Ich bin doch nicht bescheuert! Da spukt's.«

Ich sah zu Alfi und dann zu Sporti, dem vierten im Bunde. Keiner wollte auch nur den Vorgarten betreten. Um es auf den Punkt zu bringen, wir hatten die Hosen gestrichen voll. Na und? Wer hätte das bei so einem verdammten Gruselhaus nicht gehabt?

Mein Ball lag also Wochen später immer noch in der Hütte. Das Schuljahr näherte sich dem Ende, wir würden die achte Klasse abschließen. Ich lag auf dem Bett und überlegte, was ich in den Ferien machen sollte, als ich draußen ein Auto halten hörte – direkt unter meinem Fenster.

Ich linste aus dem Bullauge über meinem Bett. Es befand sich an der einzigen geraden Wand des Zimmers, seitlich davon fiel das Dach schräg ab.

Unter mir lag die Bruchbude, ich konnte nur die Seite sehen, wo es keine Fenster gab. Auf der Straße hielt ein Auto und eine Frau schleppte Kisten rein. Es waren die Siebziger, die Straßenlampen funktionierten nicht immer, ich konnte nicht sehen, wer es war.

Aber am nächsten Tag stieg Rauch aus dem Schornstein und abends flackerte ein schwaches Licht hinter den heilen Fenstern. Jemand hatte das Kaputte mit einer Plastikplane abgeklebt.

Das war meine Chance! Ich wollte kräftig klopfen und bitten, meinen Ball wiederzubekommen. »Die anderen Jungs waren das. Ich habe nicht geschossen.« Das war die perfekte Ausrede, sollten sie fragen, warum mein Fußball bei ihnen im Wohnzimmer lag.

Ich striegelte meinen Pony auf die linke Seite, zog den Hosenbund über dem Nabel fest und schritt gen Nachbargrundstück. Je näher ich kam, desto langsamer wurde ich. Vor dem Zaun blieb ich stehen. Über der Tür waren zwei kreisförmige Fenster, zwei Augen im bröckelnden Putz. Waren die vorher auch schon dagewesen?

Das Haus sah mich an. Es war sauer. Es wollte nicht, dass ich sein Grundstück betrat. Es ekelte sich davor, dass ich es beim Klopfen mit meinen Knöcheln berühren würde, dass ich ihm überhaupt nahekam.

So gafften wir uns an, das Haus mich und ich das Haus. Keiner rührte sich, bis ich beschloss, dass die neuen Bewohner sicher viel mehr Freude an meinem Ball haben würden, als ich je könnte.

Ich wollte zurück, da öffnete sich die Tür. Und darin stand: ein Mädchen.

Sie hatte dunkelrote Haare und weiße Haut wie Schneewittchen. Ihre Augen waren wie grüne Diamanten, die im Sonnenlicht funkelten. Ich wollte weg, aber meine Beine hielten mich wie Betonklötze an Ort und Stelle.

Waren nicht alle Mädchen eklig? Aber mit diesem stimmte etwas nicht, irgendwie war es nicht eklig, eher im Gegenteil.

»Hallo«, sagte es. »Ich bin Loretta.«

Unter ihrem Arm klemmte mein Fußball.

»Kwihfi?«, kam es aus meinem Mund.

»Entschuldige, aber ich verstehe deine Sprache nicht.« Sie lächelte, und an diesem Lächeln wäre jeder Bildhauer verzweifelt, solch Schönheit war mit keiner Menschenkraft einzufangen.

»Ich spreche doch deine Sprache!«, rief ich. Gleich darauf hätte ich mir gerne eine gescheuert.

»War doch nur ein Spaß. Wollen wir spielen?« Sie schloss die Tür und glitt wie auf Wolken auf mich zu, während ich sie weiter angaffte.

»Ist alles in Ordnung mit dir? Brauchst du einen Arzt?«, fragte sie hilfsbereit. Sie erreichte mich und gab mir einen Schlag auf die Schulter.

»Aua!«

»Hatte schon Sorge, mir kämen Schlangen aus dem Kopf. Also, spielen?«

»Was denn?«

»Fußball?« Sie sah mich schief an, als ob ich von einem anderen Planeten wäre, und so falsch war das auch nicht. Auf einmal mochte ich Mädchen und zu diesem Exemplar fühlte ich mich besonders hingezogen.

»Das ist mein Ball!«, protestierte ich.

»Du bist aber mutig.«

»Wieso?«

»Na, weil ich mit dem Ball aus meinem Haus gekommen bin. Da müsste man doch denken, dass es meiner ist, oder?«

»Aber ...« Mein Gehirn schrie um Hilfe. Mein Wörterbuch war in Bleichmittel getunkt, da stand im Augenblick nichts drin.

»Wollen wir jetzt spielen?«

»Hm-hm«, murmelte ich.

Sie kickte den Ball zu mir. Ich hatte so eine Ahnung, dass ich zurückspielen sollte, stattdessen hob ich den Ball auf und rannte wie der Teufel nach Hause.

Mein Elternhaus war schmal, um die vier Grundmauern verlief ein schmaler Grünstreifen, der mit ungepflegten Buchsbaumbüschen gespickt war. Der graue Putz, der früher einmal weiß gewesen war, bröckelte an den Ecken. Aber dafür hatte es zwei Geschosse, die Vater, Mutter und ich allein bewohnten, was in der Rosenbausiedlung nicht häufig vorkam. Die meisten Familien teilten sich eine Etage, aber Vater hatte das Haus von Opa geerbt.

Ich rannte durch den Vorgarten, die Treppe hoch und plumpste vor meinem Bett auf den Boden. Meine Gedanken drehten sich im Kreis. Ich dachte, ohne einen Schimmer zu haben, was. Ich schloss die Augen und sah Loretta, wie ihr das Haar wie ein dunkelroter Wasserfall über die Schultern floss, ihre smaragdenen Äuglein, in denen sich die Wälder der Welt vereinten. Bis es an der Haustür klingelte.

Mir schwante Übles.

»Konstantin! Besuch für dich!«, rief meine Mutter.

Ich wollte da nicht hin, nicht zu ihr. Mir wurde plötzlich bewusst, wie albern ich mich aufgeführt hatte. Das gab ihr aber längst nicht das Recht, so mir nichts dir nichts bei uns zu klingeln.

»Sie sagt, du hast ihren Ball gestohlen. Konstantin, ist das wahr?«

»Nein!«, brüllte ich und wusste, was als nächstes kommen würde.

»Du sollst nicht so brüllen«, brüllte meine Mutter. »Und komm endlich runter. Das Mädchen sieht ganz nett aus.«

Loretta konnte das nicht überhört haben und die Nachbarn ebenso wenig. Wie peinlich. Da hätte sie genauso gut über den Schulhof kreischen können, wie sehr sie und Vater mich liebten.

»Tut mir leid!« Ich setzte mich in Bewegung, erreichte die Haustür und blieb vor Loretta stehen. Den Ball hatte ich noch immer in der Hand.

Mutter ließ uns natürlich keine Privatsphäre, sondern blieb neben uns stehen und knotete in aller Ruhe ihren Dutt neu.

»Warum bist du denn abgehauen? Ich dachte, wir spielen«, sagte Loretta traurig.

Am liebsten hätte ich sie in die Arme genommen und nie mehr losgelassen. »Ich ... wollte ihn aufpumpen.«

»Dann spielen wir?« Sie lächelte so schön, dass es mir das Herz erwärmte.

Ich nickte vorsichtig.

Sie reichte mir eine zierliche und saubere Hand. Ich schlug ein und spürte den Blick meiner Mutter im Nacken.

»Konstantin«, sagte ich beschämt. Es war albern meinen Namen noch mal zu nennen, nachdem Mutter ihn in die Welt geplärrt hatte, und außerdem hasste ich ihn. Meine Freunde nannten mich Konsti, aber das mochte ich auch nicht. Und ein besserer Spitzname war mir bisher nicht eingefallen.

»Schön, dich kennenzulernen. Wollen wir?«, fragte Loretta.

Sie hatte Brüste. Keine großen, riesig würden sie auch nie werden, aber sie zeichneten sich deutlich unter dem Shirt ab, auf dem eine schwarze Maus ihrem Schwanz nachjagte. Und – und das war mein Verderben – sie trug keinen BH.

»Ist alles okay mit Ihrem Sohn?«, fragte Loretta meine Mutter, als ich nicht antwortete.

Meine Mutter sah mir über die Schulter. »Ja, ich denke ... Oh mein Gott! Frank! Frank!«, kreischte sie.

Mein Vater eilte herbei, kein Wunder, sie hatte geklungen, als würde sie abgestochen.

»Was denn?«, motzte er.

»Sieh! Da!« Sie zeigte auf meine Hose und alle sahen dorthin: Loretta, Mutter, Vater und zum Schluss auch ich.

Es waren nicht die Grasflecke an den Knien vom Rangeln mit Alfi, nicht die ausgefransten Bünde an den Hosentaschen oder der Ketchupfleck vom Frühstück. Es war die Beule auf Höhe des Reißverschlusses, auf die alle starrten. Und sie deutete genau auf Loretta.

»Dein Sohn hat eine ... hat eine ...«, stammelte meine Mutter.

Loretta schlug sich die Hand vor den Mund und kicherte, daraufhin warf Mutter die Tür ins Schloss. Unsicher drehte ich mich zu meinen Eltern um. In meiner Wange explodierte Schmerz, mein Vater hatte mir den Gürtel ins Gesicht geschlagen.

»Auf dein Zimmer, bevor ich mich vergesse!«, knurrte er.

Er hatte die Zähne zusammengebissen und deutete an, mir mit der Rückhand eine verpassen zu wollen. Mutter war kreidebleich.

Ich wich Vater aus, eilte in mein Zimmer und hockte mich wieder auf den Boden, mit dem Rücken ans Bett gelehnt.

Der Striemen, der sich heiß übers Gesicht zog, tat verdammt weh. Es fühlte sich an, als wäre der Kiefer zersprungen. Vater hatte mich mit einem Gürtel erniedrigt und mein Dödel hatte auf ein Mädchen gezeigt, das nebenan wohnte und nicht eklig war. Ich zog die Beine bis unters Kinn und versuchte, nicht zu weinen.

Ich betete zu Gott. Unten wimmerte meine aufgelöste Mutter, im Hintergrund sprach mein Vater ihr gut zu.

Ich schreckte auf, als es am Fenster klopfte. Ich wischte mir die Tränen weg und drehte mich zum Bullauge über dem Bett.

Es klopfte erneut. Ein Kiesel prallte von der Scheibe ab.

Ich kletterte auf das Bett, krabbelte mit weichen Knien bis zum Fenster und schob es auf. Da stand sie, die Hand voller Steinchen, hinter ihr die Seitenwand der windschiefen Hütte und der verdorrte Vorgarten, der eingefangen vom verrosteten Gitter sein Ende gefunden hatte.

»Alles okay?«, flüsterte sie laut und deutlich und warf ein Steinchen, das mir von der Stirn abprallte.

»Hey!«

»Pssst! Deine Eltern.« Die gute Stube, in der meine Eltern zu dem Zeitpunkt auf dem orangenen Sofa saßen und sich gegenseitig bemitleideten, was für einen üblen Sohn sie doch hatten, lag auf der anderen Seite.

»Tschuldige«, sagte ich und fragte mich, für was ich mich eigentlich entschuldigte.

»Schon gut. Kommst du runter?«

Sie wollte immer noch mit mir spielen?

»Wie soll ich denn runterkommen?«

»Warte!« Sie drehte sich um und rannte aufgeregt in die Hütte. Zwei Minuten später kam sie mit einer Strickleiter zurück. »Wie wäre es damit? Du hast doch keine Höhenangst, oder?« Sie sprach zwar gedämpft, aber immer noch viel zu laut.

»Und wie soll die hier rauf kommen?«

»Ich kann sie werfen!« Sie holte aus.

»Auf keinen Fall! Nein! Wenn die gegen das Haus donnert, bin ich geliefert.«

»Dann spring doch. Oder soll ich noch mal klingeln?« Sie sah mich erwartungsvoll an.

Sie musste verrückt sein. Das Fenster war nicht so hoch, dass ich gestorben wäre, aber ich hätte mir mindestens den Fuß verstaucht, wenn nicht gar gebrochen, und klingeln kam absolut nicht infrage.

Sie sah mich weiter mit großen, grünen Augen an, die hoffnungsvoll zu mir raufsahen und mich aufforderten, endlich zu handeln.

»Lieber nicht.«

Sie seufzte. »Bring sie morgen an der Fensterbank an. Okay? So sind wir für das nächste Mal gewappnet.«

»Nächstes Mal?«

»Ja klar. Bis dann.« Sie versteckte die Strickleiter unter einem Buchsbaum, lächelte, dass ihre Zähne blitzten, und verschwand wieder in ihrer Behausung.

Ich saß da, bis die Sterne aufgingen, und guckte auf die Hütte, in der Hoffnung sie wiederzusehen.

2

Am nächsten Morgen wachte ich von allein auf, setzte mich senkrecht und sah aus dem Fenster. Der alte Schuppen war noch da.

Da leben drei Menschen, dachte ich. Da ist doch kaum Platz für einen, ein Wunder, wenn Loretta sich in dem Hühnerstall bewegen kann. Wie soll da ein Bett reinpassen oder eine Küche?

»Konstantin!«, kam es von unten. Mutter hatte eine gewisse Art, meinen Namen zu betonen, einerseits war es nervig, andererseits konnte ich an der Aussprache ihre Stimmungslage erkennen. Dehnte sie das O und das I, war alles in bester Ordnung. Spuckte sie jedoch die beiden Ts, dann half mir auch kein Verstecken mehr.

Bei meinem Vater war das anders, er war ein Mann der alten Schule. Ich hätte ebenso einen Amboss zu Rate ziehen können, um etwas über seine Laune zu erfahren. War er gut drauf, blieb er freundlich distanziert. War er mies drauf, blieb er ebenfalls freundlich, nur kassierte ich einen Schlag, wenn ich ihm zu nah kam. Deswegen hielt ich lieber Abstand.

»Konstatin! Ich mach jetzt die Eier.« Das war ihr offizielles Zeichen, dass sie just in dem Moment die Eier in die Pfanne schlug. Herausholen würde ich sie müssen.

»Ich komme!« Mir blieben weniger als vier Minuten, wenn ich die Spiegeleier nicht verbrannt essen wollte. Das war ihre Art, mir Pünktlichkeit nahezubringen.

Ich setzte mich auf den Bettrand, die Klamotten von gestern noch am Körper. Das weiße Shirt und die dreiviertel lange Cordhose sahen zum Glück noch passabel aus, meine Mutter hatte die Hose wegen dem schmucken Braun ausgesucht, und die Grasflecken fielen kaum auf. Aber ich brauchte frische Socken, abgesehen vom Käsemief ragte der große Onkel aus einem Loch.

Auf der anderen Seite des Zimmers erhob sich der Kleiderschrank. Er reichte bis zur Decke. Es war ein alter Kasten mit mehr Kerben im Holz als eine Waffenkiste aus dem Zweiten Weltkrieg. Der Kaventsmann war schon durch recht viele Hände gewandert, hatte erst meinem Vater gehört, davor Opa, und der hatte ihn von seinem Großvater. Angeblich hatte Opa sich darin beerdigen lassen wollen, das wäre mir auch lieber gewesen, als den Schrank hier zu haben.

Die Beschläge quietschten, als ich die Tür aufmachte. Muffige, abgestandene Luft schlug mir wie ein Faustschlag entgegen. Wie jedes Mal dachte ich, dass Opa sich wirklich in dem Teil hatte begraben lassen, mein Vater ihn aber in einer Nacht-und-Nebel-Aktion wieder ausgebuddelt hatte, und dass seitdem in irgendwelchen Ritzen und geheimen Doppelwänden Leichenteile vor sich hin moderten. Hinter mir quietschte etwas.

Ich fuhr herum, aber mein Opa stand nicht hinter mir und forderte seinen Sarg zurück.

Ich öffnete die Sockenschublade und stülpte mir ein weißes Paar über die Füße, knallte die Schranktür zu, stieg die fünfzehn Holzstufen hinab und ging geradewegs in die Küche.

»Guten Morgen«, sagte ich.

Mein Vater blätterte wie üblich in der Moorbacher, einem Tageblatt, das alle Informationen aus der Region und einmal wöchentlich aus aller Welt zusammenfasste.

Er musterte mich über den Zeitungsrand und brummte: »Morgen.« Und nippte an seinem Kaffee. Es war Muckefuck, der mit richtigem Kaffee außer der Farbe nichts gemeinsam hatte. Vater hasste ihn, aber mehr konnten wir uns nicht leisten.

Er straffte das Zeitungspapier zwischen seinen Händen und ich sah den Titel: »Totes Kind ohne Augen gefunden«. Ich hätte beinahe meine Spiegeleier vergessen, die derweil in der Pfanne verkohlten.

Ich kratzte sie vom gusseisernen Boden und setzte mich an den Tisch. Mutter stellte die Ketchupflasche daneben. »Dann ist's nicht allzu eklig.«

»Danke.« Ich ertränkte die Eier in roter Soße, was nichts brachte. Wenn ich auf die krossen Stellen biss, schmeckte alles bitter und nach Schwefel.

Das war kein guter Start in den Tag. Niemand sagte etwas, also überspielte ich meinen Ekel und verhielt mich unauffällig. Ich schlang das Zeug, möglichst ohne zu kauen, runter und stellte den Teller in die Spüle. Ich nahm meinen Schulranzen und wollte gerade das Weite suchen, bevor sie die Situation vom Vorabend doch noch ansprächen, als mein Vater die Zeitungsecke einknickte und mich mit seinem Blick fixierte.

Ich erstarrte.

»Halt dich von diesem Spielplatz ... Wie nennt ihr ihn? Abort? ... Egal, dem an der Ann-Sophie-Straße fern. Hast du verstanden?«

»Mach ich. Wieso?« Wir nannten den Spielplatz das Klo, weil er von einem Erdwall umgeben war und von oben wie eine Kloschüssel aussah.

»Ein Kind wurde umgebracht, das dritte in den letzten zwei Wochen. Komm nach der Schule direkt heim, ja?«, sagte Mutter.

»Mach deiner Mutter keine Sorgen, verstanden!«

»Nein, mach ich nicht. Muss los, hab euch lieb.« Ich zog die Tür rasch zu und atmete die frische Morgenluft ein.

Erleichtert pustete ich aus. Sie hatten kein Wort über gestern verloren.

Aber was war das mit den Morden? Das dritte tote Kind innerhalb von zwei Wochen? Warum hatte ich davon nichts mitbekommen?

»Guten Morgen!«

Loretta stand vor mir und strahlte mich an.

»Guten Morgen«, antwortete ich verwirrt.

»Na, gehen wir zusammen?«

»Auf welche Schule geh ich?«

Sie kicherte. »Das solltest du aber wissen.«

»Ich meinte, auf welche Schule du gehst.«

»Dann sag das doch. Auf die Heinrich-von-Benz. Du?«

»Ja, ich auch. Warum hab ich dich da noch nie gesehen?«

»Ich komme aus Lichheim. Das gehört in einen anderen Bezirk. Gehen wir? Hab extra gewartet.«

»Wieso?«

»Wollte nicht allein gehen.«

»Du, wegen gestern ...«, stammelte ich.

»Schon vergessen.«

Wir spazierten nebeneinanderher. In der Straße parkte die übliche Handvoll Autos, keine Neuwagen, sondern die Klasse Ich-muss-noch-nicht-auf-den-Schrottplatz-hat-der-TÜV-gesagt. Wobei die meisten verdächtig nach bestochen aussahen, abgeplatzter Lack und tiefe Kratzer wie mit der Harke gezogen, und das waren noch die harmlosen Fälle.

Wenn Herr Fischer mit seiner verbeulten Karosse an uns vorbeiknatterte, gingen wir alle in Deckung, weil es sich anhörte, als würde der Motor jederzeit in die Luft fliegen.

»Warum seid ihr umgezogen?«

»Weil mein Papa jetzt einen Job in der Dosenfabrik hat und hier die Mieten günstiger sind.« Sie guckte steif auf den Boden vor ihre Füße.

»In welche Klasse gehst du?«

»Ich soll in die 8A.«

»Da bin ich auch.« Ich war mir nicht sicher, ob ich das gut oder eher schlecht finden sollte. Meine Zensuren waren nie die Besten gewesen und das schon ohne Ablenkung. Wenn dann noch eine Loretta im Sichtfeld säße ... Ich sah meine Noten bereits haltlos fallen. Dieses Mädchen, das nicht eklig war, würde mein Leben zertrümmern, wie eine Bowlingkugel das Haus einer vorbeikriechenden Schnecke.

»Wie ist es in der Hütte?«, fragte ich.

»Na ja, wie schon? Wollen wir's heute noch mal mit Fußball versuchen? Hab nach der Schule Zeit und du hast meinen Ball.« Sie warf mir ein verschmitztes Grinsen zu.

»Okay, ja, von mir aus.«

Sie musterte mich, aber bevor sie einen Spruch raushauen konnte – ihr lag definitiv einer auf der Zunge –, erreichten wir den Schulhof.

Die Heinrich-von-Benz war eine Gesamtschule, die von der ersten bis zur zehnten Klasse reichte. Ein Gymnasium gab es bei uns auf dem Land nicht, das nächste war eine Autostunde entfernt.

Die jüngeren Kinder rannten und tollten herum, während die älteren in den Ecken hinter dem Gebäude heimlich rauchten. In der Mitte des Schulhofes stand eine große Linde, in deren Schatten Paul und seine Untertanen vom Basketballteam einander auf die Schultern boxten. Paul war ein echter Hüne, obwohl er genauso alt war wie wir.

Bevor ich mich jedoch weiter mit dem Kerl beschäftigen konnte, kam Frau Kettwich in ihrem blauen Blazer anmarschiert.

»Morgen«, sagte sie und blieb vor uns stehen. Mir fröstelte es angesichts ihrer eingefallenen Wangen. Und wie die spitzen Schultern durch ihre Bluse stachen, die konturlos von ihr runterhing. Sie war mir unheimlich, noch nie hatte sie jemand lachen sehen. Wir redeten oft hinter ihrem Rücken und stellen

Vermutungen an, wieso sie nie lächelte, und waren übereingekommen, dass ihr Kopf zu Staub zerfallen würde, wenn sie die Mundwinkel je nach oben zöge.

»Hallo, Loretta«, sagte Frau Kettwich, und als sie das sagte, passierte etwas Ungeheuerlicheres. Ihre finstere Mine verwandelte sich und ein Ausdruck von Freundlichkeit breitete sich über ihr Gesicht aus.

Ich war baff. Frau Kettwich lächelte. Und ihr Haupt blieb auf dem Hals, ohne die geringsten Anzeichen von Asche.

»Guten Morgen, Fredericke«, antwortete Loretta.

Mir klappte der Kiefer nach unten.

»Viel Spaß an deinem ersten Schultag, und hier, das ist für dich.« Sie zog einen Umschlag aus ihrer Handtasche.

»Danke«, erwiderte Loretta zurückhaltend.

Frau Kettwich sah zu mir. Ihr Blick schien mich zu durchbohren. Das Lächeln war verschwunden. Gänsehaut breitete sich von der Mitte meines Rückens aus. Ich nickte und hoffte, dass sie mich am Leben lassen würde. Sie nickte zurück und marschierte davon.

»Was war denn bitte das?«, sprudelte es aus mir heraus, sobald die Kettwich außer Hörweite war.

»Was meinst du? Meine Tante?«

»Ist nicht wahr! Deine was? Tante? Im Ernst?«

Loretta nickte.

»Das war unheimlich!«

»Was denn?«

»Das! Du hast es doch auch gesehen?«

»Was meinst du denn?«, fragte Loretta.

Ich rannte los, sie mir nach. »Halt, warte!«, rief sie, aber ich konnte nicht, ich musste es den Jungs erzählen. Wir wetzten am Sandkasten vorbei, ließen die alte Linde links liegen und kamen hinter das Schulgebäude, wo Alfi, Sporti und Wilfred an der Fassade lehnten und rauchten.

»Was'n mit dir los?«, fragte Alfi und spuckte aus, Sporti grinste und Wilfred trat seinen Stummel aus.

»Ihr werdet es nicht glauben, aber ich hab die Kettwich grinsen sehen«, rief ich.

»Und? Ist sie zu Staub zerfallen?«, fragte Wilfred, während er sich eine frische Kippe in den Mund steckte.

»Nein, das ist es ja. Sie lebt noch.«

»Warum auch nicht!«, protestierte Loretta hinter mir. Ich hatte ganz vergessen, dass sie mitgekommen war.

»Sie ist ihre Tante!«, erklärte ich den Jungs.

Die drei betrachteten Loretta, dann mich und wieder sie. Ihre Augen wanderten über Lorettas rote Haare und ihre Augen bis runter zu den Schuhen.

»Wer bist'n du?«, fragte Alfi und spuckte ihr vor die Füße.

»Ich bin Loretta.« Sie musste der Mut verlassen haben, denn ihre Stimme war plötzlich ganz matt, sie klang auch irgendwie sanfter und glatter als sonst.

»Sie ist meine Nachbarin und eine Freundin.« Ich rückte zu ihr, bis wir uns beinahe an den Armen berührten. Ich spürte ihre Körperwärme, doch sie machte einen halben Schritt zurück.

»Und 'ne Lehrertussi«, spottete Alfi geistreich. »Aber sie darf ruhig bleiben. Wieso auch nicht. Magst 'ne Flumme?« Er hielt ihr die Zigarettenpackung mit dem roten Deckel hin.

Loretta schüttelte den Kopf.

Die Hofklingel schellte.

»Müssen rein«, meinte Wilfred, dessen Augen an Lorettas Brüsten klebten, die sich schwach unter dem dünnen Stoff ihres Sommerkleids abzeichneten. »In welche Klasse gehst du?«

»8A«, antwortete sie.

»Toll, wir auch! An unserem Tisch ist noch Platz!«

Wir schlenderten über den Pausenhof zum Eingang. Die meisten waren schon im Schulhaus verschwunden. Wilfred klopfte Zigarettenasche von seinem noch weißen Hemd, das seine Mutter jeden Sonntag auskochte. Eine gehörige Aufgabe, so versifft wie der Fetzen zum Wochenende hin immer war, aber dafür strahlte er montags immer auf seiner hellbraunen Haut.

Alfi blieb im Schatten unter der Linde stehen und drehte sich zu mir um: »Ernsthaft gelächelt? Wie sieht das bei einem Golem so aus?«

»Golem?«, schnaubte Loretta. Es fehlte nur noch, dass sie mit dem Fuß aufstampfte. »Sie ist doch kein Monster!«

»Verzeihung«, sagte Alfi. Die Äste der Linde erstreckten sich über uns, die tiefgrünen Blätter tauchten fast alles in kühle Schatten. Ein Lichtfleck wanderte über die großen Löcher in Alfis Jeans, aber wie die meisten von uns besaß er nur diese eine. Er wandte sich wieder der Schule zu und wir trabten ihm hinterher.

Da war ich Zeuge von zwei Wundern an einem Tag: Alfi entschuldigte sich und die Kettwich hatte für einen Augenblick freundlich ausgesehen. Das war unheimlich, total irrsinnig! Wie sollte das weitergehen?

Wir erreichten die Klasse und Wilfred zeigte Loretta unsere Tischgruppe. Alle Sitzgruppen waren ein aus drei Tischen zusammengeschobenes T, unseres stand ganz hinten, weil wir die Kinder aus der Rosenbausiedlung waren.

Den Querstrich des Ts beanspruchte wie immer Alfi für sich, am senkrechten Strich saßen Wilfred und Sporti Loretta und mir gegenüber.

Sporti ließ sich auf seinen Stuhl fallen und klickte mit den Druckknöpfen, die seine Jogginghose an den Hosenbeinen geschlossen hielten. Wir nannten ihn deswegen Sporti, nicht weil er so sportlich war, im Gegenteil, er schwitzte bei jedem Spaziergang. In der Grundschulzeit hatte er einen Sommer lang allen erzählt, er habe ein Kissen unter dem Pullover. Auf die Aussage von Paul, dass ein Schlag in den Bauch ja dann nicht wehtun dürfe, lud Sporti ihn ein, es auszuprobieren.

Paul hatte kurz davor einem Jungen aus der Zehnten die Nase gebrochen, er war dafür extra auf einen Stuhl geklettert, um mit dem Riesen auf Augenhöhe zu sein, der anfangs noch gelacht hatte – aber das Lachen war ihm schnell vergangen. Entsprechend hatte sich eine große Menge Zuschauer versammelt, als Sporti ihn herausgefordert hatte. Paul holte aus und boxte Sporti mit voller Wucht in den Bauch. Dessen Gesichtsfarbe wechselte von rosig zu papierweiß, er verdrehte die Augen. Ich sah mich schon auf seiner Beerdigung eine Sonnenblume ins Grab werfen. Aber eines musste man dem Mistkerl lassen, so leicht bekam ihn niemand aus den Latschen. Er sortierte seine Augen und starrte Paul wild an.

»Noch eine!«, hatte er gefordert. Seine Augäpfel glotzten aus schattigen Höhlen. Ich dachte: Mein Gott, der ist vom Teufel besessen. Sie lieferten sich einen Starrwettkampf der Extragüte.

Wie sie sich angestarrt hatten, das war nicht von dieser Welt gewesen. Ein Mädchen schrie vor Anspannung, ein älterer Junge gluckste. Die Meute aus Schülern rückte immer mehr zusammen. Keiner sagte etwas. Es war so ruhig, dass wir den Wind flüstern hörten.

Die Pausenglocke und der aufgebrachte Hausmeister hatten die Herausforderung beendet, bevor sie in die nächste Runde hatte gehen können. Der Kampf wurde nie fortgeführt, die Spannung zwischen den beiden niemals aufgelöst. Die Luft knisterte regelrecht, wenn die zwei sich zu nah kamen. Sie waren wie aufgeladene Gewitterwolken.

»Guten Morgen, liebe Kinder«, sang Frau Kreitsch. Ihre Blockabsätze klackten über den Boden. Sie trug einen dunkelblauen Bleistiftrock, der über den Knöcheln endete und eine teure, bis oben zugeknöpfte Bluse. Die Klasse richtete sich geschlossen auf und antwortete im gelangweilten Singsang:

»Guten Morgen, Frau Kreitsch.« Ich hörte Alfi »Schreihals« flüstern. Den Namen hatten ihr die Schüler mal verpasst und seit jeher an die neu Eingeschulten weitergereicht. Als ich ihn ansah, zwinkerte er mir zu.

»Ihr dürft euch setzen.« Sie wartete, während es raschelte und Stühle über den Boden scharrten.

»Also gut«, sagte Schreihals, schlug das Klassenbuch auf und hielt es wie ein Priester die Bibel zur morgendlichen Andacht. »Wie ich sehe, haben wir eine Neue. Stehst du bitte auf?«

Loretta sah zu mir, zu Alfi und dann auf den Tisch.

»Stehst du bitte auf?«, wiederholte Schreihals.

Ich stieß ihr in die Seite und flüsterte: »Mach schon, sonst gibt's Ärger.«

Lorettas Blick wirkte glasig, als sie sich dann doch erhob. Keine Ahnung, warum sie sich so hatte.

»Loretta Brau«, las Schreihals vor. »Du kommst aus Lichheim, bist dreizehn Jahre jung ...« Sie schielte über die Brille in unsere Richtung und zog die Brauen zusammen. »Dreizehn? Na ja. Und du hattest gute Noten. Ich sag dir eins, an unserer Schule kannst du dich nicht so einschleimen wie an deiner alten. Ich weiß, wo du herkommst, in welchem Viertel zu lebst und wie Mädchen wie du gute Noten bekommen.« Sie schlug das Klassenbuch zu und sah Loretta genauer an. »Möchtest du ein paar Worte zu dir sagen?«

Loretta schüttelte den Kopf.

»Nur ein paar Worte, junge Dame!«

»Du musst«, hauchte Alfi, bevor ich reagieren konnte, »sonst dreht die durch.«

Schreihals legte mit geweiteten Lungen los. »Herr Alfred Grinizki!« Draußen schreckten die Tauben auf und flogen davon. »Habe ich Sie gebeten oder Frau Brau?«

Alfi würdigte sie nicht eines Blickes.

»Ich bin Loretta«, sagte Loretta mit dünner Stimme. »Ich bin hierhergezogen, weil mein Papa hier Arbeit hat.«

»Danke! Setzen!« Schreihals nahm ihren Füller vom Schreibtisch und notierte sich etwas in ihr Büchlein der Schandtaten, das sie am Ende eines jeden Schuljahres zu Rate zog, wenn sie eine Abstufung der Note rechtfertigen musste. »Herr Grinizki, das war Ihre dritte Sechs«, sagte sie zufrieden. »Sie bekommen einen Brief.«

»Danke für die Liebesbriefe«, erwiderte er. Lachen schwappte durch die Reihen.

»Raus!«, kreischte Schreihals. Ihre blonden Haare, die zu einer Armeefrisur geschnitten waren, oben länger als an den Seiten, bebten.

»Sehr wohl.« Alfi warf sich den Rucksack über die Schulter und schlenderte zur Tür. »Wir treffen uns am Klo«, flüsterte er noch, bevor er verschwand.

3

Zuhause kramte ich Lorettas Strickleiter hinter dem Busch hervor und versteckte sie unter dem Bett.

»Konstantin!«, sang meine Mutter mit gedehntem O und I die Stufen rauf. »Konstantin, Besuch! Hast du deine Hausaufgaben erledigt? Oder soll ich sie wegschicken?«

»Komme!« Ich klappte das volle Mathebuch und das leere Arbeitsheft zu und versteckte es im Ranzen, bevor ich die Treppe runter trampelte. »Hausaufgaben gemacht«, log ich und wollte an ihr vorbeilaufen. Lorettas rote Mähne erstrahlte im Türrahmen.

»Stopp!«, spuckte Mutter. Ich drehte mich in Zeitlupe zu ihr um und war mir sicher, den restlichen Nachmittag am Schreibtisch verbringen zu müssen.

Sie beugte sich vor. »Kuss.« Loretta hatte nicht den Anstand wegzusehen. Ich drückte schnell einen Schmatzer auf Mutters Wange und rannte dann aus der Tür, dabei wischte ich mir über die Lippen. »Denk dran, nicht zu dem Spielplatz in der Ann-Sophie-Straße!«

»Ja, Mama.«

»Das war ja süß«, sagte Loretta. Wir gingen an ihrer schäbigen Bruchbude vorbei, in Richtung Schule.

»Haha!«, machte ich. »Wie fandest du deinen ersten Tag?« In den Pausen war sie nicht sonderlich gesprächig gewesen, irgendwie in sich gekehrt.

»Erste Tage sind immer scheiße. Haben wir die Schreihals nur in Mathe oder auch woanders? Bitte nur Mathe?« An der Kreuzung, wo es geradeaus zur Schule ging, bogen wir links ab.

»Nur Mathe. Zum Glück für Alfi, sonst wäre der längst von der Schule geflogen. Die zwei können nicht so gut.«

»Ist mir aufgefallen.« Ich warf einen Blick zur Seite, sie starrte zu Boden. »Ich mag sie auch nicht sonderlich«, fügte sie hinzu.

»Das tut niemand. Die mag Leute wie uns nicht.«

»Wie uns?«

»Leute aus der Rosenbausiedlung. Für Schreihals sind wir Abfall.«

Loretta schnaufte empört.

Ich zuckte mit den Schultern. »Aber Ende der Woche sind Ferien, also was soll's? Die drei Tage bekommen wir auch noch hin.« Ich klopfte ihr auf die Schulter, spürte, wie meine Wangen heiß wurden, und ließ den Arm rasch wieder fallen.

»Ja.«

»Warum haben deine Eltern nicht bis nächstes Jahr gewartet?«

Sie zuckte mit den Achseln. »Sie meinten, es wäre besser, wenn ich noch in diesem Schuljahr die Leute kennenlerne, und Papa arbeitet ja seit gestern hier.«

Wir blieben an der Kreuzung neben dem Lebensmittelhändler stehen und warteten, dass sich eine Lücke in der von Rasern beherrschten Straße auftat. Wir hatten Glück, mussten nicht lange warten. Danach kam der Supermarkt, der fast alles führte, vor allem aber das berühmte Fürst-Pückler, drei Sorten Eis, fünf Liter und das für fünfzig Pfennig. Dahinter lag schon der Bahnhof.

»War das da vorher nicht so ein Problem in der alten Schule?«, fragte ich. Ich rieb mir die Nase. Da steckte was, das ich rausgeholt hätte, wäre ich allein gewesen.

»Das mit der Arbeit?«

»Dass du anders bist, weniger Geld als die meisten hast.«

»Ach so. Doch.« Sie nickte nachdenklich. »Aber den Lehrern war das egal.«

Der Zeiger der Bahnhofsuhr schwang mit einem Klicken von 03:03 auf 03:04 Uhr. Das Ziffernblatt war so groß wie eine Hauswand. Die Form des Bahngebäudes erinnerte an einen liegenden Umzugskarton, an dem man an beiden Seiten eine quadratische Box aus Sandstein angebaut hatte. Der Zeitmesser hing mittig über der Doppelflügeltür, rechts daneben hatte sich ein Zeitungskiosk eingemietet.

Wir bogen links ab. Vor uns erstreckte sich ein überfüllter Parkplatz, der vor einem Damm endete. Dahinter versteckt lag der Spielplatz. Wir schlichen an den Autos vorbei und kletterten den dichten, von Bäumen und Dornensträuchern bewachsenen Erdwall rauf.

Er diente als Sicht- und Schallschutz für die Anwohner, die in den Sechzigern eine Unterschriftenaktion gestartet hatten, um diesen, wie sie es nannten, Schandfleck loszuwerden. Wahrscheinlich hatten sie sich nur an der Lautstärke der spielenden Kinder gestört. Denn wie sie darauf kamen, dass der Spielplatz ein Schandfleck sein sollte, verstand ich nicht, und offenbar hatte es der Bürgermeister auch nicht verstanden, denn statt eines Abrisses war der Erdwall gebaut worden.

Über die Jahre hinweg hatte sich ein schmaler Pfad zwischen den Dornenbüschen gebildet, den wir nun hochkletterten. Ich zeigte Loretta, an welchen Ästen und Zweigen sie sich festhalten konnte, ohne sich die Hände aufzureißen oder wegzurutschen. Der Trampelpfad war immer rutschig, im Sommer wegen der bröckelnden Erde und bei Regen wegen des Matschs.

Sie stellte sich gut an, außerdem hatte sie ihr Kleid gegen eine feste Hose gewechselt, in die sich auch mal eine Dornenranke verhaken konnte.

Oben angekommen hatten wir einen fantastischen Ausblick. Der Wall umschloss eine ovale Fläche, genau gegenüber befand sich die einzige Lücke im Damm, gerade breit genug, dass ein Auto hindurchpasste. Sie lag nur leider auf der falschen Seite, deswegen benutzten wir sie nie.

Im Inneren des Klos thronte eine Kletterburg, drumherum lag ein Sandkasten. Das hatten wir als Kleinkinder geliebt. Außerdem gab es noch eine Seilbahn, die über eine weiche Rasenfläche führte und die jeden Sturz wunderbar abfederte, eine Tischtennisplatte aus Waschbeton und den Heiligen Gral: der Kotzreifen. Das war ein frei baumelnder LKW-Reifen an einem Galgen, an dem Alfi und Wilfred bereits fleißig zugange waren.

Und das hatten die Schnösel abreißen lassen wollen. Die hätten sich lieber um den Bolzplatz in der Rosenbausiedlung kümmern sollen: Das war ein Schönheitsfehler, der seinesgleichen suchte. Statt Rasen gab es dort Beton, durch den das Unkraut brach, und zwei verrostete Tore ohne Netze.

»Da bist du ja!« Wilfred winkte uns zu. Er hatte eine Kippe im Mundwinkel. Alfi hockte im Inneren des Reifens und schaukelte. Sie wohnten viel näher am Klo, am anderen Ende der Rosenbausiedlung, und waren deswegen immer früher da. »Allein is anschubsen echt Kacke!«

»Kommen!«, rief ich. Wir rannten den begrünten Abhang hinab. Als Loretta hinter mir kicherte, warf ich einen Blick zurück. Ihre widerspenstigen Haare wehten im Wind. Sie strahlte, offensichtlich hatte sie die Strapazen des Tages vergessen.

Im nächsten Moment wiederholte sich eine Lektion, die ich bereits vor langer Zeit gelernt hatte: Guck immer dorthin, wo du hinläufst! Ich erwischte den Höhleneingang eines Kaninchenbaus und stürzte. Meine Arme schlackerten, während ich stolperte, ich kullerte den Abhang runter und schlug mir die Lippe blutig.

Die Welt um mich herum beruhigte sich. Die Jungs lachten.

»Hast du das gesehen?«, brüllte Wilfred. »Wie ein besoffener Biber!«

»So ein Lappen!« Alfi kringelte sich so sehr, dass er beinahe aus dem Reifen gefallen wäre.

Loretta holte mich ein. »Alles in Ordnung? Du blutest ja!« Sie zupfte ein Taschentuch aus der Hosentasche, mit dem sie meine Lippe abtupfte. Ich musste sie ungläubig angesehen haben, denn sie zeigte mir das weiße Tuch mit den roten Flecken, als müsste ich mich vergewissern, dass ich auch wirklich verletzt war.

Die Jungs beruhigten sich. »Kommst du jetzt?«, rief Alfi.

»Warum schaukelt ihr ohne uns?«, rief ich zurück.

»Wer zu spät kommt und so.«

»Wegen vier Minuten und Sporti ist ja auch noch nicht da!«

»Ach komm, halt's Maul und komm bei! Und du kannst wieder abzischen«, sagte er zu Loretta.

»Einen Scheiß mach ich«, erwiderte sie. »Was soll das hier eigentlich werden?« Sie half mir auf die Beine, und mit weichen Knien schlenderte ich mit Loretta an meiner Seite zu ihnen rüber.

Alfi sprang von der Schaukel. »Was willst du hier?«

Ich öffnete den Mund, um ihm zu sagen, dass er seine dumme Klappe halten solle, und kassierte von Wilfred einen finsteren Blick. Ich schloss die Kiefer und nickte. Ich hatte es nicht gleich verstanden, aber Wilfred hatte recht. Da musste sie allein durch. Ich setzte mich mit Wilfred auf den Reifen.

»Was für eine Marke bist denn du?«, fragte Loretta.

»Das sagt hier die Richtige. Ich bin nicht die Neue.«

Wilfred sah an Alfi vorbei Richtung Bahnhof und auch ich hütete mich, mit einem der beiden Blickkontakt aufzunehmen.

»Verpiss dich!«, sagte Alfie laut.

»Große Worte für so einen wie dich!«, rotzte sie zurück. Er nuckelte an seiner Kippe, die bereits bis zum Filter abgebrannt war.

»Was willst du damit sagen?«

»Du bist nur ein Hänfling, der sich gegen ein Mädchen nicht durchsetzen kann. Verpiss du dich doch!« Sie war nähergekommen und stand nun direkt vor ihm.

Alfi warf sich in die Brust, sie standen nun Nase an Nase. »Weißt du, früher hätte man solche wie dich auf dem Scheiterhaufen verbrannt. Hexe.« Loretta war höchstens zwei Zentimeter kleiner als er.

»Oh, du bist anscheinend nicht saudumm. Haste mal in der Schule aufgepasst, was?«

Alfi taumelte einen halben Schritt zurück, aber Loretta ließ nicht ab. Er kaute auf dem Filter wie auf einem Strohhalm und spuckte die nassen Überreste aus.

»Weißt du was?« Er verzog die Oberlippe wie ein tollwütiger Hund. Das nächste Wort zerlegte er in einzelne Silben, die er beim Aussprechen zelebrierte. »Schlam-pe.«

Loretta grinste und sagte trocken: »Jung-frau.«

»Klären wir das wie Kerle«, warf Sporti ein, der gerade vom Damm herunterkam. Alle fuhren herum, niemand hatte bemerkt, dass er angekommen war. »Ab auf den Reifen. Wer länger durchhält, gewinnt.«

»Ich mess mich doch nicht mit so 'ner dahergelaufenen Hexe und wo warst du überhaupt!«

Sporti ignorierte ihn. »Wer ist dafür?«

Wir hatten nicht viele Regeln in unserer Truppe, aber wenn einer 'ne Abstimmung vorschlug, wurde das auch gemacht.

»Ich«, sagte Wilfred und hob die Hand.

»Ich auch«, sagte Sporti. »Konsti?«

»Ja. Ich auch.«

»Okay, wenn ihr es so wollt.« Alfi fügte sich und stieg in den Ring. »Ich fang an. Wir werden seh'n, wer gleich kotzt.«

»Alle packen an«, befahl Wilfred.

Loretta kam zu mir. »Was machen wir jetzt?«

»Wir drehen ihn, bis er runterfällt, aufgibt oder kotzt.«

Sie verzog anerkennend die Mundwinkel. »Okay.«

Der Reifen hatte vier Ringe, von denen jeweils eine Eisenkette zu einem Haken oben am Querbalken führte. Der Haken steckte in einem Gelenk, dadurch konnte der Reifen frei in alle Himmelsrichtungen schwingen.

Wir positionierten uns mittig zwischen den Ketten, die Rückseite, wo Alfi auf dem Reifen hockte, blieb frei. Die Ketten waren mit gelben Gartenschläuchen ummantelt, damit man sich die Haut zwischen den Fingern nicht quetschte – was trotzdem oft genug vorkam und lilablaue Flecken hinterließ.

Ich griff nach dem Schlauch, meine Hände waren schweißnass, obwohl wir noch nicht mal angefangen hatten. Wir sahen uns ein letztes Mal an und es fühlte sich an, als wären wir allein auf der Welt.

»Konsti, du fängst an.«

Ich nickte Sporti zu. »Alles auf mein Kommando! Auf los geht's los!« Lorettas Mähne wehte sanft in der aufkommenden Brise. Die Ketten rasselten.

»Los!«

Wir rannten wie geölte Blitze im Uhrzeigersinn, einer hinter dem anderen, und erreichten bald Höchstgeschwindigkeit. Der Ring mit Alfi drehte sich wild. Mein Puls bretterte jenseits von Gut und Böse.

»Weg!«, schrie ich.

Bis auf mich und Loretta sprangen alle weg.

»Hau ab!«, schnauzte ich sie an und sie hechtete zurück. Ich rannte weiter im Kreis, packte die Kette fester und sprang dann in die entgegengesetzte Richtung, dabei riss ich den Reifen mit.

Ich ließ los, warf mich zu Boden und schirmte meinen Kopf mit den Händen ab.

Das schwarze Gummi flog wie eine außer Kontrolle geratene Abrissbirne über mich hinweg. Die Ketten klirrten und schepperten. Die Luftströmung strich mir über den Nacken.

Alfi ächzte.

Ich kroch wie ein Soldat durch den Sand, raus aus der Gefahrenzone. Dabei sah ich im Schatten unter der Tischtennisplatte etwas Gelbes funkeln.

Es war so goldgelb wie eine Zitrone. Dann erreichte ich auf den Unterarmen die Grasnarbe und sprang auf.

»Wieder ran! Sporti, du bist dran«, brüllte ich.

»Ai-Ai«, sagte er. Wir gönnten Alfi keine Pause. Kaum hatten wir erneut Geschwindigkeit aufgebaut, brüllte Sporti, dass wir verschwinden sollten.

Er wiederholte meine Ausführung und sprang mit der Kette in den Händen in die entgegengesetzte Richtung, nur brachte er wesentlich mehr Gewicht mit.

Es hätte Alfi fast vom Reifen geschleudert, als der Reifen sich im Neunziggradwinkel aufstellte, als wolle er davonrollen, es sich dann aber anders überlegte und wieder in die Waagrechte und quer über den Sandkasten schwang. Hätte er sich umgestülpt, wäre das Alfis Aus gewesen.

Sporti robbte vom Schlachtfeld, der Gummireifen donnerte und krachte über ihm wie ein wildgewordener Ochse, dass die Ketten schepperten. Wir hielten den Atem an, es wirkte, als ob er nie wieder zur Ruhe käme. Was, wenn die Kettenglieder rissen?

Alfi klammerte sich an alles, was er fand. Der Querbalken über ihm knarzte. Als der Ring drohte ruhiger zu werden, übernahm Wilfred die Befehlsgewalt und wies uns an, erneut anzutreten. Alfi hatte sich bis dahin wacker geschlagen. Ich war neugierig, wie lange er das noch durchhalten würde.

Wilfred fing den Kotzreifen ein. Wir packten mit an und stürmten erneut los.

Niemand lachte. Das hatte nichts mit Spaß zu tun, das war bitterer Ernst. Über dem Klo lag eine konzentrierte Stille.

»Windrose!«, gab Wilfred den Befehl.

»Oh Gott!«, entfuhr es Sporti, auch mir krampfte sich der Brustkorb zusammen.

»Was heißt das?«, keuchte Loretta.

»Zurück!«, brüllte ich. Sie sprang beiseite. Jeder Handgriff musste sitzen, sonst würde es nicht funktionieren.

»Ich fang an!«, rief Wilfred.

Wir traten zurück.

Alfi drehte sich wie ein Kreisel einen halben Meter über dem Boden, als wir aus der Gefahrenzone traten. »Dann Konsti, dann Sporti. Zum Schluss du«, sagte Wilfred zu Loretta.

Wir sahen uns ein letztes Mal an. Der Reifen verlor an Tempo.

»Jetzt oder nie!«, schrie Wilfred.

Er rannte los, als wolle er durch Alfi hindurchpreschen. Kurz vor dem Reifen beschleunigte Wilfred noch einmal, sprang mit den Füßen voraus, krallte sich im Flug mit beiden Händen unten am Ring fest und schlitterte unten drunter durch.

Die Schaukel schlug zur Seite, Alfi schrie auf. Ich rannte los. Ich musste den Reifen ein Viertel weiter links erwischen, sobald er wieder in der Mitte war, packen und die Richtung ändern. Doch Wilfred lag noch unter dem Rad. Ich drohte mit den Füßen voraus auf ihn drauf zu springen.

»Wilfred, hau ab!« Ich setzte zum Sprung an, und weil ich nicht hinsehen konnte, kniff ich die Augen zusammen und betete, dass er sich rechtzeitig in Sicherheit bringen würde.

Der Boden verschwand. Ich griff nach dem Reifen, spürte den rauen Gummi in den Handflächen und roch den typischen Gummigeruch. Gleich würde ich Wilfreds dürren Leib treffen.

Ich landete im Sand. Wilfred hatte es rechtzeitig geschafft.

»Argh!«, entfuhr es Alfi. Da hörte ich Sporti vorpreschen und begriff, dass er mich zermalmen würde, wenn ich nicht sofort verschwände.

»Weg da!«, rief er. Ich wollte weg, nichts lieber als das. Ich rollte auf den Bauch und kroch wie der Teufel Richtung Loretta, die sich bereits für ihren Einsatz positionierte.

Sporti streifte knapp meine Fersen. Ketten polterten. Metall krachte auf Holz. Lorettas Augen weiteten sich. Ich drehte mich um und schnappte erschrocken nach Luft. Der Reifen schlug wie wahnsinnig in alle Himmelsrichtungen aus, aber ohne Alfi. Der lag zwei Meter weiter im Rasen.

»Ja-haha!« Sporti jubelte und richtete sich auf. »Hab ich dich!«

Loretta reichte mir die Hand und zog mich hoch.

»Der kotzt!«, schrie Sporti. Wilfred ging neben dem Geschlagenen in die Hocke und flüsterte etwas.

»Verpiss dich!«, fluchte Alfi.

»Der ist mächtig angefressen«, sagte Wilfred, während er zu uns zurückkam.

»Der soll sich nicht so anstellen«, sagte Sporti. »Ich hab ihn besiegt.« Er zwinkerte Loretta zu. »Ich war das.«

»Und was jetzt?«, fragte sie.

»Nichts«, antwortete ich. »Er hat verloren. Wer kotzt, verliert. War immer so. Da brauchst du dich nicht mehr stellen.«

Doch statt zu lächeln, schluckte sie. »Hm.« Sie ging langsam in Alfis Richtung. Ich sah ihr nach, die Jeans wehte zwei Nummern zu groß um ihre Hüfte.

»Was hat sie vor?« Sporti spielte an einem der Druckknöpfe seiner Hose.

»Keine Ahnung«, sagte ich. Wilfred war genauso verblüfft. Loretta hockte sich mit dem Rücken zu uns vor Alfi und verdeckte ihn damit.

Wir hörten Alfi lachen.

»Was ist denn da los?« Wilfred drehte eine Kippe zwischen den Fingern.

»Weiß nicht.« Ich ließ mich auf den Rasen sinken. Der Himmel war strahlend blau, keine Wolken und es war angenehm warm. Sporti und Wilfred legten sich neben mich und schauten nach oben.

»Wisst ihr, ich finde, das sieht aus wie ... also ...«, sinnierte Wilfred, »... ich glaube, so sieht es aus. Genau. Groß und blau, oder? Hat wer von euch das Weite schon mal gesehen?«

»Wilfred«, sagte Sporti. »Entweder du sagst uns, was du meinst, oder du hältst die Fresse.«

Ich lachte durch die Nase.

»Das Meer, Arschloch. Ich mein das Meer. Fehlen nur die Wellen.« Wir schwiegen und sahen hinauf. »Wart ihr mal da? Ich kenn's nur aus dem Atlantis.«

»Du feuchter Vollidiot, du meinst Atlas«, sagte Sporti.

»Ach so, ja, genau.«

»Und außerdem, du kennst uns seit der ersten Klasse, Mann. Meinst du nicht, du hättest mitbekommen, wenn einer von uns Urlaub gemacht hätte? Wir sind seit immer hier und werden für immer hier sein.«

»Ich hab ein Foto«, sagte ich. »Wenn du willst, dann bring ich es morgen mit.«

»Danke, Konsti.«

»Nenn mich nicht so.«

Wilfred nickte, ich hörte seine lockigen Haare neben mir im Gras rascheln. »Wisst ihr, warum wir tagsüber keine Sterne sehen?«, fragte er.

»Wilfred?«, fragte Sporti.

»Ja?«

»Halt's Maul, sonst schmeckst du gleich meine Faust.«

Ich setzte mich auf. »Was besprechen die?«

»Weiß ich doch nicht.« Sporti zupfte einen grünen Halm aus und kaute darauf herum. Er klang, als würde er jeden Moment einschlafen. Alfi hatte sich mittlerweile neben Loretta gesetzt und uns ebenfalls den Rücken zugekehrt.

»Habt ihr das von den Morden gehört?«, fragte ich.

Sporti saß plötzlich aufrecht. »Morde?«

»Ja, hier auf dem Spielplatz soll wohl eine Leiche ohne Augen gefunden worden sein.«

»Ohne Scheiß?«

»Hast du's nicht gehört? Meine Eltern haben mir sogar verboten hierherzukommen.«

Wilfred setzte sich ebenfalls auf. »Genau, ein Mädchen ohne Augen. Bei der Platte irgendwo.« Er deutete vage in Richtung Tischtennisplatte. Um die Platte waren Steine verlegt, die ich nun einzeln betrachtete.

»Ihr verkackeiert mich doch«, sagte Sporti.

»Nee, tun wir nicht.«

»Warum ist die dann nicht hier?«

»Sag mal«, platzte es aus mir, »meinst du echt, die Polizei würde die Leiche hier liegen lassen?« Ich zeigte ihm einen Vogel.

Sporti brummte verärgert und Wilfred giggelte.

»Die Maden würden sie zerfressen.« Ich sah ihn nicht an, sondern suchte unter der Tischtennisplatte nach dem gelben Schimmern.

»Schon, aber denkst du nicht, wir müssten was davon sehen, Absperrbänder, oder so? Was wäre, wenn wir gerade da liegen, wo sie umgebracht wurde?«, fragte Sporti.

»Unheimlich«, sagte Wilfred mit unheilvoller Stimme.

»Keine Ahnung, warum hier nichts abgesperrt ist. Ist halt so«, sagte ich.

»Und ging die auf unsere Schule?« Sporti kramte in seiner Hosentasche, zog ein Streichholz hervor, kratzte es über das Schleifpapier und paffte.

»Weiß nicht«, sagte ich. »Wilfred?«

»Keine Ahnung.«

»Hey, Alfi!«, rief Sporti. »Weißt du was von der Leiche?«

»Pssst«, machte Wilfred. Alfi reagierte nicht.

»Wieso ›pssst‹?«, fragte Sporti.

»Scheiße Mann, die ist doch tot, das macht man nicht. Gib mal 'ne Kippe.« Sporti holte die Packung hervor und leckte mit ausgestreckter Zunge über den Filter, bevor er ihm den Stängel zuwarf.

»Stört mich null.« Wilfred fing sie auf, schob sich das triefende Ding in den Mund und steckte sie an.

»Euch is schon klar, dass ihr euch eben quasi geküsst habt, oder?«, feixte Alfi. Er war aufgestanden und zu uns gekommen. An seiner Schulter lehnte Loretta.

Sporti warf Wilfred Luftküsse zu und drehte sich zu Alfi. »Und ausgekotzt?«

»Scheiße, das war echt übel. Du hast mir heftig einen versetzt. Arschloch!« Er lächelte schief. »Aber was die Leiche angeht. Das war Oana.«

»Du kennst sie?«, fragte ich.

»Nicht so richtig. War mit der im Kindergarten, die Eltern sind weggezogen, bevor wir eingeschult wurden. Ich schätze, die waren hier im Kaff, um die Familie zu besuchen, die sie zurückgelassen haben. Mann, wenn die ihre Oma nicht besucht hätte, würde sie noch leben. Soweit ich weiß, geht sie aufs Gymnasium – ging aufs Gymnasium.«

»Kanntet ihr euch gut?« Wilfred aschte ab.

»Du bist echt bei der Geburt aus dem Fenster gefallen und auf dem Kopf gelandet. Hab doch eben gesagt, ich kannte sie aus dem Kindergarten. Scheiße, wenn ich mir denke, es hätte auch einen von uns treffen können.«

Wilfred schnickte den Stummel weg. »Hat's zum Glück nicht.«

»Was habt ihr eben besprochen?«, fragte ich und zupfte Halme.

»Ach, nichts Wichtiges«, sagte Loretta.

Damit waren beide Themen fürs Erste abgehakt. Sie setzten sich zu uns und wir quasselten über die ernsten Probleme des Lebens: Wie könnten wir fünfzig Pfennig verdienen, um uns eine Ladung Fürst-Pückler zu kaufen?

Loretta schlug Rasenmähen vor.

»Dank Wilfred können wir das vergessen.« Alfi klopfte ihm auf die Schulter, während wir anderen kicherten.

»Wieso?«, fragte Loretta.

»Er hat den Vorgarten der Hermanns abgefackelt, seitdem will uns irgendwie keiner mehr auf sein Grundstück lassen«, sagte Alfi.

»Wie abgefackelt?«

Im Wissen, was folgen würde, begannen Alfi, Sporti und ich zu wiehern.

»Na«, sagte Wilfred und zog die Mundwinkel nach unten, »hab Laub zusammengekehrt. War echt eine Heidenarbeit. Den ganzen Samstag hat's gedauert. Der Haufen war groß, bestimmt so hoch wie ich.«

Er streckte seine Arme aus, um die Ausmaße anzudeuten. »Und die Sonne hat gebissen. Bis auf die Unterhose war ich nassgeschwitzt, und als ich endlich fertig war, rauchte ich zur Belohnung noch eine, während ich diesen Laubberg begutachtete. Der war gigantisch.«

»Wie das Feuer später«, brüllte ich dazwischen und ließ mich lachend auf den Rücken fallen.

»Ja ... jedenfalls, ich rauchte auf und schnickte die Kippe in den Haufen und ...«

»Nein«, hauchte Loretta.

»... klingelte, um mir das Geld zu holen. Der Alte hat mich

nicht mal beachtet. Er rannte gleich wieder rein, und ich dachte mir, hey, der hat wahrscheinlich den Geldbeutel vergessen. Als ich den Qualm roch, war es zu spät.«

Loretta versuchte ihr Grinsen hinter der Hand zu verstecken, hielt es dann nicht mehr aus und reihte sich in unser Gelächter ein.

»Aber das Beste kommt noch!«, plärrte Sporti. Er hob die Hände und versuchte sichtlich, nicht mehr zu lachen. Wir gaggerten und quietschten weiter, wenn auch bemüht leiser. »Er wollte das Feuer, das ihm da schon bis zum Scheitel reichte, auspissen.«

»Ich musste doch etwas tun!«, rief Wilfred. Das gab uns den Rest. Ich lachte, bis mir der Bauch wehtat.

Später hockten wir in einem Kreis vor der Tischtennisplatte. Sporti drückte einen Stummel in einer Speichellache vor sich aus. Wir schwiegen für ein paar Minuten oder eine Stunde, die Zeit verging irgendwie in Wellen. Mal verging eine Stunde wie eine Minute, und manchmal dauerten fünf Minuten eine Woche. Alfi brach schließlich das Schweigen.

»Ich finde es schade, das mit Oana.«

Wilfred zupfte die Grashalme zwischen seinen aufgestellten Füßen heraus. »Meint ihr, es gibt einen Himmel?« Ich hatte keine Antwort darauf, weswegen ich schwieg, anders als Loretta.

»Ich denke schon«, sagte sie wie nebenbei, als wäre es unwichtig und sie wolle gleich über etwas Wichtigeres sprechen, wie den Weltfrieden und wie wir ihn herbeizaubern könnten. Wir warteten, dass sie weitersprach, aber als nichts kam, hakte Alfi nach.

»Was?« Sie sah ihn fragend an, als hätte sie vergessen, worüber wir uns unterhalten hatten.

»Das Ende, was kommt danach?«, wiederholte er.

Sie zuckte mit den Achseln. »Ich weiß es nicht, aber das ist auch egal. Ich meine, solange was kommt, kann es doch nicht schlecht sein. Versteht ihr?«

»Und wenn es die Hölle ist?« Wilfred schien sich ernsthaft Sorgen zu machen. »Ich möchte nich in die Hölle.« Seine dunkle Haut wirkte bleich.

»Es gibt viele Glaubensrichtungen. Die einen preisen Jesus, die anderen Buddha oder Mohammed …«, sagte Loretta.

»Genau«, unterbrach Wilfred sie. »Wie soll ich mich da entscheiden? Und jede meint, nur ihre sei die tollste.«

»Glücksspiel«, sagte Sporti. »Das ist was für die Dummen. Deswegen lass ich das lieber. Ist wie Lotterie, da gewinnen nur die, denen du das Geld in den Arsch schiebst, bis es den Verbrechern zum Mund wieder rauskommt. Oder?«

»Und wenn alle recht haben?«, fragte Loretta. »Was ist, wenn alles stimmt und jeder das bekommt, was er glaubt.«

Sie hatte ihre Haare eingedreht und auf die Schulter gelegt. Hinter ihr, im Schatten der Tischtennisplatte, leuchtete ein gelber Funke auf.

»Dann würde ich meine Eltern nicht mehr sehen, wenn ich an Mohammed glaube und sie an Jesus?«, stellte Wilfred bestürzt fest.

Was war das mit diesem Funkeln? Ich stand auf.

»Was hast du Konsti?«, fragte Alfi. Sporti nutzte die Ruhe, um geräuschvoll ein Streichholz anzureißen und weg zu schnicken.

»Nenn mich nicht so.« Mir war schwindelig und schwarze Kuhfladen zuckten durch mein Sichtfeld. »Ich kipp gleich um.«

Sporti sprang auf, um mich zu stützen. »Besser?«

»Er ist ganz bleich«, sagte Loretta. »Sollen wir Wasser holen?« Ich schüttelte den Kopf.

»Bin nur zu schnell aufgestanden.« Und hatte bis auf die angebrannten Eier zum Frühstück noch nichts gegessen.

»Leg dich hin, und Wilfred, du hebst seine Beine hoch.« Sporti half mir auf den Boden. Wilfred packte widerwillig meine ausgetretenen, einst schwarzweiß, mittlerweile braunschwarz gestreiften Turnschuhe. Die Flecken vor meinen Augen schrumpften.

»Mist«, stieß Alfi aus. »Ich muss heim. Noch aufräumen, bevor er von seiner Sauftour kommt.«

»Vor oder nach sechs?«, fragte Sporti, der ähnlich zeitig erscheinen musste.

»Nach.«

»Können wir euch allein lassen?«, fragte Alfi schon halb im Aufbruch. »Wenn wir rennen, können wir's vielleicht noch schaffen.«

»Ja«, sagte Loretta, »natürlich kommen wir ohne euch klar.« Zeitgleich ließ Wilfred meine Beine los, die ungebremst auf den Boden donnerten.

»Aua!«

»Wartet auf mich!«, rief er und spurtete Alfi und Sporti hinterher.

Da waren wir nur noch zu zweit.

»Kannst du aufstehen?« Loretta reichte mir die Hand, und ich schlug ein. Mein Kreislauf blieb stabil und wir marschierten heimwärts. Der Abhang auf dem Rückweg bereitete mir keine Probleme. Wir erreichten recht flott die Straßenkreuzung, auf der die Autos rücksichtlos am Mittelstreifen entlang pesten.

»Wann kommt endlich eine Verkehrsinsel? Da muss sicher vorher jemand draufgehen«, zitierte ich meine Mutter.

Wir warteten eine geschlagene Ewigkeit – die uns wie der ganze Abend vorkam - und flitzen dann durch eine Lücke im Verkehr.

An der Gartentür zu Lorettas Bruchbude verabschiedeten wir uns, ohne stehen zu bleiben.

»Abendbrot. Deckst du?«, begrüßte mich meine Mutter direkt hinter der Tür.

»Ja«, raunzte ich.

»Aber wasch dir bloß die Hände, bevor du das Besteck anfasst!«

»Ja, Mutter.«

»Wo warst du denn? Doch nicht auf dem Spielplatz, oder? Ich hab euch nämlich nicht bei uns in der Siedlung gesehen.«

»In der Schule, am Sportplatz.«

4

»Morgen«, begrüßte mich Loretta am nächsten Tag, als wir uns auf den Weg zur Schule machten. »Du siehst müde aus.«

»Hab beschissen geschlafen. Die halbe Nacht hat nichts getaugt.« Ich hatte das Gefühl gehabt, dass etwas bei mir war und mich beobachtete. Da mein Vater um sieben Uhr abends außer im Wohnzimmer überall den Strom abdrehte, hatte ich in der Nacht kein Licht. Da konnte ich mir so viel einreden, wie ich wollte, dass niemand da war, das interessierte mein Gehirn einfach nicht. Es wollte nackte Tatsachen, die Gewissheit, dass in meinem Zimmer keiner war, aber ohne Licht war das unmöglich. Doch das verschwieg ich lieber, als Loretta mich nun nach dem Grund fragte. »Weiß nicht. Und du? Hast du gestern noch was gemacht?«

»Nur gelesen.«

»Du liest?« Ich hätte weniger überrascht klingen sollen, aber ich kannte kein Schwein, das freiwillig ein Buch aufschlug, außer vielleicht, um damit fachmännisch eine Spinne zu exekutieren.

»Ja, du solltest das auch mal versuchen. Lese gerade ›Die Farm der Tiere‹. Ist ein fesselndes Buch.«

Ein Buch und fesselnd? Das hielt ich für unwahrscheinlich.

»Du schuldest mir noch einen Ball«, schob sie hinterher. Bevor ich antworten konnte, kam Alfi von hinten an, drängte sich zwischen uns und legte uns jeweils einen Arm um die Schultern. »Na, ihr beiden. Was bequatscht ihr?«

»Loretta liest«, sagte ich verblüfft.

»Ach, okay. Na ja, macht ja nichts.«

»Was soll das denn heißen? Könnt ihr das überhaupt?«

»Was?«, entgegnete Alfi mit hohler Stimme.

»Buchstaben aneinanderreihen und deren Bedeutung verstehen!«

»Das macht man also beim Lesen? Scheiße, ich hab die immer der Größe nach sortiert. Wusstest du, dass das O ein Haarbreit kleiner ist als das A?«

»Haha.« Loretta duckte sich aus der Umarmung. »Ihr solltet es wirklich mal probieren. Die sind nicht nur Dekoration in der Bibliothek.«

»Jaja«, gähnte Alfi. Wir erreichten den Schulhof. Auf der Rückseite trafen wir Wilfred und Sporti, die wie üblich pafften. Alfi steckte sich gleich eine an. »Auch eine?«, fragte er Loretta, aber sie winkte ab.

»Jungs!« Wilfred warf Loretta einen Blick zu. »Und Mädchen, wir haben Dringendes zu besprechen.« Er grunzte und amüsierte sich über seine Ausdrucksweise.

»Oh, der Herr. Ja, was wollen Sie artikulieren?«, plauderte Sporti und schnickte die Asche von der Kippe.

»Der Sommer, mein Herr, es ist der Sommer, im Besonderen die Ferien. Was gedenken wir anzustellen? Sechs Wochen, die wollen wir nutzen. Dies«, und damit sprach er goldene Worte aus, »sind vermutlich die letzten Ferien, die wir zusammen haben.«

Bis auf mich würde keiner den Hauptschulabschluss schaffen, Sporti und Alfi hatten einen Viererschnitt und Wilfreds lag sogar bei knapp über fünf. Sie würden nach der Neunten abgehen. Im nächsten Sommer hieß es für sie dann also: Ferienjob und im Anschluss Ausbildung.

Die Glocke schellte und Alfi musterte seine Uhr mit fluoreszierenden Zeigern, die er aus einem Yps-Heft hatte, als wollte er prüfen, ob die Schulglocke auch gestellt war. »Lasst uns das später beim Klo besprechen. Sammeln wir Ideen«, sagte er, während er Richtung Schulhof ging. Er inhalierte den letzten tiefen Zug und trat die Kippe im Laufen aus. »Ich denke, wir sollten es krachen lassen, aber so richtig!«

»Ja, genau«, sagte Wilfred, »das hab ich gemeint. Meine Herren und meine Dame, lasst uns einen Plan schmieden.«

Wir bogen um die Linde und Alfi grinste mir über die Schulter zu. Dabei übersah er Paul, der sich mit seinen Untertanen unterhielt.

Alfi rempelte Paul von hinten gegen die Schulter. Der drehte sich katzenartig um und schrie. »Fick dich, Arschloch. Was soll die Scheiße? Willst du, dass ich dir meine Faust ins Maul stopfe, oder was? Bist du denn nicht schon hässlich genug?« Paul hatte glatt zurückgekämmte Haare mit schmalen Furchen vom Kamm. Das Kinn teilte eine senkrechte Falte, wie die Erklärung für den Begriff Arschgesicht.

Sporti, Wilfred und ich packten Alfi und zerrten ihn weiter. Doch er schüttelte uns ab und rannte zurück.

»Wie hast du mich genannt?« Alfi war im Vergleich zu Paul kein halbes, sondern allenfalls ein Drittelhemd. Er war drahtig und seine Haut umschloss Knochen, auf denen keine und erst recht nicht so große Muskeln wie bei Paul lagen, aber unterschätzen sollte man ihn dennoch nicht.

Seine Freunde bauten sich hinter Paul auf und warfen ihre Schatten über uns. »Willst du mir blöd kommen?« Pauls Gesicht ließ keinerlei Zweifel. Er wollte Blut sehen, einen Faustkampf, und das registrierten nicht nur wir. Der halbe Schulhof strömte herbei und bald waren wir eingekreist.

»Komm, lass uns gehen«, sagte ich und zog an Alfis Arm, aber er schüttelte mich erneut ab und trat näher. Hinter ihm ballte Loretta die Fäuste und stierte Paul mit zusammengebissenen Zähnen an. Sie zeigte sich noch entschlossener als Alfi.

Weniger als eine Armlänge trennte sie voneinander. »Du kannst dich entschuldigen oder ich brech dir die Nase. Deine Entscheidung«, sagte Alfi.

»Habt ihr das gehört?«, höhnte Paul in Richtung seiner Freunde. »Der Kleine möchte, dass ich vor ihm auf die Knie gehe, dabei ist er das Arschloch, das mich angemacht hat.« Während er über seinen Witz lachte, wandte Paul uns sein Kinn zu. Es lag seitlich, im perfekten Winkel, und Alfi zögerte nicht. Seine Faust schoss vor wie ein Torpedo.

Paul riss den Arm hoch und wehrte ihn im letzten Moment ab. »Fick dich!«, keuchte er.

Er holte aus, doch in diesem Moment zersprang der Ring aus Schülern um uns wie eine Splittergranate.

Schreihals tauchte auf.

»Was soll das?« Auf ihrer Stirn war Enttäuschung eingemeißelt. »Wie können Sie sich prügeln? Das geht doch nicht.« Sie holte tief Luft und sammelte sich. »Herr Alfred Grinizki, Sie kommen mit mir, wir gehen zum Direktor. Und Herr Paul Wollfrei und die anderen, Sie haben Unterricht, seit zwei Minuten. Also verschwinden Sie!«

»Aber Paul ...«, begann Alfi, doch Schreihals ließ ihn nicht zu Wort kommen.

»Das sieht Ihnen ähnlich. Die anderen waren es. Stimmt doch, oder? Sie sind unschuldig und die anderen waren es ganz allein. Sie sind das Opfer. Jaja.« Sie schüttelte den Kopf. »Sie sind asozial und haben kein Benehmen. Jetzt kommen Sie!«

Grummelnd trottete Alfi hinter ihr her, die meisten Schüler verschwanden.

Der Schulhof war fast leer und bis auf ein paar Beobachter, die auf einen Showdown gehofft hatten, waren nur noch wir und Paul da.

Der beugte sich zu uns runter: »Passt auf! Wenn ich euch auf der Straße sehe, dann wechselt die Seite, denn wenn ich euch in die Finger kriege, bring ich euch um.«

Damit wandte er sich Richtung Schulgebäude.

»Fick dich!«, zischte Loretta.

»Wie bitte?«, fragte er, ohne sich umzudrehen.

Loretta knetete ihre Fäuste und durchbohrte seinen Hinterkopf mit ihrem Blick. »Hörst du schlecht? Ich sagte: Fick dich!«

Wir bauten uns neben ihr auf. Paul drehte sich um und gackerte verächtlich.

»Ein Neger, ein schwules Arschloch, ein fettes Schwein und 'ne Fotze.« Er musterte uns mit geweiteten Augen, in denen rote Adern tanzten. Er sah zu allem fähig aus.

Ich war vor Angst erstarrt, auch die anderen rührten sich nicht, außer Loretta. Die zeigte ihm den Mittelfinger.

Paul schnalzte mit der Zunge, schmatzte und wippte bestätigend mit dem Kinn, als hätte er ein schwieriges Problem gelöst. Er rotzte vor uns auf den Boden, bevor er wie ein Pfau davonstolzierte.

»Musstest du ihm auch noch den Stinkefinger zeigen?«, fragte Wilfred. Loretta ignorierte ihn und starrte Paul nach.

»Ich reiß ihm die Eier ab!« Sporti fletschte etwas verspätet die Zähne. »Dieser ...«

»Kommt, wir sollten rein«, unterbrach ich ihn. Er brauchte sich da nicht reinsteigern, wir durften es am Ende ja ausbaden. »Müssen nicht noch eine Sechs fürs Zuspätkommen kassieren, also hopp!«

Gegen Ende der ersten Stunde trudelte Alfi in die Klasse und bekam seine zweite Sechs in dieser Woche.

»Ganz ehrlich«, flüsterte er, während die füllige Frau Tuk die Tafel über Moses zuschmierte. »Wieso weiter Sechsen verteilen? Das Schuljahr ist doch rum.«

»Was hat der Direktor gesagt?«, wisperte Loretta.

»Ich soll mich anstrengen und so was. Ach, und dass unseresgleichen keine Chance hat und wir wenigstens denen, die es zu etwas bringen können, keine Steine in den W–«

»Alfred!«, schnitt Tuk den Satz ab. »Was habe ich eben über die Zehn Gebote gesagt?«

Wir schwenkten unsere Köpfe zur Tafel, aber Frau Fettarsch stand direkt vor der mit Kreide geschriebenen Antwort.

»Die Zehn Gebote sind die Grundlage der modernen Gesetzgebung«, sagte Alfi.

Tuks Augen klarten auf. »Gut geraten. Was ist das siebente Gebot.«

»Du sollst nicht stehlen«, kam es wie aus der Pistole geschossen. »Wie ich eben schon sagte, ein Grundstein unserer modernen Gesetze.«

»Gut! Pass ab jetzt auf. Wie Alfred eben sagte ...« Sie fuhr mit dem Unterricht fort und wir klopften hinter ihrem Rücken lautlos seine Faust ab.

Nach der Schule gingen Loretta und ich direkt nach Hause, um die Hausaufgaben zu erledigen. Im Anschluss traf ich sie vor ihrer Hütte.

»Fertig?«, fragte ich. Wir schlenderten Richtung Klo.

»Jup, du?«

Ich nickte. »Hast du Ideen?«

»Wegen des Sommers? Ja, ich kenn mich hier nicht so aus. Haben wir eigentlich eine Leihbibliothek?«

»›Farm der Tiere‹ schon durch?«, schäkerte ich, denn ich hatte vor Mathe und Deutsch gehockt und zum Ende hin irgendwelche Zahlen und Worte in Lückentexte eingetragen. Hauptsache, da stand was, sonst hätte ich den Stift nie weggelegt. Falsch war immerhin gemacht. Ich konnte mir nicht vorstellen, dass sie währenddessen Zeit gefunden hatte, ihr Buch auszulesen.

»Ja, gleich nach den Aufgaben. Waren zum Glück nicht so viele und die letzten achtzig Seiten waren so spannend, dass es schnell ging.«

»Was! Du hast achtzig Seiten gelesen?«

»Wenn du das ordentlich findest, solltest du echt mal anfangen.« Sie rieb sich die Hände. »Gibt es hier nun eine Leihbibliothek?«

Wir hatten die Kreuzung erreicht, an der es links zum Klo ging. Ich zeigte in die entgegengesetzte Richtung: »Da lang, dann kommen wir aber zu spät.«

»Lass uns morgen gehen! Ich hab zwar für heute Abend nichts mehr, aber ich schaff das schon.« Und sie marschierte weiter Richtung Spielplatz.

»Liest du echt so viel?«

»Mein Bücherregal ist voll.«

Wir hatten den Damm erreicht, kletterten den Hang hinauf und rannten auf der anderen Seite runter. Die Jungs hockten oben in der Burg. Wilfred lehnte sich aus dem schmalen Spalt zwischen Wand und Spitzdach und pfiff mit zwei Fingern nach uns: »Hallo!« Er erinnerte mich an einen Piraten, der vom Ausguck den Landratten zuwinkte.

Loretta holte mich ein, klopfte mir auf den Arm und fegte an mir vorbei. »Du bist!«

Ich jagte ihr auf der Stelle hinterher, aber bevor ich sie erwischt hatte, klatschte sie die Burg ab und rief: »Erste!«

Wir erklommen die Sprossen. Alfi und Sporti saßen sich auf dem Holzboden gegenüber. Zwischen ihnen lagen teils verdeckte und teils offene Rommékarten. Wilfred lehnte an der Reling und musterte die zwei recht verkniffen. Das Spitzdach endete knapp über seinem Kopf.

Ich setzte mich neben Alfi, Loretta kniete sich neben mich. Alfi steckte sich eine Zigarette an und blies mir den Rauch ins Gesicht. Ich hustete.

»Weichei«, lachte Sporti und schlug sich auf den Schenkel.

»Was spielt ihr?«, fragte ich.

Sporti zischte. »Pssst! Konzentrieren uns.«

»Weiß auch nicht, was die da machen. Die starren sich seit 'ner halben Stunde an. Mitspielen darf ich auch nicht. Angeblich kann man nach der ersten Runde nicht mehr einsteigen«, sagte Wilfred und zeigte ihnen den Mittelfinger.

»Poker!«, sagte Loretta begeistert. »Aber ihr spielt es falsch. In die Mitte kommen höchstens fünf und nicht acht Karten. Außerdem hat man nur zwei auf der Hand.«

Alfi sah sie von unten herauf an und schmiss dann resigniert sein Blatt von sich. »Wenn du so gut Bescheid weißt, dann zeig's uns.«

»Mach ich. Wilfred, setzen!« Sie beugte sich vor und schob die Spielkarten zu einem Stapel zusammen. Wir rückten zurück, um ihr Platz zu machen, und bildeten ein Fünfeck. Sie mischte, indem sie das Deck teilte und geschmeidig ineinander fächerte.

»Wow«, entfuhr es Wilfred. »Woher kannst du das?«

»Mein Papa hat es mir beigebracht, als er noch ... Wir spielen manchmal um das letzte Stück Käse. Kennst du Zweiunddreißighebauf? Oder, wie in diesem Fall, zweiundfünfzighebauf?«

»Klar! Bin ja nicht zurückgeblieben oder so«, sagte er und verschränkte die Arme.

»Lust auf eine schmale Runde?«

»Sicher, musst mir nur die Regeln noch mal sagen, weiß die nicht mehr so genau.«

»Kein Problem. Ich zeig's dir.« Sie stand auf, klemmte den Stapel mit der kurzen Seite zwischen Daumen und Finger, drückte die Enden zusammen, bis sich der Packen wölbte, und blätterte sie über die Reling, runter in den Sand.

Wilfred sah verdattert hinterher.

»Die musst du aufheben«, rief Loretta und lachte.

»Was soll denn die Scheiße!«

Wir tauschten irritierte Blicke. Verarschte Loretta grad Wilfred?

»Du Vollidiot«, rief Alfi und wir stiegen in sein Gelächter ein.

»Du Depp!«, krächzte Sporti und ließ sich gegen die Wand fallen. »Klar! Bin ja nicht zurückgeblieben«, äffte er Wilfred nach und machte ausladende, theatralische Gesten. »Ich kenn das Spiel, hab nur die Regeln vergessen.« Er schlug sich auf die Schenkel und warf sich wieder zurück.

Wilfred sah immer noch verwirrt aus. Ich schluckte mein Gelächter runter und sagte, bemüht die Fassung zu wahren: »Zwei-und-dreißig-heb-auf!«

Da klickte es bei Wilfred und er zeigte mit ausgestrecktem Finger auf Loretta. »Du hast mich verascht!«

Loretta machte eine tiefe Verbeugung. Wir hätten uns beinahe bepisst vor Lachen.

Doch Wilfred setzte noch einen drauf. »Das ist doch nicht in Ordnung!«, sagte er empört.

»Hör auf! Bitte! Ich kann nicht mehr«, bettelte Alfi.

Wilfred rümpfte die Nase und kletterte die Sprossenleiter hinab. Als er wiederkam, hatten wir uns einigermaßen gefangen. Loretta mischte die Karten erneut, gab aus und erklärte die Regeln.

In der vierten Runde flog Wilfred raus, schaute uns zu und paffte an einem Stummel.

»Was machen wir jetzt im Sommer?« Sporti teilte die Karten aus und richtete drei verdeckte ordentlich in der Mitte aus.

»Ich dachte, wir könnten zur Senkbachebene fahren.« Alfi nahm die Karten auf und lächelte.

»Was ist das?«, fragte ich. »Und wo?« Ich seufzte und warf meine wertlose Hand ab.

»Die ist bei Luch, da ist es nicht mehr weit bis nach Lichheim. War das letzte Mal vor zwei Jahren da. Da gibt's einen großen See mitten im Wald, weit und breit ist da keine Menschenseele. Könnten da Feuer machen.«

»Ein Tagesausflug«, quittierte Sporti und guckte in sein Blatt.

»Mindestens. Eher drei«, sagte Alfi. »Mit dem Rad brauchen wir schon einen halben Tag hin. Locker, wenn wir Sporti nicht verlieren wollen.«

»Halt's Maul, ich verlier dich gleich!«, sagte der, ohne von den Karten aufzusehen, und drehte eine der verdeckten um – Kreuz Acht. Alfi nickte zufrieden.

»Wenn wir einen halben hin und zurück benötigen, sollten wir übernachten und Zelte einpacken«, sagte ich.

»Geht klar, bin dabei«, verkündete Wilfred. Er war der einzige Junge in dem Alter, der so eine Zusage treffen konnte, ohne befürchten zu müssen, sie nicht einhalten zu können. Seinen Eltern war es egal, wo er war und was er machte. Wir vermuteten, dass sie ihn irgendwann zwischen der dritten und vierten Klasse aufgegeben hatten.

»Bei mir auch. Bin froh, wenn ich rauskomme, der Alte bemerkt's eh nicht.« Alfi wendete das zweite Blatt – Kreuz Vier.

Sporti leckte sich aufgeregt die Lippen. »Bin dabei.«

»Ich auch«, stimmten Loretta und ich mit ein.

»O ja, gleich am Samstag?« Wilfred sprang auf und schlug mit dem Kopf an die Decke. »Au!«

»Dann ist's abgemacht ...« Alfi deckte die letzte Karte auf – Kreuz Sechs. »Straße!«, summte er.

Sporti schmiss frustriert hin.

»Tja, da hab ich gewonnen«, sagte Loretta. Sie deckte einen Kreuzbube und eine Kreuzzehn auf.

»Nein, du hast überhaupt nichts«, protestierte Alfi.

»Ich hab fünf Kreuze, das ist ein Flush.« Sie spreizte die Lippen zu einem sanftmütigen Lächeln.

»Tja, da hat sie dir das Fell über die Ohren gezogen, was?«, sagte Wilfred.

Alfi schlug ihm die Faust auf die Schulter. »Halt's Maul, Wilfred!«

5

Am nächsten Schultag erzählte Loretta mir, dass ihre Mutter ihr erlaubt hatte, mit uns zelten zu gehen, dass sie sogar wüsste, dass wir Kerle wären, das aber für kein Problem hielte, wenn Loretta verspräche, allein in ihrem Zelt zu schlafen.

»Die vollen drei Tage«, betonte sie.

Da war sie mir weit voraus. Die Jungs und ich machten ständig Pläne und malten uns die verrücktesten Abenteuer aus, ohne je einen in Angriff genommen zu haben.

»Ich bin jedenfalls dabei. Insofern Papa das erlaubt, aber Mama bringt das fertig. Hast du auch schon gefragt?«, wollte sie wissen, als wir die Linde erreichten. Paul stand dort und grinste. In mir machte sich ein ungutes Gefühl breit.

Ich beschleunigte meine Schritte. Loretta mühte sich, meinem Parcours zwischen den Schülern hindurch zu folgen. »Hey, warum läufst du denn so schnell?«

Wir erreichten die Rückseite und erblickten Alfi. Ein krebsrotes, lila unterlaufenes Veilchen rahmte sein rechtes Auge. Die Unterlippe war auf einer Seite geschwollen und voller Grind.

Loretta zischte an mir vorbei und besah sich seine Verletzungen.

»Was ist …«, begann ich. Mir zog sich der Hals zu. »War das Paul?«

Im unverletzten Mundwinkel schaukelte eine Zigarette. Die Falte unter der Nase wies eine Blutspur auf. Alfi hob zitternd die Hand an den Mund, seine Knöchel waren aufgeschürft. Er hauchte den Qualm zu einer durscheinenden Gardine aus. »Mein Alter«, sagte er erschöpft. »Hab mich dieses Mal gewehrt.«

»Scheiße«, murmelte ich.

»Warum?«, fragte Loretta und sah ihn prüfend an. »Warum hat er das gemacht?«

»Sie hat angerufen«, erklärte Sporti, und bevor wir fragen konnten wer, ergänzte er: »Schreihals.«

»Offenbar dauerte ihr der blaue Brief zu lange. Da ist er durchgedreht.« Alfi betrachtete den glühenden Filter zwischen seinen zerschrammten Knöcheln und schnickte ihn scharf an mir vorbei. Wilfred reichte ihm eine neue und hielt ihm auch das Feuer unter die Spitze.

»Ich hab die Erlaubnis«, versuchte Loretta uns alle abzulenken. »Meine Mutter sagt, ich darf.«

Wilfred kniff die Augen zusammen. »Du darfst was?«

»Gestern? Der Plan, zur Senkbachebene zu fahren, um da zu zelten? Habt ihr das schon vergessen, oder was?«

»Ich fahr mit dir!«, sagte Alfi. »Ich komme unbedingt mit.«

Wir nickten alle. Die Sache war beschlossen. »Gut. Dann Samstag Zehn Hundert! Am Klo«, schloss Alfi.

Die Klingel wies uns darauf hin, dass der Unterricht begann. Die vorletzte erste Stunde vor den Ferien. Wir gingen in den Klassenraum und setzten uns an unsere gewohnten Plätze.

»Mathe«, sagte Loretta und mir wurde kalt.

»Sicher?«

»Schon, ja. Wieso?« Mir war wieder eingefallen, dass ich nur wahllos irgendwelche Zahlen in die Lücken eingetragen hatte, und nun bereute ich mein fahrlässiges Verhalten.

»Meine Hausaufgaben sind falsch.« Ausgerechnet bei der Schreihals. Vor einigen Jahren hatte sie angeblich am Zeugnistag einem ihrer Schüler die Note von drei auf fünf korrigiert, weil er sich bei seiner Hausarbeit nicht genügend Mühe gegeben hatte. Der Ärmste hatte seinen Ausbildungsplatz verloren und hauste nun unter irgendeiner Brücke. Zeugnisse gab es am nächsten Tag, viel Zeit sich auszumalen, was sie mit meinem Zeugnis anrichten konnte.

»Schreib von mir ab«, bot Loretta mir an.

Ich hätte das Angebot gerne angenommen, aber bevor ich meinen Schulranzen abstellen konnte, betrat sie den Raum.

»Guten Morgen, liebe Kinder!«

»Guten Morgen, Frau Kreitsch.«

Sie ließ den Blick über die Klasse schweifen, bis sie fand, wonach sie gesucht hatte. Weder ihre Lippen noch ihre Augen regten sich, als sie Alfi unerbittlich fixierte.

»Setzen!« Stühle wurden gerückt. »Herr Alfred Grinizki, stehen Sie bitte auf.« Er seufzte genervt und schlug mit der Faust auf den Tisch. Das musste wehgetan haben, an einer Stelle brach der Grind auf und ein Tropfen Blut lief über die Knöchel. Doch er erhob sich.

»Seht euch den Freak an!«, sagte Paul. Seine Untertanen gackerten.

»Herr Paul Wollreif, möchten Sie Ihre Erkenntnisse mit der Klasse teilen?«

»Nein, Frau Kreitsch«, sagte er unterwürfig.

»Dann Ruhe! Drehen Sie sich bitte alle zu Herrn Grinizki.« Alfis Kaumuskel hob und senkte sich. Fünfundzwanzig Augenpaare waren auf ihn gerichtet. »Eine Persönlichkeit, die so«, sie hob ihre Nase, als würde etwas stinken, »in der Schule erscheint, ist für die Gesellschaft verloren. Wir haben ein hervorragendes Schulsystem in unserem Land, aber leider schafft es nicht jeder. Weder in der Schule noch im Leben. Hier sehen Sie ein Wesen, das kläglich im Leben scheitert.«

Alfi hatte die Lippen zu einem blutleeren Strich zusammengepresst.

»Herr Grinizki, haben Sie Ihre Hausaufgaben gemacht?« Er starrte sie an, kniff die Augen zusammen, reagierte aber nicht.

»Herr Grinizki, war meine Frage zu schwer für Sie? Kein Problem, ich wiederhole mich gern. Haben Sie ihre ...«

»Nein!«, bellte er.

Sie schnaubte, holte ihr Klassenbuch hervor und zog den Füller aus der Schublade. »Ist Ihnen klar«, begann sie, dabei beugte sie sich über den Tisch und zupfte den Deckel vom Füller, »dass dies Ihre dritte Sechs innerhalb einer Woche ist? Was bedeutet das für Sie?«

Alfi trieb das Wasser in die Augen. Ich wollte ihm helfen, wollte ihn von dieser Demütigung befreien, aber ich wusste nicht, wie. Er blinzelte eine unscheinbare Träne weg.

»Ich erkläre es Ihnen. Ihr Verhalten hat Konsequenzen. Ich werde einen weiteren Brief an Ihren Vater schicken.«

»Nein«, sagte er kaum hörbar. Er zitterte am ganzen Körper. Aus Pauls Ecke erreichte uns ein Crescendo aus Gelächter.

»Herr Wollreif! Muss ich Sie verwarnen? Verstehen Sie diese Lektion denn nicht?«

»Entschuldigen Sie, Frau Kreitsch.«

Sie machte mit dem Füller eine knappe, aber geschwungene Bewegung auf dem Papier und legte das Buch wieder weg. »Herr Grinizki«, fing sie wieder an.

Loretta rutschte unruhig auf ihrem Stuhl hin und her. Bevor sie auf dumme Gedanken kam, legte ich ihr eine Hand auf den Unterarm. Wir sahen uns an und verstanden einander. Wir konnten nichts ausrichten, ohne selbst ins Fadenkreuz zu geraten.

»Ich möchte Sie wissen lassen, dass ich den Brief heute Abend persönlich bei Ihnen vorbeibringe. Sie dürfen sich setzen.« Schreihals schloss den Füller. »Schlagen Sie Seite siebzehn auf. In zehn Minuten besprechen wir die Ergebnisse.«

Alfi sackte auf den Sitz und gaffte sein kariertes Blatt an, bis es klingelte und er verschwand.

»War eine echt miese Nummer«, sagte Loretta am Nachmittag auf dem Weg zur Bibliothek. Ich hatte vom Mittagessen Sauerkraut im Magen, das kräftig rumorte.

»Ja, ich wünschte, wir hätten was tun, ihm irgendwie helfen können.« Unsere Handrücken streiften sich im Rhythmus der Schritte. Jedes Mal durchzuckten mich angenehme Stromstöße. Wir bogen an der Kreuzung zur Schule nach rechts ab und folgten der beruhigten Fußgängerzone.

»Weißt du, wo Alfi hin ist?«, fragte sie. Er war nach Mathe nicht wieder aufgetaucht.

Ich schüttelte den Kopf. »Nur, dass er nicht heim ist. Sein Vater ist oft zuhause und trinkt kistenweise Bier.«

»Hast du mit deinen Eltern gesprochen?«

»Noch nicht. Heute Abend.«

»Und, was meinst du? Wie stehen die Chancen?«

Unsere Hände berührten sich. Ich musste mich zusammenreißen, um den Gesprächsfaden nicht zu verlieren. »Ganz gut. Wenn ich morgen das Zeugnis vorlege, haben die bestimmt nichts dagegen.«

»So gut?«, fragte sie, als würde sie daran zweifeln.

»Was soll das denn heißen?«

»Ich bin mir nicht sicher, ob du lesen kannst.« Sie pikte mich in die Seite und kicherte.

»Hallo?« Wir kicherten zusammen.

»Einserschnitt?«, forschte sie nach.

»Zwei Komma fünf. Hast du dein Zeugnis schon?«

Sie sog die Unterlippe ein und nickte.

»Also? Was hast du?«

»Sag ich dir nicht.«

»Du weißt meinen doch auch. Du bist bestimmt eine Streberin. Eins?« Ich sah ihr an der Nase an, dass ich richtig lag. »Ernsthaft?«

»Schon. Schlimm?«, fragte sie besorgt.

»Nein, natürlich nicht.« Das brachte sie zum Lächeln. Sie sah mir in die Augen, dabei streiften sich unsere Handrücken erneut.

Ihre Wangen färbten sich knallrot und mir wurde warm.

»Da vorne«, sagte ich und deutete auf ein altes Fachwerkhaus mit Schilfdach. »Wir sind gleich da.«

Wir passierten die letzte Kurve und steuerten auf den Rathausplatz zu. Hier standen drei dieser Häuser in einem Dreieck zusammen, in der Mitte des Platzes war ein Brunnen, umgeben von lehmiger Erde, in der man nach einem Regenguss knöcheltief versank. Die Häuser stammten aus dem Mittelalter und waren mit dunklem Schilf gedeckt, das leicht schief hing und fast bis zum Boden reichte, wie der tiefsitzende Schirm einer Mütze, unter dem jemand unheilvoll herausspähte.

»Sieht echt gruselig aus«, sagte Loretta.

»Hier ist alles noch so wie vor tausendzweihundert Jahren, als Moorbach gegründet wurde. Hatten wir in Geschichte.« Eine unsichtbare Kuppel zwang die Zeit im Herzen des Rathausplatzes, nicht weiter zu ticken.

»Weißt du noch mehr?«

»Über Moorbach?«

»Jup.«

»Also, der Name ist Programm. Das Ganze ist auf einem Ried gebaut worden, das die Bauern mit einem Graben trockengelegt haben. Daraus ist der Moorbach entstanden. Die drei Gebäude hier waren die ersten, die bei Regen nicht versanken oder unterspült wurden und sie waren das Geschenk eines Herzogs, frag mich aber nicht, wer das war.« Ich drehte mich auf der Stelle und schaute auf die Skulptur im Brunnen. »Und das ist Herold.«

»Wer?«

»Der da.« Ich zeigte auf den Brunnen. Dort prunkte der von Taubenkacke geweißte Drachentöter: Er zielte mit seinem Speer auf einen sich um seine Beine windenden Wurmdrachen, um ihm den Todesstoß zu versetzen. Vom Drachenmaul tröpfelte kupferfarbene Plörre.

Normalerweise plätscherte klares Wasser in einem weiten Bogen in den Brunnen, aber heute war er fast leer und in der braunen Plörre schwamm Abfall. Die Ecken des Brunnens waren zu großen Teilen abgebröckelt, als hätten Vögel sie weggepickt.

Wir blieben davor stehen.

»Wieso Herold?«, fragte Loretta skeptisch.

»Näh, keine Ahnung. Ich glaube, nur Drachentöter. Angeblich hat er den letzten Drachen besiegt. Ein Stich, direkt in das Herz. Dank ihm können wir hier in Sicherheit leben.«

»Kümmert sich denn keiner da drum? Er könnte eine Dusche vertragen.«

Ich hob die Schultern. »Keine Ahnung. Hier ist die Bibliothek.« Ich zeigte auf das rechte Haus, wo in einer Lücke im Schilf eine Tür zu sehen war. Sie war aus dunklem Holz, auf dem in goldenen Lettern »Bücherschatz« eingeprägt war.

Loretta schob sich an mir vorbei und öffnete die Tür. »Wow«, machte sie.

Ich sah an ihr vorbei und war baff. Vor uns lag ein mit rötlichem Holz vertäfelter Saal. Er wirkte viel größer, als das Gebäude von außen ausgesehen hatte. Die Decke war offen, so dass man die Dachschrägen sehen konnte. Vom Giebel über unseren Köpfen führte eine Kette bis in die Mitte des Saals, an ihr hing ein ausladender Kronleuchter, der mit Kristallen behängt war und dessen Kerzen für schummriges Licht sorgten.

Vor uns waren wuchtige Tische aufgereiht, deren Ränder mit Schnörkeln und Schnitzereien verziert waren, darauf standen silberne Kerzenständer, in denen Stabkerzen auf Leser warteten. Die Stühle waren ordentlich herangeschoben.

Der dunkle Parkettfußboden mündete hinter den Tischen in eine Treppe, die nach unten zu führen schien. Ich sah weit und breit kein Buch, nur Sitzplätze, aber direkt neben uns stand eine handgearbeitete Holztheke.

»Hast du so was schon mal gesehen?«, fragte Loretta.

Das war nicht der optimale Zeitpunkt, ihr zu eröffnen, dass ich, bevor wir losgegangen waren, meine Mutter nach dem Weg gefragt und mich rückversichert hatte, dass wir wirklich eine Bibliothek hatten.

Hinter der Theke tauchte ein Mann mit einem langen weißen Bart auf. Er trug einen Frack. »Guten Tag«, näselte er. »Was suchen die Herrschaften?«

Ich rieb mir die Augen, und als ich die Hände senkte, guckte der Kerl uns noch immer von oben herab an. Er trug eine runde, goldene Brille und hatte rote Bäckchen. Beinahe hätte ich ihn nach seinem Namen gefragt und es hätte mich nicht gewundert, wenn er Nick oder Nikolas geheißen hätte, auch wenn er nur eine abgemagerte Version meines Kindheitshelden unterm Tannenbaum war.

»Wir suchen Comics«, sagte Loretta.

Der Mann rümpfte die Nase. »Folgen Sie mir!«

Wir gingen durch die Eingangshalle, stiegen die Treppe am Ende des Saals hinab und kamen in eine Halle, die so groß wie zwei Sporthallen war.

Sie war voll mit Bücherregalen, die bis zu einer Gewölbedecke reichten. An jedem Regal stand eine Leiter, mit der man an das oberste Fach gelangen konnte. Gemessenen Schrittes führte uns der Mann an den Bücherreihen entlang. Außen hingen Kupfertäfelchen mit eingestanzten Nummern, über denen jeweils eine Kerze Licht spendete.

»Wir sind unter der Erde, oder?«, fragte ich.

»Wir sind aus dem Erdgeschoss eine Treppe hinabgestiegen«, antwortete der alte Mann und rümpfte erneut die Nase. »Früher war das Haus eine Schenke und das hier unten die große Vorratskammer. Wie Sie sehen, entschied sich die Gemeinde im Zweiten Weltkrieg ... hören Sie mir zu?« Er blieb stehen, drehte sich aber nicht um.

»Aber natürlich, werter Herr«, sagte Loretta. Sie knuffte mir in den Arm und wir unterdrückten ein Kichern.

»Bei solch jungen Leuten wie Ihnen kann man sich nie sicher sein. Also, die Bürgerämter entschieden sich, die Bücher aus den umliegenden Gemeinden hierher zu verlagern, stabilere Klimabedingungen und geschützter vor Angriffen. Der obere Bereich blieb eine Schenke, damit die Nazis keinen Verdacht schöpften. Was sie auch nicht taten. Wissen Sie, Moorbach hat eine nicht unerhebliche Sammlung von jüdischen Autoren und anderen Kulturschätzen wie die Originalwerke von Erich Kästner und Oskar Maria Graf. So da wären wir.«

Er deutete in einen Gang. »Die Regale sieben bis dreizehn sind Bildbände. Bitte beachten Sie, dass Sie maximal fünf Werke ausleihen dürfen, nachdem Sie oben einen Ausweisantrag ausgefüllt haben. Noch Fragen?«

»Nein, danke«, erklärte Loretta. »Wir wissen Bescheid.«

Der Bibliothekar kräuselte die Nase, wohl war ihm offenbar nicht dabei, uns unbeaufsichtigt zu lassen. »Und lecken Sie sich nicht die Finger vor dem Umblättern. Jedes defekte Buch muss ersetzt werden.«

»Machen wir nicht«, versicherte ich. Daraufhin ließ er uns allein.

»Wo sind wir hier?« Es war mir unbegreiflich, wie Moorbach eine solche Perle versteckt halten konnte, ohne dass jemand Verdacht schöpfte. »Und was sind Comics?«

»Sag mal, lebst du hinter dem Mond? Wie gut ist dein Englisch?« Sie schleifte mich zum ersten Regal, das mit der Nummer sieben.

»Geht so, Deutsch kann ich besser.«

»Du wirst dein Englisch so aufbessern. Weißt du«, sie drehte sich zu mir um, »ich habe mit Comics angefangen, da kannte ich nur eine Handvoll Vokabeln. Was sind deine Themen?«

»Wie Themen?«

»Was interessiert dich?«

»Keine Ahnung.«

Loretta ließ sich nicht aus der Ruhe bringen. »Welche Filme magst du?«

»Hab nicht so viele gesehen.«

»Ja, ich auch nicht, trotzdem weiß ich, dass ich Liebesgeschichten mag.«

»Superman find ich klasse.«

»So wird das nichts.« Sie betrachtete die Titel der aufgereihten Bücher und hielt dann an einem der Fächer. Die Bücher und Hefte waren sauber aufgereiht, sie griff nach einem in einer langen Reihe: »Schau da rein. Ist sogar auf Deutsch. Wenn dir die Bilder gefallen, dann liest du das.« Sie drückte mir ein schmales Heftchen in die Hand, das erste aus einer langen Reihe.

Der Titel lautete »Joyce Angriff vom Mars«. Auf dem Heftdeckel war ein Gehirn mit spitzen Beinen zu sehen, ähnlich denen von Spinnen. Goldene Blitze zuckten von ihm weg.

Ich schlug es in der Mitte auf. Die Seite war in Karos aufgeteilt, in jedem war eine Frau im Anzug zu sehen. Im ersten zielte sie mit einer Pistole auf zähen Glibber, der aus dem Ohr einer Leiche quoll. Von ihrem Mund stieg eine Sprechblase auf: »Wa-was ist das?« Im nächsten Karo schoss sie. »Peng! Peng! Peng!« Aber der Glibber schluckte die Kugel und dehnte sich weiter aus und ... Ich blätterte zur ersten Scite zurück. Die Frau saß am Tisch, vor sich einen Teller, ihr Mund stand offen und sie sah aus, als hätte sie einen Geist gesehen. Neben ihr saß ein Hund, vor dessen Maul sich eine Sprechblase entfaltete: »Joyce, wir müssen reden.«

»Und?« Loretta klopfte mir auf die Schulter, und als ich nicht reagierte, riss sie mir das Heft aus der Hand.

»Hey!«, blökte ich. »Gib das wieder her!«

»Nicht gleich auslesen.« Sie drehte sich zum Regal und fuhr mit dem Finger die Buchrücken der Hefte entlang. Die Nummerierung ging von eins bis dreiundzwanzig.

»Gut, das sind genug Hefte. Ist immer doof, wenn es nur zwei oder drei Bände gibt.« Sie reichte mir das Blättchen, das sie mir eben weggenommen hatte. Es hatte die Nummer Null. »Jetzt holen wir eins für mich.«

Ich folgte ihr. Insgeheim war ich heiß darauf, zuhause weiterzulesen und herauszufinden, wie der Glibber getötet werden konnte. Sie schlängelte sich durch dieses unterirdische Lager, als hätte sie Jahre hier verbracht. Wir wechselten zum Regal mit der Nummer dreiundvierzig: Liebesromane. Sie schnappte sich irgendeinen Wälzer, blätterte darin herum, stellte ihn zurück und nahm den nächsten. Sie brauchte nicht lang, bis sie etwas fand. Sie hielt mir das Cover von »Stolz und Vorurteil« von Jane Austen unter die Nase.

»Von dem Buch hab ich gehört, ist das nicht ewig alt?«

Loretta kämmte sich mit gespreizten Fingern durch die Haare. »Na und? Lass uns hochgehen. Mal sehen, was der von uns will.«

Wir stiegen die Ebenholztreppe wieder rauf und gingen durch den Lesesaal bis zum Bibliothekar, der an der Theke neben dem Eingang lehnte.

»Sind Sie fündig geworden, meine Herrschaften?« Er musterte die Trophäen, die wir aus dem Untergrund mitgebracht hatten. »Ich habe Ihnen Anträge vorbereitet. Bitte füllen Sie die aus und unterschreiben Sie am Ende.« Wir trugen Namen und Adressdaten ein. »Ich bekomme jeweils fünf Pfennig.«

Ich sah erschrocken zu Loretta, die in ihrer Hosentasche kramte und zwei Fünfpfennigstücke auf den Tisch legte. Wir erhielten jeder einen Ausweis mit offiziellem Bibliotheksstempel und Regeln auf der Rückseite, die erklärten, wie lang ein Buch ausgeliehen werden durfte und was ein Tag Überziehung an Gebühren mit sich brachte. Da staunte ich nicht schlecht. Von dem Ordnungsgeld für einen Tag Verspätung konnten die jeweils einen neuen Roman kaufen.

Dazu gab es ein gelbes Heftchen, in dem der Bibliothekar Ausleihdaten wie Titel und Datum vermerkte.

»Schönen Tag.« Der Alte kehrte uns vor die Tür und schloss hinter uns ab.

»Danke, das Geld bekommst du wieder.«

»Muss nicht. Meine Mama hat mir das gegeben, damit ich einen Ausweis machen kann. So ist es viel günstiger, als wenn sie jedes Buch kaufen müsste.«

Ich umarmte sie, bis mir klar wurde, was ich tat, da wich ich zurück. Mir brannten die Wangen.

Auf dem Rückweg redeten wir nicht. Ich genierte mich für den Überfall, und dass sie sich dazu nicht geäußert hatte, machte es schlimmer. Wenn ich nicht den Boden vor meinen Schuhspitzen inspizierte, betrachtete ich meinen Comic. Ich konnte es kaum erwarten, es endlich zu lesen. Unsere Hände berührten sich flüchtig. Ich stopfte meine in die Hosentasche.

»Hast du was?«, fragte sie.

»Nein, du? Wieso?«

»Ach, nichts.« Wir waren vor ihrem Haus angekommen und es führte kein Weg mehr dran vorbei. Ich war gezwungen sie anzusehen, und als ich es tat, hatte ich das Gefühl, dass sie durch meine Augen in mich hineinsah.

»Danke für das Heft.«

»Keine Ursache. Du redest heute mit deinen Eltern?«

»Ja.« Ich sah an ihr vorbei.

»Bis morgen früh. Wieder hier?«

»Okay.«

Endlich trennten sich unsere Wege. Ich drehte mich nicht nach ihr um, bildete mir aber ein, ihren Blick im Rücken zu spüren.

»Was hast du da?« Mutter stand in der Küche und hatte eine Schürze umgebunden, in einer Hand ein großes Messer, in der anderen eine Tomate.

»Einen Comic«, sagte ich und drückte ihn fest an mich. Es war irgendwie von Loretta und da wollte ich aufpassen.

»Früher nannten wir das Bilderbuch. Die Zeiten ändern sich.«

»Ich geh rauf und lese.«

Sie klang überrascht, als sie mir viel Spaß wünschte. Was mich aber aus den Socken katapultierte, war der nächste Satz: »Ich mache heute das Abendbrot. Lies du nur, mein Schatz.«

Wenn sie erfahren hätte, was ich da las, sie hätte das Heft vor meinen Augen verbrannt, Kosten hin oder her. Und ich hätte für zehn Wochen Abendbrot machen müssen.

Ich warf mich auf mein Bett und schlug das Heft auf. Nach der ersten Seite vergaß ich die Welt um mich herum.

Irgendwann später hörte ich meine Mutter rufen: »Konstantin« Sie dehnte meinen Namen liebevoll.

»Komme.« Ich klappte das Heft zu und freute mich auf die nächsten Seiten voller Killergehirne, die den Menschen aus den Ohren krochen.

Der Tisch war gedeckt, im Zentrum stand der Weidenkorb mit reichlich Grau- und Weißbrot. Daneben standen Essiggurken, Käse und Blutwurst. Wir warteten, bis mein Vater seinen Stuhl besetzt hatte, und Mutter schmierte ihm wie gewohnt die erste Stulle mit Butter.

»Konstantin liest«, sagte sie stolz.

»Ach? Was liest du denn?«, wollte er wissen.

Ich rieb mit dem Fuß über den Boden, so wie man Glut austritt. »Anatomie über Gehirne.«

»Lobenswert, Junge.« Mutter reichte ihm sein Brot und er biss ab. Ich kaute eine Essiggurke.

»Ich würde gern am Wochenende mit meinen Freunden zelten. Darf ich?«

»Wie sind deine Noten?«, fragte er.

Mutter antwortete für mich. »Bisher waren sie gut. Wir könnten es ihm erlauben. Wie lange wollt ihr denn?«

»Samstag bis Montag. Bei Alfi im Garten.«

»Hm«, machte mein Vater.

»Dann wären wir allein«, sagte Mutter geheimnistuerisch.

»Von mir aus, wenn dein Zeugnis dementsprechend ist.«

6

Ich wachte früh auf, obwohl die Nacht erneut dürftig gewesen war. Nach jeder Seite hatte ich mir geschworen aufzuhören, hatte die Killergehirne aber nicht weglegen können, bis mir gegen Mitternacht die Augen zugefallen waren und ich im Sitzen eingeschlafen war. Trotzdem war ich nicht müde, als Mutter zum Frühstück rief. Ich konnte es kaum erwarten, mit Loretta darüber zu sprechen.

Die Zeit schlich am Frühstückstisch vorbei. Als ich endlich gehen durfte, war ich spät dran und Loretta nirgends zu sehen. Ich wartete eine Weile, aber sie tauchte nicht auf, daraufhin rannte ich zur Kreuzung, wo sie aber auch nicht war. Bestimmt war sie schon hinten bei Alfi in der Raucherecke.

Ein Eichelhäher segelte knapp an mir vorbei, stieg auf und flog eine Schleife nach links, Richtung Klo. Hätte ich ihm nicht nachgesehen, dann hätte ich Paul verpasst, der wie ein Stier auf mich zugerast kam und dabei die Fäuste schwang.

Von panischer Angst getrieben wetzte ich über die Straße Richtung Schule. Die Ledertasche schlug auf meinem Rücken von Schulter zu Schulter. Der Pausenhof war erschreckend leer, nur eine Busladung Kinder hockte unter der Linde.

Die Schritte hinter mir näherten sich viel zu schnell. Er würde mich bald eingeholt haben, ganz sicher würde er nicht abbrechen. Hoffentlich waren die Jungs und Loretta da.

Die Raucherecke war leer. Hechelnd blieb ich stehen. Mein Hirn kam nicht hinterher. Warum war die Raucherecke leer? Dann machte es klick. Ich war nicht zu spät, ich war zu früh!

Loretta hatte wahrscheinlich noch im Bett gelegen und geschmökert, als ich nichtsahnend entschieden hatte, mich in mein Verderben zu stürzen. Aber viel schlimmer noch, ich war allein. Ganz allein.

Die Schritte hinter mir verlangsamten sich. Ich war wie erstarrt. Meine einzige Hoffnung auf Hilfe war wie eine Kaugummiblase zerplatzt.

Ich starrte auf die leere Wand, während hinter mir die Schritte langsam näher kamen. Eine durchsichtige Silhouette lehnte an der Wand, die wie Alfi aussah und Rauch aus dem Mund blies. »Mach ihn alle«, sagte sie direkt in meinem Kopf.

»Ich hab dich.«

Ich fuhr herum. Paul sah zufrieden aus und war so gar nicht aus der Puste. Er blieb eine Armlänge entfernt stehen. »Du solltest echt mehr Sport machen, Schwuchtel!«

»Was willst du von mir?« Zwischen jedem Wort rang ich heftig nach Atem.

Er gackerte wie ein Huhn. »Dich! Und die anderen Arschlöcher! War wohl lustig zu sehen, wie mich die Schreihals anpöbelt, was?«

»Musst du gerade sagen! Nachdem, was sie mit Alfi gemacht hat!«

»Die hat ihm gesagt, wo er hingehört, und dasselbe zeige ich jetzt dir.«

Bis zu dieser Sekunde hatten wir Abstand gehalten, doch jetzt kam Paul auf mich zu. Ich wich zurück.

Er war einen Kopf größer und deutlich breiter als ich. »Setz dich!«

Ich sah mich um, zu meiner Rechten und hinter mir versperrte das Haus den Weg, zur Linken ein Zaun.

»Setz dich hin, dann wird's nicht so schlimm. Versprochen.« Er beugte sich vor und streckte die Arme zu beiden Seiten aus, damit ich nicht an ihm vorbeihuschen konnte, während er mich weiter in die Enge trieb.

Zelten, schoss es mir durch den Kopf. Wenn mich Vater mit einem Veilchen sähe, wäre das Wochenende unter freiem Himmel Geschichte.

»Können wir das nicht lassen?«, fragte ich und schlich im selben Tempo rückwärts, in dem er auf mich zu kam. Ich stieß mit dem Rücken gegen die Wand.

Paul starrte mich an, ich bekam Kopfschmerzen davon. Die Hauswand drückte gegen meinen Rücken. Der Sicherheitsabstand betrug nur noch eine Armlänge. Ich roch sein viel zu teures Rasierwasser. Es stank, eine Mischung aus Benzin, Kräutern und Eukalyptus.

Paul holte aus. »Deine Zeit ist abgelaufen, Schwuchtel!«

Ich ließ mich auf alle viere fallen. Seine Faust krachte in den Rauputz über mir, die Knochen knirschten, dicht darauf folgte ein jaulender Schrei. Ich krabbelte wie ein Käfer an ihm vorbei, stand auf und rannte wie wahnsinnig in Richtung Pausenhof.

Er schrie noch einmal, aber grauenhaft, voller Hass. Seine Schritte eilten über das Pflaster. Er kam näher.

Da schob Sporti seinen Kopf aus einer Gruppe ankommender Schüler. Ich brach in Tränen aus. Als ich ihn erreicht hatte, sah ich zurück. Paul war nicht mehr da.

»Was ist mit dir?« Sporti stützte mich mit einem Arm um den Brustkorb. Ich schnaufte und zitterte. »Was ist denn los?«

»Paul«, brachte ich hervor.

»Was hat das Arschloch gemacht?«

Ich schüttelte den Kopf. »Er wollte. Hatte ... hat mich in die Enge getrieben, hab mich geduckt in letzter Sekunde.«

»Dieser Penner!«, knurrte er. Sporti schleppte mich hinters Haus. Paul war verschwunden. Der einzige Beweis war das Blut an der Wand, um eine bröckelnde Stelle im Putz.

»Irgendwann erwisch ich den Bastard!« Sporti bot mir einen Glimmstängel an. Ich lehnte ab, hielt aber weiter Ausschau, ich erwartete, dass Paul zurückkäme. Wilfred und

Loretta trudelten ein, da bekam ich mich langsam wieder unter Kontrolle.

»Wo warst du?«, fragte sie.

»Ich ... äh, also ... war ... ehm ...« Der Knoten platzte. »Hab mich in der Zeit vertan, bin zu früh los. Dachte, du bist schon weg. Hab aber die Erlaubnis, mit euch zu zelten.«

»Toll«, sagte sie und lächelte.

»Ich auch«, sagten Sporti und Wilfred gleichzeitig.

»Wo ist Alfi?«, fragte Loretta. Die Glocke schellte.

»Ach, der schwänzt sicher«, sagte Sporti und spuckte dem weggeworfenen Stummel nach.

»Jau! Der macht's richtig!« Wilfred klopfte ihr auf die Schulter. »Um den musst du dich nicht kümmern. Außerdem ist heute Zeugnistag! Endlich. Drei Stunden reichen für einen Schultag, oder? Warum haben wir nicht immer so früh aus?«

Wie recht er damit hatte. Drei Stunden genügten, vor allem weil Paul mich in der Klasse nicht in Frieden ließ. Er hatte seine Schlaghand in ein Handtuch gewickelt und glotzte unablässig zu mir hinter. Wenn sich unsere Blicke trafen, fuhr er sich mit dem Daumen über den Hals oder formte eine Pistole, die er auf mich abfeuerte.

Die Zeugnisausgabe lief wie erwartet. Loretta erhielt natürlich keines. Wilfred mokierte sich über die Sechsen in Religion und Deutsch, mit der Fünf in Mathe war er zufrieden. Sporti hatte seinen angestrebten Vierernotenschnitt. Besonders stolz war er auf die Drei in Sport. Ich hatte meinen Zensurenschnitt um eine halbe Note verbessert. Dafür war die Zwei in Erdkunde verantwortlich, die ich für einen Schreibfehler hielt, aber ich hielt schön die Klappe. Loretta zog mein Zeugnis zu sich rüber.

»Könnt ihr mit mir warten?«, fragte ich in die Runde. »Nur bis Paul weg ist.«

»Geht nicht, muss pünktlich heim«, sagte Sporti. »Sonst war's das mit dem Zeltausflug.«

»Bei mir auch so. Tut mir leid«, sagte Wilfred. Loretta gab mir mein Jahreszeugnis zurück.

»Ich warte mit dir.« Die Glocke schellte und die Jungs verschwanden. Loretta und ich verließen den Klassenraum als letzte und schlenderten zum Ausgang, aber wirklich warten konnten wir nicht, denn der Hausmeister schob uns vor die Gebäudetür und schloss hinter uns ab.

Auf dem Schulhof hatten sich vereinzelt Grüppchen gebildet, aber der Hauptstrom war bereits vom Hof geflossen. Ich suchte nach meinem Widersacher, konnte ihn aber nirgends entdecken.

»Dieser Paul ist echt ein Arsch«, sagte Loretta. »Siehst du ihn?«

»Nein.« Wir gingen los und überquerten die Kreuzung. Eine schwarzweiß gestreifte Katze huschte mit uns über die Straße und schlüpfte unter ein Auto. Zuvor war mir nic aufgefallen, wie dunkel es dort war. Das war ein gutes Versteck, um uns aufzulauern, im passenden Moment hervorzuspringen und mir den Verstand mit einem Baseballschläger aus dem Leib zu prügeln.

Es war helllichter Tag, die Sonne brannte mir auf den Schädel. Aber einen Paul würde das wenig interessieren. Sein Vater hatte genügend Geld, um sich das Stillschweigen der gesamten Rosenbausiedlung zu erkaufen. Ich hatte keinen Zweifel daran, dass er jederzeit mit einem Messer hinter einem Lieferwagen vorspringen und mir die Kehle aufschlitzen könnte.

Je tiefer wir in die Siedlung eindrangen, desto schneller ging mein Herzschlag. Ich war überzeugt, dass Paul kommen und angreifen würde. Ein Bonze wie er konnte es nicht hinnehmen, wenn einer wie ich ihm die Stirn bot.

»Und wie findest du den Comic?«

»Hab's heute Morgen fertiggelesen.«

»Ausgelesen ist das korrekte Wort.«

»Jedenfalls war Joyce der Hammer. Da geht's um echt abgefahrenes Zeug. Irgendwelche wahnsinnigen Wissenschaftler und Gehirne, die aus Köpfen klettern, um alles und jeden zu beißen, damit auch denen das Gehirn aus den Ohren kriecht. Zeitreisen und Angriffe von Monstern gibt es auch noch.«

Ihr Blick ging zwischen meinen Lippen und Augen hin und her.

»Holen wir dir nächste Woche neue? Zusammen?«

»Ja, super gerne.« Wir hielten vor ihrem Gartentor. »Was packst du alles ein?«

»Ein Zelt und einen Schlafsack. Und du?«

»Auch, und eine Badehose. Laut Alfi ist da ja ein riesiger See. Morgen kurz vor zehn?«

»Jup! Ich pack meinen Badeanzug ein.«

Ihre Haustür fiel ins Schloss, und mich überkam wieder das Gefühl, beobachtet zu werden. Ich schlenderte die Straße entlang, auf unseren Vorgarten zu. Bevor ich nicht den Briefkasten erreicht hatte, würde ich mich nicht umdrehen, wenn Paul hier irgendwo lauerte, würde er glauben, dass ich ihn nicht bemerkt hatte.

Hinter mir ertönte ein Knacken, wie ein Kiesel unter einer Sohle.

Nicht umdrehen, Konstantin!, ermahnte ich mich. Nicht umdrehen! Ich war mir sicher, dass es ein Wettrennen würde, sobald Paul Wind davon bekam, dass er aufgeflogen war. Gegen den hatte ich keine Chance, der war zu schnell.

Ich drehte den Kopf leicht nach links, dann nach rechts, ohne mich wirklich umzudrehen. Aber bis auf parkende Rostlauben konnte ich nichts ausmachen. Ein Lufthauch wehte mir einen Geruch von Eukalyptus, Benzin und Kräutern um die Nase.

Der kurze Weg kam mir wie eine Wanderung nach Rom vor. Wann war ich endlich bei diesem Briefkasten? Ich kam am verbeulten Familienvan der Fischers vorbei und wäre beinahe losgerannt, aber ich riss mich zusammen.

Im Schatten unter dem Auto blitzte es kurz gelb auf. Ein schwarzer Umriss, wie ein Fangarm aus Dunkelheit, schoss hervor und zerfiel im Sonnenlicht.

Jemand atmete mir ins Ohr. Paul! Er sang flüsternd: »Grün, grün, grün sind alle meine Kleider.«

Mein Herzschlag setzte aus. Für den Bruchteil einer Sekunde kreischte meine verbliebene Vernunft, dass ich gefälligst rennen solle.

Kurz glaubte ich, dass meine Beine rebellieren würden. Sicher würde mich gleich Pauls Faust treffen. Doch dann kam Bewegung in meine Gliedmaßen. Ich stürmte los.

Ich erreichte die Haustür, umklammerte die Klinke und riss die Tür auf. Dann drehte ich mich um.

Die Straße hinter mir war leer.

Niemand war hinter mir her und unter der Familienkutsche war auch nichts mehr zu sehen. Ich eilte hinein.

Als ich die Schwelle überschritt und die Tür hinter mir zudrückte, fiel die Anspannung von mir ab. Ich war Paul gerade so entkommen. Oder war es gar nicht Paul gewesen, der mich verfolgt hatte? War es jemand anderes oder besser etwas anderes gewesen? Was hatte ich da unter dem Auto gesehen? Das war nicht menschlich gewesen, das hatte ich genau gesehen.

»Zeugnis?«, hörte ich meinen Vater aus der Küche fragen. Meine Mutter stand am Herd und kochte Mittag.

Ich zeigte es ihnen und bekam von Mutter heimlich zwei Mark zugesteckt. »Bei einem Zeltausflug dürfen Süßigkeiten nicht fehlen.«

Dass ich Geld bekam, um mir Süßkram zu kaufen, war bis zu diesem Tage noch nie vorgekommen. Ich rechnete die Münze gleich um, vier von den fünf Litereimern Fürst-Pückler konnten wir davon kaufen. Dann verwarf ich die Idee aber aufgrund fehlender Kühltaschen wieder.

Vor dem Mittagessen ging ich in den Keller, um den passenden Rucksack zu suchen. Unser Keller war wie jeder andere, dunkel und es roch nach Altenheim.

Eine Glühbirne schaukelte vom Gewölbe. Regale standen an den Wänden und Plunder aus vergangen Tagen stapelte sich in Kisten. Ich hatte eine vage Ahnung, wo der Rucksack sein könnte, und begann die Kisten wegzuräumen.

Ich behielt recht. Da war er, der alte Armeerucksack meines Vaters, olivgrün und mit Lederriemen. Er lag verstaubt auf dem untersten Brett. Ich klopfte ihn aus und musste niesen. Er war nicht ganz leer, aber ich wollte erst im Zimmer reinsehen. Daneben lagen das Zelt und der Schlafsack. Beides klemmte ich mir unter die Arme und wollte rauf eilen, aber das Zelt war viel zu schwer. Das würde ich nie mit dem Rucksack wegkriegen. Ich ließ es zurück und setzte darauf, dass ich bei den anderen unterkommen würde. Ich stieg die Treppen wieder rauf und warf alles auf das Bett. Dabei klackte etwas geheimnisvoll im Rucksack.

Ich machte ihn auf und holte zwei braune Pappkästen heraus. Es waren Verpflegungspakete der Bundeswehr. »Einmannpackung Typ I« war auf der ersten gedruckt und »Einmannpackung Typ II« auf der zweiten.

Ich riss gleich einen davon auf und mir kamen lauter silberne Beutelchen entgegen. Sie waren mit Trinkwasser, Schokolade und Roggenschrotbrot gefüllt. Es gab auch einen Keks, der sich Panzerplatte schimpfte, und jede Menge Brotaufstriche sowie eine größere Alupackung mit dem Aufdruck »Cevapcici«. Ich steckte alles zurück und stieß dabei auf ein Taschenmesser. Nicht die schlechteste Ausbeute.

7

In der Nacht suchten mich Albträume heim. In einem bekam mich Paul zu fassen. Er hatte leuchtend gelbe Augen und drosch auf mich ein, bis ich aufwachte. Im nächsten Traum quetschte er mir die Augen aus. Ich war dankbar, als die Sonne endlich aufging.

Dann war es soweit. Ich pumpte die Fahrradreifen auf und sattelte das Rad. Mutter verabschiedete mich am Zaun und drückte mir einen fetten Schmatzer auf die Wange, gerade als Loretta herübersah. Ihre Eltern waren deutlich lockerer, sie waren nicht mal mit ans Tor gekommen.

Ich zurrte den Armeeranzen fest und wir traten in die Pedale.

»Pass auf dich auf«, rief Mutter mir nach und schwenkte ihren Arm über dem Kopf, so dass ihr Unterarmwulst im Rhythmus mitschwang. Loretta grinste bis hinter zu den Backenzähnen.

Ich drehte mich um: »Mach ich!«

Loretta hatte einen ähnlichen Tornister wie ich auf dem Rücken. Ihre Isomatte war oben auf der Tasche festgeschnallt.

»Hast du dein Zelt dabei?«, fragte ich.

Sie schüttelte den Kopf. »Viel zu schwer und du?«

»Auch nicht, aber was ist mit deinen Eltern, du sollst doch im eigenen schlafen, das war die Bedingung, oder?«

»Die sind arbeiten und werden es nicht unter meinem Bett suchen. Wir schlafen bei den anderen.«

»Wie, ihr habt auch keins dabei?«, fragte ich wenig später überrascht, als wir das Klo erreicht hatten.

Bis auf Alfi waren wir alle am Klo eingetroffen. Wilfred schaukelte lässig auf dem Kotzreifen und Sporti lehnte an der Tischtennisplatte und rauchte. Die Räder lagen vor ihm auf dem Rasen. Alle hatten einen Rucksack und fast alle eine Isomatte dabei – aber keiner hatte ein Zelt.

Jeder hatte sich darauf verlassen, beim anderen im Zelt schlafen zu können. »Vielleicht hat Alfi eins dabei«, sagte Sporti. »Und wenn nicht, scheiß drauf, wird sicher nicht regnen. Wo bleibt der eigentlich?«

Die Chancen standen gut, dass wir im Trocknen schlafen würden. Der Himmel war blau und wolkenlos. Ich konnte mich an den letzten Regen nicht erinnern und es waren bestimmt schon fünfundzwanzig Grad.

Sporti spuckte aus. »So viel dazu ›Punkt Zehn Hundert am Klo‹. Große Reden schwingen und dann …«

Er verstummte. Wir fuhren alle herum, um in seine Richtung zu sehen.

Alfi rollte auf seinem Fahrrad an. Er hatte einen Seesack auf den Rücken geschnallt. Die Haut um die Augen war geschwollen, seine Nase schief und auf der rechten Wange schimmerte ein lila Fleck mit hellgrünem Rand.

»Verdammt«, hauchte Sporti. »Was ist passiert?«

Alfi bremste, ließ seinen Drahtesel fallen und setzte sich daneben auf den Boden.

»Sporti?«, sagte er angespannt. Loretta und ich stiegen ebenfalls ab und setzten uns zu ihm. »Du musst mir einen Gefallen tun.«

»Alles, was du willst.« Sporti überlegte kurz. »Außer schwules Zeug, da bin ich raus.«

Alfi lächelte angestrengt, offensichtlich hatte er Schmerzen.

»Du musst mir die Nase richten.«

Sporti sah ihn an, dann sah er zu mir, dann wieder zu Alfi.

»Dein Ernst?«

»Ja, ich hab's versucht, aber ich konnte es einfach nicht.«

»Nein, Mann«, flüsterte Sporti. »Das geht nicht.« Er machte einen Satz zurück. »Konstantin, mach du.«

»Ich?«, fragte ich entsetzt und die anderen stimmten mit »Ja« ein.

»Wer war das?«, fragte Loretta.

»Erst richten«, bat Alfi gefasst. Wilfred fädelte seinen Gürtel aus den Hosenschlaufen und faltete ihn zusammen. »Beiß da drauf.«

Alfi schob sich das Leder zwischen die Zähne. Ich ging vor ihm in die Knie. »Du bist dir sicher?«

Alfi nickte und forderte mich auf, mich zu beeilen.

Das war leicht gesagt. Seine Nase war knubbelig geschwollen. Der Nasenrücken hatte sich blau gefärbt und die Biegung des Bruchs unterhalb der Nasenwurzel war ein eckiger Haken. Ich legte meine Daumenballen an beide Seiten.

»Ich will das echt nicht«, sagte ich.

»Mach schon!«, plärrte Wilfred hinter mir.

»Soll ich zählen?«, fragte ich.

»Nein«, nuschelte Alfi unter dem Leder hervor. Seine Nase war heiß. Der Knochen drückte von innen gegen die Haut.

Ich holte tief Luft und machte einen beherzten Ruck. Knack!

Der Nasenknochen rieb am Schädel zwischen den Augen entlang und rastete ein. Alfi schrie. Seine Zähne versanken im Riemen und mir kam das Frühstück den Hals rauf. Meine Gelenke in Armen und Beinen waren wabbelig. Ich verlor das Gleichgewicht und landete auf dem Hosenboden.

Loretta legte mir eine Hand in den Nacken. Ihre Wärme tat gut. Alfi war verstummt und starrte hohl auf die Wiese vor der Tischtennisplatte. Um uns herum lagen die Fahrräder, bis auf das von Loretta. Sie hatte den Fahrradständer benutzt. Wilfred steckte eine Kippe an und reichte sie Alfi, der sie dankend annahm. Er umschloss unbeholfen den Filter mit seinen aufgeplatzten Lippen, saugte schmatzend und stieß den Qualm aus.

Er kam mir vor wie eine Szene aus einem wahr gewordenen Kinofilm, mit all seinen Grausamkeiten. Erst jetzt fielen mir die unzähligen blauen Flecken an Armen und Hals auf sowie das Blut unter seinen Fingernägeln, so sehr war ich von seinem Gesicht abgelenkt gewesen.

»Die Schreihals«, sagte Alfi verbittert und inhalierte erneut. Die Zigarettenspitze glomm orangen auf. »Die hat ihn vorbeigebracht, den Brief, und ist geblieben. Sie und mein Vater haben sich an der Haustür unterhalten.« Er stieß ein gequältes Lachen aus. »Die würde niemals eine Hütte unseresgleichen betreten.«

Alfi drehte die Zigarette in der Hand und schaute auf die Stelle zwischen seinen Füßen. Seine Knie hatte er angewinkelt. »Ich hatte nichts gehört, wisst ihr? Es gab kein Schimpfen und kein Fluchen von meinem ... Und ich dachte, so schlimm wird es nicht werden. Sie waren fertig mit Reden. Ich war in meinem Zimmer und mir ging die Pumpe, ich hatte keine Ahnung, was kommen würde. Der wird sonst immer laut, und wenn ich gewusst hätte ...« Seine Stimme brach ab. Er schluckte trocken.

Sporti reichte ihm eine Thermoskanne.

Doch Alfi stellte sie ab und räusperte sich schwach. Er klang wie ein Kranker. »Er kam zu mir. Ich sah es ihm an. Er war anders, nicht wütend. Er baute sich vor mir auf und rammte mir das Knie in die Nase, schlug mir auf den Kopf und in den Bauch, solange bis ich ohnmächtig wurde.« Er legte den abgerauchten Stummel neben sich.

»Trink was«, sagte Sporti. Alfi drehte den Deckel von der Thermosflasche, nahm einen Schluck und japste krächzend nach Luft.

»Was ist das?«, fauchte er heiser.

»Selbstgebrannter meiner Mutter. Gib her!« Sporti setzte den Auslauf an den Mund, schluckte schwerfällig und lief rot an. »Lecker«, hauchte er, klang aber rau wie Alfi.

»Jetzt ich«, forderte Wilfred, entriss ihm den Schnaps und kippte sich entschlossen den Mund voll, bis er alles in einem Sprühregen wieder ausspuckte und wie ein Karpfen an Land nach Luft schnappte.

»Du Vollidiot! Wie kannst du den so verschwenden!«, sagte Sporti.

Alfi lachte. Loretta und ich stiegen mit ein.

»Kannst du fahren?«, fragte Loretta, als wir uns beruhigt hatten.

»Denk schon, hat mich ja nicht an den Beinen erwischt.«

»Dann sollten wir los«, sagte Sporti, »bevor wir Wurzeln schlagen.«

Wir bestiegen die Räder und brachen auf. Alfi fuhr voraus und wies uns den Weg. Wir hatten Moorbach gerade hinter uns gelassen, als Wilfred an meine Seite fuhr.

»Woran merkt man, dass man erschöpft ist?«, fragte er.

»Warum?«

»Mann, ich hab das Gefühl, kaum vom Fleck zu kommen, geht alles schwer.« Ich schaute an ihm runter und mein Blick blieb an seinem Vorderreifen hängen.

»Stehen bleiben!«, rief ich. »Wilfred hat einen Platten, wer hat Flickzeug dabei?«

Natürlich hatte niemand an Flicken gedacht, aber Sporti hatte eine Rolle Klebeband. Wir bauten das Vorderrad aus, wickelten ordentlich davon um den Schlauch und pumpten den Reifen mit der Luftpumpe wieder auf.

Ich war das letzte Mal vor Jahren mit meinen Eltern in der Senkbachebene gewesen und konnte mich kaum noch an den Weg erinnern. Ich hätte uns wahrscheinlich aus Versehen nach Lichheim geführt, aber Alfi wusste, wo wir hinmussten.

Wir folgten ihm und erreichten bald den Wald, in dessen Zentrum die Senkbachebene lag. Die Wipfel bildeten ein sicheres Dach und es roch nach feuchtem Moos. Ich radelte eine Weile stumm zwischen Wilfred und Loretta und verabschiedete mich dann nach vorn.

Wir passierten eine Kreuzung mit Straßenschildern. Eines erklärte uns, dass wir in 29 Kilometern Lichheim erreichen würden, aber wir fuhren in die andere Richtung, tiefer in den Wald hinein.

»Sag mal«, fragte ich in Alfis Richtung. »Hast du zufällig ein Zelt dabei?«

Er drehte den Kopf in meine Richtung. »Nein, war mir zu schwer, aber Wilfred oder Sporti, oder?«

»Ich denke, wir schlafen dann im Freien. Keiner hat eins dabei.« Wir schmunzelten und fuhren die letzte Stunde gedankenverloren nebeneinanderher, erst auf der Straße, dann auf einem Wanderweg durch den Wald.

»Ich riech Wasser!«, röhrte Wilfred schließlich, richtete sich auf seinem Rad auf und sauste an uns vorbei.

Aus einer Ablaufrinne direkt vor uns ragte ein Ast. »Wilfred! Warte!«, rief Sporti, doch da war es schon zu spät. Wilfreds Speichen verfingen sich im Ast. Er flog im hohen Bogen über den Lenker und landete hilflos wie eine Wanze auf dem Rücken, den Rucksack unter sich begraben.

Wir machten eine kollektive Vollbremsung. Wilfreds Rad kippte langsam zur Seite, er lag stöhnend am Boden.

»Du Vollidiot«, rief Alfi. »Ist dein Hirn durchgebrannt, oder was?«

Ich stieg ab, wollte wie Loretta den Ständer benutzen, aber mein Fuß trat ins Leere und mein Rad fiel mit einem Scheppern und dem Ringen meiner Klingel um.

»Wilfred?«, fragte ich, während ich den Rucksack abwarf.

Sporti war ebenfalls abgestiegen und klopfte Wilfred auf die Wangen. Dessen Augen gingen auf, zeigten aber nur das Weiße.

Ich geriet in Panik. »Wilfred!«

»Was ist mit ihm?«, fragte Alfi.

»Ihr müsst die Beine hochlegen«, sagte Loretta. »Aber vorher muss der Rucksack ab.«

Sporti drehte Wilfred auf die Seite, Alfi und ich streiften ihm den Rucksack ab. Sporti schnappte sich ein Bein und ich das andere. Loretta tastete ihm den Puls und fühlte mit dem Handrücken seine Stirn. »Ich glaube, der wird wieder. Alfi, gieß du ihm vorsichtig Wasser über.«

Alfi klaubte die Feldflasche aus dem Rucksack. Seine Hände zitterten. Er kniete sich neben Wilfred und schraubte den Deckel ab. Dann goss er vorsichtig Wasser auf Wilfreds Gesicht.

Wilfred schreckte hoch und prallte gegen Alfis Nase. Der brüllte auf, taumelte zurück und krachte auf den Hintern. Blut strömte ihm aus beiden Nasenlöchern.

»Au!«, motzte Wilfred. Alfi legte den Kopf in den Nacken.

»Nicht in den Nacken, neig den Kopf vor. Taschentuch!«, sagte Loretta. Sporti kramte in seiner Tasche und reichte ihr eine lose Socke, die sie Alfi unter die Nase hielt. Alfi war bleich, die Blutergüsse im Gesicht setzten sich deutlich wie Rorschachflecken ab. Er griff nach der Socke und wollte sie sich auf die Nase drücken. »Du musst es laufen lassen, sonst läuft dein Magen voll. Die ist nur, damit du dich nicht einsaust.« Blut tropfte auf den Stoff und versank im hellen Gewebe.

»Was ist los?« Wilfred rieb sich die Stelle am Kopf, mit der er Alfi eine verpasst hatte. »Was ist passiert?«

»Du hast ihn ausgeknockt«, flüsterte Sporti. »Ihm eine gesemmelt.«

»Ich? Wann?«

»Eben.«

»Scheiße« Wilfred krabbelte zu Alfi. »Geht's, Mann?«

Alfi winkte ihm, näher zu kommen.

»Was denn?«, fragte Wilfred, da hämmerte Alfi ihm eine auf die Schulter, die sich gewaschen hatte, und wischte über die Stelle.

»Sind quitt.« Die Blutung wurde schwächer. Loretta grub in ihrem Rucksack. Als sie fand, was sie suchte, reichte sie ihm ein Taschentuch und er wischte sich damit die Nase ab. Schwankend stand er auf.

»Sicher? Fühlst du dich gut?«, fragte Loretta.

»Jaja, schon gut. Brauch nur was zu Rauchen.«

Wilfred reichte ihm eine Schachtel, von der Alfi sich eine anzündete. Plötzlich lachte Sporti – nicht wie ein normaler Mensch. Er kicherte wie ein hysterischer Clown, klatschte sich auf die Oberschenkel und warf sich auf den Rücken. Wilfred und Loretta stiegen mit ein. Alfi und ich waren erst entgeistert, bis Loretta wie ein Trüffelschwein grunzte, das brach unseren Widerstand.

Mit einem hatte Wilfred recht, er hatte Wasser gerochen. Wir packten unsere Fahrräder und ließen die letzte Baumreihe hinter uns.

Dahinter lag eine Klippe. Der See erstreckte sich unter uns, so weit, dass ich das andere Ufer nur erahnen konnte.

Wir reihten uns entlang des Rands auf und sahen nach unten. Es ging fünfzehn Meter und mehr steil runter. So gesehen hatte die Bodenrinne Wilfred wahrscheinlich das Leben gerettet. Durchgedreht, wie er war, wäre er glatt weitergefahren und abgestürzt, und im Wasser vom Rucksack in die Tiefe gezogen worden.

»Ach du heilige Scheiße«, sagte Alfi. Sporti stieß einen anerkennenden Pfiff aus. Loretta rieb sich die Augen. Wilfred machte einen Satz vor und Sporti packte ihn am Arm. »Du gefickte Wildsau! Scheiße ey!« Wir kicherten. »Kannst du nicht eine Sekunde aufpassen?« Wilfred entzog sich ihm und murmelte etwas. »Du bleibst weiter hinten. Weg vom Rand!«

»Ist ja gut.« Wilfred gab klein bei.

»Wie weit ist es noch?«, fragte Loretta.

»Nicht mehr weit«, sagte Alfi. »Das da vor uns ist die Senkbachebene. Wir fahren nur noch runter bis zum Strand.«

Er hatte recht. Die Klippen flachten hier ab und führten vom Wald direkt in eine Bucht. Wenig später erreichten wir das Wasser. Nadel- und Laubbäume reihten sich wie an einer unsichtbaren Grenze um den Strand herum auf. Kies erstreckte sich bis zum Wasser, das ruhig und friedlich dalag. Kaum eine Welle zeichnete sich ab.

Wir gingen hinunter, die geschliffenen Kieselsteine raschelten unter unseren Sohlen.

An einer Stelle, genau mittig zwischen See und Wald, ließen wir unsere Rucksäcke fallen.

»Sollen wir echt so dicht am Wasser schlafen?«, fragte Wilfred. »Nicht, dass wir im Schlaf ertrinken.«

»Wieso sollten wir?«, fragte Loretta.

»Wegen der Flut, wenn das Wasser steigt.«

»Was stimmt mit dem nicht?« Sporti klatschte sich ins Gesicht und lief zum Wasser.

»Ich weiß echt nicht«, sagte ich.

Loretta klärte Wilfred liebevoll über die Gezeiten auf, und dass er sich über dieses Phänomen an einem See wenig Sorgen machen müsse. Er wirkte nicht überzeugt.

»Fünfunddreißig Schritte!«, rief Sporti. »Von unserem Lager zum Wasser.« Erst danach zeigte sich Wilfred beruhigt.

Bis auf Alfi, der sich abseits von uns an den See stellte, streiften sich alle die Socken ab und marschierten bis zu den Knöcheln in den See. Es war herrlich, eine Wohltat für unsere seit Stunden eingeschnürten Füße.

»Wir sollten Holz sammeln«, schlug Loretta vor. »Es wird

bald dunkel und da brauchen wir ein Lagerfeuer.« Alfi ließ den Blick über das Wasser gleiten.

»Sie hat recht«, pflichtete ich ihr bei. »Wir sollten Zweige auflesen.«

»Hab 'nen Beil dabei«, sagte Alfi leise. »Ist in meinem Seesack, nehmt's euch.«

»Kommst du nicht mit?«, fragte ich.

»Nein, ich bleibe.«

»Dann bleibt Wilfred auch!«, motzte Sporti. »Der hackt sich noch was ab. Ich lass den nicht in die Nähe von 'nem Beil.«

»Wollte sowieso nicht mit!« Wilfred streifte seinen Fuß knapp über die Wasseroberfläche und spritzte in Sportis Richtung. Der machte einen Schritt zurück.

»Dann los. Loretta, weißt du wo lang?«, erkundigte ich mich.

»Das fragst du mich? Ich war hier noch nie.«

»Aber du weißt schon die ganze Zeit so abenteuerliche Sachen, so wie du Alfi und Wilfred geholfen hast.«

»Na und? Ich hab einiges gelesen, aber mehr auch nicht. Kennt ihr euch hier nicht aus?«

»Das letzte Mal war ich noch ein Kind«, sagte ich.

»Bei mir auch so«, sagte Wilfred.

»Ich war hier noch nie«, sagte Sporti. Alfi reagierte nicht, er schien in seiner eigenen Welt zu sein.

Ich knotete seinen Seesack auf. Der Holzgriff ragte aus einem zusammengeknäulten Wust an Klamotten. Ich holte das Beil heraus. Es lag gut in der Hand. Die Klinge glänzte frisch geschliffen. Ich fuchtelte damit in der Luft herum und zerschlug zwei imaginäre Holzscheite.

»Gut austariert«, behauptete ich, ohne dass ich je ein Beil in Händen gehalten hatte. Es war nicht zu schwer und auch nicht zu leicht. Ich stellte mir vor, dass man mit ihm locker einen Schädel spalten konnte.

Wir stiegen die Böschung hinauf, bis uns Bäume umringten. Zwischen Steinen und Wurzeln lasen wir Zweige auf und trugen sie ins Lager, bis wir einen beachtlichen Scheiterhaufen errichtet hatten. Das Beil steckte ich ungenutzt zurück und brach noch einmal zu einer letzten Runde auf. Als ich zurückkam, brannte das Feuer.

»Ging an wie Zunder«, sagte Wilfred grinsend wie ein Honigkuchenpferd. Alfi stand noch immer an derselben Stelle und starrte in die Ferne. Von seiner rechten Hand stieg ein feiner Rauchfaden auf. Sorge schlich sich in mein Hinterstübchen.

»Hey Mann«, sagte ich. »Alles klar?« Was sollte klar sein? Sein Vater hatte ihn fürchterlich verprügelt.

»Ich bin abgehauen, weißt du«, sagte er mit schleppender Stimme. »Ich hab meine Sachen gepackt und bin gegangen.« Er hob die Kippe und senkte sie wieder, ohne daran zu ziehen. »Ich kann das nicht mehr. Ich hatte mir immer gesagt, dass ich die Jahre noch schaffe, bis ich sechzehn bin und arbeiten darf.« Er drehte den Kopf zu mir. Seine Augen waren glasig, matt spiegelte sich der Feuerschein darin. »Ich kann nicht mehr.« Er ließ den Kopf hängen und wandte sich ab. »Ich kann nicht zurück.«

Ich hatte keine Ahnung, was ich sagen sollte. Wir fingen uns alle mal eine von unseren Eltern, das war keine große Sache. Aber keiner hatte bisher solche Verletzungen wie Alfi davongetragen. Wenn ich so darüber nachdachte, dann hatte er meistens nach Klassenarbeiten blaue Flecke und Schürfwunden gehabt, aber auch immer eine gute Erklärung. Ich hatte keine Vorstellung, was das für ihn bedeutete, in welcher Hölle er gelebt hatte.

»Seht mal, was wir gefunden haben!« Sporti und Loretta trugen eine grüne Abdeckplane über ihren Köpfen.

»Da können wir uns ein Dach bauen«, sagte sie. »Kommst du, Konsti?«

»Nennt mich nicht so.« Loretta und Sporti grinsten nahezu gleichzeitig. »Nennt mich bei meinem Namen oder denkt euch was Neues aus. Konsti ist scheiße!«

»Stimmt!«, erklärte Wilfred.

»Nö, ich bleib bei Konsti. Also, kommst du oder willst du noch wegen deines Namens flennen?«, stichelte Sporti.

»Jaja, schon gut.«

»Und Wilfred, wie oft hast du dich verbrannt?«, fragte Sporti.

Wilfred verengte die Augen zu schmalen Schlitzen, dann entspannte er sich wieder und sah verlegen aus. »Vielleicht zweimal.«

»Pass auf, dass du dich nicht ganz grillst.« Damit liefen er und Loretta Richtung Bäume.

»Haha!« Er zeigte ihm den prächtigsten Mittelfinger.

»Geh schon«, sagte Alfi, so leise, dass nur ich ihn hören konnte. Ich klopfte ihm auf den Rücken und stieg den beiden nach.

»Wartet!«, rief ich. »Hey Loretta, wenn wir die Plane im Wald aufhängen, dann haben wir da kein Feuer.«

»Nur weil der Schwachkopf am Wasser zündelt, heißt das nicht, dass wir im Wald keine Feuer machen können«, sagte Sporti und gähnte.

»Aber Konsti hat recht.« Loretta zwinkerte mir zu. »Wir wollen den Wald nicht niederbrennen.«

»Denk nur, Wilfred wacht in der Nacht auf und baut irgendwelchen Bockmist. Ich sag's euch, wir sollten ihn anleinen, sonst treten wir mit einem weniger den Rückweg an«, erwiderte Sporti.

»Dann hämmern wir ein paar Äste hier in den Boden und spannen die Plane neben dem Feuer auf«, schlug ich vor.

»Und Wilfred? Ketten wir ihn an einen Baum?« Sporti meinte das durchaus ernst und wir lachten.

Loretta und er legten die Plane auf dem Kies aus. Mit dem

Beil bewaffnet wagte ich mich in den Wald vor. Der Sommer war bisher trocken und heiß gewesen. Der Boden war bedeckt von welkem Laub, das unter meinen Füßen knisterte.

Als ich tiefer in den Wald eindrang und das Knacken des Lagerfeuers und die Albernheiten meiner Freunde nicht mehr zu hören waren, wurde es bald mucksmäuschenstill.

Ich stiefelte an einem Pilznest vorüber und hob einen Stock auf, der unsere Überdachung halten konnte, wenn wir ihn weit genug in den Boden trieben.

Wind wehte über die Baumkronen, Ahornfrüchte wirbelten durch die Luft und landeten auf dem Boden. Eine wischte ich mir aus dem Nacken. Ich fand zwei weitere Streben, die nur halb so lang wie die erste, aber ausreichend waren.

Die Ruhe war beklemmend. Wieso war es in diesem großen Wald so still? Ich dachte an die Albträume von letzter Nacht und dann knisterte irgendwo seitlich das Laub.

Ich fuhr herum.

Da war niemand.

Waren das Schritte gewesen? Ich sagte mir, dass ich spinnen musste. Paul war uns garantiert nicht bis hierher gefolgt, um mich im Wald zu erstechen, nachdem er mir die Augen mit den Daumen herausgequetscht hatte.

Etwas streifte meine Wange, ich fuhr herum, stolperte und stieß mir das Schienbein.

»Scheiße!«, brüllte ich, sprang zurück und landete auf dem Hintern. Mein Steißbein schmerzte wie verrückt.

»Konsti?«, kam Alfis Stimme von irgendwoher. »Konsti? Wo bist du?«

Ich atmete flach gegen die Schmerzen und hielt immer wieder die Luft an. »Hier!«, presste ich zwischen den Zähnen hervor und schob vorsichtig mein Hosenbein hoch. »Ich bin hier.« Der Stoff schnitt in die wachsende Schwellung, ich zog die Luft durch die halb geöffneten Lippen. »Scheiße verdammte.«

»Konsti?« Das war Loretta.

»Bin hier!« Ich machte mich auf das Schlimmste gefasst. Doch bis auf eine eiförmige Schwellung und ein paar Flecken Blut war nichts zu sehen. Insgesamt sah die Verletzung überlebbar aus.

»Hier ist er!«, brüllte Alfi und warf sich vor mir auf den Boden. »Was hast'n? Echt? Dachte, du wirst abgestochen so laut, wie du geschrien hast.« Seine Wange war bamstig wie ein unförmiger Schwamm.

»Hab mir das Schienbein angehauen.« Hölzernes Knacken näherte sich, Sporti und Loretta traten zu uns. »Wo ist Wilfred?«

»Beim Feuer«, sagte Sporti und rollte mit den Augen. »Ich geh zurück, wahrscheinlich hat er schon die ersten Bäume abgefackelt.« Er wandte sich ab.

»Zeig her.« Loretta tastete vorsichtig mein Bein ab. Ihr Duft und die sanften Berührungen machten mich kribbelig. »Sieht gut aus, vielleicht ein Pflaster oder ein Stück von Sportis Klebeband.«

»Wo bist du überhaupt dagegen gelaufen?«, fragte Alfi.

Ich zeigte auf die Stelle. Er wischte das Laub beiseite. Eine silberne Kuppel kam darunter zum Vorschein, die aus Stahlresten zusammengeschweißt worden war und ein bisschen an eine Flickendecke aus Resten erinnerte.

»Wisst ihr, was das ist!«, sagte ich. »Das ist ein Bunker.«

»Was?«, platzte es aus Alfi heraus. »Im Ernst? Aus dem Zweiten Weltkrieg?«

»Oder dem Ersten«, sagte Loretta.

»Mitten im Nichts?«, fragte Alfi.

»Für die nationale Sicherheit?« Ich hatte den Comic offenbar zu sehr gemocht, dass ich gleich an so was dachte.

Loretta schüttelte den Kopf und sprach aus, was uns alle bewegte. »Was da wohl drin ist?«

»Wetten, der ist noch aktiv?« Alfi grub um die Kuppel in der Erde herum.

»Ist der offen?« Ich bereute die Frage auf dem Fuße, denn wenn er offen wäre, dann würden wir auch runter klettern, in ein dunkles Loch. Wer wusste schon, was da unten lauerte? »Wir sollten nicht reingehen«, sagte ich laut.

»Was?«, brummte Alfi. »Ich hab's.« Er wischte den Rand der Kuppel sauber und legte einen metallenen Griff frei, den er umklammerte. »Da ist kein Schloss dran! Hilf mir mal, den kriegen wir locker auf.«

Der Deckel war schwer, die eingerosteten Scharniere quietschten und wir bekamen ihn nur wenige Zentimeter angehoben. »Wieder runter«, presste er raus. Wir ließen los, doch der Deckel verblieb in seiner Stellung.

Wir schnauften.

»Holen wir die anderen«, sagte Alfi.

Loretta schüttelte den Kopf und zeigte nach oben. »Es wird langsam dunkel, lasst uns erst mal das Lager errichten. Morgen ist der Bunker auch noch da.«

»Ich schlaf doch nicht hier draußen, wenn wir ein Dach, ein richtiges Dach, über dem Kopf haben können«, mokierte sich Alfi.

»Und wenn da unten alles voller Ratten und Schimmel ist?«, fragte ich.

»Komm, wir finden's raus.« Er blickte mich auffordernd an. Ich humpelte zu Loretta.

»Okay, gut. Stimmen wir ab. Bestimmt sind Wilfred und Sporti nicht solche Waschlappen wie ihr.«

Er nahm zwei von meinen Stöcken und rammte sie in den Boden. Dann drehte er sich um und ging vor. Am liebsten wäre ich ihm in den Rücken gesprungen.

8

Die anderen stimmten auch für Lorettas Vorschlag und errichteten das improvisierte Zelt. Alfi schmollte am Feuer. Wilfred sammelte Steine, die er zu einem Kreis um die Flammen legte. Als wir die Plane gespannt hatten, präsentierten sich über uns die Sterne, helle Punkte auf dunkelblauer Leinwand.

Das Holz knackte, die Glut prasselte. Der Mond zeichnete einen kalkweißen Strich auf die schwarze Wasseroberfläche. Wir saßen am Feuer und schwiegen. Ich dachte an nichts und starrte in die Flammen. Das Feuer glomm bald orangerot und Wilfred holte sich einen Stock, mit dem er darin herumstocherte.

Sporti zog ihm den verlängerten Arm aus den dürren Fingern, legte ihn in das Flammenmeer und stand ungerührt auf. Er ging zu seinem Rucksack, der unter der Bedachung bei den anderen auf einem Haufen lag. Bis auf Wilfred hatte jeder seine Isomatte dabei. Damit er nicht auf dem Boden schlafen musste, hatten wir die Matten zu einer großen zusammengeschoben, die wir uns in der Nacht teilen wollten.

Sporti schraubte im Gehen den Deckel von der Thermoskanne und setzte sich wieder zu uns. Er nippte, schüttelte sich und reichte sie weiter. Das Zeug brannte wie eine Mixtur aus Bleiche und Essigessenz und schmeckte wie abgefahrene Autoreifen. Was immer seine Mutter da zu Alkohol verarbeitet hatte, wäre sicher niemals an der Lebensmittelbehörde vorbeigekommen. Für uns war es der erste Schnaps des Lebens und er war perfekt für diesen Tag.

Die Kanne kam bald zum zweiten und dritten Mal bei mir vorbei. Da kitzelte es langsam unter der Schädeldecke.

»Meint ihr, das Zeug brennt?« Wilfred spuckte einen Strahl in die Flammen, die hochschossen und seine Nase einhüllten. Sogar seine Brauen waren verkohlt und es stank nach verbrannten Haaren.

Sporti schüttelte den Kopf auf Ich-habs-euch-ja-gesagt-Art.

»Wie war deine alte Schule so?«, fragte ich Loretta durch die Flammen hindurch. Über ihr Gesicht huschten Feuerschein und Schatten, die Welt hinter ihrem Rücken verbarg sich im dichten Federkleid der Nacht. Sie reichte den Sprit an Alfi, der die Kanne fasste, ohne aufzusehen.

»Anders«, sagte sie nachdenklich. »Bei uns war die Herkunft egal.«

»Wo kommst du noch mal her?«, fragte Sporti.

»Lichheim.«

»Was?«, stöhnte Sporti. »Weshalb bist du dann hier? Ihr müsst doch reich sein! Ich meine, das ist eine große Stadt.«

Sie schüttelte den Kopf. »Reich? Ist mir nie so vorgekommen. Für uns war das normal. So waren alle da.«

»Wozu seid ihr weg?«, fragte ich.

Unvermittelt begann sie zu weinen. »Papa«, schluchzte sie. Ich stand auf. Meine Beine waren eingeschlafen. Außerdem wankte die Welt, also torkelte ich rüber, rutschte an sie heran und fragte mich gleichzeitig, was ich vorhatte.

Sie trösten. Aber wie? Ich konnte sie ja nicht anfassen und streicheln. Allein bei dem Gedanken wurde mir heiß. Und was wäre, wenn sie mich abwies? Sollte ich dann zu meinem Sitzplatz zurückkehren?

Ich starrte ins Feuer. Während meine Gedanken sich wie Katz und Maus jagten, drückte etwas gegen meine Schulter. Ich wandte den Kopf und sah ein Ohr, um das dunkelrote Haare strömten, wie Wasser um einen Findling. Loretta hatte sich an mich gelehnt.

»Papa war auf dem Heimweg, er hatte einen Unfall.« Mir war übel, als hätte mir jemand eine Faust in den Magen geschlagen. »Wir mussten wegziehen, weil seine Lebensversicherung nicht zahlt. Mami meint, das wäre nur für kurze Zeit, aber das glaube ich nicht.«

»Was ist mit ihm? Geht's ihm wieder gut?«, fragte Wilfred. Loretta schüttelte den Kopf und wischte sich eine Träne aus den Augen. »Nein, er wurde beerdigt.«

»Das ist echt kacke.« Wilfred hielt sich einen brennenden Zweig vor das Gesicht. In seinen Augen schillerte es weißgelb. Er paffte eine Zigarette an und warf den Ast in das Feuer zurück. »Ich hab …«, fing er an, entschied sich dann aber doch dafür, zu schweigen.

»Alfi?« Loretta sah zu ihm rüber. Er hatte die Arme vor der Brust gekreuzt. »Ich finde das beschissen mit deinem Vater. Meinst du, wir können da was machen?«

»Willst du ihm mit dem Beil den Kopf einschlagen?« Seine Stimme klang rau. »Wenn nicht, was anderes hilft mir nicht. Dieses Arschloch.« Er räusperte sich.

Wir schwiegen und beobachteten, wie die Flammen aus den Zweigen und Hölzern bleckten.

»Wer Hunger?«, fragte Sporti. Wie auf Stichwort knurrte mein Magen. Wenigstens an Essen hatten wir gedacht. Aus den Rucksäcken kramten wir Chips, Gummibärchen, Dosensuppe, geschmierte Stullen, Äpfel und Schokoriegel. Die Vorräte trugen wir zu einem Bankett zusammen.

Nachdem wir uns die Bäuche vollgeschlagen hatten, reichte Sporti eine frische Flasche Rachenputzer herum. »Wie viele hast du davon?« Auf meine Frage zuckte Sporti mit den Schultern. »Fünf oder sechs Flaschen.« Wir ließen die Thermoskanne einige Runden kreisen, bis Wilfred aufsprang.

»Lasst uns schwimmen.« Er nippte an der Flasche und hatte sichtlich Probleme sein Gleichgewicht zu halten.

»Bist du verrückt?«, fragte Loretta. »Jetzt hüpft keiner mehr ins Wasser.« Sie lallte, erreichte aber ihr Ziel. Wir blieben mit unseren Ärschen da, wo wir waren.

»Ich lass mir doch nicht von ’ner Tussi sagen, was ich darf und was nicht«, erklärte Wilfred, schlüpfte aus dem T-Shirt und schwankte zum Wasser.

»Wilfred«, sagte Sporti mit fester Stimme, »wenn du dich nicht sofort hinsetzt, ich schwöre dir, ich schlag dich zu Brei.«

»Fick dich! Ich geh baden!«

Sporti erhob sich wie ein Gigant, er war nur einen halben Kopf größer als Wilfred. Er lief ihm hinterher und stellte sich dicht vor seine Nase. »Das Wasser ist kalt und wir sind betrunken. Wenn du absäufst, dann können wir dir nicht helfen.«

»Ich sauf nicht ab.«

»Wilfred ... bitte.« Er hob das Shirt auf. Wilfred pickte es aus seiner Hand und schob es sich widerwillig über die Arme.

»Aber nur, weil es wirklich kalt ist.«

»Guter Junge und jetzt trink noch einen.«

Wilfred nahm einen Riesenschluck und schlief wenig später im Sitzen ein. Unterdessen lehnte Loretta sich an mich und gähnte. Bei jeder ihrer Bewegungen befürchtete ich, dass sie sich von mir lösen würde.

»Ich denke öfter darüber nach«, sagte Alfi. Hinter ihm ruhte der Landsee. Er legte ein paar Stöcke nach, Flammen und Schatten huschten über sein Gesicht.

»Über was?«, fragte Loretta.

»Das Beil. Das liegt schon seit einem Jahr unter meinem Bett – nur für den Fall.« Er drehte sich zum Wasser. In einem Scheit explodierte Dampf und warf die Glut wie Konfetti hoch. Wir beobachteten ihn und verpassten den Moment, wo wir noch etwas hätten sagen können, also schwiegen wir und tranken.

Sporti legte sich vor allen anderen unter die Plane. Darauf folgte Alfi irgendwann später. Loretta und ich blieben zu zweit zurück, abgesehen vom schnaufenden Wilfred, der zusammengesunken zwischen See und Feuer seinen Rausch ausschlief.

Auf mir hatte sich eine Gänsehaut ausgebreitet, die hartnäckig verweilte. Es zirpten keine Grillen. Es quakte nicht ein Frosch und keine Insekten surrten, nicht einmal Stechmücken gierten nach unserem Blut. Bis auf das prasselnde Feuer gab die Umgebung keine Laute von sich. Ich fand das zwar seltsam, aber es war mir in diesem Moment egal. Ich beobachtete die orangenen Funken, die aus einem Feuermeer emporstiegen und als schwarze Asche wieder hinabsanken.

»Noch wach?«, fragte Loretta heiser.

Mein Mund war verklebt. »Ja«, raunte ich gegen die Innenseite meiner Schneidezähne.

»Das mit Alfi ist echt mies.« Sie legte mir eine Hand auf den Oberschenkel. Eine kribbelnde Woge lief über meine Unterarme bis in den Nacken. »Ich würde ihm gerne helfen.«

»Wie?« Ein Wassertropfen knackte unter der Rinde eines Asts und eine Wolke aus Funken stieg auf, die wie Glühwürmchen durch die Nacht schossen.

»Ich weiß nicht, aber er tut mir so leid. Wenn ich mir denke, ich hatte einen so tollen Papa, und er? Das ist ungerecht.«

»So ist die Welt.«

Sie bewegte den Kopf an meiner Schulter. »Sollte sie nicht sein.«

Wir saßen die ganze Nacht am Feuer. Die Flammen zogen sich zurück und ruhten sich in der Kohle aus. Wilfred sägte einen Wald mit seiner Nase auseinander. Ich spürte Loretta in den Armen. Meine Augen wurden immer schwerer und irgendwann schlief ich im Sitzen ein.

9

Feierlich überreichte ich Loretta den Fußball. Sie trug ein weißes Brautkleid, ich die braune dreiviertellange Hose. Der Pfarrer bat uns um einen Kuss. Meine Knie bebten, nach all den Jahren ihre Lippen auf meinen zu spüren, ich konnte es kaum erwarten. Wir näherten uns. Mein Herz holperte. Irrsinnige Gedanken schossen mir durch den Kopf. Hatte ich den Herd ausgeschaltet? War die Schreihals ein Clown?

»Na los, mach schon«, sagte Alfi, der plötzlich der Pfarrer war. »Du kannst sie ruhig haben.«

»Danke«, sagte ich und schloss die Augen. Jede Sekunde träfen sich unsere Lippen zu einem Kuss. Ihr Atem wirbelte gegen meinen halb geöffneten Mund. Wir waren uns nah, gleich würden wir uns küssen, und als es so weit war, schlug mir etwas derart fest auf die Schnauze und drückte sich auf meinen Mund, dass ich aus dem Traum gerissen wurde.

Jemand presste eine Hand auf meinen Mund, so fest, dass ich kaum Luft bekam. »Sei ruhig!«, hörte ich eine gedämpfte Stimme. Ich hatte nicht bemerkt, dass ich geschrien hatte. War mir auch egal. Ich schlug nach der Hand auf meinem Mund. Das zeigte Wirkung. Sterne tanzten mir vor den Augen, aber die Hand war weg und ich holte geräuschvoll Luft.

»Sei ruhig«, zischte es hinter mir.

»Wilfred?«, sagte ich und drehte mich um. Er kniete und hielt die Hand wie einen fremden Gegenstand in seiner anderen. »Gebrochen«, murmelte Wilfred. »Du hast mir die Hand gebrochen.« Aus irgendeinem Grund flüsterte er. Ich realisierte, dass Loretta nicht mehr an mir lehnte, und sah mich um. Sie lag unter der Plane neben Sporti, ich war in der Nacht neben dem Lagerfeuer zu Boden gesunken und lag auf der Seite.

»Was soll der Mist?«

»Ich sollte dich holen.« Er tastete die vermeintlich angeknackste Stelle ab.

»Zeig her.« Er sah mich durch einen Tränenschleier an und reckte die Flosse vor. Mir kam der Gedanke, sie abzuschrauben und durch eine andere zu ersetzen. Aber selbst wenn ich eine Tasche voller Hände besessen hätte, seine war tipptopp.

»Da ist alles gut.« Er drehte sie demonstrativ herum und ich befühlte auch die Innenseite. »Alles gut. Wäre sie gebrochen, dann hättest du geschrien.«

Er boxte mir gegen die Schulter.

»Warum hast du mich so geweckt?«

»Pssst!« Es schien von größter Dringlichkeit zu sein, die anderen nicht zu wecken. »Alfi will, dass du kommst«, hauchte er. Dann stand er auf und ging Richtung Wald.

Ich folgte ihm. Wir ließen das Camp bald hinter uns. »Alfi ist beim Bunker. Wir haben den Eingang aufgemacht.«

»Bunker? Eingang?« Mein Hirn war zerknautscht vom Schlaf. »Was?«

»Der Luftschutzbunker, den ihr gefunden habt. Alfi hat den Zugang aufgemacht.« Wir stiegen über Stock und Stein. Laub knisterte. Es kam mir unendlich laut vor, wie elektrisch verstärkt.

»Stopp«, sagte ich gedämpft und befürchtete, Wilfred würde mich durch den Lärm nicht hören.

»Was?«

»Hör hin.« Ich verschloss die Lippen mit einem Reißverschluss. Wir hörten – nichts. Es war totenstill.

»Da ist nichts«, sagte Wilfred. Die Ruhe war unheilvoll, als hätten sämtliche Tiere den Wald vor der nahenden Katastrophe verlassen.

»Genau. Ist das nicht komisch?«

»Mir ist nicht zum Lachen. Gehen wir weiter.«

Wir näherten uns der Stelle, wo ich mir das Schienbein angeschlagen hatte, das seitdem ein hässlicher Bluterguss zierte. Es war eine kleine Lichtung, in der Mitte führte ein rundes schwarzes Loch ins Ungewisse. Bewacht wurde der Einstieg von der metallischen Luke, die senkrecht zum hellblauen Himmel stand.

»Siehst du, offen.« Wilfred stieg rückwärts ins Loch und kletterte eine Leiter hinab. Ich schaute mich um und stieg ihm nach.

Die abgestandene, von Schimmel durchweichte Luft stammte vermutlich aus den Dreißigern, stank ekelerregend und am liebsten hätte ich sie nicht eingeatmet. Die Sprossenwand war aus Edelstahl und so kalt wie meine Finger. Wir waren mitten im Nirgendwo in einem Bunker. Unter mir war alles in tiefes Schwarz gehüllt und ich war mir fast sicher, dass etwas da unten auf uns wartete. Und wir kletterten auch noch freiwillig in seine Falle.

Wilfred schaltete gerade seine Taschenlampe ein, als ich mit beiden Füßen auf festen Grund gelangte. Vom Loch in der Decke schaffte es nur wenig Licht bis zu uns. Die Luke leuchte da oben wie ein Scheinwerfer.

Wilfred schwenkte den Lichtkegel durch die finstere Kammer. »Alfi?«, rief er. Die Decke war gerundet, so als stünden wir in einer blanken Konservenbüchse.

»Wo ist er?« Der Vorraum war schmal, bot höchstens für zwei von unserer Statur Platz – oder für einen Sporti.

»Hatten ausgemacht, dass er hier wartet. Wird schon reingegangen sein. Dieser Penner! Er hatte versprochen zu warten.« Direkt vor uns befand sich eine dicke Metalltür, die uns den Weg versperrte. Wilfred drückte sie auf. Dahinter lag ein länglicher Raum, in den zu beiden Seiten offene Regale ragten, die mit allerlei angelaufenen und verstaubten Dosen und Einmachgläsern gefüllt waren, darunter Essiggurken und Kirschen. Am Ende stand ein einfacher Schreibtisch, auf dem Unterlagen aufgestapelt waren.

Alfi stand dahinter und leuchtete mit seiner Taschenlampe gegen die Wand. Als er uns hereinkommen hörte, wirbelte er zu uns herum: »Wilfred?«

Alfis Lichtkegel schnitt durch die Dunkelheit.

»Du Arsch! Wolltest nichts anrühren, bis ich zurückkomme!«

»Hast du Konsti mitgebracht?«

»Ja!«, sagte Wilfred trotzig.

»Kommt her. Schaut, was ich gefunden habe.« Unsere Schritte ratschten über den Boden. Ich schätzte den Keller auf zwei Meter in der Vertikalen, vier in der Diagonalen und die Decke begann zwei gestapelte Wilfreds über unseren Frisuren, eher weniger.

Alfi leuchtete gegen eine Wand, an der Landkarten mit Markierungen auf ein Reißbrett gepinnt waren. Handschriftliche Notizen in einer unentzifferbaren Sauklaue klebten daran.

»Was machen wir hier?«, fragte ich.

»Dachte, das könnte interessant sein. Kannst du das lesen?«

Ich sah mir das Gekritzel an und schüttelte den Kopf.

»Leute!« Wilfreds Ton war panisch. »Seht ihr das?«

Er leuchtete auf die Ränder der Karten, an denen Bilder festgemacht waren. Auf einer stand »Moorbach, 1:5000«.

Wir stellten uns zu ihm und ich vergaß für einen Moment Luft zu holen.

»Scheiße«, raunte Alfi. »Seht ihr das auch?«

»Ja, Mann«, sagte Wilfred.

»Hm-hm«, machte ich kaum hörbar. Ich wollte das nicht sehen und ich wünschte mir, wir hätten, statt in den Bunker zu klettern, Holz aufgelesen, oder ich hätte mir von der Sonne meine ausgekühlten Muskeln wärmen lassen.

Aber ich betrachtete in diesem Bunker, unter einem Wald in der Senkbachebene, ein Foto von einem toten Mädchen. Sie war vielleicht sechs, sieben Jahre alt und hatte einen blonden Pony, soweit ich das auf dem schwarzweißen Polaroid ausmachen konnte. Es war eine Frontalaufnahme, auf dessen unteren Ende »Polizei Moorbach« mit Schreibmaschine getippt war. Ihr Mund stand offen, wie zu einem einladenden Lächeln. Unterhalb ihres schmalen Halses endete das Bild. Ihre Wangen waren befleckt, sie lag auf einem Metalltisch, die Schneide eines Skalpells lugte ins Bild. Ihre Nase war gebrochen, sie machte einen leichten Haken. Rechts und links darüber, dort wo die Augen hätten sein sollen, klafften fleischige Höhlen.

Sie starrte mich an, durch diese schwarzen Löcher in ihrem Kopf.

Ich wich zurück und wäre am liebsten zur Leiter gerannt.

Alfi leuchtete auf die Bilder daneben. »Au Scheiße!«

Ich trat wieder näher. Sie waren aus demselben Winkel geschossen und zeigten dasselbe Motiv, nur mit anderen Gesichtern. Statt Augen klafften überall Löcher.

»Was zum Geier ist das?«, rief ich. Ich hatte keine Kontrolle über meine Stimme, ihr Echo hallte schrill von den Wänden wider. Alfi zitterte. Ausgerechnet Wilfred tat das einzig Vernünftige. Er drehte sich um und marschierte zum Ausgang.

»Was hast du vor?«, rief ich ihm hinterher. Warum waren wir nicht auf die Idee gekommen?

»Ich geh! Ist mir zu unheimlich. Kommt ihr?«

Alfi und ich sahen uns an und folgten Wilfred an die Oberfläche.

»Das können wir so nicht lassen.« Alfi zeigte auf das Loch. Ich glaubte zu sehen, wie sich eine bleiche Hand aus der Öffnung streckte. Das blinde Mädchen war uns gefolgt. Die Hand krallte sich in den Erdboden, zog den Kopf nach und beäugte uns aus fleischigen Höhlen.

»Mach den Scheißdeckel zu!«, schrie ich und warf mich dagegen. Die Luke klemmte und die Scharniere waren verrostet. Zu dritt drücken wir die schwere Luke schließlich zu. Alfi verstreute Laub, bis es die Kuppel vollständig bedeckte.

»Wieso?« Mehr Worte hatte ich im Augenblick nicht parat.

»Soll niemand finden.« Das leuchtete mir ein, es wäre mir ebenso logisch erschienen, wenn er gesagt hätte: »Was immer da unten ist, soll da bleiben.« Ich fragte mich, ob es dafür vielleicht nicht schon zu spät war.

Die anderen schliefen noch, als wir das Lager erreichten. Ich stapelte Holz in den Steinring. Wilfred steckte trockenes Laub und Gras mit einem Streichholz an, aber das Feuer wollte nicht übergreifen. Ungeduldig leerte Alfi eine Tasse von Sportis Fusel über den Haufen und hielt sein Feuerzeug in die Richtung. Wusch. Eine Stichflamme schoss senkrecht in den Himmel. Wilfred warf sein Gestrüpp frustriert hinterher.

Ich taute langsam auf, spähte auf die Hölzer, von denen das Feuer magisch aufstieg, und sah, wie sich das Gesicht des Mädchens aus den Flammen schälte. Warum hatte sie keine Augen gehabt?

»Ich will da noch mal runter«, sagte Alfi. »Das ... das ist was.« Ich ahnte, was er meinte. Wir hatten etwas von Bedeutung gefunden. Es konnte wichtig sein. Aber in diese Rattenfalle trieb mich nichts erneut runter, niemals in diesem Leben.

»Ich bin dabei«, sagte ich, ohne zu wissen, wieso. Ich zuckte sogar zusammen, erschrocken vom Klang meiner eigenen Stimme. Das Bild des Mädchens explodierte in einem Funkenregen.

»Ich auch«, sagte Wilfred.

Loretta richtete sich auf und rieb sich die verschlafenen Äugelein. »Was willst du auch?«, fragte sie und streckte die Arme aus. Sie sah uns der Reihe nach an. »Was ist passiert?«

»Hatten doch 'nen Bunker gefunden. Waren drin«, sagte Alfi.

»Und? Was gibt's da?«

»Da sind Bilder von Toten und eine Landkarte«, sprudelte es aus Wilfred heraus. Und wir erzählten ihr von unserem Fund.

»Vielleicht kannst du die Schrift lesen«, sagte Alfi.

»Ich kann es probieren, aber warten wir, bis Sporti aufgestanden ist.« Sie gähnte. »Frühstück?«

Wilfred sprang aufgeregt auf. »Kaffee!« Er lief zu seinem Rucksack und kehrte mit einer Dose Instantpulver zurück.

»Welcher Geschmack?«, fragte ich.

»Vanille.« Er wackelte aufreizend mit den Brauen.

»Dann brauchen wir eine Kanne, heißes Wasser und Tassen«, sagte Loretta.

»Ich hab einen Topf dabei«, sagte Alfi.

Loretta sammelte die Flaschen vom vorherigen Abend auf und präsentierte sie. »An den Feld- und Thermosflaschen sind die Deckel Tassen.«

Ich schöpfte Wasser aus dem kristallklaren See und stellte den Topf direkt ins Feuer. Kurz darauf blubberte die Oberfläche und Dampf wirbelte auf. Wilfred rührte das Pulver mit einem Zweig unter, den er mit der Hand saubergerubbelt hatte. Als sich die letzten Bröckchen aufgelöst hatten, tauchten wir die Deckeltassen in das braune Gebräu.

Es schmeckte trotz seiner Süße bitter und ekelhaft, keine Spur von Vanille. »Lecker«, sagte ich und stöhnte erleichtert wie mein Vater, wenn er die erste Tasse am Morgen genossen hatte.

Alfi steckte sich eine Zigarette an. »Schmeckt am besten mit Kippe.«

Loretta nippte an der Plörre, spuckte sie aus und entschied sich für Wasser. »Wie könnt ihr das trinken?«

»Ist doch köstlich«, sagte ich lachend.

»Genau!« Alfi prostete mir zu. Er grinste. Die Schwellungen um seine Augen hatten über Nacht deutlich an Purpur und Dicke gewonnen. Auch wenn er lachte, blieben seine Augen voll Kummer und seltsam leer. Ein Teil in ihm war verschwunden, seit wir ihn am Spielplatz aufgegabelt hatten.

»Ich finde, wir sollten Sporti wecken«, schlug Alfi vor.

»Ich hab noch nichts gegessen«, sagte Loretta.

Mir fielen meine Einmannpackungen aus dem Keller wieder ein. »Sekunde, hab da was.« Ich holte die zwei Pappkästen und das Taschenmesser aus meinem Rucksack.

»Geil!«, rief Wilfred so laut, dass Sporti senkrecht hochschreckte.

»Was?«

»Essen. Komm bei!«, sagte ich.

Wir öffneten die Einmannpackungen. Sporti trottete zum Feuer. Wir begannen mit den Cevapcici in brauner Soße, die Verpackung behauptete, dass sie aus zwanzig Prozent Tomaten bestünden, davon schmeckten wir nichts. Der Jägertopf rief ähnliche Begeisterung hervor, wobei Sporti ihn kalt verschlang, als wäre er am Verhungern.

»Was sind denn Panzerplatten?«, fragte Wilfred.

»Mann, steht doch drauf, Hartkekse!« Sporti nahm ihm die Packung ab, riss sie auf und biss hinein. Nichts geschah.

Er musterte den Keks, auf dem nicht mal seine Zahnabdrücke zu sehen waren. »Scheiße, ist der hart!«

»Ich bekomm den locker klein!« Wilfred stemmte die Arme in die Hüften.

»Den beißt du niemals durch«, sagte ich und fischte die Schokolade aus der Box.

»Wenn du das machst, dann verlierst du einen Zahn.« Sporti gab ihm die Panzerplatte und setzte sich im Schneidersitz hin. In die eine Hand nahm er eine Aludose und in die andere einen Göffel – ein Zwitterwesen aus Gabel und Löffel.

»Wehe, du heulst, dann begrab ich dich und seil einen fetten Haufen obendrauf ab – ganz frisch. Versprochen.« Er zerteilte die Cevapcici und schob sich genüsslich ein Stück in den Schlund.

Wilfred präsentierte ihm den Mittelfinger. »Ich brech mir nichts ab«, erklärte er.

Alfi hatte die Hände in die Hosentaschen gesteckt und beobachtete uns vom Wasser aus. Als er bemerkte, dass ich ihn ansah, wandte er mir den Rücken zu.

Loretta holte eine Chipstüte und bot mir welche an. »Wenn die Sonne ganz aufgegangen ist«, sagte sie und schaute zum Wasser, »dann können wir schwimmen.«

Alfi kam auf uns zu. »Vorher gehen wir in den Bunker.« Er klang genervt.

»Bunker?«, fragte Sporti. »Was für ein Bunker?« Er kam von allein drauf. »Der von gestern? Wart ihr drin?«

»Nur die Jungs«, sagte Loretta. »Ich habe bei dir geschlafen.«

In Sportis Wangen stieg Schamesröte. »Ihr wart ohne mich da?« Er verschränkte die Arme. »Ohne mich?«

»Du hast halt geschlafen«, sagte Alfi entschuldigend.

»Und du hast vergessen, wie man Menschen weckt?« Er streckte ein Bein aus, zog ein zerbeultes Kippenpäckchen aus dem Sockenbund und rollte einen Stängel zwischen den Handflächen in Form.

»Das ist unfair«, klagte Alfi. »Wenn wir dich geweckt hätten, hättest du rumgemault, dass wir dir dich geweckt haben. Wisst ihr was, ich geh zum Bunker, wenn ihr 'n Problem damit habt, euer Ding. Könnt gerne nachkommen.« Im Nu verschwand er zwischen den Bäumen.

»Was ist dem denn für 'ne Leber über die Laus gelaufen?«, fragte Wilfred.

Lorettas Mundwinkel zuckte, doch statt ihn zu verbessern, stellte sie eine unangenehme Frage. »Kommt er euch nicht auch zu still vor?«

»Er hatte ein paar harte Tage. Das ist alles.« Ich glaubte meinen eigenen Worten nicht. Das war nicht der Alfi, den wir kannten, aber ihn als verletzlich anzusehen war ein Ding der Unmöglichkeit. Er traf in unserer Gruppe die Entscheidungen. Wenn uns die guten Ideen ausgingen, dann hatte er stets eine parat.

»Das in der Schule, das mit der Schreihals, war schon übel«, sagte Sporti.

»Und das mit seinem Vater erst«, sagte Loretta.

Wilfred drehte die Panzerplatte mit den Fingern. Sie sah aus wie ein Butterkeks. »Stimmt, du hast recht, das mit seinem Vater ist echt kacke.«

Sporti rülpste feucht. »Lasst uns ihm nachgehen. Er sollte nicht allein sein.« Wir nickten einstimmig. Wilfred biss auf den Keks, traktierte ihn mit den Backenzähnen, aber nichts tat sich.

Sporti hob tadelnd den Zeigefinger. »Lass den Scheiß!«

»Hast du eine Ahnung, wie alt die sind?«, fragte ich.

Wilfred beachtete mich genauso wenig wie ein Hund, der auf seinem Knochen kaute.

»Die sind aus dem Krieg. Damit könntest du jemanden erschlagen.«

Er jedoch biss noch zwei Mal zu und brach eine Ecke ab. Triumphierend hielt er uns das alte Gebäck unter die Nase. »Seht ihr das! Ich kann's doch!«

»Wow.« Sporti klatschte mäßig begeistert. »Und wie schmeckt's?«

»Näh, nach nichts ... nach gar nichts.«

Wir liefen in den Wald. Wilfred nagte weiter an der massiven Gebäckplatte, Loretta und Sporti klopften sich noch die Hosenrückseiten ab.

Zwischen den Bäumen blieb ich stehen und hob den Finger an den Mund. »Ist euch aufgefallen, wie still es ist?«

Sie sahen sich um und lauschten. Wilfreds Zähne schabten über den Keks.

»Hör auf«, sagte Sporti und horchte erneut. »Kein Vogel.«

»Ich weiß, was du meinst«, sagte Loretta. »Wirklich totenstill.«

»Werte Damen und Herren«, sagte Sporti in Reportermanier. »Wir befinden uns im Herzen der Natur, von Bäumen umringt. Woran fehlt es? Vermissen wir die Autogeräusche, Flugzeuge oder das Geschrei von Spielplätzen? Letzteres kann ich Ihnen bieten.« Er holte tief Luft, spreizte die Kiefer weit und schrie, dass sein Gaumenzäpfchen baumelte.

Loretta sah fassungslos aus, doch als sie ebenfalls ruckartig einatmete, stiegen Wilfred und ich mit ein.

Wir plärrten so lang und so laut, wie wir konnten, Wilfreds Stimme überschlug sich dabei und wir brüllten mindestens genauso ausgiebig.

Aus heiterem Himmel kam Alfi zwischen den Bäumen hervorgestürzt. »Was ist passiert?« Er war vor Sorge bleich.

»Nichts«, sagte Sporti. Gelächter brach aus und wir lachten, als hätten wir gerade erst zu lachen gelernt. Loretta wischte sich Tränen von den Wangen und Sporti quiekte wie ein Ferkel.

»Ihr habt mich megamäßig erschreckt!«, schimpfte Alfi. »Kommt mit!«

Wir versammelten uns um die Luke. Bis auf Alfi hatte niemand an eine Taschenlampe gedacht und jetzt wollte keiner zurücklaufen. Also mussten wir mit nur einer Lichtquelle in die Dunkelheit hinabsteigen.

»Ganz schön unheimlich«, sagte Wilfred.

»Mach nicht einen auf Mädchen«, sagte Sporti. »Nichts für ungut, Loretta.«

»Jaja«, sagte sie.

»Warum hast du eigentlich noch keinen Spitznamen?«, fragte Sporti.

»Gute Frage«, sagte Wilfred und schabte mit den Schneidezähnen über den feuchten Keks.

»Darüber könnt ihr später diskutieren«, rief Alfi von unten. »Kommt!«

Wir erreichten nacheinander den schmalen Vorraum. Alfi wartete hinter der Tür mit seiner Taschenlampe. Sporti kam als letzter und hatte in dem winzigen Vorraum gerade genug Platz für sich allein. Die Tür ließen wir offen.

Alfi schwenkte den Lichtkegel an den Regalen vorbei, zwischen denen ein Feldbett stand, das mir gestern nicht aufgefallen war, und führte uns zum Reißbrett.

»Hat wer einen Dosenöffner?«, fragte Wilfred.

»Nag die Dosen doch mit deinen Hasenzähnen auf«, konterte Sporti.

»Du bist ein Arsch!«

»Und du ...«

»Gut jetzt!«, warnte Alfi. Er beleuchtete die Bilder. »Hört auf und seht euch das an. Ihnen allen fehlen die Augen.«

»Wie bei deiner Freundin«, sagte ich.

»Oana«, fügte er hinzu. »Guckt mal, die Striche.« Ich stellte mich dicht vor die Landkarte. Es führten Kugelschreiberlinien von den Aufnahmen der Toten zum Spielplatz in der Ann-Sophie-Straße, unserem Territorium mit dem Kotzreifen. Ich zählte dreizehn Linien, die von den Fotografien zum Klo führten.

»Sind die alle im Klo gestorben?«, fragte ich.

»Keine Ahnung.«, sagte Alfi. Ein Feuerschein zischte hinter uns auf und wir fegten erschrocken rum. Da stand Sporti mit einer Kippe zwischen den Lippen und inhalierte.

»Sorry ...«

»Was ist, wenn die früher gestorben sind?« Loretta zupfte eine Stecknadel aus dem Kork und nahm das Foto mit dem blonden Mädchen ab. Sie drehte es um und betrachtete die Rückseite. »Gib mal Licht.«

Alfi schwenkte die Taschenlampe in ihre Richtung. »Neunzehnhundertfünfzig«, las sie vor. »Vor fünfundzwanzig Jahren.«

Ich schielte auf die Bleistiftzahlen. »Meinst du, das ist ihr Todesjahr?«

»Schon möglich.«

»Leute, was ist das hier?« Sporti klang unbehaglich. »Was ist, wenn der Bunker dem Mörder gehört?«

»Ach wo«, winkte Wilfred ab und warf den matschigen Keks weg. »Das wird schon keinem Mörder gehören, oder Alfi?«

Der zuckte die Achseln und zupfte ein weiteres Foto von der Wand. »Das ist Oana«, sagte er und betrachtete es.

Sporti trat von einem Fuß auf den anderen. »Lasst uns lieber abhauen, nicht, dass er zurückkommt und wir hier sind und …«

Er wurde von einem lauten Schlag unterbrochen. Es hörte sich an, als ob ein Chinaböller im Vorraum explodiert sei.

Wir fuhren herum. Der schwache Lichtschein aus dem Schacht war verschwunden.

»Der Ausgang!«, schrie Loretta und rannte los. Wir hasteten ihr hinterher.

Der runde Lichtpunkt an der Spitze der Leiter war weg. Jemand hatte die Luke geschlossen. Es rumste noch zweimal laut, als hätte jemand etwas Schweres auf den Deckel fallen lassen, dann war Ruhe.

10

»Ich muss aufs Klo!«, jammerte Wilfred »Au!« Sporti hatte ihm gegen die Schulter geschlagen und rieb sich jetzt die Faust.

»Was soll das?«, brüllte Loretta nach oben. Gelächter drang durch die verschlossene Metallplatte, es waren zwei bis drei Stimmen, allesamt männlich.

»Hey, ihr Arschlöcher, lasst uns raus!« Alfi gab mir die Lampe und kletterte rauf. Er schlug gegen die Luke, versuchte, sie aufzustemmen, doch es war zwecklos. Wir waren in dem Metallkasten gefangen.

»Lasst uns raus, ihr Hurensöhne!«, brüllte Alfi so wütend, dass ich unwillkürlich die Schultern hochzog.

»Alfi, lass das ... bitte«, wimmerte Wilfred. »Wenn das die Mörder sind.«

»Das sind ein paar Spinner, mehr nicht«, fauchte er. »Macht auf, damit ich euch den Arsch aufreißen kann!«

Die lachenden Stimmen verebbten.

»Scheiße. Scheiße. Scheiße«, betete Wilfred.

»Wilfred, halt's Maul!« Er verstummte.

»Was machen wir jetzt?«, fragte Sporti. »Gibt's noch einen anderen Ausgang? Lasst mich raten: Nein?«

»Ganz richtig.« Alfi kletterte die Sprossen wieder runter. »Wir sind hier eingesperrt. Wir können höchstens die Regale durchsuchen.«

»Ich möchte raus!«, brüllte Wilfred. »Ich will nicht hier sein.« Er stieg die ersten Stufen rauf, rutschte ab und blieb auf dem Boden sitzen. Ich blieb im Türrahmen stehen und leuchtete zur Deckenklappe. Für einen schrecklichen Augenblick dachte ich, sie sei verschweißt, und wusste, dass wir sterben würden. Ich wünschte mir dasselbe wie Wilfred, so weit weg wie möglich zu sein. Hätte ich doch die Zeit ein paar Sekunden, höchstens vier Minuten, zurückstellen können.

Die Taschenlampe flackerte.

»Habt ihr das gesehen?« Ich erschrak über meine zittrige Stimme und sah in verängstigte Gesichter. Eines aber war entschlossen, wütend und ohne Angst. »Gib mir die Lampe.«

Ich reichte sie Alfi. Er leuchtete damit auf den Boden. »Wir müssen Ruhe bewahren«, sagte er.

»Ist leicht gesagt!«, sagte Wilfred erstickt. Ich rieb mir den Kehlkopf, der in den letzten Wochen deutlich gewachsen war.

»Lasst uns den Bunker absuchen und dicht zusammenbleiben«, sagte Alfi.

»Was soll das bringen?«, fragte ich.

Loretta zwickte mir in den Oberarmspeck. »Wir bleiben zusammen. Also komm.« Wir versammelten uns an der Tür zum Vorraum.

Meine Gedanken kreisten um das, was Wilfred gesagt hatte. Was, wenn er recht hatte? Wenn wir in der Kammer eines Schlächters festsaßen, der die Kinder umgebracht hatte und sich hier unten daran ergötzte?

»Gucken wir uns genau um, Decke, Boden, Regale, egal was, wenn euch etwas auffällt, dann sagen. Gemeinsam besprechen wir, ob es wichtig sein könnte oder nicht«, sagte Loretta.

Mein linkes Ohr fiepte, ob wegen der Aufregung oder ihrer alarmierend schrillen Stimme konnte ich nicht sagen.

»So machen wir's«, sagte Alfi. Er sah uns nacheinander an. »Wo ist Wilfred?«

Metall klirrte in einem der Gestelle. Alfi leuchtete in die Richtung, direkt auf Wilfred, dessen Augen wie die einer Ratte schimmerten. Er lächelte. Wilfred richtete eine Lampe auf mich. Ich schreckte zurück, als ich plötzlich erblindete, und verpasste Sporti aus Versehen einen Schlag gegen die Brust.

»Pass doch auf!«, beschwerte er sich.

»Hab ’ne Taschenlampe gefunden«, sagte Wilfred stolz. »Funktioniert!«

Das hatte ich bemerkt. Lichtblitze zischten durch mein Sichtfeld und ich glaubte, in dem Keller wäre es schwärzer als zuvor, aber immerhin konnte ich wieder etwas sehen. Loretta berührte meine Hand. Ich erkannte sie an ihrer weichen Haut.

»Bleib bei mir«, flüsterte sie.

»Wilfred, gib Loretta die Lampe«, sagte Alfi. Mit einem »Och menno« leistete er Gehorsam. »Zwei Gruppen. Du, Loretta und Konsti, linke Seite. Ich und Sporti rechte.«

Wir durchsuchten das Regal, bei dem ich vermutete, dass es aus derselben Zeit stammte wie der Rucksack meines Vaters. Es wirkte wie aus einer Kaserne, grüne Metallstreben und Holzplatten. Wir fingen unten an und arbeiteten uns Etage für Etage zum letzten Boden hoch. Wir fanden Dosenpfirsiche und Bohnen, jede Menge Hülsenfrüchte in Konserven, sonst nichts Außergewöhnliches. Das oberste Brett war über unseren Köpfen.

»Räuberleiter?«, schlug ich vor und faltete meine Hände. »Du hast die Lampe und bist die leichteste.« Wilfred und ich gingen in die Hocke. Loretta stieg in die zusammengefalteten Hände und wir hoben sie rauf. Ich lehnte mich dabei gegen die Seitenstrebe, um besser das Gleichgewicht halten zu können.

»Hab was!«, sagte sie. »Ich hab da was.« Es polterte, die Strebe in meinem Rücken vibrierte. »Ich kann das nicht heben. Zu schwer.«

»Komm runter, ich mach’s«, sagte ich und hielt das ernsthaft für eine gute Idee.

Sie ließ die Lampe oben, dann brachten wir sie mit beiden Beinen auf den Boden zurück.

»Könnt ihr das Regal halten?«, bat ich. Wilfred und Loretta stemmten sich dagegen. Ich stieg die Regalböden rauf, die bedrohlich unter meinen Füßen nachgaben. Tonnenweise Dosen trugen die Bretter problemlos, aber bei meinem Gewicht ächzte das Holz.

Ich sah sofort, was sie gemeint hatte: eine blaue Metallkiste, vielleicht ein Werkzeugkoffer. Ich packte sie und zog. Sie rührte sich nicht. Ich kletterte auf das Fach direkt unter der Kiste und klammerte mich mit beiden Händen an den Koffergriff, aber das reichte nicht. Ich lehnte mich zurück, bis mein Hintern in der Luft schwebte, zog so fest ich konnte und drückte mich mit den Beinen vom Brett weg.

Die Kiste bewegte sich. Sie rutschte aber nicht langsam zu mir, sondern ruckartig. Als hätte ich eine gespannte Schnur gekappt, flog ich rücklings Richtung Boden.

Die Werkzeugbox schepperte neben mir auf den Beton und ich knallte auf den Steiß. Schmerz explodierte in meiner Hüfte und schoss bis in den Rücken. Ich kreischte so laut, dass ich fast Wilfreds Brüllen übertönt hätte. Die verdammte Blechkiste hätte ihm beinahe den Schädel eingeschlagen, aber er war im letzten Moment beiseite gesprungen.

Sporti trat aus dem Schatten und versetzte Wilfred eine Ohrfeige. »Sorry, aber du musst dich einkriegen.«

Wilfred verstummte augenblicklich, und bevor ich mir auch eine fangen konnte, hielt ich lieber die Klappe.

Loretta ging vor mir in die Hocke. »Alles okay?«

»Geht schon.«

»Sicher? Du hast geschrien wie am Spieß.«

»Mein Hintern tut weh, sonst ist alles gut.« Ich schlug bei Sporti ein und richtete mich auf.

Alfi kniete bereits vor der Box. Wilfred leuchtete auf die Kiste und hielt sich mit der anderen Hand die Wange, wir anderen gingen in die Hocke.

»Können wir?«, fragte Loretta.

»Mach schon«, forderte Alfi. Im Licht der Lampe merkte ich, dass die Kiste nicht blau war, sondern knallgelb. Loretta wischte über den Deckel und betrachtete ihre Hand im Taschenlampenlicht. »Kein Staub, sie ist sauber.«

Wir nickten bedächtig. Die Stimmung war angespannt, was konnte sich in der Kiste verbergen? Mein Herz wummerte wie ein Presslufthammer. Wilfred wurde es zu viel und er fing an zu plärren: »Gott, ich will sofort hier raus! Ich will nach Hause! Jetzt! Sofort!«

»Halt die Klappe!«, schrie Sporti. »Halt die verdammte Fresse.« Er entriss ihm die Lampe. Mir blieb der Mund offenstehen, als der Strahl erneut auf die blaue Werkzeugkiste fiel.

»War die eben nicht gelb?«, flüsterte ich.

Loretta schüttelte den Kopf. »Nein, blau.« Sie schaute gebannt auf die Kiste. »Wir sollten uns beeilen, hoffentlich ist da etwas Brauchbares drin. Ich will schnell hier raus.«

Sie klappte die Deckel zur Seite und breitete die Fächer aus. Der Kasten hatte drei Stufen auf jeder Seite, sie waren vollgestopft mit Metallkästchen und Gläsern.

»Was ist das?«, fragte Sporti schrill. Ich leuchtete in die einzelnen Ablagen: vertrocknete Vogelkrallen, Hasenpfoten und unterschiedliche Federn. Aus einem Kästchen quollen Talismane, aus anderen Kreuze, Gebetsketten, Steine in allen erdenklichen Farben und Formen. In einer Kiste waren Pentagramme aus Metall, die im Licht der Taschenlampe silbern funkelten. Wir fanden auch schwarze Beutelchen mit seltsamen Symbolen, die ich noch nie gesehen hatte. Im untersten Fach, dem größten, enthielten die Gläser Flüssigkeiten und Pülverchen, dazwischen steckte ein Büchlein.

Sporti hob einen der Behälter hoch. »Pinselreiniger«, las er vor und hob einen weiteren hoch. »Schwarzpulver.« Eines der Gläser war voller dunkelbrauner Murmeln: »Taubenherzen.«

Loretta schlug das Buch auf. »Kannst du?«, fragte sie mich und deute auf die aufgeschlagenen Seiten. Ich rückte zu ihr und richtete die Lampe auf das Papier. Es waren handschriftlich beschriebene Seiten.

»Und wer mit den Toten tanzt«, las sie vor, »der wird zu den Toten fahren. Und wer bei den Toten lebt, ist längst ein Tier. Tama, dana, karu laiki.«

Stille senkte sich wie ein Leinentuch über uns.

»Was heißt das?«, fragte ich schließlich.

»Keine Ahnung, klingt wie ein –«

»Zauberspruch«, warf Sporti ein. »Das klingt wie ein verdammter Zauberspruch.« Er klang hysterisch, seine Finger fummelten an seinen Druckknöpfen herum »Wir sind im Bunker eines Mörders, der zum Zeitvertreib glaubt, er könne zaubern?«

Er zückte seine Zigarettenschachtel. Alfi streckte seine Hand aus, bekam eine, gab erst ihm, dann sich Feuer.

Sporti saugte am Filter. »Wahrscheinlich hat der uns eingesperrt und wir gehen drauf, weil der uns zu einem Gulasch verarbeiten will oder so. Was für ein kranker Wichs ist das hier?«

Alfi nahm mehrere Züge.

Loretta achtete nicht auf die beiden, sondern drehte das Buch in den Händen. Bei der Rückseite stockte sie und betrachtete die Aufschrift: Es war ein Wort in Großbuchstaben, die wie Rosenranken ineinander verschlungen waren.

»Was denkst du, steht da?«, fragte sie mich. Die Ranken schimmerten gelblich, aber vermutlich bildete ich mir die Farbe ebenso ein wie beim Koffer.

Ich sah mir die Zeichnung genauer an. »Bruno?«, schlug ich vor.

»Der Name des Mörders?«, fragte Loretta.

Ich hob die Arme. Dann hatte ich einen Einfall: »Schwarzpulver und Pinselreiniger hast du gesagt?«

Ich schob Wilfred beiseite. Es waren fünf Gläser mit Reiniger und zwei mit Schwarzpulver, locker ein Viertelkilo.

»Was hast du?«, fragte Loretta.

»Eine Idee. Können wir daraus einen Sprengsatz basteln und die Luke hochjagen?«

»Ja!«, jubelte Alfi. »Lass uns das Scheißteil in die Luft sprengen – während wir drinnen sitzen.«

»Ist nicht so doof«, wandte Loretta ein. »Wir machen die Tür zu und verbarrikadieren sie von innen. Es ist wenigstens ein Versuch wert.«

»Ich bin dafür«, sagte Wilfred und wir stimmten ab. Vier bejahten, Alfi hielt weiter dagegen.

Ich dachte an meinen Comic. »Wir brauchen stabile Flaschen, damit sich Druck aufbaut – und Klebeband.«

»Also gut, ich hab Aluflaschen gefunden, aber Klebeband?«, fragte Alfi. Wilfred entriss Sporti die Lampe, sprang auf und suchte die Regale ab.

»Hab welches!«, rief er. »Eine ganze Rolle!« Er hielt es triumphierend hoch und flitzte zu uns zurück. »Klebeband.«

»Bist ja doch für was zu gebrauchen.« Sporti reichte ihm die Faust, die er zufrieden abklopfte.

»Wie hast du dir das vorgestellt?«, fragte Alfi mich.

»Beides ist explosiv, wenn wir es mischen und in die Flaschen kippen, den Deckel festkleben und anzünden, dann Boom!«

»Und wie zünden wir es an, wenn der Deckel drauf ist?«, fragte Wilfred.

»Böller!«, entfuhr Sporti. »Wir brauchen eine Zündschnur.«

»Weil so was bei Wahnsinnigen auch immer im Keller liegt«, höhnte Alfi.

»Nicht nötig.« Loretta rieb sich die Augen. »Wir könnten einen Faden in den Pinselreiniger tunken und den als Lunte nutzen. Und bevor jetzt jemand nach der Schnur fragt, wir nehmen ein Shirt und reißen es in Streifen. Aber lasst uns die Flaschen nur mit einem füllen, also entweder Schwarzpulver oder Pinselreiniger. Wir wissen nicht, was passiert, wenn wir beides mischen. Vielleicht ist das wie bei Salzsäure und Natronlauge. Im richtigen Verhältnis ergibt das auch nur Nudelwasser.«

»Ohne Scheiß?«, fragte Sporti. »Nudelwasser?«

Loretta schmunzelte, schob ihre Haare nach hinten und nickte. »Nur Wasser mit Salz, trinkbar und ungefährlich. Legen wir los?«

»Woher weißt du das?«, fragte Wilfred.

»Bücher. Jungs, ihr lest zu wenig.«

Wilfred stemmte die Fäuste in die Hüften. »Wenn wir hier rauskommen, dann les ich jedes Buch!«

Ich schnitt mit meinem Taschenmesser Zündschnüre aus meinem Hemd. Loretta und Alfi dosierten Schwarzpulver und Pinselreiniger.

»Nicht zu viel«, sagte Loretta. »Da muss genügend Luft drinnen im Glas bleiben, sonst passiert da gar nichts.«

»Wenn wir draußen sind, dann müssen wir die Polizei holen.« Wilfred sah uns der Reihe nach an. »Das müssen wir doch, oder?«

»Ich denke schon«, sagte Sporti. »Soll dann wer hierbleiben, damit wir den Bunker wiederfinden.«

»Nein.« Alfi verknotete die ersten Schnüre zu einer längeren. »Ich finde, wir sollten das nicht melden.«

»Aber die toten Kinder? Die Eltern wollen doch wissen, was mit ihnen ist, und die können das Arschloch einbuchten«, sagte Wilfred.

»Oder die Bullen sagen, dass wir es waren.«

»Der eine Mord war in den Fünfzigern«, sagte Loretta. »Da gab es uns noch nicht.«

Ich schnitt weitere Bänder aus meinem Hemd. Kälte kroch mir über den Rücken und ich konnte es kaum erwarten, hier raus und an die warme Oberfläche zukommen.

»Ich denke, wir sollten es machen«, sagte Sporti. »Dann sind wir die Helden. Denkt drüber nach. ›Jungen finden

Mörderhöhle und machen Verbrecher dingfest!‹, wie klingt das für euch? In meinen Ohren wie Musik.«

Alfi kaute auf seiner Wange. »Dann müsst ihr warten, einen oder zwei Tage. In Ordnung?«

»Wieso? Worauf?«, fragte ich.

»Ich wollte es nicht sagen, aber ich geh nicht mehr heim. Ich fahre zum Bahnhof und verschwinde. Fang ein neues Leben an.«

Wir sahen ihn alle verdattert an, wie zu Stein erstarrt.

»Was bitte?«, entfuhr es Loretta. »Alfi, was hast du vor?«

»Ich kann nicht nach Hause!«, sagte er kratzig. »Der bringt mich noch um. Ihr seht doch, was er getan hat, dieses Arschgesicht!« Ihm kamen die Tränen und er verstummte. Loretta beugte sich vor, um ihn in den Arm zunehmen, aber er schubste sie weg.

»Lass mich!« Er wischte sich das Wasser aus den Augen. Seine Lippen bebten und er kämpfte schwer, um nicht weiter zu weinen. »Ich glaub, das sind genügend Schnüre.« Er wollte aufstehen, doch Sporti packte ihn am Arm und zog ihn wieder runter.

»Was soll das?«

»Das fragst du allen Ernstes?«, rief Sporti außer sich. »Du lässt uns zurück? Gehst einfach? Du kannst deine Kameraden nicht auf dem Schlachtfeld zurücklassen!«

»Genau«, sagte Wilfred. »Das ist Hochverrat.«

»Ihr wisst ja nicht, wie das ist!«, wisperte Alfi. »Ich bin allein, der schlägt einfach zu, wann immer ihm danach ist. Als die Schreihals da war, hatte ich meinen Seesack schon gepackt. Er hat auf mich eingetreten, ich lag am Boden – das macht man doch nicht, treten, wenn man am Boden liegt. Hat mich gegen die Wand geschleudert, bis ich bewusstlos wurde.«

Er holte Atem. »Als ich wieder aufwachte, schlief er im Sitzen, mit einer Flasche von seinem Fusel. Die Sachen aus meinem Seesack lagen im Raum verstreut. Ich sammelte alles ein und sah ständig zu ihm, weil ich Angst hatte, er würde aufwachen und die Flasche nach mir werfen.«

»Scheiße, Mann«, sagte Sporti.

»Das kann der doch nicht machen.« Wilfred schüttelte den Kopf. Wir schauten betreten zu Boden.

»Warst du deswegen am Zeugnistag nicht da?«, fragte Loretta.

»Ich konnte doch nicht in die Schule kommen. Wenn die Polizei nach mir gesucht hätte. Aber wahrscheinlich hat der Wichser die nicht mal alarmiert.«

»Und wo warst du?«, bohrte Loretta weiter.

»Ich hab in der Bahnhofsmission nach Unterschlupf gefragt, wusste davon, weil der immer wiederholte, dass ich ohne ihn in so einer leben müsste, wenn ich petze, dass er mich geschlagen hat. Aber die haben mich weggeschickt. Hätten keinen Platz.« Er stieß die Luft aus. »Also hab ich im Klo, im Turm, geschlafen und war viel unterwegs.«

»Scheiße«, hauchte ich. »Dieser …« Mir fehlten die Worte. Wie bezeichnete man einen Menschen, der sein Kind so behandelte?

»Ich finde, wir sollten dir helfen«, sagte Sporti. »Wir könnten den Mörder hier auf ihn hetzen.« Ein Grinsen huschte ihm übers Gesicht. »Wir könnten ihn auch um die Ecke bringen.«

»Wir sollten das besprechen, sobald wir hier raus sind«, sagte Loretta. »Wir packen zusammen und überlegen uns, was wir machen. In Ordnung?«

Wir nickten einstimmig und bauten die Bomben fertig. Wilfred tränkte die verknoteten Überreste meines einstigen Hemds mit Pinselreiniger. Alfi und ich stachen kleine Löcher in die Aludeckel und fädelten die Zündschnüre hinein. Zum Abschluss fixierten wir die Schraubverschlüsse mit ausreichend Klebeband.

Alfi kletterte die Leiter rauf und klebte die Sprengsätze an die Luke. Die Zündschnüre reichten nun bis zu den unteren drei Sprossen. Als er wieder unten war, verdrehte er sie zu einer Zündschnur.

Wir knobelten aus, wer die Lunte anstecken musste. »Ich bin dafür, dass Wilfred sie anzündet«, sagte Sporti. »Wenn er von der Explosion geröstet wird ... ich meine, er ist doch schon schwarz, dunkler wird's nicht.« Wilfred boxte ihm auf die Schulter, dabei lachte er übertrieben.

Wir wussten nicht, wie lange das Feuer brauchen würde, bis es die Sprengkörper erreichte. Flink zu sein und ein Mindestmaß an Intelligenz zu besitzen, schien mir wichtig zu sein. Also fielen Sporti und Wilfred aus. Loretta kam nicht infrage und Alfi hatte schon genug durchgemacht.

»Ich mach's«, sagte ich. Alle waren einverstanden. Sporti reichte mir seine Zündhölzer. Ich ging vor der Leiter in die Hocke und riss eines an. Ich hatte die getränkten Schnüre kaum mit dem Streichholz berührt, da sprang die Flamme über und bahnte sich ihren Weg.

»Schnell weg!«, rief ich und rannte aus dem Vorraum. Die Tür schlug hinter mir zu, aus dem Augenwinkel sah ich noch die Feuerspur hinaufrasen.

»Ganz nach hinten«, keifte Loretta. »Und auf den Boden!«

Ich schlug mir sämtliche Knochen auf dem Beton auf und vergrub mein Gesicht unter den Unterarmen.

Wir warteten auf eine markerschütternde Explosion, einen Knall, der uns die Trommelfelle wegfetzte. Ich presste mir die Hände auf die Ohren.

Keine Detonation war zu hören.

Wir blieben aufmerksam. Loretta regte sich, offenbar wollte sie aufstehen. Mir schoss ein Satz meiner Mutter durch den Kopf: »Junge, wenn er nicht explodiert, lass ihn liegen. Er könnte in deiner Hand hochgehen.« Ich packte ihren Arm und sah im selben Moment, dass Alfi sich aufrichtete. Ich zog beide wieder runter.

»Was soll das?«, rief sie und ich schrie: »Hinlegen, Alfi!« Es klang so panisch, wie ich mich fühlte.

Er sah mich erschrocken an und warf sich zu Boden. Ein ohrenbetäubender Knall ertönte, dann waren vier weitere zu hören. Es klang wie ein in Reihe geschalteter Chinaböller mit doppelter Füllung.

In meinen Ohren fiepte es. Vorsichtig richtete ich mich auf: Ein Feuerball, der die Tür geschmolzen und uns wie Bohnen im Ofen gebacken hatte, war ausgeblieben.

»Habt ihr auch fünf gezählt?«, rief ich gegen den Lärm in meinen Ohren an und sah auf.

Loretta hob den Daumen. »Es sind alle explodiert.«

Ich sprang auf, rannte vor zur Tür und riss am Griff. Erst dachte ich, sie würde zubleiben, wäre mit dem Rahmen verschmolzen, und wir würden hier sterben, nachdem wir alles versucht hatten. Doch nach einem kräftigen Ruck schwang sie auf.

Staub stand in der Luft, zu meinen Füßen lagen Betonbrocken. Über mir schien ein schwaches Licht.

Die anderen sammelten sich im Vorraum, ich kletterte hustend die warmen Stufen rauf, so schnell ich konnte. Mit jeder Sprosse näherte ich mich der von Ruß geschwärzten Luke. Sie stand einen Spaltbreit offen, gerade so weit, dass ich meine Hand hindurchschieben konnte.

Das Metall war heiß von der Detonation. Überrascht zuckte ich zurück und sog geräuschvoll die Luft ein.

»Alles okay?«, rief Loretta.

»Ja, der Deckel ist heiß, aber es geht schon. Er steht einen Spaltbreit offen.«

Ich drückte von innen gegen den Deckel. Er bewegte sich.

Ich ließ davon ab und wartete, bis meine Hände sich abgekühlt hatten, bevor ich den nächsten Versuch wagte. Mir rieselte Staub in die Nase, er schmeckte bitter und roch nach Schwefel. Ganz langsam öffnete sich der Deckel, ich stieg eine Stufe weiter und stemmte mich schließlich mit dem nackten Rücken gegen den Deckel.

»Und, bekommst du sie auf?« Alfis sorgenvolle Stimme drang von unten herauf und machte mich gallig. Ich schob so fest, dass ich mir einbildete, meine Wirbel würden gleich durch die Haut ploppen.

Der Spalt wuchs.

»Weiter!«, feuerte Sporti mich an.

»Ja!«, jubelte Loretta. »Du schaffst das!« Das brachte mir tatsächlich mehr Kraft. Meine Muskeln schwollen. Die Fuge vergrößerte sich quietschend, Sonnenstrahlen fielen hindurch und ich klappte den Deckel mit einem Ruck nach hinten weg. Mir lief der Schweiß die Achseln runter.

Ich schob den Kopf an die frische Luft. Das Sonnenlicht blendete mich und meine Augen brauchten einen Moment, bis ich nicht mehr den Eindruck hatte, in Scheinwerfer zu starren.

Dann sah ich mich um. Um den Deckel lagen große Steine, die offenbar auf der Luke gelegen hatten und die durch die Explosion heruntergerutscht waren. Sonst war niemand zu sehen und auch nicht zu hören. »Kommt, keiner da«, rief ich mit gedämpfter Stimme nach unten.

Die Jungs schickten Loretta zuerst, ich reichte ihr die Hand und zog sie rauf auf die Lichtung. Ein Lufthauch trug mir den Geruch nach Eukalyptus in die Nase. Unruhig drehte ich mich um, aber da kamen schon Alfi, Wilfred und Sporti aus der Luke. Vermutlich der Stress.

»Endlich frische Luft «, sagte Loretta. Mir kam ein schrecklicher Gedanke: Was, wenn uns der Sauerstoff da unten ausgegangen wäre?

»Wer immer das war, wollte, dass wir da nicht mehr rauskommen. Was heißt, entweder haben sie unser Lager ausgenommen«, ich holte mein Taschenmesser aus der Tasche, »oder die wollten uns umbringen.« Mir lief der Schweiß an der Seite runter und wurde vom Hosenbund aufgesogen.

»Konsti hat recht«, sagte Alfi. Wir sahen uns unbehaglich an. »Am besten teilen wir uns auf. Schleichen aus allen Richtungen zum Lager und sehen, was uns erwartet. Sind die da, dann kommen wir hierher zurück. Wenn nicht, beobachten wir den Platz, bis ich ein Zeichen gebe.«

»Machen wir«, sagte Sporti. Die anderen und ich stimmten zu.

»Loretta?«, fragte ich. Sie sah mir direkt in die Augen. Ein Kribbeln entlud sich in meinem Bauch. »Gehst du allein oder mit mir?«

Sie hob eine Braue. »Natürlich allein.«

Mir stieg Hitze in die Wangen. Ich versuchte, mir nichts anmerken zu lassen. »Dann nimm das Messer.« Ich drückte ihr das Taschenmesser in die Hand.

»Danke.«

Alfi legte einen Finger auf die Lippen. »Ab jetzt: flüstern und schleichen. Ich will kein Geräusch von euch hören.« Er scheuchte uns mit den Händen auseinander und wir trennten uns. Er im Zentrum, ich außen, am anderen Ende Sporti. Auf meiner Seite blieb Loretta. Wilfred war zwischen Alfi und Sporti.

Wir schlichen los. Ich hatte keine Ahnung, was uns erwartete.

Ich schlich durch den Wald. Mir ging die letzte Stunde durch den Kopf: die verkümmerten Taubenherzen im Einmachglas, die Bilder der Kinder und das Mädchen mit dem Ponyschnitt. Dann noch der Bericht über Oanas Tod, der war aktuell, nicht Vergangenheit. Es geisterte ein Mörder frei herum, der es auf Kinder in unserem Alter abgesehen hatte.

Ich verlor Loretta hinter einem Gebüsch aus den Augen und schlich weiter. Die Bäume teilten sich und ich sah die

Plane durch die Blätter schimmern. Ich blieb stehen und versteckte mich hinter einem Baumstamm.

Mein Herz raste. Ich lugte am Geäst vorbei. Unser Camp war unberührt. Der See schimmerte blau, der Himmel war frei von Wolken und es roch schon wieder nach Eukalyptus. Dieses Mal kapierte ich, wieso mich das nervös machte. Ich drückte mich fest an den Stamm und sah mich aufgeregt um. Es war nicht der Eukalyptus allein, es waren seine Begleiter, der Geruch nach Benzin und Kräutern, eine Mischung, die ich nur von einem Produkt kannte: Rasierwasser. Und das war nicht irgendein Rasierwasser, sondern das von Paul.

Zum Herzrasen gesellte sich Gänsehaut. Noch konnte ich ihn aber nicht ausmachen. Das Lagerfeuer war aus. Unter der Plane lagen die Rucksäcke unverändert auf dem Haufen und die Isomatten machten ebenfalls einen gewöhnlichen Eindruck. Es war alles so, wie wir es zurückgelassen hatten.

Aber etwas passte nicht ins Bild. Etwas war anders. Nur was?

Und dann sah ich es.

Ein schwarz lackierter Revolver lag im Kies, direkt vor dem kalten Lagerfeuer. Ich schlug mir die Hand auf den Mund, um einen Aufschrei zu unterdrücken. Der Revolver bewies, dass jemand hier war. Der Eukalyptusgeruch deutete darauf hin, dass es Paul und seine Diener waren, die offensichtlich Schlimmes vorhatten.

Alfi tauchte am Waldrand auf und schritt auf die Plane zu. Offenbar hatte er den Revolver nicht gesehen. Ich konnte nichts tun als zusehen. Ich hätte ihn am liebsten mit einem Blasrohr betäubt.

Ich sah mich hektisch um, ob ihm jemand folgte, aber es traten nur Wilfred, Sporti und Loretta aus dem Wald und liefen zu ihm.

»Nein, nein, nein«, flüsterte ich. Mein Blick huschte zum Revolver, zu meinen Freunden und wieder zurück. Ein gelbliches Flirren umspielte ihn. Warum hatten sie den nicht bemerkt? Sie standen doch fast davor.

Bringt euch in Sicherheit, brüllte ich in Gedanken. Wenn da ein Revolver lag, den wir nicht mitgebracht hatten, dann waren wir definitiv nicht allein.

Ich rannte von einem Stamm zum nächsten, näherte mich lautlos dem Camp und hielt inne.

Ich lehnte mich am Baum vorbei. Loretta sah gerade ihren Rucksack durch. Alfi beobachtete sie dabei, die anderen spähten in den Wald.

Alfi drehte sich zum See, sah dabei über den Revolver hinweg, ohne ihn zu bemerken. Ich hätte ihm am liebsten einen Stein gegen den Schädel geworfen, ihn mit der Nase in das Schießeisen gedrückt. Paul und seine Jünger mussten die Explosionen ja gehört haben. Waren sie weggerannt, als wir die Luke aufgesprengt hatten, und hatten die Waffe dabei vergessen?

Ein greller Pfiff hallte über die Lichtung. Wer hatte gepfiffen?

Alfi senkte gerade seine Finger von den Lippen.

»Du Idiot«, flüsterte ich und sah mich um. Wenn die Arschgeigen bis eben nicht alarmiert gewesen waren, jetzt waren sie es.

Ich hörte Paul, noch bevor ich ihn sah. »Da haben wir die Blindgänger ja alle an einem Ort.«

Ich duckte mich, am liebsten wäre ich im Boden versunken. Das konnte nicht gut ausgehen.

Paul trat aus dem Schutz der Bäume, zwei Jungs aus seinem Basketballteam flankierten ihn. Einer war blond mit Flaum unter der Nase, der andere brünett mit der Kopfform von Roggenbrot, beide waren blauäugig.

»Schön, dass ihr euch hier eingefunden habt.« Seine Entschlossenheit funkelte ihm gelblich in den Augen – ein ekelerregendes und ungesundes Gelb. Das war keine Reflexion von der Sonne!

»Verpisst euch!«, zischte Alfi. Loretta, Sporti und Wilfred hatten sich hinter ihm aufgestellt. Paul lachte, als hätte Alfi den besten Witz erzählt, den er je gehört hatte. Abrupt hörte er auf zu lachen und kniff die Augen zusammen.

Seine Freunde richteten sich auf, das waren bissige Hunde aus der Parallelklasse, mit denen man sich lieber nicht anlegte, sondern die Straßenseite wechselte. Pauls Freunde hatten den Körperbau von Bauklötzen, kleiner Kopf, breites Kreuz und zwischen den Ohren nichts weiter als eine tote Substanz, die zum Atmen und Zuschlagen aufforderte.

»Du fettes Schwein«, sagte Paul zu Sporti. »Komm her, wir zwei, wir klären das jetzt endgültig.«

»Ich hab dir gesagt, ihr sollt euch verpissen«, wiederholte Alfi. »Macht euch ab, bevor es hässlich wird.«

Paul stieß ein kurzes Lachen aus, es hallte wie ein Schuss. »Deswegen bin ich hergekommen – damit es hässlich wird.« Er sah zu Alfi. »Wer hat dich eigentlich durch den Fleischwolf gedreht? Weißt du, was ich glaube? Die Schreihals, die hat dafür gesorgt, dass dein Vater dich kräftig in den Arsch gefickt hat. Wie ist es, am Schwanz seines Daddys zu nuckeln? Macht dich das geil?« Er zurrte seinen Reißverschluss auf. »Willst du meinen? Sicher willst du.«

Alfi ballte die Fäuste und seine Halsschlagader sah aus wie eine Raupe, aber er ging nicht auf ihn los. »Ich finde, ihr habt genug Ärger gemacht. Geht!« Er spuckte einen zähen Pfropfen aus.

Bisher hatte niemand zu der Waffe geschielt. Das Trio machte keine Anstalten, meine Freunde vom Revolver wegzuscheuchen. Ich konnte von der Seite kommen, mir den Revolver schnappen und ihn auf sie richten. Ob geladen oder nicht, die Waffe würde Eindruck machen.

Ich pirschte von einem Baumstamm zum nächsten, bis ich

günstig zum Revolver stand. Wieder in Deckung formte ich einen Ring aus Daumen und Zeigefinger, schob ihn in den Mund und pfiff. Der Ton war so schrill, dass sich ein zweites Fiepen zu dem der Sprengung gesellte.

»Wer war das!«, rief Paul. »Warte ... Wo ist die dürre Wichsgestalt?«

»Hier!« Ich trat aus den Schatten des Waldes und ging langsam auf das Lagerfeuer zu.

»Warum bist du nicht abgehauen?«, meckerte Alfi.

»Weil ich dem Hundeficker zeigen sollte, was eine Harke ist. Findet ihr nicht auch«, das Lagerfeuer lag schon fast in Reichweite, »dass der kleine Kotnascher uns schon zu lange nervt?« Zwanzig Schritte bis zum Revolver. »Ich denke, er ist stockschwul und versucht, das mit seiner Arschlochart zu kaschieren.«

Fünfzehn.

»Komm doch!« Paul schob sein Kinn vor und warf sich in die Brust. Es fehlte nur noch, dass er sich mit den Fäusten auf das Brustbein getrommelt hätte. Unnötig zu betonen, dass es mir schwerfiel, langsam einen Fuß vor den anderen zu setzen, statt panisch loszurennen – in die entgegengesetzte Richtung.

Dreizehn Schritte.

Ich gähnte aus einem mir nicht erfindlichen Grund, was den Spinner weiter reizte. Er brüllte vor Wut. Seine Gorillas knackten mit den Knöcheln.

»War mir klar, dass du so einer bist«, sagte ich. »Möchtest sicher, dass ich die Seife für dich aufhebe. Mich tief verbeuge, damit du ... ach, du weißt sicher, worauf ich hinauswill. Aber denkst du ...« Acht Schritte. »... den Gefallen tu ich dir?« Die Knarre schlummerte im Kiesbett, als gehöre sie nicht hier her, sondern in eine andere Zukunft, eine Parallelwelt. Sieben. »Eher nicht. Musst deine schwule Ader woanders ausleben. Sorry, ist einfach nicht mein Ding.«

»Bleib stehen!«, kläffte Paul. Ich ging demonstrativ zwei ausladende Schritte weiter, da sprintete er los.

Er hatte mich durchschaut! Wie eine blutdürstige Hyäne stürmte er auf mich zu. Niemand regte sich, bis es bei mir klick machte. Mein Ass im Ärmel war nur fünf Schritte entfernt! Was stand ich noch rum?

»Ich brech dir das Genick!«, brüllte Paul.

Ich sprang vor und griff nach dem Revolver.

Der raue, von der Sonne warme Griff schmiegte sich in meine Handfläche und wurde sofort glitschig von meinem Schweiß.

Ein Schlag traf mich schräg von der Seite am Kopf, ich stolperte und landete im Kies. Mir brannten die Knie. Ich wirbelte herum, spannte den Hahn und richtete den Lauf auf Pauls Kopf.

Er gefror in der Bewegung, seine Faust schwebte über mir und sein Gesichtsausdruck wechselte rasch von Wut zu Furcht.

»Verpiss dich!«, brummte ich und stand auf. Er stolperte zurück, bemüht, dabei nicht auf den Hosenboden zu plumpsen.

Ich sah zu seinen Lakaien. »Und ihr, kommt ihr meinen Freunden zu nahe, knall ich ihn ab!« Ich hatte keine Ahnung, ob der Revolver überhaupt geladen war.

Der Griff in meiner Hand wurde immer glitschiger. Ich merkte, wie ich zitterte. Hatte meine Stimme panisch geklungen? Hatte ich tatsächlich eine Waffe in den Fingern? Richtete ich sie auf Paul? War ich denn bereit, abzudrücken, wenn es nötig war?

Ich sah ihm fest in die Augen. Die Knechte hielten ihre Stellung, aber auch Paul bewegte sich nicht.

Dann flüsterte ich, so dass nur Paul mich hören konnte. »Was willst du tun?« Ein gelbes Flimmern huschte über seine

Augäpfel, dasselbe Gelb wie in dem Traum, in dem er mich verprügelt hatte.

»Du fragst dich, ob ich abdrücken würde, nicht wahr? Willst du es herausfinden?«

Er schien noch zu überlegen und sein Blick wanderte zwischen mir und dem Revolver hin und her.

»Ich zähle bis drei, dann sehe ich entweder deinen Rücken, weil du am Gehen bist, oder du hast ein Loch in deiner Stirn.« Warum konnte er nicht einfach abhauen? »Ich werd jetzt zählen. Eins.« Meine Schultern schmerzten vom Gewicht der Waffe. Viel länger konnte ich die Arme nicht oben halten. Aber Paul rührte sich nicht.

»Zwei.«

Paul senkte den Kopf. Gleich würde sich zeigen, ob ich wirklich einen Menschen töten konnte. »Wie entscheidest du dich?«

Paul verengte die Augen zu Strichen. »Jungs!« Sein Atem stank nach kaltem Qualm, überdeckte sein widerwärtiges Rasierwasser aber kaum. »Wir gehen.«

Ich schluckte meine Erleichterung runter. »Los!«, sagte ich. Die Zeit der Provokationen war rum. Sie sollten verschwinden.

»Wenn ich dich auf der Straße treffe, mach ich dich kalt«, raunte er, aber er konnte drohen, wie er wollte, es war mir egal. Wir beide wussten, wer diese Schlacht gewonnen hatte.

Das Rudel trottete davon und wir sahen ihnen nach. Mir lag einiges auf der Zunge, was ich ihm gerne hinterhergerufen hätte, doch der Wunsch, ihn loszuwerden, überwog.

Ich hielt den Lauf noch eine Weile in ihre Richtung, bevor ich zu meinen Freunden ging. Meine Knie waren weich wie Pudding.

»Wo hast du den her?«, flüsterte Alfi.

»Der lag da im Kies.« Ihre Mienen waren ernst. Wilfred schüttelte nachdenklich den Kopf. »Von wem ist der?«

»Wurst«, sagte Alfi. »Woher wussten die überhaupt, wo wir sind?«

»Ich glaube«, sagte ich, »dass Paul Loretta und mich am Zeugnistag verfolgt hat.« Ich hatte den Eukalyptus gerochen und wahrscheinlich hatte er sich hinter einem Auto versteckt.

»Wir müssen den Abflug machen« Wilfred sah zu der Stelle am Waldrand, wo die Streitlustigen verschwunden waren.

»Ich glaube nicht, dass sie wieder kommen«, sagte Sporti und steckte sich eine verbogene Zigarette in den Mund. Wilfred machte es ihm nach. Er zitterte beim Benutzen des Feuerzeugs. Ich sah auf den Revolver und drehte ihn in den Händen.

Loretta konnte den Blick nicht von der Waffe abwenden. »Packen wir zusammen«, sagte sie.

»Wir sollten uns erstmal beruhigen«, sagte ich.

»Beruhigen?«, fragte Loretta.

Alfi deutete uns mit einer Handbewegung an leiser zu sprechen.

»Sie hat recht«, sagte Sporti, »lasst uns aufbrechen.«

»Wir warten«, befahl Alfi.

»Worauf?«, fragte Sporti.

»Dass wir sicher sind, denen nicht wieder zu begegnen.«

»Ich –« Sporti brach ab. »Macht, was ihr wollt.« Er schüttelte den Kopf und ging hinunter zum Wasser.

»Ist ein Danke zu viel verlangt?«, rief ich ihm nach. Mir war schwindelig und mein Puls blieb am oberen Limit. Ich hielt den Revolver noch immer fest umklammert, den Arm gesenkt. Alfi sah von mir zur Waffe.

»Was machen wir damit?«, fragte er, als wäre die Waffe widerwärtig und hätte uns nicht gerade das Leben gerettet.

»Na, was wohl! Ich werf sie in den See, wenn wir verschwinden«, rief ich.

Ich hörte den Widerhall meiner Stimme und war überrascht, wie wütend ich klang. Alfi nickte, drehte sich auf der Hacke rum und ging zu den Rucksäcken. Ich sah ihm nach, wie er in seinem Seesack kramte.

Mein Hinterkopf schmerzte. Ich hatte urplötzlich schrille Kopfschmerzen. Die Welt wankte. Ich musste mich setzen, schnell! Schwarze Flecken begannen vor meinen Augen zu tanzen, blühten auf und dehnten sich bis zur Unendlichkeit aus. Ich hörte Alfi etwas sagen, doch die Worte ergaben keinen Sinn.

Loretta schrie, der Halt unter meinen Sohlen löste sich auf, ich stürzte und fiel in ein Loch.

11

Ich öffnete die Augen. Ein Kreis aus Köpfen sah mich an.

»Konsti, da bist du ja wieder«, sagte einer der Köpfe.

Ich wiederholte gedanklich, was er gesagt hatte.

»Geht's dir gut?«

Darauf hatte ich keine passende Antwort, ich fühlte mich wie eine Kartoffel, die das Leben der Menschen von unten her wahrnahm, ohne aktiv ins Geschehen eingreifen zu können.

»Konsti?«

»Gib ihm ein bisschen Zeit«, sagte ein anderer Kopf, es war Alfi, der zu Loretta gesprochen hatte.

Er wusste, wieso. Er kannte das, zusammenzubrechen und wieder zu sich zu kommen. Das war ihm dank seines Vaters nicht fremd. Loretta nickte und Sporti hatte wie immer eine Flumme im Mund. Sie verschwanden hinter schweren Vorhängen. Ich schob sie mühevoll aus dem Weg. Dahinter war es noch hell. Was zweierlei bedeuten konnte, entweder, dass ich einen halben Tag und eine Nacht ohnmächtig gewesen war, oder nur wenige Minuten.

»Wie lang noch?«, fragte Sporti und blies lustlos Rauch aus.

»Werden wir sehen. Konsti, kannst du aufstehen?«, fragte Loretta.

Zu antworten war schier zu viel verlangt, wie sollte ich aufstehen können?

»Packt mit an, wir setzen ihn auf«, sagte Alfi.

Auf keinen Fall aufrichten, wollte ich schreien. Aber da ich nicht mit der Fähigkeit zur Gedankenübertragung auf die Welt gekommen war und sich mein Mund weigerte, seine Arbeit zu tun, saß ich kurz darauf schlapp im Kreuzsitz. Mir schlug das Herz gegen die Brust, als würde es sich auf dreifache Größe aufplustern wollen. Mir war kalt und mein Schädel schmerzte noch immer höllisch.

»Legt ihn wieder hin!« Loretta sah bleich aus.

»Nein.« Diesmal hatte ich es tatsächlich ausgesprochen.

Wilfred tauchte auf. Er hatte mit seinen Händen eine Schale geformt, die an der Unterseite tropfte. Er holte aus. Klatsch! Wasser spritzte mir ins Gesicht. Die Schwäche ließ etwas nach.

»Arschloch!«

Er lächelte. Ich erwiderte es: »Danke.«

»Du hast uns einen Scheißschrecken eingejagt!«, sagte Alfi. Sporti spuckte aus und drückte so seine Zustimmung aus.

»Tut mir leid.« Ich sah Richtung Wald und wartete, dass sich mein Herzschlag beruhigte.

»Ach, halt die Fresse und steh auf.« Sporti reichte mir die Hand, und auch wenn sich meine Beine wie Gummi anfühlten, wollte ich einschlagen. Doch ich hielt noch immer den Revolver umklammert. Wilfred musste mir die Verwirrung angesehen haben.

»Wir haben es versucht«, erklärte er, »aber du hast die Knarre nicht losgelassen.«

»Was?«

»Ja«, bestätigte Loretta. Sporti hielt mir weiter seine Hand hin. Ich wollte die Waffe loslassen – ohne Erfolg. Meine Finger klammerten sich um den Griff, als wären wir aneinandergewachsen. »Ich kann nicht.«

»Dann bleib sitzen, bis es dir besser geht.« Sporti nahm seine Hand wieder zurück.

»Das ist es nicht, ich kann nicht loslassen.«

»Davon hab ich gehört«, sagte Loretta. »Das wurde im Krieg häufig beobachtet. Bewusstlose Soldaten klammerten sich an ihre Gewehre. Einige von ihnen ließen erst unter starken Betäubungsmitteln locker. Ich glaube, das liegt an der Angst. Wenn man dem Tod nur knapp entronnen ist, will man nichts dem Zufall überlassen. Man will die Kontrolle behalten. Versteht ihr?«

»Ich hab keine Angst!« Dabei hatte ich die Hosen mehr als voll. »Ich hab die Pfeifen verjagt. Ich war das.«

»Ja, und wie!«, sagte Wilfred. »Die sind heulend zu ihren Mamis gerannt. Bestimmt flennen sie den ganzen Heimweg. Wäääh-Wäääh, der Konsti war so gemein zu uns.«

Sporti gab ihm einen Klaps auf den Rücken, durch die Wucht stolperte er nach vorn.

»So ängstlich hab ich den noch nie gesehen. Paul hat sich eingenässt. Ohne Scheiß«, sagte Alfi. Wir lachten, aber nicht frei heraus, sondern zurückhaltend und vorsichtig, falls sie doch noch in Hörweite waren.

»Meint ihr, die sind noch hier?«, fragte ich.

»Ich wäre abgehauen. Aber Paul, der ist verrückt«, sagte Wilfred. »Habt ihr den Wahnsinn in seinen Augen gesehen?« Ich war also nicht der Einzige, der dieses gelbliche Schimmern bemerkt hatte.

»Wir sollten gehen«, sagte ich und war traurig darüber. Mir hatte es hier gefallen und ich wäre gerne geschwommen.

Alle nickten einstimmig.

»Kannst du mir den Revolver jetzt geben? Aber sei vorsichtig, der Hahn ist noch gespannt«, sagte Loretta und hielt die Hand auf. Mein Arm hob sich automatisch, ich war überrascht, doch da bewegte sich etwas am Waldrand.

Ich zog die Waffe zurück.

»Da ist wer«, flüsterte ich. Ehe ich mich versah, zielte ich auf den Waldrand.

»Paul?«, fragte Wilfred.

Ich schüttelte den Kopf.

»Dann nimm die runter«, zischte Sporti. »Nimm die runter!«

Doch ich dachte nicht daran. Ich wusste ja nicht, wer da war. Die Wipfel schirmten den Wald vor der Sonne ab. Darunter lauerten Schatten.

Es raschelte. Ein Zweig knackte.

Der Hahn des Revolvers war noch gespannt. Etwas kam aus der Dunkelheit auf uns zu.

»Habt ihr das gehört?«, fragte Loretta zittrig.

Mein Finger auf dem Abzug wurde klamm und drohte abzurutschen.

»Nimm die Waffe runter«, sagte Sporti in einem Ton, als würde er mich nach der nächsten Verwarnung verprügeln. »Bevor du noch jemanden verletzt!«

»Nein. Wir wissen nicht, was da ist!«

»Du spinnst doch!« Er schlug mir auf den Arm, ich riss die Hände hoch. Ein Donnerschlag folgte, und bevor ich irgendetwas sagen konnte, ertönte ein Schrei.

Eine Frau taumelte auf die Lichtung. Sie war voller Blut. Der Revolver glitt mir aus den Händen und landete im Kies. Die Frau stürzte zu Boden.

»Was hast du getan?«, hauchte Loretta. Sie hätte ebenso schreien können. Wir rannten gleichzeitig los.

Die Frau bewegte sich noch. Sie hatte die Augen weit aufgerissen und sah uns entsetzt an. Ihre fliederfarbene Bluse war mit Blut vollgesogen, das an ihr herunterfloss und auf die Steine tropfte.

Ich ging vor ihr in die Knie. Hinter meinen Augen bildete sich Druck, meine Kiefer schmerzten. Ihr Mund ging auf und zu, aber ich hörte nichts. Ich glotzte sie an, während sie einfach so dalag und nicht mal ihre Wunde abdrückte.

»Ich«, sagte sie. Dann: »Ihr müsst euch ...« Sie hustete. »... um Bruno kümmern.« Sie hustete erneut, es klang wie ein

Bellen, und Blut floss ihr über die Wange. »Nicht deine Schuld.« Ihre Augen wurden glasig und sie summte etwas Unverständliches. »Das war er.«

Ihre Augen schienen in die Höhlen zurückzusinken und in tiefschwarzen Schatten zu verschwinden. »Grün, grün, grün ist alles, was ich hab ...«, sang sie.

Das waren ihre letzten Worte, sie hustete noch einmal und verstummte.

Das Blut hatte eine Lache um meine Knie gebildet. Ihr Mund war ein schmaler Spalt, dahinter lagen makellose Zähne. Ihre Haare waren braun wie Kakao und ruhten als geflochtener Zopf neben ihr. Ich hielt ihre Hand, die sich wie Käsekuchenfüllung nach dem Backen anfühlte, weich und warm.

»Was?« Lorettas Stimme erklang von weit her. Ein Ast brach irgendwo.

Ich dachte an ihr Herz, es war stehen geblieben. Ich legte die Hände übereinander, stützte mich auf dem Spalt zwischen ihren Brüsten und fing an zu pumpen.

Dabei sah ich auf. Loretta, Wilfred und Sporti standen da und sahen zu.

»Tut doch was!«, brüllte ich und spuckte dabei Speichelfäden. »Tut doch was! Sie stirbt!«

»Konstantin«, sagte Alfi ruhig. »Hör auf.«

Wie konnte er das verlangen? Wusste er denn nicht, was es bedeuten würde, wenn diese Frau tot wäre? Hatte er denn nicht den Hauch einer Ahnung, was das heißen würde? Ich pumpte umso stärker. Sie durfte einfach nicht sterben.

Alfi sprach, auch Loretta sagte etwas und dann Sporti und Wilfred. Es war wie zuvor: Ich verstand kein Wort. Ich blickte in tote Augen, sie schauten in meinen seelenlosen Abgrund. Ihr Kopf wackelte in dem Takt, den ich vorgab. Sie war so warm und weich.

»Wach auf!«, flehte ich. »Bitte steh wieder auf! Du darfst nicht tot sein. Bitte lebe! Lebe einfach weiter. Kannst du nicht im Wald geblieben und gar nicht erst rausgekommen sein? Wieso können die letzten Sekunden nicht ungeschehen sein?«

Etwas klammerte sich an meine Schultern, bohrte sich tief in das Fleisch und zog mich weg. Sie brüllten mich an und schlugen mir auf den Rücken.

»Was?«, brüllte ich und fuhr herum.

Alles war verschwommen. Ich rieb mir die Augen und spürte etwas Feuchtes unter meiner Nase. Ich roch Blut und darin Eisen und das Eiweiß, es war ihr Blut. Ich roch alles. Ich roch ihre Erinnerungen und ihren Wunsch weiterzuleben.

Ich sah auf und blickte in Pauls gelbe Augen. Er war allein zurückgekehrt, ans Lagerfeuer, und richtete den Revolver auf mich und meine Freunde. Sein Zahnpastagrinsen ließ mich würgen.

Die Angst war aus ihm gewichen. Er fühlte sich sicher. Er schwenkte den Lauf zwischen uns hin und her. Dann bewegte er sich langsam auf uns zu.

Paul war zurückgekommen, das hatten sie mir sagen und zeigen wollen, aber ich hatte sie nicht verstanden.

Ich sprang auf. In meinem Kopf drehte sich alles. Paul schrie, aber ich verstand ihn nicht, er kam nicht gegen das Dröhnen an.

Ich blieb stehen. Erst da erkannte ich, dass Alfi und die anderen in einer Reihe knieten. Paul zielte auf mich und lachte. Sein Gegacker versank im Hintergrundrauschen.

Ich rannte auf ihn zu. Der Revolver sprang mit seinem Arm nach oben. Etwas zischte an meiner Wange vorbei. Paul hatte auf mich geschossen! Er fummelte am Revolver herum, er wollte den Hahn spannen, der ihm unter dem Daumen wegglitt.

Ich stürzte mich auf ihn, riss ihn um und knallte ihm die Faust auf die Nase. Er schmetterte mir den Revolvergriff gegen die Schläfe. Sterne tanzen durch mein Sichtfeld. Ich schlug ihm auf sein Brustbein, seine Stirn, auf alles in Reichweite, bis mich jemand nach hinten riss und ich auf dem Hintern landete. Es war Sporti und er hielt mich weiter fest.

Wilfred trat neben Paul. Loretta schnappte sich den Revolver und zielte auf Paul, der sich langsam aufsetzte.

Alle waren auf einmal sehr ruhig, nur ich wehrte mich gegen den Schwitzkasten, in dem Sporti mich hielt.

Alfi ging vor mir in die Hocke. »Du musst dich beruhigen.« Ich dachte nicht daran, ich wollte Paul den Schädel vom Hals schlagen. Sporti drückte mir seine Hand auf den Mund. Meine Wangen wölbten sich vor. Ich hatte nicht gemerkt, dass ich gebrüllt hatte.

Alfi feuerte mir eine. Es tat weh, aber ich bekam mich wieder etwas unter Kontrolle. Dann erhob er sich und wandte sich Paul zu. Ich biss Sporti in die Hand und er gab meinen Mund frei.

»Warum hattest du uns eingesperrt!«, brüllte ich so laut, dass meine Stimme kippte. »Warum?«

Paul zog einen Mundwinkel bis unter das Auge. »Ich wollte euch versauern lassen. Ihr seid Abschaum.«

»Der eine Knarre hat«, sagte Alfi und zeigte auf Loretta, die weiterhin auf Paul zielte.

»Als ob mich eure Hure abknallen würde. Die bringt das niemals fertig.«

Ich wollte ihn anschreien. Sporti drückte mir erneut seine Hand auf den Mund und flüsterte mir ins Ohr. »Bleib ruhig. Alfi regelt das.«

»Ich würde sie nicht unterschätzen. Ein Fehler, der dich dein Leben kosten könnte. Und jetzt verpiss dich.«

Ich redete in die Hand. Sporti zog sie weg. Speichel tropfte mir vom Kinn. »Du kannst ihn nicht abziehen lassen. Wenn du das machst, wird er petzen, dass ich …« Ich brachte es nicht fertig, das würde mir niemals über die Lippen kommen.

»Er hat recht«, sagte Wilfred. »Er hat recht.« Pauls Selbstsicherheit verschwand, als er begriff, was ich meinte.

»Wir müssen ihn ausschalten«, schob ich nach.

»Spinnst du?«, entfuhr es Loretta. Sie bewegte die Waffe von Paul weg und hielt sie senkrecht zu Boden. Alfi rieb sich die Mundwinkel mit Daumen und Zeigefinger. »Wir sollten nichts überstürzen.«

Paul sah sich suchend um, sprang auf und rannte in den Wald. Alfi sprintete gleich hinterher. »Wilfred!«, schrie er. Der folgte ihm. Loretta sah mich kurz an, Sporti ließ mich los und rannte ihm ebenfalls nach. Loretta und ich folgten ihnen.

Wir holten sie rasch ein, sie standen ratlos im Wald und sahen sich um. »Wo ist er?«, fragte ich vollkommen außer Puste.

Wilfred trat hinter einem Baum hervor. »Er hatte ein Fahrrad.«

»Er ist weg«, sagte Alfi. »Die sind abgehauen.«

»Dann müssen wir verschwinden. Der ruft die Polizei und dann! Und dann!« Ich wischte mir mit der Armbeuge den Schweiß von der Stirn und die Tränen aus dem Gesicht.

»Wir packen zusammen«, wies uns Alfi an. »Und entsorgen das Ding unterwegs.« Er streckte Loretta die Hand hin und sie gab ihm den Revolver. »Was glotzt ihr! Los-los-los!«

Wir bretterten zum Lager zurück, schmissen alles in die Rucksäcke. Mir drängte sich die Leiche ins Bewusstsein, als hielte sie sich an meinem Geist fest.

»Bruno«, sagte ich.

»Was?«, fragte Loretta.

»Bruno. Wir sollen Bruno finden.« Ich sah zu der Frau. Mein Gott, wie sie dalag! Die Hände neben dem Körper ausgestreckt, sah sie noch immer mit leeren Augen zum Himmel.

»Nehmt alles mit, auch den Abfall!«, sagte Alfi. »Ich komm gleich wieder.«

Ich ging zu der Toten. »Wer ist Bruno?«, fragte ich die bleiche Dame und wartete auf eine Antwort, die sie mir niemals geben würde. »Wo finden wir ihn?« Ich betete, dass Bruno weder ein Hund noch ein Baby war. Dann beugte ich mich vor und zog einen Geldbeutel aus ihrer Hosentasche. Er war rund und schwer und ausgebeult. Ich steckte ihn ein und wollte so weit wie möglich verschwinden. Und ich wollte mich zu ihr legen und für immer bleiben.

»Kommst du?« Es war Loretta. Sie stand auf einmal neben mir. Auch sie wirkte geschockt. »Bitte, komm mit!«

Ich spürte Lorettas warme Hand in meiner, aber kein Kribbeln durchzuckte mich. Ich folgte ihr wie ein Hund an der Leine zu den anderen.

Alfi rollte auf seinem Rad an. »Wo warst du?«, fragte Sporti.

»Beim Bunker. Ich hab'n zu gemacht.«

Wir stiegen auf die Räder, sahen uns noch mal um und warteten auf Alfi, der noch Fußabdrücke im Kies verwischte.

12

Der volle Mond schien auf uns herab. Wir radelten seit Stunden, schweigend, hastig und ohne Pause. Meine Gedanken kreisten nur um Bruno. Bruno. BRUNO!

»Wo sind wir?«, fragte Loretta irgendwann und brach so das Schweigen. »Ich kann nicht mehr.« Wir befanden uns auf einer Straße, die eine Schneise durch den Wald schlug, und bewegten uns dabei kaum flotter als Fußgänger. Auf dem Herweg waren wir hier nicht langgekommen.

Alfi blieb stehen und sah sich um. Dann setzte er sich wieder auf und fuhr vor, um die Abzweigungen vor uns zu mustern. So wie er aussah, hatten wir uns verfahren.

»Wo zum Deiwel sind wir hier?«, fragte Sporti. Er war verschwitzt und lehnte vorgebeugt auf dem Lenker.

»Wir müssen schlafen und reden und Pause machen. Ich bin müde, ich könnte auf der Stelle umkippen und wegratzen«, sagte ich.

»Kommt, ein bisschen noch«, versuchte uns Alfi zu motivieren.

»Ich fahr nicht keinen Meter.« Wilfred hielt mitten auf der Straße an.

»Wilfred, komm! Mach keine Mätzchen. Da vorne ist eine Lichtung. Lass uns dort eine Pause einlegen.«

Wilfred grummelte irgendetwas, sicher kein Süßholzgeraspel, trat in die Pedale und rauschte an uns vorbei. »Macht! Will jetzt Pause.«

Wir erreichten den Kahlschlag, ausgelaugt und müde. Die paar Meter, sie waren mir vorgekommen wie eine Weltreise, wie die gesamte Strecke, die wir den Tag über zurückgelegt hatten. Ich hatte keine Pobacken mehr, sondern einen Matsch aus Blut und Hackfleisch. Sobald ich von diesem Sattel stieg, würde ich mich niemals wieder auf solch eine Foltermaschine setzen.

»Seht ihr das?«, fragte Loretta. »Ich bilde mir das doch nicht ein, oder?« Sie zeigte auf eine Art Damm, über dem der Mond hing, die untere Rundung endete über dem Dach eines Hauses. Eine Treppe führte rauf zur Tür. Davor befand sich eine Veranda, links neben ihr waren zwei Fenster, und wenn uns der Mond nicht einen Streich mit reflektierenden Scheiben spielte, dann war die Bleibe bewohnt. Dafür sprach auch der Polo in Hellgrau, der vor dem Haus stand.

»Pause«, sagte Wilfred und hielt auf dem Schotter vor dem Haus.

»Wir können doch nicht –«, begann Alfi, aber Loretta schnitt ihm das Wort ab. »Doch! Wenn du uns nicht in die falsche Richtung gelotst hättest, dann wären wir längst zuhause.«

»Aber –« Ehe wir uns versahen, war Wilfred die Stufen rauf gerannt und hämmerte an die Haustür.

»Spinnst du?«, flüsterte ich laut. Für einen schrecklichen Moment hatte ich die Gewissheit, mit dem Sitz verschmolzen zu sein. Ich stellte meine Füße auf den Boden und hob die Hüfte. Ich tastete mir den Po ab, auf dem ich nimmer mehr würde thronen können.

»Komm da runter«, zischte Alfi Wilfred zu.

Der hörte nicht zu, sondern klingelte. Die Tür schwang nach innen auf und ein Mann trat aus dem beleuchteten Flur, wie Jesus, als er sich seinen Jüngern offenbarte.

Mit der Wucht von tausend Pferdehufen wurde mir klar, dass ich kein Hemd trug und mit Blut besudelt war. Ich war verschmiert vom Rot einer fremden Frau, der ich das Leben genommen hatte, der ich eine Kugel in den Bauch geschossen hatte.

Jesus wandte sich nach hinten, ins Haus. »Alex? Kommst du mal her?«

Zwei Strahler flammten auf und tauchten uns in grelles Licht. Kollektives qualvolles Stöhnen war die Antwort.

»Entschuldigt, Kinder.« Es war mir unmöglich, meine Augen zu öffnen, bis die Lampen erstarben.

»Was ist euch passiert?«, fragte ein anderer Kerl, der gerade aus dem Türrahmen trat. »Kommt rein.«

»Los«, sagte Wilfred rau wie Schleifpapier.

Die Räder fielen nacheinander in den Schotter und wir stiegen mit Gepäck die unendlichen Stufen hinauf, und als wäre das nicht schwer genug, zog mich wer an meinem Rucksack zurück. Ich ächzte.

»Du sagst nichts!«, flüsterte Alfi. Selbst wenn ich gewollt hätte, ich fühlte mich kaum in der Lage, ihm zu antworten. Wie sollte ich da einen Monolog darüber halten, dass ich das größte Scheusal des Jahres war.

Wir folgten den anderen in das Haus. Es war ein rechteckiger Bau mit einer Glasfront, die sich über die ganze Breite erstreckte. Mondlicht fiel durch die Fenster und erhellte zwei schwere kaffeebraune Ledersessel. Zwischen ihnen stand ein Marmortisch, rechts davon war ein Tresen. Direkt vor meiner Nase führte eine edle Holztreppe in das obere Stockwerk.

»Ich hol Wasser«, sagte der eine, der Alex hieß. Beide waren schmal. Alex trug einen Vollbart, während der andere glattrasiert war. Ich schätzte sie auf Mitte Vierzig.

»Ich bin Mark, der da hinten ist Alex, und ihr seht schlimm aus. Vor allem du!«, sagte er zu mir, ohne das geringste bisschen Vorwurf in der Stimme. »Du gehst dich jetzt sauber machen.« Er winkte mir, ihm zu folgen.

Ich tauschte einen Blick mit Alfi, der zuckte mit den Schultern. Also folgte ich Mark vorbei an den Sesseln in einen Flur hinein, der in ein Schlafzimmer mit Bad führte.

Die Ausstattung war aus einer anderen Welt. Der Weg zur Dusche führte über eine gemauerte Spirale aus Muscheln. Das Waschbecken war ein ausgehöhlter Stein.

»Wasch dich«, sagte Mark. Er holte mit einer gezielten Handbewegung unter dem Felsbrocken ein Handtuch und einen Waschlappen hervor. »Hier.«

»Danke.«

Er zwinkerte mir zu. »Komm zu uns, wenn du den Matsch abgewaschen hast. Und fass nichts an!« Er musterte mich von oben bis unten.

»Mach ich nicht.«

»Okay.« Mark ging. Ich war plötzlich allein vor einem Spiegel, der das Elend zeigte, das nicht annähernd so scheußlich aussah, wie ich mich fühlte. Meine Brust war voll eingetrocknetem Blut, das in der Tat wie dunkelbrauner Matsch mit einem leichten Rotstich aussah. Es platzte bereits ab. Der Grind hatte sich braun verfärbt und hätte auch Schokoladencreme sein können.

Ich strich mit der Hand darüber. Krümel rieselten herab. Ich mied es meinem Spiegelbild in die Augen zu sehen. Was von dort zurückblickte, das war nicht ich. Das war ein Wesen, das einen Menschen getötet hatte, und es hatte mit mir und meiner Persönlichkeit nichts gemein.

»Bruno!«, sagte jemand direkt neben mir.

Ich fuhr herum. Außer mir war niemand da. Ich ermahnte mich zur Ruhe, blieb aber auf der Hut.

Ich tastete meinen Kopf ab, er schmerzte noch immer, Paul hatte mich geschlagen, aber ich erinnerte mich nicht mehr genau.

Als ich die Beule erwischte, durchzuckte mich ein kreischender Schmerz. Ich fuhr mit der Fingerspitze den Rand entlang. Sie hatte in etwa die Form und Größe einer Walnuss.

Ich dachte an Goofy, der die Wucherungen in den Schädel zurückgeschoben hätte, und ahnte, dass ich zusammenbräche, wenn ich das probieren würde.

Ich tränkte den Lappen unter dem laufenden Wasserhahn und wrang ihn aus. Ich schrubbte mir das Blut einer Frau vom Körper, rieb und schmirgelte Stück für Stück ab, bis mein Teint ganz rot aussah.

Ich fühlte mich besser. Vielleicht konnte ich die Leiche aus meinen Gedanken putzen wie das Blut von der Brust.

»Junge?« Es klopfte an der Tür. Gleich darauf tauchte Mark auf. Wir sahen uns über den Spiegel an. An der Stelle, an der mein Gesicht hätte sein sollen, war eine Fratze aus Schatten mit übergroßen Zähnen.

Mir rutschte der Waschlappen aus den Fingern und klatschte ins Becken. Die Schatten waren ineinander verknäult wie Schlangen in einem Nest, die Augen schwefelgelb.

»Wie lang brauchst du hier noch?«, fragte Mark so zärtlich wie meine Mutter, wenn sie mich zum Essen rief.

»Bin gleich so weit.«

Er nickte, als habe er einen geheimen Code dechiffriert, und zog die Tür ins Schloss. Ich sah erneut in den Spiegel, die Fratze war verschwunden. Der gelbliche Schimmer in meinen Pupillen verpuffte.

Die Tür ging erneut auf. Ich schrak zusammen. Es war Loretta mit einem über den Arm gelegten Hemd.

»Ist alles gut? Hab ein Oberteil für dich. Ist von Alfi.« Sie schlich auf mich zu, wie eine Zoowärterin mit einem Steak auf einen hungrigen Löwen.

Ich streifte das Hemd über, dort, wo eben noch das Blut einer Unschuldigen geklebt hatte, stand nun: I LOVE NEW YORK!

»Danke.«

»Du ...« Sie sah auf das verschmutzte Handtuch. Ich hob es auf und legte es über den Rand des Waschbeckens. Meine

Knie schmerzten, zwei große blaue Flecken hatten sich auf ihnen gebildet, ich musste sie mir angeschlagen haben, als Paul mir eine übergezogen hatte.

Loretta suchte wie Mark Blickkontakt über den Spiegel. Warum konnte sich der Boden nicht unter mir öffnen und mich direkt dort hinführen, wo ich sowieso landen würde?

»Du musst dich nicht quälen«, flüsterte sie. Woher wollte sie wissen, ob ich mich quälen musste oder nicht? Sie hatte kein Leben genommen. »Es war nicht deine Schuld, also nicht allein. Es war ein Unfall.« Sie sah zu Boden, und als sie wieder aufsah, sagte sie in beschwichtigendem Tonfall: »Mark und Alex haben Brote geschmiert. Komm dazu, solange noch was übrig ist. Sporti langt schon anständig zu.«

Sie ließ mich stehen. Ich starrte leer ins blutverschmierte Waschbecken. Ein Pfeifton wanderte vom linken ins rechte Ohr.

Da lag sie, die Frau, und röchelte, das Blut durchtränkte ihre Bluse und tropfte seitlich runter auf den Waldboden.

Ich schlug mir auf den Bauch, an die Stelle, an der sie geblutet hatte, eine Handbreit neben dem Bauchnabel.

Der Schmerz weckte mich. Ich fühlte mich, als steckte ich im falschen Körper. Ich schlug mir erneut auf die Brust und mied den Blick in den Spiegel. Egal wie, das Leben ging weiter.

Nachdem ich das Waschbecken sauber gewischt hatte, griff ich nach der Klinke. Sie war aus kühlem Metall. Ich drückte sie langsam runter und zog die Tür auf.

Mondlicht fiel ins Schlafzimmer. Lange Schatten krochen die Wände rauf und versteckten sich unter dem Doppelbett, das einladend aufgeschüttelt war. Dort lagen großzügige Kissen, in die ich am liebsten hineingesprungen wäre. Flieder umspielte meine Nase und verdrängte für einen Moment den Gestank des Blutes.

Ich lief den Flur entlang, als wäre ich ein normaler Junge, als wären wir zu Gast bei Bekannten und nicht auf der Flucht.

Waren wir auf der Flucht? Ich war mir nicht sicher. Hatte Paul die Polizei verständigt?

»Ah, da ist er ja«, sagte Mark.

Bruno, ich soll mich um Bruno kümmern, dachte ich. »Siehst gleich viel besser aus, ohne Dreck um die Nase.« Sie standen um den Tresen. Wilfred biss herzhaft in ein Käsebrot.

»Lass die Sprüche, Mark, und gib ihm Wasser. Du magst was trinken, oder?«, fragte Alex.

»Ja, gerne.« Ich bekam einen halben Liter in einer Glasflasche und trank sie gierig aus. Ich hätte lieber eine Plastikflasche gehabt, die hätte ich zusammenknautschen können, um den Inhalt in mich zu stopfen wie Brei in eine Gans. Ich setzte ab, da reichte mir Mark eine weitere volle, die ich zur Hälfte leerte.

»Ihr seid den ganzen Tag durch Feld und Wiesen gefahren? Ohne Wasser?«, fragte Mark, als könne er die Geschichte nicht glauben. Er lachte, den Kopf in den Nacken gelegt. »Das hätten wir sein können.«

»Ja und wie!« Alex giggelte. »Wenn ihr wollt, bleibt gerne und pennt euch aus. Morgen früh müsst ihr aber weiter.«

»Findest du nicht, wir sollten die Polizei rufen? Ich meine, das sind Minderjährige, hier bei uns ...« Mark betonte das ›uns‹, als wären sie Aussätzige.

Alfi warf mir einen flehenden Blick zu. Ich stand näher zur Haustür als die anderen. Ich hätte einfach die Tür aufreißen und wir hätten das Weite suchen können.

Aber das hatte ich nicht vor, keine zehn Pedaltritte käme ich weit, bevor ich vor Erschöpfung zusammenklappen würde.

Alex seufzte. »Komm schon, das sind Jugendliche, die campen wollten und das gehörig vermasselt haben. Entweder wir lassen sie hier und sie haben später 'ne dufte Geschichte oder eine, wo zwei Arschgeigen die Polizei gerufen haben.«

Marks Haltung änderte sich. Er war genervt. »Von mir aus, aber ihr müsst in der Früh verschwinden, die Besitzer kommen zur Morgenstunde. Wir sind hier nur die Haushüter.«

Wir versicherten so früh aufzustehen, dass wir den Wetterhahn aus den Federn holen würden. Sie teilten Decken und Kissen aus, die wir zwischen den Sesseln und der Haustür auf dem Boden ausbreiteten. Es gab in dem Schlupfloch nur ein Bett und das beanspruchten Mark und Alex für sich.

Wir waren entkräftet. Mir surrte der Kopf, die Decke drehte sich in entgegengesetzter Richtung zum Boden. Wilfred starrte Löcher in die Luft. Loretta lag mir zur Linken und Alfi zur Rechten. Wir redeten nicht und mit dem Verlöschen der Glühbirnen wurden die Atemgeräusche um mich tief und schwer.

Ich glotzte zur Decke und blieb liegen, bis ich von dem harten Untergrund Hüftschmerzen bekam.

Die Stoffdecke raschelte unsagbar laut, als ich sie von mir schob, zumindest kam es mir so vor. Ich schlich an den Sesseln vorbei zu den Fenstern und sah hinaus. Vor mir lag ein großer See. Auf der anderen Seite waren Klippen zu sehen, auf denen Bäume standen. Der weiße Mond spiegelte sich im Wasser, sein Abbild schien heller zu leuchten als er selbst. Es war, als würde der See nach mir rufen.

Der silberne Weg des Mondes führte quer über den See bis zu einem Steg direkt unter dem Fenster, von dort führte ein Weg zu einer Tür in der Fensterfront.

Ich drehte den Plastikgriff. Das Klacken der Verrieglung donnerte wie der Schuss einer Pistole. Ich hielt die Luft an und erwartete, dass gleich jemand erscheinen und mich ermahnen würde, mich gefälligst hinzulegen.

Doch niemand rührte sich, auch nicht meine Freunde, also öffnete ich die Tür.

Die Paneele des Stegs waren von der Sonne noch leicht warm. Die Riffel, die einem bei Nässe Halt geben sollten, drückten durch die Socken in die Haut. Der Weg führte einen Hang hinab, die Nachtluft war frisch und ich schlang die Arme um den Oberkörper. Unter dem Mond, weit entfernt, senkten sich die Klippen ab und führten vom Wald abwärts zu einem Strand. Wenn ich das richtig einschätzte, dann hatten wir an diesem Strand unser Camp aufgeschlagen. Wir waren den ganzen Tag durch den Wald geirrt, ohne wirklich weit gekommen zu sein.

Schlagartig wurde mir klar, ich hatte an diesem Strand geschossen. Hätten Mark und Alex den Knall nicht hören müssen? Doch, sie hätten. Sofern sie den ganzen Tag beim Haus verbracht hatten, konnte ihnen das nicht entgangen sein. Der Schall musste ungebremst bis hierhergeschwappt sein.

Die Wasseroberfläche lag ruhig da. Ich hatte den seltsam tröstlichen Gedanken, dass der See schliefe. Er hatte sich niedergelegt und war eingeschlafen, so wie meine Freunde im Inneren des Hauses. Eine Träne wanderte an meiner Nase vorbei und tropfte von der Oberlippe. Ich hatte eine Frau getötet und hasste mich dafür.

So wie ich das sah, hatte ich zwei Möglichkeiten. Ich konnte so tief tauchen, dass ich es nicht mehr rechtzeitig an die Wasseroberfläche schaffte, oder ich konnte auf mein Rad steigen und alles hinter mir lassen.

Ich wischte mir die Tränen von der Wange. Die geheime dritte Option lautete: Ich konnte nach Hause fahren und hoffen. Mit ein wenig Glück würde mir nichts passieren. Es wäre doch möglich, dass Paul nicht quasselte und die Leiche nie gefunden wurde. Wenn nur eines zuträfe, wenn Paul nicht petzen oder die Leiche nie auftauchen würde, wäre ich sicher.

Ich war zu müde, um weiter nachzudenken, und legte mich auf den Rücken. Die Nacht war ungetrübt, zumindest oberhalb des Sees. Die Wolken zeichneten den Umriss eines liegenden Elefanten nach. Sterne glänzten auf seiner Haut und mir war klar, dass die Frau nie mehr einen solchen Anblick würde genießen können. Sie würde sich weder erfreuen noch traurig darüber sein können, denn ich hatte ihr alles gestohlen.

»Bruno«, fegte ein Säuseln vorbei. Ich richtete mich auf. Mein Nacken knackte und mir war schwindelig.

»Bruno«, flüsterte es dicht an meinem Ohr.

Ich fuhr herum. Der Steg war leer, ich war allein.

Ihr müsst euch um Bruno kümmern, hatte die Sterbende gesagt.

»Bruno«, kam es erneut. Ich wurde verrückt.

Mir fiel ihr schwerer Geldbeutel ein. Was da wohl drin war? Ich stand auf, um ihn zu holen. Der Steg wankte unter meinen Füßen, als ich zurück zum Haus ging.

Ich trat durch die halb offenstehende Tür. Loretta hatte sich gedreht, ein Arm lag auf Alfis Brust, der seinen Kopf von ihr abgewandt hatte. Eine Speichelpfütze hatte sich vor seinem offenstehenden Mund gebildet.

Ich schlich an ihnen vorbei zum Rucksack und wieder raus zu meinem Platz auf den Planken. Dabei wog ich den gewichtigen Geldbeutel in meinen Händen. Der Mond würde genügen müssen, auf Anhieb hatte ich keine Taschenlampe gefunden.

Sollte ich hineinsehen und so den Namen der Dame erfahren? Wenn ich es nicht tat, würde ich Bruno vielleicht im Stich lassen und das wäre nicht schlimm, sofern Bruno nur eine Katze war, die waren meistens sowieso Freigänger und versorgten sich selbst. Aber wenn er ein Baby wäre, hätte ich zwei Menschen auf dem Gewissen.

Die Brieftasche war aus schlichtem schwarzen Leder. Ich klappte sie auf, das Münzfach war ausgebeult und abgenutzt, aber es behauptete sich. Das Kartenabteil war ungenutzt und ohne Ausweis, in den Scheinfächern steckte nur ein längs gefalteter Zettel.

Ich klaubte ihn mit klammen Fingern heraus und entfaltete ihn. Vorder- und Rückseite waren beschrieben. Ich drehte ihn ins Mondlicht, eine kleine Schrift offenbarte sich. Ich kniff die

Augen zusammen: »Wo ist das Messer« stand da. Auf der Rückseite: »Ich kann das Messer nicht finden«.

Ich knäulte den Zettel zusammen und sah ihm dabei zu, wie er im See versank.

Es blieb der Aufbewahrungsort des Klinkergeldes. Ich würde da noch hineinsehen und im Anschluss die restlichen Beweise im See versenken.

Ich öffnete das Kleingeldtäschchen, aber es befand sich nicht eine Münze darin, sondern etwas anderes, das ich im Dunkeln nicht erkennen konnte.

Ich hielt die Börse ins Mondlicht, das mir einen Backenzahn offenbarte. Er streckte mir drei spitze Wurzeln entgegen. Daneben steckten Schneidezähne, sie schimmerten kalkweiß, dazwischen waren schwarze Murmeln, die aussahen wie die Taubenherzen im Bunker. In den Lücken klebte graues Pulver.

»Was für eine Scheiße. Was für eine gequirlte Scheiße.« Ich schlug mit der Faust auf den Steg, holte aus und wollte das Mistding schwungvoll in den See feuern, zusehen, wie es verschwand, und niemals wieder daran denken. Stattdessen legte ich den Geldbeutel vor mich auf den Steg.

»Bruno«, säuselte es aus der Dunkelheit.

»Bruno, Bruno, Bruno«, flüsterte ich. »Scheiß auf dich.«

»Konstantin?« Ich schreckte zusammen und wirbelte herum, so dass der Steg gefährlich schwankte.

Loretta ging vor mir in die Hocke, um nicht ins Wasser zu fallen.

»Was machst du hier draußen?«, fragte sie. Für einen Augenblick blitzte es in ihren Augen gelb auf. Ich sah sie gebannt an, aber es erschien nicht wieder. Ich hatte es mir nur eingebildet.

»Ich? Ach, keine Ahnung.«

Sie zeigte vor mich auf den Boden. »Was ist das?«

»Der Geldbeutel der Frau.«

Sie setzte sich mir gegenüber. »Und? Was ist drinnen?«

»Nichts. Also außer Müll und Zähnen.«

»Zähne?«

Ich reichte ihn ihr, sie sah rein und verzog angewidert das Gesicht. »Wäh! Wieso?«

»Weiß nicht.«

Sie durchforstete die anderen Fächer.

»Wie hast du das vorhin gemeint?«, fragte ich.

»Was?«, fragte sie, ohne aufzusehen.

»Dass es nicht meine Schuld ist.«

»Es war ein Unfall. Du hast geschossen, weil Sporti dich geschlagen hat, und die Kugel hat zufällig die Frau erwischt, von der keiner geahnt hat, dass sie überhaupt da war – mehr nicht. Du hättest genauso gut ein Eichhörnchen oder einen Baum treffen können. Beides wäre wahrscheinlicher gewesen.«

»Aber ein Mensch ist …« Ich war nicht in der Lage es auszusprechen.

»Tot«, sagte sie ohne großes Trara. Loretta atmete durch die Nase aus. Ich war überzeugt, dass sie mir die Wahrheit entgegenschleudern würde: Und du warst es! Du hast sie umgebracht! Du bist ein Mörder, ein Monster.

Doch sie sagte etwas ganz anderes: »Das sind die Fakten: Die Frau ist tot. Es war ein Unfall und du hast den Abzug nicht absichtlich betätigt.«

Ich sah an ihr vorbei zum Haus. Es war nicht mehr da. An der Stelle erstreckte sich Wald. Ich sprang auf.

»Was ist mit dem Haus …«, fragte ich sie, doch Loretta stierte mich nur aus knallgelben Augen an.

»Wir müssen Paul erwischen und ihm die Augen rauspulen, dann wird ihm niemand mehr glauben, was er gesehen haben will.«

Sie lachte schrill, und als würde sich eine zweite, tiefere Stimme in ihre mischen, rief sie verächtlich: »Und die Fotze, die du abgeknallt hast, die hat es verdient! So eine Verräterin!

Ha-ha!« Nebel stieg auf und kesselte uns ein. »Was ist mit dir?«, fragte ich erschrocken. Sie lachte noch immer.

Das Ufer war verschwunden, der Steg schwamm auf dem See, um uns herum war nur Nebel. Loretta starrte mich an, während sie lachte. Ihre Augen waren gelb wie Eiter. Ihre Schönheit war verschwunden.

»Loretta«, stammelte ich. Ihr Pferdeschwanz löste sich vom Kopf und fiel mit einem dumpfen Geräusch auf den Steg. Die Haare fielen ihr aus, bis nur noch eine bleiche Glatze blieb.

Ihr Unterkiefer schwang im Rhythmus ihres Gelächters auf und ab, sackte aus der Kinnhaut und fiel zu Boden. Ich starrte auf das Gebiss, auf die Zähne, die dicht gedrängt in dem Gebein steckten. Loretta lachte darüber. Schlaffe Haut schlackerte wie ein nasser Lappen vor ihrem Hals.

»Bruno«, kam es aus dem fleischigen Mund. Der Name breitete sich im Nebel aus und kam immer wieder zurückgeweht.

Der Mond zersprang wie eine zu heiß gewordene Glühbirne, die Scherben rieselten lichtlos in den See. Es war stockduster.

In der Schwärze hingen die gelben Augen und leuchteten.

Die Mundlappen schwabbelten vulgär. Der kahle Kopf färbte sich gelb und quoll zu einem überreifen Pickel auf. Am Halsansatz war er wund, an der Spitze voller Eiter. Der Pickel schwoll bis zum Rand der Elastizität an und brach auf. Feine Fäden flüssigen Eiters flogen heraus, wie Lametta aus einer Konfettikanone.

Die gelben Augäpfel schwebten auf mich zu, als wollten sie fragen, ob ich das nicht gesehen hätte, ob ich nicht applaudieren wolle, ob ich nicht total beeindruckt wäre. Ein entzücktes Flüstern dehnte das O und I allerliebst.

»Konstantin, hast du nicht Lust, dir das Leben zu nehmen?«

13

»Nein!«, plärrte ich. »Bruno!« Und riss die Augen auf.

Loretta kniete über mir. Sie hatte die Hand erhoben und im nächsten Moment lag sie auf meinem Mund. Ich verstummte.

»Pssst«, zischte sie. Ihre Augen, sie leuchteten nicht gelb. Ich dankte Gott dafür. »Du musst leise sein. Kann ich meine Hand wegnehmen?«

Ich nickte. Sie setzte sich vor mich und ich rappelte mich auf. Dann setzte ich mich ihr gegenüber, so nah, dass sich dabei unsere Knie berührten.

»Was hast du?«, fragte sie. Der Mond klebte hinter ihr, er war ein gutes Stück gewandert.

»Hatte einen Albtraum. Hab ich dich geweckt?«

Sie schüttelte den Kopf. »Aber ich war rechtzeitig draußen, sonst hättest du alle wachgebrüllt.« Ihr Zopf sah im Zwielicht selbst wie ein Schatten aus, er schlummerte auf ihrer Schulter und war fest mit dem Hinterkopf verwachsen. Sie war wieder normal und ich hatte geträumt.

»Ich habe auch schlecht geträumt und wollte nach dir schauen. Die Tür stand offen, und als ich bei dir war, hast du angefangen, nach ihm zu brüllen.«

»Nach wem?«

»Weißt du, das ist es ja. Ich habe auch von ihm geträumt.«

»Bruno?« Ich hörte mich kaum.

Sie nickte. »Ich habe geträumt, er würde mich unentwegt anstarren. Seine Augen waren so gelb wie die eines Leberkranken und dann war da die Frau, die ... die wir ...« Sie vergrub das Gesicht in der Armbeuge und dämpfte so ihr Schluchzen.

»Ich hab eine Frau ermordet«, sagte ich und sah sie einfach nur an, unfähig mich zu rühren. »Sie ist tot, weißt du?«

Sie sah nicht auf. »Aber du kannst nichts dafür«, sagte sie endlich und streichelte ihren nackten Oberarm.

»Nichts dafür?«, fragte ich ungläubig und sah an ihr vorbei. Das Haus stand wieder da, wo es hingehörte.

»Ich ...« Sie hob ihren Kopf und sah mich fest an. »Wir haben sie umgebracht.« Ihr tropften Tränen vom Kinn. »Wir waren das. Weißt du, woran ich denke?«, fragte sie um Fassung bemüht. »An Wölfe und Füchse. Weißt du, womit die anfangen? Mit den weichen Stellen.« Sie vergrub sich wieder in ihrer Beuge. »Wir haben sie umgebracht.«

»Du warst das nicht«, protestierte ich. Ein Teil von mir wünschte sich, sie hätte den Revolver gehalten. Dann wären die Rollen jetzt vertauscht. Egal, was sie sagen würde, am Ende lief es darauf hinaus, dass ich der Mörder war. »Nein, du warst das nicht und auch nicht die anderen, nur ich bin dara–«

»Hör auf«, kläffte sie, als wolle sie nach mir beißen. »Wir alle!« Der Pony rutschte ihr über die Brauen, sie ließ ihn dort. »Was machen wir denn jetzt?«

Ich nahm meine Hand von ihrem Arm. »Ich weiß nicht.«

Sie leckte sich die spröden Lippen. »Mein Traum, da warst du. Du bist irgendwie zerfallen, als würdest du austrocknen, bis mich nur noch diese bösen Augen anstarrten. Das war Bruno. Er lachte, dass mir schlecht wurde, ich kann es immer noch hören. Plötzlich lag die Frau vor mir und er lachte noch lauter.«

»Ich habe von dir geträumt. Du hattest eine schlimme Krankheit und hast gelacht, während es dir immer schlechter ging.« Die schaurigen Details behielt ich lieber für mich. »Und dann warst du irgendwie weg und da war nur noch

Schwärze und gelbe Augen. Und du meinst wirklich, das war Bruno?«

»Ja, ganz sicher. Er hatte sich ja vorgestellt und mich immer wieder gefragt, ob ich sein Freund sein möchte.«

»Was? Wirklich?«

»Ja, weißt du, die Frau sagte doch, wir sollen uns um ihn kümmern. Ich denke nicht, dass wir ihn beschützen sollen. Es klang eher so, als ob wir ihn aus dem Weg räumen sollen, um ihn *kümmern* eben.«

»Aber das war nur ein Traum.« Es hatte sich so echt angefühlt.

Sie sah auf. Ihre Augen waren klein und lagen tief in den Höhlen. Sie öffnete den Mund, und für einen Moment dachte ich, ihr Kiefer würde sich herauslösen. Dann legte sie die Lippen wieder aufeinander und schüttelte den Kopf.

»Ich weiß nicht.«

Ich sah zum Haus. Ich musste einfach. Es war noch da, ich befand mich in der Realität. Wie kam es dann, dass sich die richtige Welt nicht echt anfühlte? Es hätte mich nicht gewundert, wenn jede Sekunde Mutter die Treppe rauf geschrien hätte und ich in meinem Bett aufgewacht wäre.

»Wir sollten abhauen«, sagte ich. »Wir sollten abhauen und ein neues Leben beginnen.«

»Spinnst du? Wohin? Wir sind hier nicht in einem James-Bond-Film.«

»Ich ... Wenn wir erwischt werden. Wenn wir eingesperrt werden ... Was ist dann?«

»Was weiß ich.« Sie klang müde. »Ich habe keine Ahnung.«

»Ich auch nicht. Ich will nur weg.«

»Na, logisch. Heute ist eine Frau vor unseren Augen gestorben. Das ist normaler Instinkt. Wir dürfen dem Wunsch aber nicht nachgeben. Wir müssen überlegen und planen.«

»Du hast recht.« Warum konnte sie damit so mühelos umgehen?

Sie wischte sich durchs Gesicht und schob den Zopf von der Schulter, kurz befürchtete ich, er würde auf den Steg plumpsen. Das tat er nicht.

»Ich bin müde, legen wir uns hin.«

»Ich kann nicht schlafen.«

»Ich auch nicht, aber wir können uns hinlegen. Wir brauchen jede Erholung, die wir kriegen können.« Sie stand auf.

»Ich bleibe, will noch nachdenken.«

»Okay.« Sie ging ein paar Schritte und sah zurück. »Pass bitte auf, dass du da nicht reinfällst.«

»Mach ich.«

Ich legte mich hin und zeichnete die Formen der Wolken nach. Dass ich heimfahren würde, konnte ich mir nicht vorstellen, im Moment war der Wunsch zu fliehen um ein Vielfaches größer. Mir brannten die Augen, ich blinzelte gegen die Müdigkeit an, und als ich sie das nächste Mal öffnete, beugte sich Sporti mit einer Flumme im Mundwinkel über mich und verdeckte dabei die Sonne.

Es war der dritte Tag, nachdem wir von zuhause aufgebrochen waren.

»Na, Konsti.« Rotunterlaufene Ränder rahmten Sportis Gucker. »Da haben wir richtig Scheiße gebaut, was?« Er zwang sich zu einem Lächeln, schlaff und weich, als wäre die Hülle um seinen Kopf eine Nummer zu groß. Der Gedanke an Lorettas schlackernde Haut blitzte auf und verschwand. Ich sah zum Haus, es war da.

Wenn es doch so harmlos wie »Scheiße gebaut« gewesen wäre. Es war schlimmer als »Scheiße gebaut«, es war mehr wie »eine Frau umgebracht« oder »der verfickte jüngste Tag«. Scheiße gebaut, echote es in mir. Scheiße gebaut! Scheiße gebaut! Scheiße gebaut!

»Ja«, sagte ich. »Scheiße gebaut.« Er setzte sich und reichte mir seine Zigarettenpackung.

»Was soll's«, sagte ich. Ich zupfte eine aus der Schachtel, bog sie halbwegs gerade und zündete sie an. Lungenzüge waren nicht drin, das hatte ich bei den ersten Anläufen bei ihm und Alfi beobachtet. Mehr als elendes Husten bekäme ich nicht zustande.

Ich paffte, der erste Zug war widerlich, der zweite noch schlimmer und der darauffolgende ließ mir den Speichel im Mund zusammenfließen. Der Geschmack war wie der Geruch, den ich mir seit Monaten von den Jungs reinziehen musste. Ich spuckte aus. Der Sabber platschte in den See, schlug Blasen und sank unter die Wasseroberfläche.

»Ich weiß einfach nicht, was wir machen sollen«, sagte Sporti.

»Ich auch nicht.« Ich zog, und als ich ausspuckte, verpuffte eine Rauchwolke.

»Sie packen schon, wollen aufbrechen, bevor die beiden aufstehen.« Er zeigte mit dem Daumen zum Haus.

»Hattest du einen Albtraum?«, fragte ich.

Er drehte sich zu mir, musterte mich und schüttelte dann den Kopf. »Nein. Kommst du?« Er schnickte die Zigarette ins Wasser.

»Gleich.« Ich zeigte ihm meine. »Brauch noch.«

»Beeil dich aber nicht, die erste ist die Beste.«

Die Glut seiner schwimmenden Kippe hatte die Form eines Kegels. Das weiße Papier sog sich voll. Unsichtbare Finger grapschten nach dem Stängel, zogen ihn in die Dunkelheit, bis die Tiefe ihn für immer verbarg. Wenn ich doch auch so einfach verschwinden könnte. Ich warf den Geldbeutel hinterher.

»Konsti!« Alfi stand oben an der Tür und winkte mir zu. Sie wollten los.

Wilfred faltete bei den Sesseln eine Decke zusammen und schenkte mir einen mitleidigen Blick. Die Haustür stand offen, die anderen warteten bereits draußen.

Ich blieb stehen und wartete, dass er etwas sagen würde. Doch nichts geschah. Wir verließen die Zeitzone, in der einer von uns etwas hätte sagen können, und betraten das Feld des Schweigens. Was mir recht war, die Art, wie er mich ansah, strotzte vor Gefühlen. Es hätte mich rasend gemacht, wenn er etwas davon ausgesprochen hätte.

Er klopfte die Decke auf dem Sessel flach, setzte seinen Rucksack auf und reichte mir meinen.

Er war viel zu schwer. Meine Schultern brannten beim Aufsetzen, und ich hätte aufgeschrien, wenn unsere Gastgeber nicht noch geschlafen hätten. So verdrängte ich schnell den Gedanken, wie es in wenigen Minuten auf dem Fahrrad sein würde.

Wilfred schloss lautlos die Haustür hinter uns. Loretta, Sporti und Alfi standen im Dreieck um die Fahrräder herum, die alle so dalagen, wie wir sie gestern hatte fallen lassen – bis auf Lorettas: Das lehnte vorbildlich am Ständer.

Wilfred und ich stiegen die Stufen hinab. Mir flatterten die Oberschenkel. Wenn die geringe Belastung derart anstrengend war, wie sollte ich da nach Hause radeln?

»Guten Morgen«, sagte ich.

»Pssst!«, fauchten sie kollektiv zurück.

»Entschuldigt!«

Alfi sah frisch aus. Er musste die Nacht durchgeschlafen haben. »Wir fahren erst mal um die Ecke, damit die uns nicht hören.«

Es grauste mir bei dem Gedanken, meinen Arsch mit dem Leder in Verbindung zu bringen. Dass ich lieber schöbe, behielt ich für mich, aber die Freude den Drahtesel zu besteigen, hielt sich wohl bei uns allen in Grenzen.

Ich beugte mich vor und bekam eine Ahnung, was der Tag bringen würde. Mein Körper bestrafte mich übel, dass ich ihn nicht hatte am Steg liegen lassen und nun ohne ihn auskam.

Ich stellte mein Rad auf und stieg auf ein Pedal, um ein Bein über die Mittelstange zu schwingen. Die Hüftgelenke knarzten, als wären sie voller Glasscherben. Irgendwie schaffte ich es trotz der Proteste meines Hinterns auf den Sattel. Die Beckenknochen drückten sich hart in den Sitz.

Alle fuhren los, ich reihte mich hinter Wilfred als letzter ein. Links und rechts der Straße standen Bäume, kerzengrade wie Soldaten in einer Reihe.

Bei jedem Tritt mahlten die Gelenke Glas zu Sand, bis sich der Staub in einen schmierigen Film verwandelt hatte, der meine Scharniere fast wie früher ölte.

»Anhalten!«, brüllte Alfi nach einer Weile. Bremsen quietschten. »Kommt.« Er ließ sein Fahrrad fallen und setzte sich an den Wegesrand.

Wir fanden uns in einem krakeligen Kreis ein. Ich schaute runter auf das Chrom der Lenkstange und wartete ab, was es zu sagen gab, und war überrascht, als nicht Alfi, sondern Loretta sprach.

»Wir haben gestern Scheiße gebaut. Wir alle«, sagte sie nachdrücklich. »Wir sind alle schuld. Versteht ihr?«

»Ich hab doch nichts gemacht«, erwiderte Wilfred.

»Mitgehangen, mitgefangen. Kennst du den Spruch?«, fragte sie.

»Ja aber –«

»Konzentrieren wir uns auf die Fakten. Okay? Nur die Fakten«, warf Alfi ein.

Ich sah auf. Alle hatten ernste Gesichtsausdrücke aufgesetzt. Wir waren keine unschuldigen Kinder mehr. Wir hatten uns unwiderruflich verändert. Ein Teil von uns war gestorben, und die Lücke war von etwas anderem ersetzt worden.

»Wenn Konstantin den Revolver nicht benutzt hätte, um die Arschgeigen abzuwimmeln, dann hätten sie uns mächtig Probleme bereitet. Ihr wisst, Paul ist verrückt. Er hatte sicher auch noch ein Messer dabei. Ich meine, der ist uns nicht bis in den Wald gefolgt, um einen netten Plausch zu halten. Das wisst ihr doch, oder?«

Wir sahen uns alle flüchtig an, wie um zu überprüfen, ob die anderen dasselbe dachten. Er hatte recht.

»Danach, das war ein Unfall. Aber, um das klarzustellen, das waren wir alle. Keiner kann sich da rausnehmen.«

»Abgedrückt hat aber ... Au!« Wilfred rieb sich den Unterarm.

»Sag noch so was und ich schlag dir die Zähne raus«, knurrte Sporti.

»Fick dich!«

»Zum Ablauf«, sagte Alfi. »Sporti und Konsti ihr habt euch gerauft. Wir hätten alle dazwischen gehen können, aber ich für meinen Teil wollte, dass Konsti in den Wald zielt, falls Paul noch mehr Leute anschleppt.«

»Das liegt hinter uns«, sagte Loretta. »Es ist, wie es ist.«

»Genau«, pflichtete Alfi ihr bei.

»Was machen wir jetzt?«, fragte ich.

»Nichts«, antwortete Alfi trocken. »Wir können nichts machen. Den Revolver hab ich in den Bunker gebracht und ihn wieder abgedeckt.«

»Was ist mit Paul?«, fragte Sporti. »Der wird uns verpetzen.«

»Ich glaube nicht«, sagte Alfi. »Aber soll er doch. Was habt ihr euren Eltern erzählt, wo wir sind?«

»Ich habe behauptet, wir zelten bei Alfi im Garten«, sagte Loretta.

»Ich am Spielplatz«, sagte Wilfred.

»Bei Alfi«, sagte ich.

»Ich auch bei Alfi«, sagte Sporti.

»Seht ihr?«, fragte Alfi. »Wir einigen uns darauf, dass wir hinter dem Spielplatz gezeltet haben, weil mein Vater uns verscheucht hat, wenn jemand fragt. So sind wir raus aus der Nummer. Da kann Paul sagen, was er will. Da stehen fünf Aussagen gegen eine und er hat keine Beweise. Und mein Vater ist sicher seit vorgestern hackedicht, der weiß sowieso nichts mehr.«

»Und wie er Beweise hat. Dutzende und dank dir auch noch die Mordwaffe, auf der meine Fingerabdrücke sind«, platzte es aus mir heraus.

»Wenn er uns da eingesperrt hat –«

»Wie *wenn*?«, unterbrach ich Alfi.

»Es könnte ebenso die Frau gewesen sein.«

Ich erinnerte mich an die Stimmen und war mir mittlerweile sicher, dass es Paul und seine Schoßhündchen gewesen waren.

»Aber selbst wenn, ich hab den Revolver abgewischt. Da sind keine Fingerabdrücke mehr dran. Dann bringt er die Polizei zu einer Leiche und der passenden Waffe, damit ist er doch verdächtiger als wir.«

»Ich weiß nicht.« Sporti kratzte an seinem Daumennagel herum. »Das klingt nicht besonders sicher.«

»Nicht perfekt, aber das Einzige, was wir haben«, erklärte Alfi.

»Außerdem können wir nichts machen«, sagte Loretta. »Oder habt ihr einen besseren Plan.«

Nein, hatten wir nicht.

»Stimmen wir ab«, schlug Alfi vor. »Wer ist für den Plan?« Sein Arm wanderte zeitgleich mit Lorettas hoch. Sportis folgte, und nachdem er Wilfred in die Seite gestoßen hatte, hob auch der den Arm. Ich stimmte als Letzter zu. »Dann fahren wir heim und lassen die Sache hinter uns.«

»Ich weiß nicht, ob ich das kann«, murmelte Sporti.

Wilfred wischte sich Tränen aus den Augen. »Wir haben keine Wahl. Wir müssen das so machen. Es geht nicht anders.«

Sporti ließ den Kopf hängen.

Wir packten unsere Fahrräder und fuhren weiter, aber Wilfreds resignierter Tonfall blieb den Rest des Tages an mir haften wie klebriger Kaugummi.

14

Es war später Nachmittag, als wir uns an der Kreuzung zum Klo aufteilten, und ohne uns noch mal anzusehen, in verschiedene Richtungen davonfuhren. Auch Loretta und ich schwiegen die letzten Meter bis nach Hause.

Der Parkplatz des Supermarktes war voller Menschen, die Grillkohle und Bier in den Kofferraum luden. Wieso verhielt sich die Welt dermaßen normal, als hätte sich nichts verändert? Der Rückweg hatte sich wie ein fader Kaugummi gezogen, wir waren im Schneckentempo über die Feldwege gekrochen, ausgelaugt von den Strapazen des Vortags. Gegen Mittag hatte ich mir einen erlösenden Blitzschlag gewünscht, aber die Sonne kochte uns, nirgends war eine Wolke zu sehen und das Trinkwasser war ohnehin aufgebraucht gewesen.

»Bis morgen«, sagte Loretta. Ich schaute ihr verdattert nach, wie sie vom Fahrrad stieg, es in den Vorgarten schob, und verpasste die Gelegenheit, mich gebührend zu verabschieden.

Ich erreichte unser Haus, als Mutter gerade die Haustür aufriss. Sie kniff die Augen zusammen und hatte die Kiefer zusammengepresst, während ich mein Rad an die Hauswand lehnte.

»Wo warst du so lange?«

Ich stieg die Stufen rauf. Bevor ich sagen konnte, dass ich doch pünktlich sei, rümpfte sie die Nase. »Wie siehst du denn aus? Du stinkst! Geh baden! Und schrubb dich ordentlich ab! Und was ist das für ein Hemd?«

»Ist von Alfi, meins ist dreckig.« Ich war dankbar, dass sie ansonsten keine Veränderung an mir feststellte, wunderte mich aber, dass sie es nicht von meiner Stirn ablesen konnte: Dein Sohn ist ein Mörder.

Ich stiefelte die Treppe nach oben und ließ den Rucksack vor das Bett fallen. Mir fielen im Stehen die Augen zu, doch ich schleppte mich eine Etage tiefer ins Bad. Jede Bewegung war ein Kraftakt.

Ich stand neben der Wanne, und während das Badewasser hinein prasselte, kamen mir die Tränen.

Ich streckte meine Hand unter den Hahn. Warmes Wasser spülte mir über die Haut, es fühlte sich wunderbar und nach Liebe an. Im Kontrast mit dem papierweißen emaillierten Becken machte ich Wilfred zwar keine Konkurrenz, aber ich hatte ordentlich Farbe bekommen.

Mutter kam, ohne zu klopfen, ins Bad. »Hier.« Sie reichte mir den zusammengelegten Schlafanzug. »Was hast du?«

Ich war noch über die Wanne gebeugt, Tränen tropften in den knisternden Schaum. Sie legte den Schlafanzug weg und ging neben mir auf die Knie. Ich schloss sie in die Arme, sie legte ihre um meinen Brustkorb und hielt mich fest.

Ich hab jemanden ermordet, wollte ich sagen. Sie erschossen. Ja, genau. Ich war das. Ich hab's getan.

Doch ich sagte: »Ich bin nur müde. Hab dich lieb.« Ihr holziges, nach Lebkuchen riechendes Parfum erfüllte meine aufgekratzte Seele mit Ruhe.

»Ich dich auch. Habt ihr euch gestritten?«

»Ja«, antwortete ich in der Hoffnung, sie würde nicht weiter nachbohren.

»Was war denn?«

»Nicht wichtig. Kann ich bitte baden?« Sie musterte mich und ging. Ihr Parfum blieb und vermischte sich mit dem Orangenaroma des Badezusatzes. Ich drehte den Schlüssel zweimal im Schloss, ehe ich das I-love-New-York-Hemd und den Slip zusammen mit der Hose abstreifte. Ich wollte es endlich hinter mich bringen, um ins Bett schlüpfen zu können.

Mit beiden Füßen durchbrach ich die dampfende Oberfläche, überwand die kritische Stelle zwischen den Beinen und plumpste auf den Po. Badewasser schwappte über den Rand. Zunächst war es eisig kalt, dann stieg mir Hitze in den Nacken. Ich hielt instinktiv die Luft an. Schweißperlen prickelten von der Stirn. Wasserdampf nahm mir die Sicht. Vor mir schnaufte jemand von panischem Schrecken gepackt, und ehe ich begriff, dass ich das war, verschwand das Badezimmer.

Ich war wieder bei der Frau. Sie lag blutend auf der Erde. Am Bauch unter ihrer Bluse wuchs ein dunkler Fleck. Blut tropfte auf die Erde. Sie gaffte mich an. Ihr Kopf löste sich vom Hals und rollte über den Boden. Er fiel ins Wasser, und auf einmal trieben ich und der Kopf auf dem See in der Senkbachebene. Ihr Haupt drehte sich auf der Stelle. Knochen knackten in dem Gesicht wie feuchte Äste. Ihre Stirn beulte sich tödlich ein. Ihre Augen verdrehten sich und es stiegen Lorettas waldgrüne Augen herauf. Ihre Haare wurden dünner, rieselten von der Kopfhaut und trieben davon.

Sie lächelte und ich sah, dass sie keine Zähne mehr hatte. Die Augen leuchteten gelb auf.

»Ich bin Bruno«, sagte der tote Kopf. Die Stimme klang wie aus einem Abwasserrohr. »Bruno.« Gleichzeitig war sie aber freundlich und einladend. »Bruno. Willst du mein Freund sein?« Nun schmatzte sie und kicherte gleich darauf hysterisch.

Der Kopf erhob sich aus dem Nass, schwebte auf mich zu ... Ich riss die Augen auf und hockte wieder in meiner Wanne, umgeben von weißen Fliesen. Vor dem Waschbecken lagen meine Hose und Alfis Hemd.

Ich atmete erleichtert aus und blickte unmittelbar in eine verzerrte Grimasse, deren Mundwinkel bis zu den Ohren wuchsen. Ein Kopf schwebte über der Badewanne, eine zweite

Haut war über das Gesicht gewachsen, so dass nur noch wenige Konturen zu erkennen waren. Die Haut war aschfahl, die Nase dunkelgelb und gelbes Licht umgab ihn wie ein Schleier. Er gaffte durch vernarbte, graue Augenhöhlen. Unterhalb des Kehlkopfs wackelten zerfetzte Hautstriemen, wie ein Streifenvorhang im Wind. Eine Wirbelreihe ragte aus den Nackenlappen.

Ich wollte schreien, um mich schlagen, konnte mich aber nicht bewegen. Der Kopf hypnotisierte mich. Ich verlor die Kontrolle über meinen Darm.

Die Fratze weitete das Maul, sämiges Sekret floss um verfaulte Zahnstummel. Es streckte die tropfende Zunge heraus. Sie stank nach verdorbener Milch und grünlich schimmerndem Fleisch. Eiterbläschen wuchsen auf ihr. Übelkeit stieg in mir auf und ich spürte, wie mir der Mageninhalt hochkam.

»Konstantin?« Mutter stand plötzlich im Badezimmer. Ich spie ihr das Erbrochene entgegen und sah zurück zum Kopf.

»Bruno … B-Bruno …«, lachte er und war verschwunden.

Ich wirbelte zu Mutter herum, sie war nicht im Bad.

Dump-Dump-Dump! Es klopfte es an der Tür.

»Konstantin? Konstantin!« Sie spuckte die Ts aus. »Alles okay? Hast du gerufen?« Auf dem Boden schwamm Erbrochenes in Lachen aus Badewasser. Ich saß in Kotflocken und Pisse und sprang auf. »Nein, alles gut!« Ich musste mich an der Duschkopfhalterung festklammern, sonst wäre ich gleich wieder zurückgesackt, so sehr zitterten die Beine.

»Schlaf nicht in der Wanne ein! Nicht, dass du mir absäufst.«

»Ja, Mutter.« Ich lauschte ihren verschwindenden Schritten.

Scheißeklümpchen bildeten Ringe um meine Beine. Ich stieg aus, wischte den Boden sauber und zog den Stöpsel. Ein

Strudel sog den Siff in die Kanalisation. Danach machte ich mich ans Wanneputzen.

Nachdem das Bad wieder blitzte, brauste ich mich ab und streifte mir den Schlafanzug über. Die Zahnbürste stand erwartungsvoll neben dem Waschbecken. Ich machte sie nass, stellte sie zurück und spülte mir den Mund zweimal aus, dann schlich ich die Treppe rauf unter das Dach.

Zwei geschmierte Butterbrotstullen warteten auf der Bettdecke. Das hatte ich nicht verdient. Mutter schund sich ab für mich und was tat ich? Ich ballerte bei der erstbesten Gelegenheit eine wehrlose Frau über den Haufen. Ich war das größte Arschloch des Jahres.

Ich setzte mich vor das Bett und aß. Die Butter war köstlich. Sie hatte sogar Salz darauf gestreut. Im Anschluss kletterte ich an das Kopfende und schaute aus dem Fenster zu Lorettas winziger Bruchbude. Sie lag im Dunklen. Das Gartentor war geschlossen. Aber die Lampe der Straßenlaterne war ausgetauscht worden, ein Fliegenschwarm tanzte im Licht darunter.

Wieso hatte sie mit dem Unfall, wie sie es nannte, so mühelos abschließen können? Was sollte ich nur machen? Alfis Plan, nichts zu tun, war hirnrissig und gelinde gesagt absoluter Mist. Wir hatten Paul und seine Freunde oberhalb der Luke gehört. Nicht die Frau hatte uns eingesperrt.

Ein rotes Rücklicht rollte auf die Laterne zu, kein Fahrrad, sondern einer aus der Siedlung, dem die Moneten fehlten, um sich eine Ersatzbirne leisten zu können.

Wer war diese Frau gewesen? Wer war Bruno? Was war Bruno? Ich bekam jedes Mal eine Gänsehaut bei diesem Namen. Würde Paul wirklich nicht zur Polizei gehen? Alfi hatte vielleicht recht, Paul wäre selbst der Hauptverdächtige und hätte einiges zu erklären, aber war er auch schlau genug, um das zu merken? Ich bezweifelte, dass der Blödfink mehr im Schädel hatte als Basketball und Training.

In Lorettas Bretterbude flammte Licht auf, ein schmaler Streifen fiel durch ein Fenster auf den rissigen Beton der Straße. Er lag reglos da, schimmerte gelb und wurde dunkler. Doch das Licht verging nicht auf dem grauen Gehsteig. Es flaute ab und war plötzlich eitergelb. Eine Beule erzitterte im Zentrum des Streifens, als würde sich etwas von unten gegen eine Membran drängen, als wollte es durch die Straße stoßen, doch das Licht schien die Bewegung wieder in den Untergrund zu drücken.

Ein Hieb, die Beule wuchs, etwas war darin und wollte heraus. Die Beule dehnte sich aus, wurde größer und größer, hüllte alles ein, was ihr im Weg war, erreichte unseren Garten und ...

Klack machte es in unserem Haus. Der Strom war weg. Reichlich spät. Mutter hatte Vater wahrscheinlich weichgeklopft mit der Sicherung zu warten, damit ich nicht im Dunklen essen musste.

Die Straße lag vor mir, das Licht in Lorettas Bude war erloschen und alles war wieder dunkel. Ich legte mich auf das Bett und warf das Kissen weg. Mir war klar, dass ich kein Auge zutun würde. Ich würde die ganze Nacht wachbleiben und in meinen Gedanken schmoren. Ich kannte mein Schicksal und würde immer wieder den Tod der Frau durchleiden, bis ich mir selbst eine Kugel verpasste.

Ich lag auf rauen Holzdielen voller Sand und entfaltete ein unbeschriebenes Blatt Papier. Es war an der linken oberen Ecke eingerissen. In der Hand hatte ich einen Kugelschreiber, ich stützte mich auf die Ellenbogen, setzte an und krakelte halbwegs lesbare Zeichen auf das Papier: »Lieber Konstantin!« Ich überlegte. »Wie fängt man sonen Brief überhaupt an? Keine Ahnung. Ich muss dir was gestehen. Ich habe getötet. An der Senkbachebene hab ich ne Frau erschossen. Eiskalt in den Bauch.« Mir tropfte eine Träne auf das A in Bauch. »Es hat mir gefalln. Ich hab se gern erschossen. Se liegt noch im Wald. Ich hab Angst, weißt du. Ich hab eine Scheißangst zu ~~wen~~ ~~wem~~ was mich das macht. So kann ich nicht leben. Es tut mir leid.«

Die Tinte rollte über die Kugel der Miene ab, schrieb die letzten Worte, die ich durch den Tränenvorhang nicht mehr lesen konnte. Im Anschluss faltete ich den knittrigen Zettel zusammen, stopfte ihn in die Hosentasche und kletterte an der Sprossenleiter herunter, das letzte Stück sprang ich und landete mit beiden Füßen im Sand.

Unten lag ein Seesack. Ich zog die Schleife auf. Oben begrüßte mich die Feldflasche, aus der ich mir einen Schluck Gebrannten nahm. Ich schmatzte und beschloss, sie als Wegzehrung mitzunehmen. Den Sack ließ ich liegen, ich würde ihn nicht mehr brauchen.

Von irgendwo drang ein Rascheln zu mir, wie Schritte durch hohes Gras, aber ich konnte niemanden ausmachen, obwohl ich spürte, dass mich jemand beobachtete. Mein Blick ging am Kotzreifen vorbei und etwas Gelbes blitzte unter der Tischtennisplatte auf. Ich rannte den Damm rauf und auf der anderen Seite den festgetretenen Pfad wieder hinunter. Das war nachts tückischer. Äste ragten wie schattige Arme mit dürren Gelenken ins Nirgendwo. Ich krallte mich daran fest, um nicht zu fallen. Auf halbem Weg griff ich nach einem dickeren Zweig und langte ins Leere.

Ich stolperte und warf beim Versuch mich an einen Dornbusch zu krallen die Feldflasche weg, statt mich zu halten, schnitten mir die dünnen Zweige in die Haut und ich wäre beinahe den restlichen Abhang hinuntergestürzt. Ich machte ein paar große Schritte, um das Gleichgewicht zu halten, und erreichte außer Atem den Parkplatz.

Das Gefühl, dass mir jemand an den Fersen hing, ließ mich nicht los. Es bereitete mir aber keinerlei Angst.

Ich vergrößerte den Abstand zum Bahnhof und passierte die Kreuzung Richtung Supermarkt. Ich hatte keine Sorgen mehr, meine Absichten waren endgültig und ich wusste genau, was ich zu tun hatte. Es war wunderbar, nicht mehr ahnungslos durch das Leben zu irren.

Ich steckte mir eine Zigarette an. Das Feuer blendete mich für einen Moment, dann atmete ich genüsslich den Rauch ein. So frei hatte ich mich noch nie gefühlt, ich genoss den Moment, ging an Lorettas Haus vorüber und blieb vor meinem stehen. Das Wohnzimmer war dunkel, die Lottoziehung vorbei. Wie alle anderen Nachbarn hoffte auch Vater auf ein besseres Leben.

Mein Herz schlug schnell, als ich den Brief aus der Hosentasche zog. Niemand durfte mich sehen, wenn meine Eltern mich erwischten, dann würde alles den Bach runtergehen.

Ich schlich über die Stufen, hob den Regendeckel des Briefkastens mit Daumen und Zeigefinger an. Jeden Augenblick würde das verfluchte Scharnier quietschen und mich auffliegen lassen. Mir fiepten die Ohren. Ich steckte den Zettel in den Schlitz, er schlug dumpf auf dem Metallboden auf. Behutsam senkte ich den Deckel und huschte davon.

An der Kreuzung zum Supermarkt hatte ich einen klaren Gedanken: jetzt zum zweiten Teil. Ein wenig schmerzte die Wehmut, aber es gab keinen anderen Weg. Ich hatte letzte Nacht wachgelegen und darüber gebrütet. Es gab keine bessere Lösung und so konnte ich meinem Leben zumindest eine halbwegs brauchbare Bestimmung geben. Ich würde etwas erreichen und meinen Freunden aus der Patsche helfen.

Ich steckte mir auf der Höhe des Supermarkts eine frische Zigarette an. Die Kreuzung blieb hinter mir zurück. Ich schnickte den abgerauchten Stummel in den Rinnstein, kletterte den Damm rauf und hockte mich vor den Seesack.

Ich steckte den Arm bis zur Schulter in den Sack, griff an Kleidung und anderen Sinnlosigkeiten vorbei, bis ich ihn spürte. Er war nicht im Bunker. Seine Oberfläche war glatt und kühl, ich verspürte ein Kribbeln bis unter die Schädeldecke.

Ich befreite ihn aus der Enge, wog ihn in meiner Hand und konzentrierte mich auf sein Gewicht. Er war aufdringlich präsent. Falsch und richtig vereint in einem Werkzeug. Ich lehnte mich mit dem Rücken an die Burgwand und sah nach oben. Der Sand wärmte mir Beine und Gesäß. Die Sterne waren hinter einer unsichtbaren Wolkenschicht verborgen.

Ich fuhr irgendwie aus mir heraus und konnte mich aus einem seltsamen Winkel betrachten: die Füße ausgestreckt, das Gesicht in Schatten getaucht, den Blick zum Himmel gewandt, wo das schwere Eisen in meinen Händen darauf wartete, Richtiges und Falsches zugleich zu verrichten.

Ich spannte den Hahn. Die Müdigkeit der letzten Tage breitete sich über mich wie ein Netz.

»Ich hoffe, ihr versteht das«, murmelte ich. »Bitte vergesst mich nicht.« Ich schob mir den Lauf in den Mund. Er schmeckte metallisch.

Jetzt oder nie.

Ich strotzte nur so vor Kraft.

Mein Zeigefinger zuckte.

Tusch!

15

Mit dem Knall in den Ohren fuhr ich auf. Ich saß senkrecht im Bett und sah an mir runter. Meine Hände zitterten unkontrollierbar, wie die eines Parkinsonkranken. Schweiß tropfte auf das Laken.

Ich wischte mir über die nasse Stirn, bewegte ein Bein und spürte, dass mein Schlafanzug lauwarm an mir klebte. Ich warf die Decke zurück, davon überzeugt, in einer Blutlache zu sitzen. Es war eine Pfütze aus Urin. Der Ammoniakgestank ätzte in den Nebenhöhlen.

Ich tastete mit einer der parkinsons'schen Pranken die Austrittswunde am Hinterkopf ab. Als meine Finger die feuchten Haare berührten, blieb die Zeit stehen. Das Fußende des Bettes wankte. Als ich meine Hand hervorholte, war ich mir sicher, blutverschmierte Finger zu sehen, aber es war lediglich Schweiß.

Der Geschmack von Blut und Metall entfaltete sich in meinem Mund. Ich spürte wieder den Revolver zwischen meinen Lippen.

»War das wirklich ein Traum?«, fragte ich laut. Hatte ich das wirklich erlebt. Aber wenn ich noch lebte, wer hatte sich dann umgebracht?

»Der Brief!«

Ich sprang aus dem Bett. Ich war schweißnass und die Innenseiten meiner Hosenbeine klebten an der Haut. Ich tauschte den Schlafanzug gegen die halbwegs frische Winterhose und rannte ohne T-Shirt und Socken die Treppe hinunter.

Meine Mutter kam aus der Küche geeilt. »Was ist?«

»Der Briefkasten, hast du die Post?«

»Die Tageszeitung kommt erst noch.«

»Bitte, kannst du ihn aufmachen?«

Sie stemmte die Hände in die Hüften. Unter anderen Umständen hätte ich nie danach gefragt. Der Briefkasten war das Heiligtum meiner Eltern. Da hatte kein Kind dran rumzuspielen.

»Wartest du auf was?«

»Bitte«, drängte ich.

»Also gut, aber verrate deinem Vater nicht, dass wir geguckt haben.« Sie pflückte ihren Haustürschlüssel aus dem Schlüsselkasten an der Treppe, ging raus und kam mit einem gefalteten Papier wieder rein.

Mir war schlecht.

Das Blatt war links oben eingerissen.

»Da«, sagte sie und reichte ihn mir. Ich nahm den hauchdünnen Zettel entgegen, doch statt ihn zu lesen, sah ich weiter meine Mutter an.

»Was hast du?«, fragte sie besorgt.

Ich konnte nicht reden. Plötzlich war mir alles klar. Der Seesack. Der Revolver. Der Brief. Die Schnapsflasche. Die Zigaretten.

Ich klappte den Brief dennoch auf und las die letzten Worte, die ich nicht mehr hatte lesen können. »In Liebe Alfred«, stand da.

Ich weinte. Mutter entzog mir den Brief. Ihre Augen wanderten die krakelig beschriebene Seite hinab, sie erbleichte mit jedem Wort ein wenig mehr. Sie sagte nichts, stand einfach da.

Alfi hatte sich gestern Nacht erschossen und ich war dabei gewesen. Die Welt drehte sich um mich. Ich taumelte vor und stürmte an ihr vorbei durch die Tür.

»Hey!«, rief sie mir nach. »Komm zurück!«

Die Pflastersteine fühlten sich kühl an meinen nackten Füßen an. Steinchen pikten mir in die Fersen. Ich sprang über den verrottenden Gartenzaun und drückte den Klingelknopf wie ein Maschinengewehr.

Loretta kam an die Tür. Sie war noch im Schlafanzug, ihre Haare waren kraus wie ein Nest.

»Alfi!«, sagte ich. »Er ist …« Ich brach ab, aber sie nickte.

»Ich weiß.« Sie fiel mir in ihrem dunkelgrünen Zweiteiler um den Hals und weinte heiße Tränen.

»Ich weiß …«, stammelte sie und dann sagte sie etwas, bei dem ich beinahe in Ohnmacht gefallen wäre: »Ich war dabei.«

Schwarze Rosen blühten in meinem Sichtfeld auf und ich spürte den Boden unter meinen Füßen nicht mehr. Loretta ließ mich nicht los. Sie hielt mich fest und sorgte so dafür, dass ich in der Welt blieb.

»Hast du's geahnt?« Meine Stimme war rau wie Sandpapier.

Sie schüttelte den Kopf. »Wir hätten ihn aufhalten, ihm helfen müssen. Ich wu-wusste das nicht … Scheiße Alfi …« Sie schlang ihre Arme noch fester um mich.

»Konstantin!«, brüllte meine Mutter, die Konsonanten betonend.

»Geh schon. Wir treffen uns am Klo. Nachher«, sagte Loretta.

»Da wird die Hölle los sein.«

Sie lehnte sich in meinen Armen zurück und sah mir in die Augen, als wollte sie eine zu kleine Schrift lesen. Dann begriff sie: »Du auch. Du hast es auch gesehen.«

Ich nickte.

»Konstantin, komm sofort her, bevor ich deinen Vater rufe!«

»Ich … wir sehen uns.« Sie rieb sich die Augen, ich verspürte das Verlangen sie zu küssen, aber als meine Mutter abermals rief, verschwand es so schnell, wie es gekommen war.

»So, das war's!«

»Halt, ich komme ja.« Zu Loretta sagte ich: »Bis später am Klo. Wir müssen über Bruno reden.«

Sie wurde käsig um die Nase und nickte. Ich sprintete rüber zu meiner Mutter.

»Wenn ich dich rufe«, fuhr sie mich an, »dann kommst du sofort!« Sie gab mir eine Ohrfeige, aber ich spürte kaum etwas, und weil ihr die gewohnte Reaktion fehlte, fing ich mir gleich noch eine. Auch die schaffte es nicht bis zu meinem Schmerzzentrum. »Nur damit du es weißt. Ich habe die Polizei gerufen. Die sind gleich hier. Hast du eine Ahnung, wo wir Alfred finden?«

»Am Spielplatz, sein Vater hat ihn rausgeworfen.« Ich klang gelangweilt. Ich hasste mich dafür und wünschte mir noch eine Ohrfeige.

»Hast du was damit zu tun?«

»Womit?«, fragte ich.

»Der toten Frau in der Senkbachebene. Bitte sag mir, dass du davon nichts weißt und ihr …« Ihr gingen die Worte aus. Das machte mir Angst, aber sie hatte eins und eins zusammengezählt und begriffen, dass wir sicherlich nicht bei Alfi im Garten gezeltet hatten, wenn er zuhause rausgeworfen worden war.

»Ich weiß nichts von einer toten Frau. Wir … wir haben am Klo gezeltet«, sagte ich und im selben Moment lief es mir siedend heiß den Rücken runter. Vater hatte mir verboten, auch nur in die Nähe des Spielplatzes zu gehen.

Sie atmete erleichtert aus und stellte sich aufrecht hin. »Gut! Dass du uns angelogen hast, darüber sprechen wir noch. Zieh dir was an!« Wir gingen rein und ich streifte mir ein blaues Oberteil über.

Es klingelte an der Tür. »Bleib oben, bis wir dich rufen!«

Ich hörte die Tür aufgehen. Tiefe Stimmen, Schritte, jemand ging in die gute Stube. Sie schlossen die Tür.

Ich setzte mich auf das Bett und sah aus dem Fenster. Ein Streifenwagen parkte vor Lorettas Tür. Wieso hatte sie mir die Tür aufgemacht und nicht ihre Mutter? Wie sah die überhaupt aus? Ich hatte ihre Mutter bisher noch nie gesehen, obwohl wir Nachbarn waren.

»Konstantin!« Mutter klang ernst, aber nicht unglücklich. »Komm bitte runter, die zwei Herren von der Polizei möchten mit dir sprechen.«

Ich stand vor ihr, bevor sie den Satz beendet hatte. »Komm mit und sag die Wahrheit!«

»Ja, Mutter.«

An der langen Seite des Tisches saßen zwei Herren in Uniform, einer war etwas dicklich, der andere hatte eine Knubbelnase. Zwischen ihnen stand eine Kanne Kaffee. Die Polizeimützen hingen seitlich an den Stuhllehnen.

Mein Vater saß an der kurzen Flanke, wie immer mit einer Strickjacke über dem blütenweißen Hemd, auch vor ihm dampfte ein Pott. Er hatte tiefe Augenränder und rote Augen. Er musste erst vor wenigen Stunden aus der Nachtschicht gekommen sein und Mutter hatte ihn an den Tisch geschleift. Das war nicht gut. Vater nach der Schicht zu wecken, bedeutete immer eine Tracht Prügel.

Mutter nahm ihm gegenüber Platz und ich setzte mich allein an die lange Seite. Alle Blicke waren auf mich gerichtet, wie bei einem Ältestenrat.

Der Dickere sprach zuerst, während der mit der Knubbelnase mich freundlich betrachtete.

»Hallo Konstantin, ich bin Peter Humbold und das ist Leonhard Friedrich. Wir haben einige Fragen an dich. Sag die Wahrheit und lüg uns ja nicht an. Verstanden?« Ich nickte vorsichtig und sah zur Kaffeekanne, an deren Auslauf ein Tropfen hing. »Deine Mutter hat erzählt, dass du von dem Brief wusstest. Woher wusstest du von ihm?«

Ich faltete die Hände unter dem Tisch und massierte den linken Daumen.

»Junge, sieh mich an, wenn ich mit dir rede.«

Ich sah Humbold auf die Nasenspitze und spürte, wie mich mein Vater musterte.

»Ich hatte heute Nacht so ein Geräusch vom Briefkasten gehört, und weil wir so spät keine Post bekommen, war ich neugierig, was das sein könnte. Hat mich die ganze Zeit nicht losgelassen.«

Humbold hob die Brauen. Vater trank einen Schluck aus seiner Tasse.

»Weißt du, wo wir Alfred finden könnten?«

»Am Spielplatz, da hat er gewohnt, seit sein Vater ihn rausgeworfen hat.«

»Er hat was?«, schimpfte Vater. »Er hat seinen Sohn mit dreizehn vor die Tür gesetzt?«

»Beruhige dich, Schatz«, sagte Mutter und schenkte ihm nach.

Humbold kritzelte Notizen auf einen Block. »Dem gehen wir nach. Weißt du was von der Frau?«

Ich schüttelte den Kopf.

»Deine Mutter hat gesagt, dass ihr am Spielplatz in der Ann-Sophie-Straße gezeltet habt, weißt du, wann Alfred diese Frau erschossen hat?«

Vater presste seine Lippen zu einem blutleeren Strich zusammen, sagte aber nichts und starrte mich weiter an. Jetzt wusste er es auch. »Nein …« Meine Stimme brach ab.

»War er mal weg?«

»Eigentlich war er nur einen halben Tag da. Er meinte, er müsste was erledigen. Habe ihn seitdem nicht mehr gesehen.«

Humbolds Gehilfe trank und stellte die Tasse vor sich, ohne sie loszulassen. »Hm, okay«, sagte er. Er klang skeptisch. Ich hielt an meiner betretenen Miene fest.

»Was hat er gesagt, was er machen will?«, fragte er. Wie hieß er noch mal? Irgendwas mit Friedrich.

»Er wollte nach einer Bleibe suchen.«

»Habt ihr euch nicht gefragt, wo er steckt, die ganze Zeit über?«

»Ehrlich gesagt, nein. Alfi ist ein Einzelgänger. Er bleibt manchmal von der Schule fern und wir sehen ihn tagelang nicht. Wir haben uns keine Sorgen gemacht.«

»Wer war noch alles mit dabei, also beim Zelten?«, fragte Friedrich.

»Loretta und Sporti, also Bernhard.« Wilfred unterschlug ich absichtlich, ich wollte ihn raushalten. Polizisten gingen nicht gerade freundlich mit Schwarzen um.

»Was ist mit dem Neger?«, fragte mein Vater.

»Der Wilfred war nicht dabei«, sagte ich. Humbold schrieb mit und fragte mich noch nach den Adressen und Nachnamen.

»Warum war Wilfred nicht mit?«, fragte Friedrich.

»Hausarrest, sein Zeugnis war nicht gut.«

»Das war's erstmal«, sagte Humbold. »Hast du noch Fragen?« Sein Kollege verneinte. »Wir prüfen das und melden uns.« An meinen Vater gerichtet, fügte er hinzu: »Haben Sie vor in den Ferien zu verreisen?«

»Nein. Konstantin, geh auf dein Zimmer!«

»Ja. Schönen Tag«, sagte ich an die Polizisten gewandt und trottete auf mein Zimmer.

Meine Hände brannten von der Erinnerung an die Dornenbüsche, ich spürte, wie sie mir ins Fleisch schnitten, wie ich die letzten Meter stolperte und beinahe fiel. Der Traum war kein Hirngespinst gewesen. Der Brief hatte es bewiesen.

Ich hatte ihn geschrieben. Ich hatte ihn eingeworfen. Ich hatte mir den Lauf in den Mund gesteckt und ich hatte abgedrückt.

Erst die Frau, dann Alfi. Wem würde ich als nächstes das Leben stehlen? Wer würde noch wegen mir sterben? Ich wischte mir die Tränen von der Wange und sah zum runden Fenster über dem Bett. Loretta hatte denselben Traum gehabt. Sie war mit dabei gewesen, aber was hatte das zu bedeuten? Ich konnte mir keinen Reim drauf machen.

Ich streifte das Laken ab und brachte den uringetränkten Haufen ins Bad zur Waschmaschine. Dann ging ich wieder hoch. Alfi war tot. Er hatte es getan, um uns zu beschützen. Ich schüttelte den Kopf und klatschte mir auf die Wangen. Loretta, ich musste mit Loretta sprechen.

Ich lehnte die Matratze ans Bettgestell und öffnete das Fenster. Ein Motor klackerte. Der Streifenwagen rollte die Straße rauf.

»Konstantin!«, hörte ich Mutters leise Stimme. Ich fuhr herum. Das »Ja?« blieb mir im Hals stecken. Sie stand unten an der Treppe.

Das war nicht gut. Sie flüsterte ausschließlich aus einem Grund: Vater war böse, weil ich was verzapft hatte.

Ich meinte, eine Stimme zu hören, dieselbe wie gestern in der Badewanne: »Er weiß, dass du sie erschossen hast.« Es war nur ein Flüstern, aber ich zuckte zusammen, als hätte ich einen Stromstoß bekommen.

Langsam ging ich die Treppe hinunter. »Sag ihm die Wahrheit«, bat Mutter, als ich die unterste Stufe erreicht hatte.

Ich nickte, weil ich die Zähne nicht auseinanderbekam. Sie brachte mich ins Wohnzimmer und schloss von außen die Tür. Bei solchen Gesprächen war sie nie dabei. Sie ertrug es nicht, wenn ihr Mann ihren Sohn vermöbelte. Aber im Nachhinein das Blut mit Mineralwasser aus dem Teppich zu reiben, war kein Problem.

Die blaugrauen Augen meines Vaters hatten den geistlosen Ausdruck, den sie immer hatten, wenn er getrunken hatte. Eine Flasche vor ihm bewies meine Mutmaßung. Den Kaffee hatte Mutter bereits abgeräumt.

»Setz dich.« Er deutete auf den Stuhl, von dem aus ich mit den Polizisten gesprochen hatte.

Ich setzte mich. Die Schnapsflasche mit der Krone auf dem Etikett war mehr als halbleer. »Ich habe mit den Beamten ein paar Worte gewechselt. Was hast du mir noch zu sagen?« Erinnerte er sich daran, dass ich angeblich auf dem Klo gezeltet hatte? Etwas anderes konnte es ja nicht sein, oder? Mutter hatte die Beamten gerufen. Wir waren die einzigen Befragten bisher.

Ich erwiderte seinen Blick und zählte drei endlos lange Sekunden ab. »Nein«, sagte ich.

»Du hast uns angelogen.« Er lehnte sich zurück, die Schnapsflasche weiterhin in der Hand. »Du hattest gesagt, dass du bei deinem toten Freund schläfst.«

»Ich dachte, es wäre so, erst als wir da waren, sagte er uns, was Sache ist.«

»Lüg mich nicht an!« Er schlug die Flasche auf den Tisch, ein paar Tropfen schwappten aus dem Hals und versickerten in der Tischdecke.

»Papa, das ist die Wahrheit. Ich habe nicht gelogen. Ich dachte, wir zelten bei ihm im Garten.«

»Ist das so? Wieso bist du dann nicht heimgekommen?«

»Wir hatten uns so auf das Abenteuer gefreut, da wollten wir nicht heim und haben beim Spielplatz aufgebaut.«

Er hob die Flasche und trank. Flüssigkeit gluckerte seinen Schlund hinab. Er stellte sie wieder ab. »Hol mir noch eine Flasche!«

Ich brachte ihm eine geschlossene Flasche aus der Küche. Er schraubte sie mit den Zähnen auf und spuckte mir den

Deckel entgegen, der auf der Unterseite liegen blieb. »Ich hatte dir verboten, zu dem Spielplatz zu gehen.«

Dabei beugte er sich über den Tisch, die roten Augen ganz nah. Ich schluckte trocken.

»Ich weiß, das tut mir leid«, sagte ich langsam.

Er trank, ohne von mir wegzusehen, stellte die Flasche ab und knallte mit der flachen Hand auf den Tisch. Ich zuckte zusammen. Er schien aufstehen zu wollen, aber der Alkohol wirkte bereits. Er schwankte kurz und fiel dann wieder auf den Stuhl zurück. »Geh mir aus den Augen.«

Das ließ ich mir nicht zweimal sagen.

Draußen wartete Mutter mit einem Taschentuch und einer Wasserflasche in Händen. Sie öffnete den Mund, um mich auf mein Zimmer zu schicken, aber ich kam ihr zuvor. »Kann ich zu meinen Freunden? Ich will für sie da sein.«

»Aber leise und zum Abendbrot –«

»Bin ich wieder da, versprochen.«

»Ja, geh.« Sie gab mir einen Klaps auf den Po. Ich drehte mich noch mal um. »Der Brief?«

»Den hat die Polizei.«

16

Mein ursprünglicher Plan für diesen Tag war gewesen, mit Loretta in die Bibliothek zu fahren, um Comics von Joyce auszuleihen. Doch nun wäre ich lieber zum Klo gegangen und hätte nach Alfi gesehen. Ich drückte ihre Klingel. Die Haustür öffnete sich einen Spalt. In der Dunkelheit war nur ein Mund zu sehen.

»Sind sie weg?«, flüsterte der Mund.

»Wer?«

»Die-Po-li-zei.«

»Ja.«

Loretta schlüpfte durch die Lücke und zog die Tür hinter sich zu. »Lass uns gehen.«

Sie trug ein weiß-blau kariertes Kleid mit V-Ausschnitt, in dem die straffe Haut geheimnisvoll verschwand.

»Ich –«

»Nicht hier. Lass uns gehen.« Ich sah mich um, vielleicht war mir etwas entgangen. Aber Loretta war schon zur Straße gelaufen, also ich folgte ihr.

»Hast du deinen Ausweis dabei?«, fragte sie, ohne mich anzusehen.

»Meinen Ausweis?«

»Die Bibliothek.«

»Nein.«

»Egal, kommen sicher auch so rein. Ging das letzte Mal ja auch.«

»Was? Wieso gehen wir nicht zum K–«

»Nachher!«, würgte sie mich ab.

Wir liefen über die Kreuzung und eine Dame im hellroten Sommerkleid wechselte die Straßenseite zu einem Mann mit braunem Cowboyhut im Nadelstreifenanzug. Sie gaben sich Luftküsse auf die Wangen und kicherten dabei. Eine dunkelblaue Limousine mit einer fehlenden Radkappe schlich fast lautlos vorbei.

»Findest du das nicht komisch?«, fragte ich. »Sie tun so, als wäre alles so wie vor einigen Tagen, aber nichts ist mehr wie damals.«

Loretta seufzte. Wir gingen am Bäcker vor der Ampel vorbei. »Ich will –«, begann ich.

»Ein Brötchen«, beendete sie meinen Satz. »Wollen wir uns eins holen? Die haben hier ganz leckere mit Käse.«

Mir fielen die zwei Mark wieder ein, die ich vor dem Ausflug von Mutter bekommen hatte, um mir etwas Süßes zu kaufen. Aber die waren in einer anderen Hose gewesen. Dennoch schob ich die Hand in die Tasche und war überrascht, als ich eine silberne Münze hervorzog.

»Super«, sagte Loretta, »davon können wir sogar noch zwei Kakaos holen.« Sie schnappte sich das Geldstück, während ich es noch betrachtete, und erklomm den Absatz zum Laden.

Mutter musste mir das Geld in diese Hose gesteckt haben, als ich gestern Abend in der Wanne gesessen hatte. Ich folgte Loretta und sie kam bereits wieder heraus, reichte mir einen Kakao und eine Tüte sowie eine Mark fünfzig Rückgeld. »Ich habe uns Schokocroissants gekauft, konnte nicht widerstehen.«

Ich entfaltete die durchgefettete Papiertüte. Ein Käsebrot lag neben einem mit Schokolade ummantelten Croissant. Ich konnte es kaum erwarten, da reinzubeißen.

Wir marschierten ins Stadtzentrum und pflanzten uns vor den von Tauben weißgeschissenen Drachentöter. Anschließend stießen wir mit der Kakaomilch an. Der Schokomantel knackte vollmundig zwischen Lorettas Zähnen. Alfi hätte hier sein müssen. Mit dem Käsebrötchen schluckte ich meine Tränen runter. Die mittelalterlichen Hütten blickten auf uns herab.

»Ich wollte ursprünglich gleich zum Spielplatz«, sagte Loretta und schraubte den Deckel ihrer Flasche zu. »Nach ihm sehen, ob sie ihn anständig behandeln.«

Ich hätte ihm gern auf die Schulter geboxt und ihn angeschnauzt, dass er nicht so rummachen und aufstehen solle. »Warum sind wir dann hier?«, fragte ich.

Sie stand auf und klopfte sich die Krümel vom Kleid, das an ihr herunterfloss und direkt über den Knöcheln endete. »Bleib ruhig sitzen«, sagte sie, als ich mich auch erheben wollte.

Sie hob den karierten Saum ihres Kleides hoch. In meinem Bauch schlüpfte ein Schwarm Schmetterlinge und flatterte unterhalb der Gürtellinie herum. Sie hob den Rand vorsichtig hoch, so als könne der Stoff zerbrechen oder zu Staub zerfallen.

Ihre Schenkel waren wohlgeformt und es fehlte nicht mehr viel, dann würde ich ihre Unterhose sehen. Ich hatte sie bereits klar vor Augen: Blütenweiß lag sie eng in ihrem Schritt.

Sie beugte sich im letzten Moment vor, griff unter den Hüftbund und holte ein Buch hervor. Sie reichte es mir und setzte sich wieder neben mich.

»Du weißt, was das ist?«

Ich starrte mit offenem Mund an die Stelle, an der sie ihr Kunststück vollzogen hatte.

»Konstantin?« Meine Gedanken wollten sich nicht von ihrer nackten Haut lösen. »Was hast du?«

»Ich ähm ...«, stotterte ich. »Äh.« Ihre weiße Unterhose, ihr Schenkel, Lorettas Beine, ich wollte sie küssen. Reiß dich zusammen, Konstantin! Ich sah schnell auf das Buch in meinen Händen. Es war in braunrotes Leder gebunden. Die Vorderseite war glatt, auf der Rückseite formten Rosenranken einen Namen: Bruno.

»Das ist das Buch aus dem Bunker«, sagte sie, wie zu einem Begriffsstutzigen.

Ich fuhr die Prägung nach. »Bruno«, las ich laut vor. Die Fratze in der Badewanne kam mir in Erinnerung und der Traum von Alfi. »Bruno«, wiederholte ich, als ob das ein Zauberspruch wäre, der alles aufklärte.

»Der Traum gestern, die Frau und Alfi, das hängt zusammen«, sagte Loretta voller Überzeugung.

»Du bist verrückt«, sagte ich. Ich bereute es sofort. Wie kam ich dazu, sie als verrückt zu bezeichnen? Nach dem Brief, nach der Frau im Wald? »Verzeihung.« Wir schwiegen einen Moment. »Das klingt so ...«

»Verrückt«, sagte Loretta. »Ja, das ist alles total verrückt. Das ist bescheuert. Der Traum, du hast doch Alfi erlebt?« Ich nickte. »Er hat die Flasche verloren.« Ich nickte noch mal.

»Im Gebüsch, beim Klettern«, fügte ich hinzu. »Im Traum war ich er.«

»Ich auch und der Brief, er war in deinem Kasten, oder?« Ich nickte.

»Scheiße, wir hatten wirklich denselben Traum«, sagte ich.

»Schlag das Buch auf.«

Ich drehte es um und schlug es auf. Auf dem inneren Buchdeckel war eine handschriftliche Notiz: »Bruno ist ein Märlep.«

»Ein Märlep, was ist das?«, fragte ich.

»Ich habe absolut keinen Schimmer. Klingt wie ein Putzmittel, oder? Ich wollte in der Bibliothek nachsehen.«

»Und was hat das mit dem Traum zu tun? Warum hat die Frau gesagt, dass wir uns um Bruno kümmern sollen, was meinte sie damit?«

»Ich hab nur so ein Gefühl. Ich glaube, sie meinte, dass wir herausfinden sollen, wer er ist. Er ist böse, oder?«

Ich schlug das Buch auf. Die Seiten waren unbeschrieben und blank. Ich überflog ein paar, machte Stichproben. Kein einziger Buchstabe. Warum verlieh eine Bibliothek ein Buch ohne Inhalt?

»Es steht nichts drin, aber als wir im Bunker waren, da war es beschrieben wie ein Tagebuch. Irgendwas über Tote, die tanzen und so was wie Kuru oder so. Und schau dir das an.« Sie drehte es auf die Rückseite. »Wie sieht das für dich aus?«

»Bruno? Rosenranken? Was meinst du?«

»Die Farbe?«

»Rötlich, Braun? So irgendwie.«

»Ja.« Sie reichte mir das Buch und trank vom Kakao.

»Und?«

»Die Farbe ist falsch. Die Schrift war gelb, als wir es gefunden haben.«

Ich schluckte einem tomatengroßen Kloß runter. Sie hatte es also doch gesehen. Loretta schraubte ihren Kakao wieder zu. »Genau. Das ist es. Das Buch ist komisch. Das mit Alfi ist komisch und die Frau ... glaubst du, dass sie zufällig da war?«

Ich hatte keine Ahnung. Ich blätterte um. Die Seiten waren leer, vergilbt und wellig. Im hinteren Einband befand sich ein Aufkleber: »Eigentum der Bibliothek Moorbach«. Darunter war ein handschriftlicher Vermerk: »In Liebe, Ann-Marie«.

»Wir haben einen Ausweis machen müssen. So finden wir raus, wer das Buch ausgeliehen hat«, sagte ich.

»Auf keinen Fall!« Sie entriss es mir. »Wenn wir das sagen, dann nimmt der es uns weg, und wenn wir die Rückgabegebühren nicht zahlen können, weil überzogen, dann haben wir eine Menge Ärger an der Hacke.«

»Was willst du dann hier?«

»Ich will herausfinden, was ein Märlep ist. Wer die Frau war, erfahren wir noch früh genug durch die Zeitung.«

»Märlep«, sagte ich laut. Ich sah mich um, als hätte ich in der Kirche ein Schimpfwort gegrölt, genau in dem Moment, in dem der Pfarrer eine Redepause eingelegt hatte. Aber der Platz blieb still, nirgends war ein Mensch zu sehen. »Das ergibt keinen Sinn. Selbst wenn wir Hinweise finden, warum sollten die brauchbar sein?«

»Weil die Träume mir Angst machen und Alfi ...« Sie brach ab.

»... sich umgebracht hat.« Scheiße, Alfi hatte sich erschossen. »Okay, wir gucken, aber ich will danach nach der Feldflasche schauen.« Ich musste sie mit eigenen Augen sehen, um das alles zu glauben.

»Erst die Bibliothek«, sagte Loretta.

Loretta steckte sich das letzte Stück Rinde in den Mund. Ich zerknüllte die Brottüte und erhob mich. Der Siegesplatz war fast noch schauriger als sonst. Der Lehmboden war ausgetrocknet. Furchen durchzogen den Boden. Die Sonne brannte heiß auf uns herab.

»Ist dir aufgefallen, dass wir hier nie ein Auto hören?«, fragte ich. Sie hielt in der Kaubewegung inne. Wir lauschten. Eine der üblichen Schrottmühlen bewegte sich lautlos die Hauptstraße entlang. Die verrostete Beifahrertür hatte ein gähnendes Loch, durch das der Oberschenkel des übergewichtigen Fahrers zu sehen war.

»Siehst du, kein Mucks.«

»Lass uns reingehen.«

Bevor ich sie fragen konnte, wo sie das Buch hingetan hatte, war sie bei der Tür, die sich automatisch öffnete.

»Guten Morgen die Dame und der Herr! Schön, Sie wieder begrüßen zu dürfen«, näselte der Alte mit dem rundem Brillengestell.

»Guten Morgen«, sagte Loretta.

»Haben Sie sich die Hände gewaschen oder möchten Sie ein Feuchttuch?« Er schloss die Tür hinter uns und reichte mir ein angefeuchtetes Baumwollhandtuch. »Nach solch einer fettigen französischen Speise sollten Sie mein Angebot annehmen.«

Ich rieb mir die Finger sauber und wollte es weiter reichen.

»Auch die Zwischenräume. Verzeihen Sie mir bitte, unsere Bücher sind ü-ber-aus bedeutsam.« Dabei schob er seine Brille zurecht.

Ich wischte die Lücken zwischen den Fingern sauber und reichte das Tuch an Loretta weiter, die es nach einer ähnlichen Reinigungsaktion an ihn zurückgab.

»Danke.« Er nahm es entgegen wie eine vollgeschissene Windel und warf es in den Papierkorb. »Was kann ich für Sie tun?«, fragte er an Loretta gewandt.

»Märlep«, warf ich dazwischen.

Der Bibliothekar hob die rechte Braue. »Und weiter?«

»Sagt Ihnen das was?«, fragte Loretta.

Er rümpfte die Nase und verschränkte die Hände hinter dem Rücken. Der Frack spannte um seine schmale Brust und das Revers stellte sich wie ein verbogener Rahmen auf. »Ich weiß nicht besonders viel. Vor einigen Wochen hat sich jemand ein Buch dazu ausgeliehen.«

»Eine Frau?«, fragte ich.

Er sah mir in die Augen. »Werter Herr, ich sage Ihnen, dass unser Haus solch empfindliche Informationen nicht preisgibt.«

Damit war für ihn das Gespräch beendet. Er wanderte hinter die Theke, holte ein atlasgroßes Buch hervor und schlug es auf. Uns schien er nicht mehr wahrzunehmen.

Ich deutete Loretta mit einer Kopfbewegung an, die Treppe runterzugehen. Sie schüttelte den Kopf, ich täuschte einen Schritt von ihr weg an, da begann der Bibliothekar zu sprechen: »Eine Dame. Und das Buch ist seit drei Wochen überfällig.«

Ich rechnete nach, das würde verdammt teuer werden.

»Kennen Sie die Dame?«, unterbrach er meine Gedanken. Er sah zu mir, zu Loretta und wieder zu mir.

»Welche Dame?«, fragte Loretta.

»Die das Buch ausgeliehen hat!«, herrschte er uns an und knallte das Buch zu.

»Das kann ich nicht sagen, wenn ich ihren Namen nicht weiß«, sagte Loretta.

»Ich sagte Ihnen bereits, dass ich solche diffizilen Angaben nicht mache.« Er atmete tief durch. »Märlep, wie kommen die beiden Herrschaften auf diese Begrifflichkeit?«

»Können Sie uns einfach verraten, wo wir Bücher darüber finden oder wie das ausgeliehene Buch hieß?«

»Regal dreiunddreißig. Viel Spaß.« Er holte einen Stapel Papiere unter der Theke hervor und begann die losen Blätter zu zählen.

Wir stiegen die Stufen hinab. Etwas Kaltes strich mir über den Nacken, die feinen Härchen stellten sich auf. An den Armen bekam ich eine Gänsehaut, ich zeigte es Loretta und sie hielt mir ihren ebenso rauen Arm entgegen.

Woher kam das? Es wehte kein Lüftchen und kühl war es ebenfalls nicht.

Wir erreichten das Untergeschoss und blieben auf der untersten Stufe stehen. Die schiere Größe und die Menge der Regale mit ihren Kerzenständern zogen mich in ihren Bann. Die Gänge mündeten in düstere Tunnel. Dazwischen wimmelte es von Schemen und Schatten, die sich dicht am Boden bewegten. Wir standen auf einer unsagbaren Schwelle, zwischen der Welt hinter und der schrecklicheren vor uns. Irgendetwas lauerte in der Dunkelheit.

»Spürst du das?« Lorettas Stimme kam von weit weg wie durch ein schlaffes Dosentelefon. Ich nickte ihr zu, weil ich damit rechnete, dass sie die Geste besser verstehen würde.

Der Boden vor uns versank in schwarzer Endlosigkeit. Die Treppenstufe wuchs empor, höher und höher, bis wir von weit oben in den finsteren Abgrund starrten.

»Jemand will uns nicht hier haben«, rief ich. Der Boden hatte sich in ein schwarzes Loch verwandelt, das keinen Boden hatte. Es gab keinen Weg darüber hinweg.

»Ich weiß!«, schrie Loretta. Ich hörte sie kaum. Ihre Lippen formten: »Bruno!«

Ihre Hand umfasste meine. Wir sahen einander an. In ihren Augen flackerte Angst. Unsere Berührung war alles, was wir hatten. Sie hob ihr Bein, streckte es über den Absatz und ließ sich fallen.

Ich folgte ihr ...

... und setzte den Fuß auf festen Grund. Die Leihbibliothek sah aus, wie sie immer ausgesehen hatte. Wir waren nicht in einen endlosen Abgrund gestürzt.

»Wie war das möglich?«, fragte Loretta.

»Ich ... ich weiß nicht. Wir waren so weit oben und ...« Ich sah die Treppe hinauf. Dem Alten war unser Geschrei mit Sicherheit nicht entgangen und er würde jede Gelegenheit nutzen, um uns zu maßregeln. Doch er schimpfte und nörgelte nicht – er war nicht einmal in Sichtweite. »Wir waren eben woanders, oder? Wir waren nicht hier.«

»Komm!« Loretta zog mich an der Hand. »Ich glaube, wir sind auf dem richtigen Weg.«

Ein Albtraum, das musste es sein. Was auch sonst? Ich träumte. Dann wurde mir klar, was geschehen war: Die Kugel hatte nicht die Frau erwischt, sondern mich, und ich lag im Koma. Deswegen dauerte der Traum auch so lang.

Wobei, wer konnte schon mit Sicherheit sagen, wie lange ein Traum dauerte? In der wachen Welt vergingen womöglich Jahre, während in meinem Kopf nur Sekunden vergingen oder umgekehrt.

»Dreiunddreißig«, sagte Loretta. Auf einem Kupfertäfelchen stand »Gang 33«. Darüber war eine Kerze, deren Licht sich im Kupfer spiegelte. Es sah genauso aus wie an dem Tag, als ich zum ersten Mal mit Loretta in der Bibliothek gewesen war. Ich lag nicht im Koma, das hier war die Wirklichkeit. So sehr ich mir auch gewünscht hätte, dass es nicht so wäre.

»Wir sind da«, sagte Loretta. Mir fielen Bände von den Gebrüdern Grimm auf, in Rot mit goldenen Lettern, Band eins bis sechs. Mir war nicht bewusst gewesen, dass es ausreichend Märchen gab, um sechs Wälzer zu füllen. Loretta marschierte in den Gang, die endlosen Holzregale dehnten sich und liefen zur Flucht hin spitz zusammen.

»Schau du hier! Ich geh weiter. Wer was hat, meldet sich«, sagte ich und folgte dem Tunnel, in dem hin und wieder Stabkerzen schwaches Licht spendeten.

»Jup, aber geh nicht zu weit.«

Ich arbeitete mich durch die Fächer, von unten nach oben, betrachtete Titel wie »Der Außenseiter« und »Frankenstein«, die Geschichten von Max und Moritz und von Meerjungfrauen, Ratgeber mit Titeln wie »Richtig aus der Hand lesen« und »Reich mit Aktien – die dreizehn Regeln zum Erfolg«. Die Bibel fand ich zwischen Astrid Lindgrens »Pipi Langstrumpf« und »Michel in der Suppenschüssel«. Während ich noch darüber schmunzelte, blitzte über mir etwas gelb auf.

Ich kletterte die Leiter hoch.

Es war ein Buch, nicht größer als das Brunohandbuch. Es war eingestaubt und stand nicht aufgereiht neben den anderen, es lag obendrauf. Der Einband war ziegelrot.

Ich wischte die Staubschicht ab und pustete die Flusen weg.

»Ich glaub, ich hab was!«, rief ich, ohne den Namen gelesen oder es geöffnet zu haben. Das Einzige, was ich hatte, war mein Bauchgefühl. Mit dem unter den Arm geklemmten Buch stieg ich die Sprossen hinab, vorsichtig bei jedem Schritt.

Loretta kam angerannt. »Was hast du?«

Ich hielt ihr das Buch hin, es war in Leder gebunden und drehte es um. »Es hat keinen Namen«, sagte ich enttäuscht.

»Schlag es auf.« Sie rieb sich die Hände wie vor einem Lagerfeuer.

»Ich liebe Weihnachten«, sagte ich, warum auch immer, aber ich sagte es.

»Ich auch, ist die schönste Zeit.« Vielleicht lag es an der Aufregung, der Anspannung der letzten Tage. Vielleicht war es auch ein ungesunder Cocktail aus allem. »Mach es auf«, wiederholte Loretta.

Ich hob den Buchdeckel hoch. Die erste Seite war leer und wie neu. Etwas stieg mit entgegen, eine unangenehme Energie drängte sich mir auf, als wollte sie mich verscheuchen. Ich blätterte um. Es klang, als würde ich ein Papier in Postergröße umschlagen. Der Geruch von Druckerschwärze stieg auf.

»Die Wesen der Welt.« So stand es auf der ersten Seite in roter Schrift.

»Die Buchstaben sehen komisch aus«, sagte ich.

»Das liegt daran, dass sie mit der Schreibmaschine getippt sind. Siehst du die schiefen Lettern?«

Wenn ich einen Buchstaben neben dem anderen ansah, streckten sie sich wie Zinnsoldaten aufrecht in einer Reihe. Schaute ich mir das große Ganze an, schienen sie auf dem Blatt zu tanzen. Ich blätterte um und las vor. »Wer dieses Diktum aufzunehmen vermag, dem sei angetragen, jedes Wort für bare Münze zu nehmen. Studieren Sie die Seiten bis zum Finitum. Ihr Leben ist in exorbitanter Gefahr.«

»Nett«, sagte Loretta. »Echt freundlich.«

»Ich weiß nicht, klingt irgendwie merkwürdig. Was bedeutet ›Diktum‹? Ich verstehe das nicht. Und wer sollte das nicht aufnehmen können?«

»Diktum heißt Ausspruch. Lass mich mal sehen.« Ich reichte ihr die Lektüre. »Wer das Geschriebene lesen kann, der sollte jedes Wort für bare Münze nehmen. Lesen Sie die Seiten bis zum Ende. Ihr Leben ist ... das ist klar.«

Ich zuckte mit den Schultern und sie las die nächsten Zeilen vor. »Der Mensch, der diese Worte liest, gehört zu den Wenigen, die glauben. Der Hexen begegnet ist ... Scheiße«, murmelte sie und blätterte weiter bis zur letzten Seite. »Veröffentlicht 1960. Das Buch ist fünfzehn Jahre alt und Schrott.«

Ich schob es in eine Lücke. »Hast du was gefunden?«

»Noch nicht.«

»Meinst du, Wilfred und Sporti haben es schon gehört?«, fragte ich ohne Zusammenhang.

Sie hob die Schultern. »Lass uns weitersuchen.«

Ich arbeitete mich durch Kinderbücher und Phantastereien, bis Loretta schließlich zweimal sehr nachdenklich meinen Namen sagte. Ich kletterte gleich runter.

»Ich kann nichts finden«, sagte sie. Ihre Stimme klang weinerlich und in ihren Augen standen Tränen.

»Ich auch nicht. Wonach suchen wir eigentlich?« Ich kratzte mich am Ohr.

»Nach dem Märlep«, flüsterte sie. »So wird das nichts. Ich brauche eine Pause. Lass uns zum Klo gehen, nach Wilfred und Sporti sehen. Sind bestimmt schon da.«

Wir ließen Reihe dreiunddreißig hinter uns. Nun, wo wir beschlossen hatten zu verschwinden, kribbelte es mir in den Beinen, am liebsten wäre ich gerannt.

Wir liefen den Gang entlang bis zur Treppe. Vor der ersten Stufe hielten wir inne. Ich war mir sicher, dass ich nicht auf Holz treten würde, sondern ins Nichts, das sich als Stufe tarnte. Es würde mich in die Tiefe ziehen, durch tausende Zahnräder schleifen, bis nur ein Klumpen Matsch von mir übrig war.

Ich übersprang die unterste. Loretta tat es mir gleich. Wir hechteten rauf.

Unverhofft tauchte der Alte auf und versperrte uns den Weg. »Denken die Herrschaften bitte an die Ausleihe? Nächste Woche ist Abgabe.«

»Natürlich«, antwortete Loretta ähnlich arrogant. Er gab den Weg frei und wir liefen hinaus in den sonnigen Tag.

»Wo kam der denn her?«, fragte sie, nachdem die Tür ins Schloss gefallen war.

»Mann, was für ein Typ! Das war echt unnötig.« Ich stützte mich auf die Oberschenkel wie nach einem Dauerlauf. »Ehrlich, ich weiß nicht, ob ich da wirklich hinwill.«

Sie legte die Stirn in Falten. »Wir sollten schon gucken, was da los ist, und du wolltest nach der Flasche schauen.«

»Machst du dir keine Sorgen?«

»Doch, aber ich würde gerne wissen, was es mit all dem auf sich hat. Das Buch, Alfi, die Frau. Du nicht?«

Ich kannte die Antwort, das, was ich darauf antworten hätte sollen, aber das entsprach nicht der Wahrheit. Ich wollte mich lieber unter meiner Bettdecke verkriechen. Trotzdem sagte ich: »Klar will ich das wissen.«

Wir erreichten das Klo in der Ann-Sophie-Straße wenig später. Ich hatte eine Meute erwartet, die den Damm belagerte und Alfi und den Tatort begaffte, um den neuesten Tratsch zu erfahren.

Das Gegenteil war der Fall. Der Parkplatz war bis auf die üblichen Pendler leer und Menschen waren gar keine zu sehen.

Wir begannen den Aufstieg. In mir stiegen die Bilder aus dem Traum auf, wie Alfi hier hoch- und runtergeklettert war.

»Er hat sie da fallen lassen«, sagte Loretta und klammerte sich an einen Ast. Der Lehmboden ging hier im 45-Grad-Winkel bergauf. »Ich links, du rechts.«

Wir durchsuchten das dichte Gestrüpp, aber wir konnten uns nicht weit vorwagen, ohne von Dornen gepikst und zerkratzt zu werden. Ich sah gebrauchte Taschentücher, Limodosen und Plastikverpackungen herumliegen. An einem dünnen Zweig baumelte ein zugeknoteter, durchsichtiger Luftballon mit weißer Flüssigkeit in der Spitze.

»Und siehst du was?«, fragte ich.

»Nein, du?«

»Bis auf Äste, Blätter und Müll? Nichts.«

»Hier!«, rief sie.

Ich drehte mich zu ihr, an einem Dornzweig klebte getrocknetes Blut. »Siehst du da hinten?« Sie zeigte zwischen zwei Bäumen hindurch auf einen stacheligen Strauch mit Beeren.

»Wo?«

»Siehst du die roten Beeren?«

»Ja.«

»Zwischen den Blättern, knapp über dem Boden. Siehst du sie?«

Da war sie. Die grüne Feldflasche hing mit ihrer ebenso grünen Schlaufe an einem der dickeren Äste. Der Deckel war aufgeschraubt.

»Scheiße«, murmelte ich. »Scheiße.« Da war sie. Mein Sichtfeld verengte sich zu einem Punkt, in dessen Zentrum die Flasche hing. Mir drehte sich der Magen um.

Ich packte Lorettas Schulter. Ihr Gesicht war bleich angelaufen, die Augenränder pechfarben und kantig. Sie krallte sich an mich.

»Ich glaub, ich muss brechen«, sagte sie. Prompt leistete sie ihren Worten Folge, ohne von mir abzulassen. Sie krümmte sich, würgte und richtete sich wieder auf. Die Flasche hing noch immer da, unerreichbar, weil das Gestrüpp zu dicht war.

»Die Fla... da ist sie«, stammelte ich etwas verspätet.

Loretta spuckte aus. Es roch nach Essig.

»Ich will hier weg.«

Sie hielt mich fest und sagte: »Hoch.« Sie klang fürchterlich und sah wie ein Untoter aus. Sie wischte sich mit dem

Arm über den Mund und trat den Aufstieg an. Meine Gedanken spielten Wettrennen. Die Flasche ist da. Wenn sie da ist, dann ist Alfi tot. Die Frau ist tot und der Traum war echt. Ich liege nicht im Koma. Ich bin nicht verrückt.

»Es ist viel schlimmer«, sagte ich laut.

Loretta drehte sich zu mir um. »Viel schlimmer?«, fragte sie.

»Wir sind nicht verrückt.« Irre zu sein, erschien mir auf einmal die angenehmere Variante. Dann wäre es egal gewesen, was ich gesehen hatte, ich hätte immer sagen können, ach, das macht doch nichts, ich bin eben geistesgestört. Hab ich mir nur eingebildet. Mein bester Freund lebt, klaro, war nur ein Traum. Die Frau im Wald? Nur eingebildet. Der Traum von Alfi? Das, ach ja, das war nur ein Traum und wann werden Träume schon wahr? Ich spiele ja keine Lotterie.

Wir kamen oben an und sahen hinab. Der Spielplatz war beinahe menschenleer. In der Nähe der Burg parkte ein Streifenwagen, vor der einzigen Zufahrt ins Klo. Davor standen Sporti und Wilfred und unterhielten sich mit den Polizisten Humbold und Friedrich.

Der Sand vor der Burg glänzte dunkel. Ich kniff die Augen zusammen und ja, in der Holzwand prangte ein Loch, genau da, wo Alfi gesessen hatte. Dort hatte er sich die Waffe in den Mund ... Alfi war nicht da und er würde niemals zurückkommen. Ich rieb mir die heiß brennenden Augen.

»Alfi ist tot«, sagte ich und ließ meine Tränen ungehindert laufen. Meine Knie waren weich wie Gelee. Ich sank zu Boden und weinte wie ein Tier. Es war mir egal. Sollte die Welt sehen, dass ich flennte wie ein Kind. Mein bester Freund war tot. Er war wirklich tot und ich war bei seinem Selbstmord dabei gewesen. Ich hatte es gemacht, den Lauf in den Mund geführt und abgedrückt.

»Konstantin«, schnaufte Loretta neben meinem Ohr. »Konstantin, schau.«

Sie hielt mir etwas unter die Nase. Es war das Buch aus dem Bunker. Die unbeschriebenen Seiten waren nun voller dunkelgelber Buchstaben, eine krakelige Handschrift hatte sich dort hektisch verewigt.

Ich schob das Buch weg, ich wollte nichts mehr damit zu tun haben. Am liebsten hätte ich es ihr aus der Hand geschlagen. Warum wollte sie der Sache so unbedingt weiter nachgehen und konnte mich nicht damit in Ruhe lassen?

Aber ich riss mich zusammen, denn ein Streit mit Loretta war das letzte, was ich brauchte.

Sie blätterte auf die erste Seite, die in Büchern sonst immer leer ist, aber hier mit unleserlichen Notizen, wie unter Zeitnot, vollgeschrieben war.

»Wir haben das Buch vor Bruno verborgen«, entzifferte sie mühsam. »Es offenbart sich nur dem, der wirklich gegen ihn kämpfen will. Der wirklich mit ihm verbunden ist.«

Mir schwante Übles. »Was heißt ›verbunden‹?«

»Ich weiß nicht. Vielleicht, wenn man ihn spüren kann?« Sie klappte das Buch wieder zu und drehte es auf den Rücken. Die Ranken hoben sich deutlich vom Einband ab, die Prägung wirke deutlicher und die Rosenbuchstaben leuchteten gelb.

»Grün, grün, grün sind alle meine Kleider«, sang es an meinem Ohr. Ich erstarrte. »Grün, grün, grün ist alles, was ich hab.« Ein Lachen verklang, es hörte sich an wie das Lachen des schwebenden Schädels aus meinem Traum am See.

Ich sah zu Loretta, ihre Augen waren geweitet. »Du hast es auch gehört, oder?« Sie nickte stumm. »Was war das?«

»Ist das vielleicht Bruno? Der singt?«, flüsterte sie.

Sie schlug das Buch wieder auf. »Da! Die Schrift ist immer noch da.« Und sie las vor: »Die Zeremonie von Mär. Ich habe bei einem alten Kräutermann davon gehört. Es soll gefährlich sein. Wie auch nicht? Ein Aufguss aus Engelstrompete und Oregano zu gleichen Teilen auf einen Liter Wasser. Nur die

Stärksten überleben und erlangen die wahre Macht des Erkennens. Ist es möglich, dass er die Wahrheit sagen muss?«

Sie brach ab. »Die Schrift verschwindet.« Sie hielt mir die Seiten unter die Nase, sie waren wieder vergilbt und leer.

»Zeremonie? Weißt du, was Engelstrompete ist? Die meinten doch bestimmt kein von Engeln gespieltes Instrument.«

»Da ging es um einen Kräutermann. Eine Pflanze?«

»Was macht ihr denn hier?«, rief ein mir viel zu bekannter Mann. Ich hätte beinahe aufgeschrien. Loretta klammerte sich an das Buch. Er stand in grüner Uniform am Fuße des Damms, es war Humbold. »Kommt da runter.« Loretta packte das Buch weg und wir gingen zu ihm. »Also, was habt ihr hier zu suchen?«

»Wir haben gucken wollen«, sagte ich.

Humbold kniff die Augen zusammen und reichte Loretta die Hand. »Ich bin Peter.«

Sie schlug ein. »Loretta.«

»Also, würdest du mir wenigstens die Wahrheit sagen?«

»Wir sind zusammen.« Sie nahm meine Hand. »Ich hatte das mit Alfi nicht glauben wollen, da hat er vorgeschlagen, dass wir nachschauen.«

»Hm-hmm«, machte Humbold und sah uns abwechselnd an. »Dahinten haben wir noch zwei von euch. Einen Wilfred und einen Bernhard in Jogginghose.« Er schüttelte verächtlich den Kopf. »Kommt mit.«

Loretta und ich trotteten ihm hinterher. »Alfred ist nicht mehr hier und die Spurensicherung ist fertig. Wir wollten gerade den Tatort freigeben.«

Sporti und Wilfred lehnten am Streifenwagen, ohne Kippe in der Hand, sie sahen abgeschlagen und ausgelaugt aus. Als Wilfred uns erblickte, stieß er Sporti den Ellenbogen in die Seite. Sporti hob den Kopf, ließ ihn aber wieder sinken.

Der Sand vor der Burg war fein säuberlich mit einem Rechen geglättet und bis auf ein gesplittertes Loch in der

Holzwand war nichts mehr von dem Leid zu sehen. Alfi war aus dem Leben geräumt worden wie unerlaubt abgestellter Sperrmüll.

»Werden Sie meinen Eltern sagen, dass ich hier war?«, fragte ich Humbold.

»Nein, keine Sorge.« Er sah mich von oben herab an. »Aber wenn ich Fragen habe, beantwortest du sie mir wahrheitsgemäß. Verstanden? Oder muss ich deutlicher werden?«

»Nein, versprochen. Danke.«

»Leo, starte schon mal den Motor, wir fahren jetzt an den See, an dem die Leiche liegen soll.«

»Aye, aye«, kam es aus dem Autoinneren. Die Motorhaube gurgelte los.

»Also, eure Adressen habe ich. Ich melde mich bei euch.«

»Ja, Herr Wachtmeister«, sagte Wilfred betont lieb.

»Gut, schönen Tag und macht mir keinen Unfug.« Humbold stieg ein und sie fuhren rückwärts durch die schmale Lücke im Damm. Wir hörten gerade noch, wie es aus dem Funkgerät plärrte: »Bisher haben wir keine Leiche oder Hinweise gefunden. Hier draußen ist nichts.«

17

»Wo wart ihr?« Sportis Stimme zitterte vor Wut. Er hatte dunkle Augenränder und stand in sich zusammengesackt da, als wäre er unsagbar müde.

»In der Leihbibliothek«, sagte ich.

»Wisst ihr's?«, fragte er.

Ich wusste mehr, als mir lieb war.

»Ja«, sagte Loretta. »Die Polizei war heute Morgen bei uns.« Offensichtlich war nicht nur ich gut im Lügen. »Haben uns erzählt, was mit ihm passiert ist.«

»Was habt ihr denen gesagt?«, fragte ich.

»Das, was wir besprochen hatten«, sagte Sporti.

Also, dass wir nie am See gewesen waren. Wilfred reichte ihm eine Kippe und riss ein Streichholz an seiner Hose an, mit dem er beide Stängel anzündete.

»Und weiter?«, fragte ich.

»Wir hatten glückliche Tage und der Teufel persönlich hat uns Kekse und warme Milch gebracht. Was zum schwanzlutschenden Pinguin willst du von mir?«

Loretta tippte mich an, aber ich ignorierte sie. »Die haben mich heute Morgen befragt. Wollten wissen, wo wir waren. Hab natürlich auch gesagt, erst bei Alfi, dann hier, wie besprochen. Aber ich hatte einen Brief von ihm im Briefkasten. Da steht drinnen, dass er sich das Leben nimmt, weil er jemanden umgebracht hat. Also hab ich gesagt, dass er irgendwann verschwunden ist. In der Zeit hat er offiziell die Frau erschossen.«

»Er hat was?« Sporti kam wieder zu Kräften. »Alfi hat was?« Röte breitete sich von der Nase aus, über die Wangen runter bis zum Hals. »Er hat sich deswegen umgebracht?«

»Wir –«, ging Loretta dazwischen, aber ich unterbrach sie. »Ja. Also, was hast du noch gesagt?«

Sportis Augen schimmerten feucht. Wilfred rauchte und beobachtete uns, so wie die Römer die Gladiatoren von den Rängen herab angesehen haben mussten.

»Dass wir die ganze Zeit hier waren und er auch.«

»Scheiße.«

»Was hätte ich tun sollen? Ich wusste doch nichts von dem Brief! Warum habt ihr nicht Bescheid gesagt?« Sporti zog so fest am Glimmstängel, dass sich die Glut bis einen Fingerbreit vor den Filter fraß. Der karamellbraune Qualm blieb über seinem Kopf stehen.

Wilfred legte ihm eine Hand auf die Schulter. »Beruhig dich!«

Sporti schüttelte die Pfote ab. »Fass mich nicht an!« Er klemmte den Filter zwischen Daumen und Zeigefinger und schnickte ihn unmittelbar an meinem Ohr vorbei. »Fickt euch!« Sporti kullerten murmelgroße Tränen von den Wangen. »Fickt euch alle!«

Er drehte sich um und rannte davon. Seine Druckknöpfe klickerten. Ich wollte ihm folgen, aber Wilfred stellte sich mir in den Weg. Loretta packte mein Handgelenk.

»Lass ihn«, sagte sie. Hätte ich gewusst, was ich mit ihm anstellen sollte, wenn ich ihn erreichen würde, wäre ich ihm gefolgt. Aber so ergab ich mich.

»Alfi ist deinetwegen tot«, sagte Wilfred. »Er hat sich umgebracht, um dich zu decken.« Er sog einen Schleimklumpen aus seinem Kehlkopf und spuckte ihn mir vor die Füße. Loretta packte fester zu, machte einen Schritt zurück und zog mich mit.

»Seine Augen«, hauchte sie. Wilfreds Augen waren gelb, so gelb, dass ein Arzt ihn sofort aufgeschnitten hätte, um die Leber zu tauschen.

»Wilfred, verpiss dich!«, kam es mir über die Lippen, bevor ich mich zusammenreißen konnte. Er hob die Faust und sie kam auf mich zugeflogen wie eine Kanonenkugel. Ich wich aus und stolperte zur Seite.

Neben mir schrie Loretta vor Schmerz. Er hatte sie am Arm getroffen, aber sie ließ mich nicht los.

»Dann geh ich halt! Fickt nur schön, ihr Arschgeigen!« Er zeigte auf das Einschussloch. »Am besten gleich dort.«

Damit drehte er sich rum und rannte in dieselbe Richtung wie Sporti.

Ich war mit ihnen aufgewachsen und hatte geglaubt, sie zu kennen, aber so hatte ich Wilfred noch nie erlebt: entschlossen, selbstbewusst und vor allem angriffslustig.

»Was war das bitte?«

»Seine Augen, Konstantin, hast du seine Augen gesehen? Ich glaube, das war Bruno ...«

»Wie meinst du das?«

»Seine Augen waren gelb. Als ich von dir geträumt hatte, am See, da wurden deine Augen genauso gelb. So wie das Buch.« Sie griff sich unter das Kleid.

Ich sah Wilfred hinterher, als könnte ich so seine Augen noch mal sehen. Aber er verschwand bereits über den Damm und drehte sich nicht mehr um.

»Meinst du, er ist ein Monster oder so was?«, fragte ich.

Sie zuckte die Schultern. »Vielleicht.« Mein Blick fiel auf die Burg. Der Sand und das Holz waren vom Wasser aufgeschwemmt, mit dem sie sein Blut weggespült hatten. Das Einschussloch war leer. Sie hatten das Projektil mitgenommen.

Humbold wusste, dass ich gelogen hatte, und hatte mich vorgeführt. »... wenn ich Fragen habe, beantwortest du sie mir wahrheitsgemäß ...« So ein Arschloch. Ich ging vor dem Einschussloch in die Hocke. Die Maserung des Holzes war rau, die Außenkanten aufgesplittert. »Wieso hast du das gemacht? Das hättest du nicht tun sollen«, flüsterte ich.

Loretta blätterte im Brunobuch. »Die Zeremonie von Mär hat da gestanden, und danach sollten wir suchen. Vielleicht finden wir so heraus, was diese Engelstrompete oder was ein Märlep ist.« Sie reichte mir das Buch. »Nimm du es.«

Ich schob es in die hintere Hosentasche und dachte daran, wie dicht am Körper sie es getragen hatte. Wir machten uns auf den Weg nach Hause.

»Lass uns in der Bibliothek suchen, vielleicht finden wir was«, sagte sie.

Ich war erschöpft und hatte keine Lust auf weitere Probleme. Zwischen den Buchrücken warteten garantiert eine Fülle. »Lieber nicht. Morgen? Das ist zu viel für einen Tag. Lass uns zurück ins Viertel.« Ich wollte nach Hause, in mein Zimmer und mich einfach nur in Sicherheit fühlen.

Wir betrachteten Alfis Todesstelle ein letztes Mal.

»Mach's gut«, sagte ich kaum hörbar. »Wir kümmern uns darum.« Wenn ich das Vaterunser gekonnt hätte, ich hätte es gebetet.

Anschließend kletterten wir aus dem Klo. Ich warf im Vorbeigehen einen Blick auf die Flasche. Dass das alles der Wahrheit entsprach, durfte nicht möglich sein.

»Küss mich«, sagte Loretta.

Ich fuhr herum. »Was?«

»Ich weiß nicht«, sagte sie langsam, als sei sie sich auch nicht sicher. Ich zitterte, ich wollte sie küssen, hatte aber keine Ahnung, wie. Sie hielt inne und betrachtete mich skeptisch. »Alles okay?«

Ich schüttelte mich und rieb mir die Augen, ich hatte sie wahrscheinlich nur falsch verstanden. »Ja, denke schon, nur schlapp. Was weißt du nicht?«

»Bei dem Ritual ... Nur die Stärksten werden überleben. Klingt verrückt, oder?«

»Ja.«

Sie gähnte. Es war frühestens Mittag und wir waren bereits bettreif. Vor ihrer Hütte verabschiedeten wir uns mit einer Umarmung.

Mutter eilte aus der Tür auf mich zu. »Konstantin? Was ist mit dir? Wie siehst du denn aus?« Sie packte mich, fühlte meine Stirn und stemmte ohne Einwilligung meinen Mund auf. »Deine Mandeln sind dick. Schau mir auf die Nase. Gerötet, wie ich es mir gedacht habe. Ab ins Bett! Nicht, dass du mir eine Grippe an deinen Vater weitergibst! Los, los, los! Und sei leise. Dein Vater schläft!«

Ich schlich in meine Absteige und wollte mich hinlegen, als ich die aufgestellte Matratze sah. Auf ihr zeichnete sich ein welliges und nasses Oval ab. »Scheiße!«

Ich holte die Winterdecke und einen Stoffbezug aus dem Kleiderschrank. Die Decke breitete ich auf dem Boden aus, legte mich darauf und bemerkte dabei das Buch in der Hose. Ich platzierte es neben mir, deckte mich mit dem Bettbezug zu und schlief ein.

Jemand sang.

»Grün, grün, grün sind alle meine Kleider. Grün, grün, grün ist alles, was ich hab. Darum lieb ich alles, was so grün ist, weil mein Schatz ein Jäger ist. Rot, rot, rot sind alle meine ...«

Ich öffnete die Augen. Vor mir saß ein Kind auf einer gigantischen Straße. Der Mittelstreifen war so breit wie ein Auto. Es gab keinen Straßenrand, weil der Asphalt sich in die Unendlichkeit dehnte.

Es zeichnete mit einem Stock wirre Symbole in den Asphalt, der sich an der Stockspitze wie Sand verschob. »... Kleider. Rot, rot, rot ist alles, was ich hab ...«

Es sah mich nicht an, während es sang. Es hatte kurze blonde Haare, schmale Schultern und wenig auf den Rippen. Es erinnerte mich an eines der toten Kinder im Bunker.

»Kon-stan-tin«, sang es in derselben Melodie und wechselte zum vorherigen Text zurück. »Darum lieb ich alles, was so rot ist, weil mein Schatz ein Reiter ist.«

»Wer bist du?« Meine Stimme hallte durch die Luft.

Das Kind blieb unbeeindruckt. »Gelb, gelb, gelb sind alle meine Toten, gelb, gelb, gelb ist alles, was ich hab. Darum lieb ich alles, was so gelb ist, weil mein Schatz der Bruno ist.« Es kicherte und eine zweite tiefere Stimme kam aus seiner Kehle und lachte mit.

»Weißt du, was ein Märlep ist?«, fragte ich.

Das letzte Echo glitt davon. Der Stock ruhte in einem Kreis, der von einem Quadrat eingeschlossen war.

»Weißt du, was ein Märlep ist?«, fragte ich wieder und stellte überrascht fest, dass ich schrie.

»Nie!« Die freundliche Stimme war durch ein Dutzend tiefe, zornige ersetzt worden, die gleichzeitig aus seinem Mund drangen. »Da wird er wütend ... und kommt und ...«

Blitze schlugen unmittelbar neben uns ein. Die Luft brannte. Die Stimmen schrien: »Bruno will das nicht! Nein. Er will nicht so genannt werden. Blau, blau, blau ist alles, was ich hab. Sonst wird er wütend. Er will nicht so genannt werden. Darum lieb ich alles, was so blau ist, weil mein Schatz ein Matrose ist.«

»Bruno ist also ein Märlep, na und?«

Das Kind hörte auf zu singen und sah mich ängstlich an.

»Was ist ein Märlep?«

»Sag niemals Märlep!«, brüllte es. »Sonst kommt er«, fügte es flüsternd hinzu und sah sich nach allen Seiten um.

Das Kind richtete sich auf, als würde es von unsichtbaren Fäden an den Gelenken hochgezogen. Der Kopf hing nach vorne. Die Arme pendelten schlaff zur Seite. »Nein, bitte nicht«, flehten die Stimmen.

Das Kind hob den Kopf.

Ein weiterer Blitz explodierte neben uns. Die Luft war voller Elektrizität, meine Nackenhaare stellten sich auf.

»Das war nicht gut«, sagte das Kind und klang wieder wie eines. »Das darfst du nicht tun.« Dann ließ es den Kopf wieder hängen und sagte zu sich: »Ich wollte das nicht. Bitte. Nein ... Nein!«

Es schlug die Hände vor dem Bauch zusammen. Blut tropfte ihm aus dem Mund. Es wimmerte, riss den Kopf wieder hoch.

Doch es war kein fremdes Kind mehr, es war nun Alfi. »Er wird dich holen!«, rief er. »Lauf Konstantin, lauf ...«

Das letzte »Lauf« hauchte er und wurde in Stücke zerfetzt, als wäre eine Bombe in ihm explodiert.

Blut und Eingeweide prasselten auf die Straße. Etwas Weiches, Warmes klatschte mir gegen die Brust. Es hatte die Form einer vergrößerten Cashewnuss in Schweinchenrosa. Ich riss es mir vom Brustbein, ließ es fallen und wich zurück.

Plötzlich war die Straße verschwunden und ich stand auf dem Spielplatz, vor der Burg. Es war Nacht, der zunehmende Mond sorgte für rege Schatten. Es stank nach Eukalyptus und Schweiß.

Und da sah ich auch schon zwei schwarze Gestalten den Damm herunterschlendern. Bald erkannte ich Pauls Grübchen und einen seiner Kumpane. Ich wollte weg, konnte meine Beine aber nicht bewegen. Der Sand schlang sich um meine Füße und zog sie immer tiefer hinab.

Sie kamen immer näher, ohne mich zu beachten. Sie hätten mich doch längst bemerken müssen.

»Paul, was machen wir hier?«, fragte sein Kumpan.

»Ein Vertrauensbeweis«, zischte Paul. »Bleib hier stehen!«

»Okay, aber danach ziehen wir einen durch?«

»Selbstverständlich.« Paul schmatzte und lief um den Sandkasten und die Burg herum, dann tauchte er hinter seinem Kumpan wieder auf, in der Faust blitzte etwas. Der Mondschein spiegelte sich im Metall einer Klinge.

»Ein Messer«, brabbelte ich. »Paul hat ein Messer!«

Der Typ nahm keine Notiz von mir, obwohl ich in Hörreichweite war. Paul drehte sich in meine Richtung, erst dachte ich, er hätte mich gehört, aber dann erkannte ich, dass er sich einfach umsah. Seine Augen funkelten gelblich. Wie am See! Und wie bei Wilfred!

»Lauf weg!«, schrie ich und wollte mich befreien, aber meine Füße steckten im Sand. »Geh doch! Er hat ein Messer!«

»Paul?«, fragte der Typ und sah weiter stur geradeaus. »Das ist unheimlich, Mann, lass uns gehen, ja?«

Paul war fünf Schritte hinter ihm. »Wird das so eine schwule Nummer? Wo du gleich nackt aus den Büschen hervorspringst und ich dir einen blasen soll? So einer bin ich nicht, ehrlich, egal, was die anderen sagen.«

Paul schlich weiter, leise und geschmeidig. Jetzt hob er die Faust.

»Ich kann dich atmen hören. Lass den Scheiß!«

Paul hatte die Hände um das Klappmesser gefaltet. Der Typ machte Anstalten, sich umzudrehen.

»Bleib stehen!«, zischte Paul.

Der Typ zuckte zusammen. »Können wir die Kacke nicht lassen? Gut, ich blas dir ei–« Das Messer sauste herab, versank im Nackenfleisch und blieb dort stecken.

Der Kiefer des Typen sackte herunter. Er schlug wild nach hinten, ungezielte Schläge, denen Paul ohne Anstrengungen auswich.

»Was soll das?«, gurgelte er.

Paul fasste den Griff und zog das Messer mit einem Ruck heraus. Der Typ stolperte nach vorn und griff sich mit der Hand in den Nacken. Von der Klinge tropfte etwas Schwarzes.

Der Typ drehte sich um und starrte Paul an: »Wieso?« Zwischen seinen Fingern im Nacken quoll weiter Blut hervor.

Paul hob den Arm und schlitzte ihm mit einer einzigen Bewegung den Hals auf. Aus dem Schlitz floss Blut. Der Typ war erstarrt. Paul rammte ihm die Schneide in den Bauch, knapp oberhalb des Hüftknochens.

Der Typ krümmte sich zusammen. Paul stieß ihn um, er fiel ächzend auf die Seite. Paul sah sich wieder um, dabei sah er für einen Augenblick in meine Richtung, aber er sah durch mich hindurch. Seine Mimik war wie versteinert, die Augen leuchteten gelb und das Gesicht war verzerrt, es glich einer Fratze. Er hatte nichts Menschliches mehr an sich.

Er biss auf die Klinge, um beide Hände frei zu haben, mit denen er den Ärmsten auf den Rücken rollte. Dann kniete er sich auf den Bauch.

Sein ehemaliger Handlanger rührte sich nicht. Er lag auch still da, als Paul ihm die Messerspitze ans Auge führte. Das Leben hatte ihn verlassen.

Paul machte eine vorsichtige Bewegung – obwohl er den Griff mit der Faust umklammert hielt – und schnitt das Lid bis zur Nase ab. Ein weiterer Schnitt und er warf den kleinen Hautlappen hinter sich. Er landete vor meinen Füßen.

Er schob die Klingenspitze bis zur Schläfe und versenkte sie nur ganz wenig in der Höhle. Pauls Zunge leckte im Mundwinkel. Er begann, das Auge auszuhebeln. Der glasige Apfel trat hervor. Das Weiß glänzte wie frisch lackiert.

»Warum tust du das?«, plärrte ich. »Hör auf damit, lass ihn doch wenigstens im Tod in Ruhe.«

Ich warf mich in meiner Falle vor und zurück. Aber was immer mich festhielt, hatte nicht vor loszulassen. Ich musste mir das Schauspiel genauso hilflos ansehen, wie den Tod der Frau.

»Hör auf!«, schrie ich.

Er hörte mich nicht.

Schlurp, machte das Auge, als es den Schädel verließ. Es baumelte an der Seite, gehalten von einem Strang, der wie ein Netz die Rückseite umklammerte.

Paul machte sich am nächsten zu schaffen. Ein weiteres Schmatzen verkündete: das Auge steckte nicht mehr im Kopf. Er hob den Augapfel mit drei Fingern, spannte die Nabelschnur aus dem Kopf und kappte sie. Der Muskelstrang fächerte in viele dünnere Fäden auf.

Paul betrachtete den Augapfel gegen das Mondlicht, wie ein Weinsommelier die Farbe des Weins. Ein Teil der Schnur, die den Glaskörper ursprünglich im Kopf gehalten hatte, hing wie ein Schweif an der Rückseite herunter. Paul betrachtete Gottes Werk und steckte es sich in den Mund.

Er hatte Mühe, das Auge zwischen die Backenzähne zu schieben, aber als er es schaffte, knirschte es wie zäher Knorpel. Er kaute, klare Flüssigkeit spritzte von seinen Lippen und er schmatzte und stöhnte, als wäre das Auge das Beste, das er je vertilgt hatte.

Ich umklammerte meine Waden und riss an ihnen. Doch da war nichts zu machen. Ich steckte fest.

»Du bleibst«, schmatzte Paul. »Du bleibst.«

Ich erstarrte wie Vaters Hemdkragen, den er zu feierlichen Anlässen trug.

Paul beugte sich vor, schnitt das zweite Auge ab und kaute. Ein gelbliches Schimmern zuckte über sein Gesicht. Speichel troff ihm aus den Mundwinkeln. Er kaute und saugte feucht den Sabber ein, zog die Unterlippe angeregt nach innen.

»Na, na, na! Wie hat dir das gefallen?« Seine Stimme klang wie Fingernägel, die über eine Schiefertafel kratzten, nicht mehr wie Pauls.

Ich riss noch fester an meinen Beinen, aber meine Hände waren schweißnass und ich rutschte immer wieder ab. Mein Herz raste. Er reckte das Messer zum Firmament, schaute hoch zur Klinge und schob sie sich in den Mund. Genüsslich leckte er das Messer ab.

»Warum rennst du denn nicht?« Er sah mich nicht an, er sah weiterhin wie ein Kojote zum Mond. »Ich bin hier, und du bist da«, summte er. »Du gehörst mir, ist das nicht wunderbar.«

Er sah sich um, als befürchtete er beobachtet zu werden. »Dichter werd ich wohl nicht, was?« Er lachte und wurde übergangslos bitterernst. »Weißt du, wie Glubscher schmecken? Wahrscheinlich nicht.« Er machte einen hicksenden Laut.

Seine Augen schienen größer zu werden, sich aus der Versenkung zu lösen. Sie leuchteten von innen, kugelrunde gelbe Murmeln. »Fantastisch! Ich weiß, ich hätte das auch nicht gedacht, aber Bruno hat's mir gezeigt«, rief er. »Sie schmecken fantastisch. Wenn du willst, lass ich dich eines von deinen kosten, wenn ich mit dir fertig bin.«

Er sah sich erneut um, bevor er das Messer gekonnt in der Hand herumwirbelte und das zusammengeklappte Päckchen in die Hosentasche schob. »Dir werde ich sie aus dem Schädel saugen wie das Fleisch aus der Weißwurst.« Er leckte sich die Lippen, sprang auf beide Beine und stieg über den Kadaver hinweg.

»Er musste nicht sterben, weil er 'ne schwanzlutschende Schwuchtel war. Weißt du? Einige meiner Leute haben sich gerne von ihm einen kauen lassen.« Er prustete. »Nein, Bruno wollte das und weißt du was? Ich hab es genossen!«

Paul stand mir nun direkt gegenüber, zum Greifen nahe. Er war zwei Köpfe größer als ich, stank nach dem Blut seines Opfers, das an ihm klebte, und diesem abartigen Rasierwasser. Mir wurde so übel, dass mir die Spucke im Mund zusammenlief.

Ich holte nicht groß aus, sondern rammte ihm einfach meine Faust in die Hoden. Er ging halb in die Knie, stöhnte, und ich hämmerte ihm den Ellenbogen auf den Hinterkopf. Schmerz entlud sich jäh in meinem Bauch. Ich hatte den Hieb nicht kommen sehen und konnte nur ausatmen.

Paul sah zu mir rauf. Seine gelben Augen glommen wie zwei Kerzenlichter. Das spitze Messer in seiner Faust verhieß nichts Gutes.

»Bist du …«, begann ich und hustete. »Bist du der Märlep?«

Paul drehte sich nervös herum. Das Klappmesser landete im Sand. Er sah sich um, nach links, rechts, oben und unten. »Nein! Sag das niemals«, sagte er an mich gewandt. Seine Stimme bebte dabei.

Plötzlich hüllte ihn ein gelber Schimmer ein. Er streckte Arme und Beine von sich und schwebte ein Stück über dem Boden. Seine Augen fielen wie schimmelnde Mandarinen in sich zusammen. Haut wuchs von der Braue über die Öffnung. Seine Zähne lösten sich aus den Kiefern, zerbröselten zu flockigem Mehl und rieselten herab. Die mit Pomade zurückgelegten Haare gingen ihm aus und eine weiße Glatze blieb zurück. Er streckte die Zunge heraus, auf der eitrige Pickel wucherten.

In Sekundenschnelle ergraute die Haut, trocknete ein und legte sich an die Knochen. Er sah jetzt so aus, als wäre er vor Jahrhunderten ausgeblutet und seitdem an der Luft getrocknet worden. Er sah aus wie der Kopf in der Badewanne, und er stank wie die Restmülltonne im Sommer, an deren Rand sich Maden wanden.

»Bruno?«, brachte ich mühsam hervor.

Der Kopf lachte.

»Bist du der Märlep?«

Der Kopf zischelte abgehackte Laute, wie eine Schlange mit herausgerissener Zunge: »Tz. Tz. Tz. Tz.« Er leckte sich die Lippen. »Tot, tot, tot, sind alle deine Freunde«, sang er, als könnte er kein Wässerchen trüben.

Um meine Brust hatte sich ein unsichtbares Korsett geschnürt, ich bekam kaum noch Luft.

Das Wesen vor mir neigte den Kopf und hob das Messer mühelos auf, als hätte es noch Augen. Es schwang die Klinge wie ein Pendel vor meiner Nase hin und her. Es holte damit aus. Ich war mir sicher, dass meine letzte Stunde geschlagen hatte.

Dann stieß es sich das Messer in den Kehlkopf.

Es schnitt. Die Klinge glitt durch den Kehlkopf bis zur Wirbelsäule. Ab da ratschte das Klappmesser wie eine Säge an einen Stamm. Ratsch, ratsch. Es kam kein Blut. Das Wesen schnitt sich weiter die Wirbelsäule durch.

Als es durch war, plumpste der Leib wie ein gefüllter Kartoffelsack herunter. Der Kopf schwebte vor mir. Der leere Mund verzog sich zu einem Lächeln.

»Märlep!«, fauchte ich, weil ich zum Schreien nicht imstande war. Das Einzige, was ich wusste, war, dass Bruno so nicht genannt werden wollte, und im Angesicht des Todes schäumte in mir Hass. Er hatte Alfi auf dem Gewissen und die Kinder, als nächstes wollte er mich. »Du bist ein hässlicher Märlep. Märlep! Märlep!« Ich wurde immer lauter.

Sein Grinsen erstarb. Er schluckte, ein Sabberklecks fiel aus der offenen Speiseröhre. Der Schädel glitt auf mich zu. Erst aus nächster Nähe erkannte ich, dass seine eingefallene Nasenspitze dunkelgelb glühte. Seine Oberlippe war zurückgezogen und legte das rosafarbene Zahnfleisch frei.

Bruno streckte mir die Zunge heraus, die sich reptilienartig verlängerte. Ich wich nach hinten aus. Er kam näher. Die Augen glühten gelb.

Der Kopf lachte tief wie der Sensenmann persönlich. Es gab einen Knall …

18

… und mein Vater war über mich gebeugt. Meine Wange schmerzte, wie nach einem Schlag. Es war immer noch Nacht. Ich sah kaum das Ende meines Betts, vor dem ich geschlafen hatte.

»Du hast dich vollgepisst und geschrien«, knurrte Vater. Er hielt sich zurück, um nicht zu brüllen, was ihn nicht daran hinderte, mir in den Bauch zu boxen. Warum war er nicht auf der Arbeit? Er hätte doch seine zweite Nachtschicht haben müssen.

Ich krümmte mich und umklammerte die Stelle unterhalb des Solarplexus, damit ich nicht auseinanderbrach.

»Erst stören mich wegen dir die Bullen und jetzt habe ich deswegen auch noch verschlafen! Nachts wird nicht gebrüllt!« Durch seinen Blick huschte ein gelber Schatten, sein Mundgeruch stank widerwärtig nach Vergorenem. Mir stieg die Magensäure auf.

»Ich weiß, dass du was im Schilde führst«, knurrte er und schlug mir mit voller Wucht auf den Brustkorb.

Ich hörte auf zu atmen. Das Herz setzte aus. Einen Moment der Stille, ich war rechtzeitig wieder da, um die Hand zu sehen, die mir auf die Wange klatschte. Mein Kopf schleuderte zur Seite.

Ich drehte mich zurück, sah zu ihm auf. Da war es! Um die Regenbogenhaut leuchtete es gelb.

Seine Faust schoss heran, die Knöchel so groß wie mein Schädel. Ich wich aus, die Faust krachte auf den Boden. Rumms. Das Geräusch hallte im Haus wider.

Vater verzog das Gesicht, seine Wut imitierte Brunos Rattenfratze.

»Das hättest du nicht tun sollen«, presste er hervor. »Du kennst die Regeln. Morgen, morgen früh, wenn ich nach Hause komm, erzählst du mir, was hier los ist. Du erklärst mir, wo du mit deinem Scheißhaufen von Freunden die zwei Nächte verbracht hast, und wer die Frau umgebracht hat.«

Er stand auf und schloss von außen ab.

Ich krümmte mich um die nasse Stelle auf dem Boden, das Ammoniak- und Harnstoffaroma stieg mir in Wellen in die Nase. Es war mir einerlei. Wegen ihm würde ich keine Träne mehr vergießen.

Ich lehnte mich ans Bett und dämmerte den Rest der Nacht dahin. Mit den ersten Sonnenstrahlen war ich mir sicher, dass das nicht einfach nur ein Traum gewesen war und dass mein Vater mir wahrscheinlich das Leben gerettet hatte, als er mich aus dem Traum geprügelt hatte.

Paul hatte einen seiner Freunde getötet. Heute Morgen würden sie eine weitere Leiche am Spielplatz finden, an der Stelle, an der Alfi sich erschossen hatte.

Mir schmerzten Rücken und Knochen vom harten Boden. Das Bett war getrocknet und ich richtete es wieder her. Ich wischte die Dielen mit dem Laken der letzten Nacht trocken, dabei fiel mir das Buch in die Hände. Ich schob es in den Hosenbund, ich hatte es keineswegs vergessen, aber ich wollte weiterhin nichts davon wissen.

Nachdem ich mir frische Kleidung übergezogen hatte, kletterte ich aufs Bett und streckte den Kopf aus dem Fenster.

Die kühle Luft haftete wie Nebel an mir. Ich wollte nicht an Vaters Übergriff denken. Aber wie bei der Fernsehwerbung unterbrach er fortwährend den Spielfilm meines Lebens.

Eigenartigerweise hatte ich keine Angst, dass er käme, um mich weiter zu vermöbeln oder auszufragen. In mir barg ich die Lösung für diese und zukünftige Prügelstrafen, wie ein verschnürtes Paket. Ich hatte uns aus dem Bunker befreit, in dem wir sonst wahrscheinlich gestorben wären, da würde ich auch den Sommer noch überleben. Ich war nicht länger von meinen Eltern abhängig. Ich konnte sogar Alfis Plan wahr machen, mir den Rucksack schnappen und ausbüxen.

Loretta verließ ihre Hütte. Sie sah zu mir rauf und winkte. »Komm!«, rief sie mit ernstem Gesichtsausdruck.

Ich wollte runter rufen, dass ich keine Ahnung hätte, wie ich das bewerkstelligen sollte, weil Vater die Tür von außen verriegelt hatte, da fiel mir die Strickleiter wieder ein.

Ich kraxelte vom Bett, holte den Haufen aus Holzsprossen und Tauen hervor und entwirrte das Geflecht. Die oberen Schnüre band ich um den Bettpfosten und rüttelte daran. Das würde funktionieren.

Ich senkte die Leiter aus dem Fenster. Loretta beobachtete mich dabei und ich verbarg meine Höhenangst, obwohl es ziemlich hoch war.

Ich kniete mich rückwärts auf das Fensterbrett, schob ein Bein vor und tastete ins Leere. Mir war mulmig zumute, wenn ich daran dachte, dass es hinter mir steil nach unten ging. Eine falsche Bewegung und ich würde endlos fallen.

Endlich erwischte ich mit dem Fuß die oberste Strebe. Sie brach nicht, schien aber unter meinem Gewicht nachzugeben. Ich setzte den anderen Fuß eine Sprosse tiefer, das marode Holz knackte, während ich mich weiter an die Fensterbank klammerte. Dann noch eine und noch eine Sprosse tiefer, bis ich vollständig auf der Leiter stand.

Um weiterzukommen, musste ich den Fenstersims loslassen. Das spröde Tau, das die Sprossen zusammenhielt, war ausgeblichen und einzelne Hanffäden lösten sich bereits. Wie alt es wohl war? Einen Absturz würde ich zwar überleben, aber ich rechnete mit offenen Brüchen und einem verdrehten Rücken.

In diesem Moment gab es ein reißendes Geräusch und die Strickleiter sackte ab. Ich krachte gegen die Hauswand und quetschte mir die Finger, ein Schrei war zu hören und erstarb dann.

Das war ich gewesen. Mutter konnte das nicht überhört haben. Ich musste hier weg, bevor sie hochkam und mich entdeckte.

Irgendwie schaffte ich es mit zittrigen Knien heil die Leiter runter. Als meine Füße festen Boden berührten, atmete ich erleichtert auf.

Ich eilte zu Loretta.

»Hast du dir wehgetan?« Ihre Stimme zu hören, war Balsam. Ich zeigte ihr die geschwollenen Finger und sie sog zischend Luft ein. »Lass uns abhauen.«

Wir rannten, bis wir außer Sichtweite der Häuser waren.

»Was hast du letzte Nacht geträumt?«, fragte ich sie. Wir standen an der Kreuzung und schnappten nach Luft.

Sie hob den Zeigefinger an die Lippen. »Wir müssen uns beeilen, wenn wir vor der Polizei da sein wollen«, sagte sie leise.

Falls dort wirklich eine Leiche lag, würde sie bald jemand finden und dann käme auch die Polizei und mit ihr Humbold. Wir liefen los.

Der Himmel war orangerot gesprenkelt, die Sonne lag wie die zerquetschte Schale einer Grapefruit am Horizont. Die Bahnhofsuhr warf den Minutenzeiger von einem Balken zum nächsten. Es war kurz vor fünf.

»Wir müssen zurück sein, bevor sie merken, dass ich weg bin«, sagte ich.

Loretta blieb stehen und packte meine Hand. Sie schob mir das Shirt über die Brust und betrachtete kritisch meinen Bauch. »Dahin willst du wieder zurück?«, fragte sie entgeistert.

Ich schämte mich für den schwarz-purpurnen Bluterguss und die grünen Flecken, die sich wie Nadelstiche anfühlten. Ich hatte auch immer noch Bauchschmerzen.

»Das war doch Bruno. Ich hab gesehen, wie er dir in den Bauch geschlagen hat. Du kannst erst zurück, wenn wir ihn aus der Welt geschafft haben. Der macht die Leute verrückt, so wie Paul.«

Ich zog mein Shirt wieder nach unten, und bevor ich etwas sagen konnte, drehte sie sich auf der Stelle um, rannte los und hatte bald ein anständiges Tempo drauf.

Ich folgte ihr und ahnte bereits Humbolds Fragen: »Na, Konstantin, so früh hier draußen? Was werden deine Eltern dazu sagen? Komm, ich fahr dich heim – keine Ursache.« Oder: »Konstantin, eine Leiche und du hier? Das ist aber interessant. Hast du uns wegen der toten Frau angelogen? Wo ist sie wirklich gestorben? Und denk bitte daran, du hast mir versprochen, endlich die Wahrheit zu sagen. Also? Lass hören.«

Wie ließen die Bahnhofsuhr rechts liegen. Es war fünf Uhr zwölf. Loretta war schon halb oben, als ich sie endlich einholte. Sie streckte ihren Arm aus, um mich aufzuhalten.

»Warte!«, sagte sie scharf.

Ich klammerte mich an einen der Äste, um nicht rückwärts zu stolpern. Sie deutete auf ihr Ohr, das unter ihrer Mähne verborgen lag. Ich lauschte, suchte nach dem Grund, warum wir hier verharrten.

»Ich höre nichts.«

»Eben«, hauchte sie.

Meine Sohlen kribbelten. Ich raschelte im Busch, an den ich mich geklammert hatte. Es klang seltsam, dumpf und matt. Das Kribbeln wanderte meine Beine hoch und dann den Rücken rauf.

Loretta kletterte die letzten Meter auf den Damm. Sie drehte sich zu mir um und ich erkannte das Grauen in ihren Augen. Eine Hand hatte sie vor das Brustbein geschlagen.

Widerwillig stieg ich rauf. Ich konnte bereits die hölzerne Burgspitze sehen, in der Loretta uns Poker beigebracht hatte. Je weiter ich hochstieg, desto größer wurde der Turm.

Zuerst war da die Blutlache, die sich großzügig um den Leichnam ausgebreitet hatte, dann ein Klappmesser, das im Sand lag wie achtlos weggeworfen, und zum krönenden Abschluss: die weinroten Sehnerven, die wie eine abgeschnittene Liane aus den Höhlen hingen.

»Wuff!«, machte ein kleingezüchteter Hund. Das Geräusch kam von der gegenüberliegenden Seite des Klos, irgendwo vom offiziellen Eingang. Zu sehen war nichts, also war der Hundebesitzer noch außerhalb.

»Wir müssen hier weg«, sagte ich und verstand mich kaum. Ich ergriff Lorettas frostige Hand, die mehr mit einem ausgenommenen Fisch gemein hatte als mit einem Körperteil.

Sie sah an mir vorbei. Ihr Unterkiefer bebte.

»Loretta!« Wenn die Töle, die mit Sicherheit ein Herrchen im Schlepptau hatte, hier ankäme und der Hundehalter uns sehen würde ... Ich wollte mir die Konsequenzen nicht ausmalen, sobald der der Polizei stecken würde, dass wir am Tatort gewesen waren.

»Wuff!« Es klang näher, aufdringlicher.

»Loretta! Komm!« Ich schleifte sie hinter mir her. »Komm schon!«

»Wuff, wuff, wuff!«, machte es, direkt hinter uns. Sie waren da, auf dem Spielplatz, vermutlich wühlte der Kläffer feierlich im Leckerli, das ihm Paul letzte Nacht bereitet hatte.

Wir standen auf dem Abstieg. Loretta rührte sich nicht, als hätte sich ihr Verstand verabschiedet und den Körper zurückgelassen.

»Komm, wir müssen weg!« Ich schob an ihren Schultern, aber sie bewegte sich nicht. Dafür hatten wir keine Zeit. »Tut mir leid«, sagte ich und hob sie hoch, wie meine frisch gebackene Ehefrau, und stürmte mit ihr den steilen Trampelpfad bergab. Die Schritte dröhnten mir bis rauf zur Schädeldecke. Mein Rücken knackte und die Knie knickten weg. Ich stolperte und landete mit Loretta auf den Pflastersteinen des Parkplatzes.

»Au«, stöhnte sie und rieb sich die Unterarme.

Ich schmeckte Eisen. Meine Zähne waren aufeinandergeschlagen und ich hatte mir ein beachtliches Stück Haut aus der Wange gebissen.

»Wir müssen weiter. Was gebrochen?« Ich spuckte eine rote Pfütze aus.

»Nein, du?«

Ich horchte in mich. Alles schmerzte, aber einen Bruch oder Riss konnte ich nicht ausmachen. Meine Wange war wohl am schlimmsten dran.

Wir rannten an der Hauptstraße entlang zur Kreuzung und erreichten das Schulgelände. Eine Verschnaufpause gönnten wir uns erst hinter dem Gebäude. Ausgetretene Zigaretten schmückten den Boden, vor allem die Stelle, an der Alfi immer geraucht hatte. An der Fassade fehlte ein Stück Putz, wo Paul nach mir geschlagen hatte.

Wir standen uns gegenüber, verschnauften und warteten, bis wir uns unterhalten konnten. Mein linkes Knie machte sich bemerkbar. Ich hatte mich aufgeschürft. Blut sickerte durch die Hose, ein Fleck, der durch das Braun des Cords kaum auffiel. Ich schob das Hosenbein über die Wunde, die obere Hautschicht war abgerieben. Blut strömte aus der Vertiefung.

Loretta betrachtete die Verwundung. Sie hatte sich zum Glück nichts getan. »Tut's sehr weh?«

»Nein, geht schon«, spielte ich den Starken.

»Mal pusten?« Sie grinste schelmisch. »Denke, du wirst es überleben. Ich habe leider kein Taschentuch für dich.«

Ich krempelte das Hosenbein runter.

»Du kannst nicht wieder heim«, sagte sie.

»Was?«, fragte ich. »Wieso?«

»Dein Vater, ist der immer so fies?«

Ich schüttelte den Kopf. »So mies eigentlich nicht. Woher weißt du das mit ihm?«

Sie schluckte. »Ich habe von dir geträumt. Ich habe beobachtet, wie er auf dich losgegangen ist. Ich glaube, wenn er dich das nächste Mal erwischt, dann bringt er dich um.«

Ich wusste nicht, was ich dazu sagen sollte. Stattdessen starrte ich sie stumm an.

»Er hatte gelbe Augen, hast du die gesehen?«, fragte Loretta.

»Ja …«

»Das war Bruno. Er steckt in deinem Vater und er wird dich umbringen, wenn du wieder nach Hause gehst.«

»So ein Quatsch.« Ich wischte mir den Schweiß von der Stirn und rieb die Hand an der Hose trocken.

»Ich habe es gesehen.«

»Aber hör mal, das ist doch mein Vater. Er ist streng, aber er wird mich doch nicht umbringen.«

»Was ist mit Pauls Freund? Du hast es auch gesehen, oder? Er hätte nicht gedacht, dass er im nächsten Moment eine Klinge im Hals stecken hat.«

»Ja, aber Paul ist ein Arschloch!«

Loretta brauchte nicht aussprechen, was sie dachte, ihr mitleidiger Gesichtsausdruck sagte alles. Mein Vater war auch ein mieses Arschloch.

Ich wollte davon nichts hören. Also schwieg ich. Vielleicht hörte sie ja von selbst auf.

»Okay«, sagte sie nach einer Weile. »Ich gehe später in die Bibliothek, recherchieren.«

»Gut, ich muss jetzt nach Hause, bevor Mutter merkt, dass ich getürmt bin.«

»Warte!«, rief sie.

Ich wartete nicht.

Sie folgte mir, ich konnte ihre Schritte hinter mir hören. Kurz darauf tauchte sie an meiner Seite auf. »Ich denke, wir stehen auf der Liste.«

Sie wartete auf meine Reaktion, aber ich gab ihr keine.

»Bruno, der Märlep, was immer das ist, er will uns.«

Wir erreichten die Kreuzung und marschierten gerade darüber. »Alfi, die Frau, der Freund von Paul, Oana, das wird nicht aufhören, wenn wir nichts unternehmen.«

Sie konnte reden, so viel sie wollte, ich würde nicht darauf reagieren.

Ich erreichte mein Haus und lief durch den Garten zu meinem Schlafzimmerfenster. Die Leiter war in Sichtweite. Ein warmer Lufthauch strich mir durch den Nacken, als atme jemand direkt gegen meine Haut. Weit und breit war niemand zu sehen. Ich ließ meinen Blick noch eine Weile lang kreisen, aber das Gefühl nicht allein zu sein, wollte nicht verschwinden. Paul lag vermutlich in den Federn und schlummerte wie ein Baby. Einen Freund zu erstechen war sicher anstrengend.

Die Strickleiter hing schief aus dem Fenster und wirkte noch instabiler als beim Abstieg, aber das war mir egal.

Ich langte nach der ersten Sprosse und drehte mich zu Loretta herum, aber sie war nicht mehr da. Alles was ich sah, waren die parkenden Schrottlauben. Wahrscheinlich war sie in ihre Bruchbude gegangen. Ich kletterte rauf und stieg durch das Fenster. Etwas war anders, als läge eine Spannung in der Luft, als wäre ich nicht allein.

»Hallo?«, flüsterte ich. Keiner antwortete.

Ich verstaute die Leiter unter dem Bett, setzte mich auf die Matratze und fummelte das Buch aus der Gesäßtasche. Der Rücken hatte einen Gelbstich. Ich holte aus und wollte es in den Eimer unter dem Schreibtisch werfen, doch stattdessen schlug ich es auf.

Die Seiten waren beschrieben. Die Schrift war noch feucht.

Die Tinte weder schwarz noch blau, sie war eitergelb und verblasste, während ich sie las.

»So steht es im Gründungsbuch der Stadt Moorbach von 1646, in der Sprache unserer Vorfahren. Ich übersetze aus dem Gedächtnis: Ein Blitz ohne Donner schlug zwischen mir und meiner Angetrauten ein. Ich wandte mich, wie es mir mein Instinkt gebot, von ihm ab und wartete auf den Sensenmann. Es war mein Weib, das mich mahnte, aufrecht dem Ende entgegenzusehen. Ich war bereit, zu Gott zu fahren, und glaubte mich längst in seinem Schoße, als ich es sah. Ein schattiger Riss klaffte senkrecht zwischen uns, so hoch und breit wie ein ausgewachsener Mann. Mein Weib streckte den Arm aus, töricht wie sie war, und griff hinein. Ihre Finger wurden grotesk in die Länge gezogen, wie Teig, den ein geübter Landmann über dem Kopfe schwingt. Ihrem Arm folgten Brust und Bein und die andere Hälfte des Körpers, die sich erst verformte und dann auf ewiglich in dem Riss verschwand. Ich konnte nur zusehen, so hurtig verrann dabei die Zeit im Stundenglas. Ich ging um den Riss herum, der in der Tat vor mir schwebte. Doch er stellte sich nicht wie eine Marionette aus dem Puppentheater dar, an unsichtbaren Schnüren aufgehängt, der Riss war wie von einem Steinmetz ins Gestein geschlagen, nur eben in die Luft, und sah von allen Seiten identisch aus. Es war, als würde ich mich gar nicht bewegen, während ich darum schritt, oder aber der Riss drehte sich im gleichen Tempo mit mir.

Doch das Schlimmste folgte erst noch. Der Riss war fast schwarz und kein Licht drang aus der Tiefe. Ich blickte in diese Endlosigkeit aus Schwärze und etwas starrte zurück. Es gab einen metallischen Laut, wie zwei Feuersteine, die gegeneinander geschlagen werden. Dann loderten gelbe Flammen in der Schwärze auf. Sie waren perfekt, die Rundung symmetrisch und die Farben satt und klar.

Diese Flammen waren Augen, Augen, die niemals blinzelten. Sie kamen immer näher, mir war, als würde ich sterben, und ein weiteres Mal machte ich mich bereit. Ein Schmerzensschrei hallte durch die Dunkelheit.«

Die Schrift verblasste immer mehr, durch die meisten Buchstaben schimmerte bereits das Papier.

»Etwas trat durch den Riss. Es hatte keine klaren Umrisse, es war mehr wie flimmernde Luft im Sommer, wenn man zum Horizont sieht. So konnte ich nur erahnen, was sich vor meinen Augen abspielte. Eine von Schatten umwundene Hand reckte sich aus dem Spalt, da wo Luft und Riss aufeinanderstießen. Dunkles Sekret triefte von jeder dieser absurd langen, knorrigen Klauen. Das Wesen blutete. Die Hand wurde umgeknickt, wie ein Pianist seinen Flügel bespielt. Eine zweite Hand folgte. Ich zählte an einer vier, der anderen sieben. Etwas wand sich um meinen Kopf, wie eine Wurzel, die sich durch meine Schädelknochen zu drücken versucht. Eine Melodie erklang, eine fremde Melodie. Sie sang von Wut und Schmerz und ich verspürte den Drang, jemanden töten, all dies jemand anderem anzutun, so wie es mir angetan worden war. Der Sänger zwang mir seinen Willen auf, doch er war schwach, als leide er an einer Krankheit oder sei verletzt. Aber das Einzige, was es ...«

Hier brach der Text ab. Ich blätterte um, auf der nächsten Seite standen noch Worte, auch wenn die meisten bereits verschwunden waren. »... bis zum Feldrand gefolgt. Es packte etwas, das aus seinem Rücken ragte. Es schrie jämmerlich vor Schmerzen, als es das Ding aus sich herauszog und sogleich wieder hineinrammte. Es schnitt sich den Hals entlang, bis der in Schatten verhüllte Leib wie ein Fremdkörper von ihm abfiel, dann schleuderte es das Messer davon. Gelb flimmernd lag es im Gras. Bevor ich es nehmen konnte, wurde es durchsichtig und verschwand. Doch ich erkannte, was es war: eine Klinge an einem Knochen. Der nun noch übriggebliebene Kopf brüllte wie von wahnsinniger Wut ...«

Die Schrift war verschwunden. Ich hielt wieder ein leeres Notizbuch in Händen.

Was immer Bruno war, es war aus diesem Riss gekommen. Hier in Moorbach. Und es übernahm Leute. Es hatte auch Paul übernommen, letzte Nacht in meinem Traum. Es war die ganze Zeit über dagewesen.

Ich kroch unters Bett, um die Strickleiter hervorzuholen, als die Zimmertür klackte und schließlich aufflog. Ich konnte nicht schnell genug kehrtmachen, da hatte mich Vater bereits gepackt und zerrte mich wie ein jämmerliches Tier unter dem Bett hervor.

Ich lag auf dem Rücken. Über mir wankte mein Vater, dann beugte er sich nach vorn. Er hatte eine Fahne, die selbst der stärkste Sturm nicht hätte verwehen können. Er hatte sich nach der Arbeit mal wieder volllaufen lassen.

»Was hab ich dir gesagt?« Es hörte sich an wie: S hb'S di sag? Er hob mein Bein, als wäre ich ein gewichtiges Kuscheltier, stolperte dann aber nach vorn. Sein Fuß rutschte vor meinen Schritt.

»Antworte!« ('nt'wrte!)

»Ich weiß nicht, was du meinst«, brüllte ich. Tränen schossen mir aus den Augen. Meine Hose rutschte nach oben. Er bemerkte das getrocknete Blut am Knie.

»Was das?« ('S'ds?)

»Hab mich aufgeschürft, nichts Schlimmes.«

Er sprach ein paar unverständliche Sätze und sah mich durch zusammengekniffene Augen an. »Mörder!«, spuckte er aus, klar und verständlich. »Mörder!«

Er verlor das Gleichgewicht und fiel nach vorn. Ich rutschte noch rechtzeitig zurück, damit er nicht auf meinen Weichteilen landete, aber er traf noch mein linkes Knie.

Er kniete nun über mir. Tränen flossen seine Wangen hinab und tropften mir ins Gesicht. Er ballte eine Faust vor seiner Nase und küsste sie. »Mörder!«, kreischte er. Seine Stimme klang doppelt, wie eine zwölfsaitige Gitarre. Die Faust raste auf mich zu. Ich wich wie am Abend zuvor aus und es krachte. Der nächste Hieb saß und ich schmeckte Blut. Etwas Feuchtes floss mir übers Gesicht und mein Kiefer schmerzte.

»Du Mörder!«, schrie er wieder, in einem Tonfall, den ich noch nie von ihm gehört hatte.

Ich sah ihn an und erblickte eine Ausgeburt von Bruno. Die Augen leuchteten gelb und das Gesicht war zu einer unmenschlichen Fratze verzerrt.

Er legte seine Hände um meinen Hals. »Du Mörder!«, kreischte er erneut und drückte zu.

Ich fühlte die warmen Hände auf meiner Haut, wie sie zupackten und drückten. Im Hintergrund schellte die Haustürklingel.

Ich rang nach Luft, aber es kam nichts. Ich kam nicht gegen ihn an. Ich riss den Kopf hoch, sah meine Beine zwischen seinen liegen und zog das Knie an, wollte ihn so an seiner empfindlichsten Stelle treffen, erwischte aber den Steiß.

Er lehnte sich mit seinem vollen Körpergewicht auf meinen Hals. In meinen Ohren kreiste das Blut, der Puls donnerte wie ein Vorschlaghammer. Mein Zwerchfell zuckte und mir schwoll der Kopf auf die doppelte Größe.

Ich schlug um mich, wand mich, ohne Erfolg.

Mein Vater starrte mich durch gelbe Flecke an. An seiner Stirn schwoll eine Ader, Geifer tropfte von seinen Zähnen.

Das war also das Letzte, das ich im Leben sehen sollte? Meine Arme wurden schwerer. Ich konnte nicht mehr und ließ los, die Handgelenke fielen auf den Dielenboden.

Ich wollte nicht sterben. Dazu war ich nicht bereit und mein Körper offensichtlich auch nicht. Er setzte eine letzte Ladung Energie frei. Ich hob die Faust und rammte sie Vater gegen den Unterkiefer. Er guckte mich überrascht an, als könnte er nicht glauben, dass ich mich gewehrt hatte. Ohne zu zögern, schlug ich ihm mit der anderen Hand auf das Ohr.

Er riss seinen Kopf nach unten, seine Stirn kam auf mich zugeschossen. Mein Schädel würde aufbrechen wie ein Kürbis.

Da kam ein Knie aus dem Nichts und erwischte Vater an der Schläfe. Er flog zur Seite, das Knie traf erneut. Mein Vater riss die Arme hoch, drei, vier weitere Tritte in die Seite beförderten ihn schließlich von mir herunter.

Mutter kreischte in der Tür. Sie hatte denselben, entsetzten Gesichtsausdruck wie Loretta vorhin am Klo. Ich sah zur Seite. Sporti versetzte Vater gerade einen Kinnhaken. Die Druckknöpfe waren teilweise aufgegangen.

»Komm hoch«, schrie Wilfred und packte mich unter den Achseln. Sporti schlug weiter auf meinen Vater ein, der zusammengekauert am Boden lag.

»Tu doch was!«, herrschte Mutter mich an. »Dein Vater, er wird ... tu doch was!«

In diesem Moment starb etwas in mir. Er hätte mich umgebracht, wenn mir keiner geholfen hätte, aber sie interessierte sich nur für ihn.

»Los!«, drängte Wilfred und schob mich auf meine Mutter zu. Doch die wollte nicht aus der Tür weichen.

»Frau Peters, gehen Sie bitte aus dem Weg!«, rief Wilfred so energisch, dass er einen Hustenanfall bekam.

Sie bewegte sich nicht von der Stelle. Wollte sie nicht sehen, was gerade passiert war? War ich ihr egal?

In dem Moment bekam sie von hinten einen Stoß, der sie ins Zimmer taumeln ließ. In der Tür stand Loretta. Der Weg in den Flur war frei und ich lief nach einem letzten Blick zu meiner Mutter hinaus.

»Sporti!«, rief Loretta.

Er rannte los. Wir trampelten die Treppen runter. Vor dem Haus standen die Fahrräder inklusive meinem bereit.

»Kannst du fahren?«, fragte Loretta. Es klang, als wäre ich unter Wasser und sie brüllte von der Oberfläche.

»Das Buch«, murmelte ich.

Sporti hielt es mir unter die Nase. »Du musst aufsteigen, hopp!«

»Kannst du fahren?«, fragte Wilfred.

»Ja! Ja, ich kann.«

»Dann los!«

19

»Pass auf«, mahnte Sporti. Ich wäre beinahe mit meinem Vorderrad in seines geraten.

»Entschuldige.« Ich konnte nicht glauben, was passiert war. »Wo fahren wir hin?«

»Zu mir«, schlug Wilfred vor.

»Nein, da gabelt uns die Polizei gleich auf«, sagte Loretta. »Wir fahren in die Bibliothek.«

»In die was?«, fragte Wilfred. »In welchem Ortsteil ist die?«

»Hat irgendwer von euch auch nur einmal ein Buch gelesen, weil er es wollte?«, fragte Loretta.

Sie schwiegen. Ich hatte Mühe, dem Gespräch zu folgen. Hatte ich meinem Vater ehrlich eine geknallt? Die Knöchel waren gerötet. Ich hatte. Ich lächelte und mir war gleichzeitig schlecht. Ich konnte mich zuhause nie wieder blicken lassen. Wo sollte ich heute Nacht schlafen?

»Am Siegesplatz«, sagte Loretta gerade. Als sie erneut in ratlose Gesichter sah, schüttelte sie den Kopf. »Folgt mir und Konstantin einfach. Hier rechts.« Sie übernahm die Position vorne, die Alfi immer eingenommen hatte.

Wir hielten vor dem Drachentöter und lehnten die Drahtesel gegen den Brunnen. Wir gingen zur Bibliothek, aber laut dem Schild am Eingang würde der Alte erst in einer Stunde auftauchen.

Sporti steckte sich eine Zigarette an, setzte sich im Schneidersitz vor den Brunnen. Wilfred platzierte sich gleich neben ihm und lehnte die angebotene Kippe mit den Worten »Ich hab aufgehört« ab.

Ich setzte mich gegenüber und Loretta ließ sich zu meiner Linken nieder. Zusammen bildeten wir ein Quadrat.

»Du hast bitte was?«, fragte ich überrascht. Er hatte eine kurze, aber steile Karriere als Raucher hingelegt.

Wilfred nickte bedächtig, als würde er im Wörterbuch die passenden Stellen für die Erklärung zusammensuchen. »Gestern, nach dem Mittagessen, es gab Hackbällchen, sind der Hammer, sag ich euch, hab ich ’nen großen, grünen Ball aus Schleim ausgespuckt. Ich schwöre, der war so groß wie mein Fuß.« Er streckte uns seine Füße entgegen, die in löchrigen Sneakers steckten.

»Du bist so eklig«, sagte Loretta.

»Auf jeden Fall landete das Teil voll in der Tomatensoße. Ich durfte nicht aufessen. Musste in mein Zimmer. Das passiert mir sicher kein zweites Mal – und ich hätte doch drumherum futtern können.«

»Wilfred«, begann Sporti und wir warteten auf seinen Spruch. Doch er schüttelte geschlagen den Kopf. Wir schmunzelten alle.

Sporti sah mir geradewegs in die Augen. »Mann, das beim Klo, tut mir leid, Mann.«

»Mir auch«, warf Wilfred ein.

»Schon okay, danke für eure Hilfe. Woher wusstet ihr was mein Vater …« Ich brach ab.

Sporti nickte Richtung Loretta.

»Ich wusste es nicht wirklich«, sagte sie. »Hatte vermutet, dass du Ärger bekommst, und ich weiß ja, wie dein Vater drauf ist.« Sie tippte sich auf das Brustbein. »Da habe ich mein Fahrrad geschnappt und die beiden aus ihren Betten geklingelt.«

Sporti und Wilfred nickten. Sporti blies einen Rauchring in die Runde.

»Cool«, sagte Wilfred.

»Habt ihr von der Leiche gehört?«, fragte Loretta. »Beim Klo, einer von Pauls Leuten.«

Wilfreds Augen schienen hervorzutreten und er hustete.

»Was hast du?«, fragte ich.

»Ein Me-Messer im Nacken?« Wilfred knetete nervös die Grube zwischen Daumen und Zeigefinger.

»Ja, richtig«, sagte Loretta.

Wilfreds Kakaotönung wurde heller.

»Ich hab ... hab ...«

»... davon geträumt? Konstantin und ich auch.«

»Scheiße«, entfuhr es Wilfred. Er raffte die Kippenpackung an sich und drehte sie zwischen den Fingern hin und her. »Ich, wisst ihr, ich war dabei. Er hat, hat ihn von hi-hinten erstochen. Eiskalt. Ich wollte zu ihm, aber meine Füße, sie waren in den Boden gewachsen ...«

»... und dann veränderte sich Paul. Er verlor die Haare, sah wie eine Leiche aus und schnitt sich den Kopf ab«, redete Sporti weiter.

»Du auch?«, fragte Loretta. Er nickte. »Also hatten wir alle denselben Traum, der kein Traum war? Konsti und ich, wir waren heute Morgen schon am Klo, er lag direkt vor der Burg, wo auch Alfi ...«

Wilfred betrachtete die Schachtel in seinen Fingern. Sporti fummelte an einem seiner Druckknöpfe herum. Ich zog die Beine unters Kinn und versuchte, ruhig zu atmen.

»Das ist nicht alles«, sagte Loretta. »Wir haben noch das Buch von Bruno.«

Sporti zog es aus der Hose, er schenkte dem Einband keine Beachtung, sondern ging gleich ans Eingemachte. »Das ist ja leer.«

»Die Seiten sind nicht immer beschrieben, aber manchmal«, erklärte Loretta.

»Wie Zaubertinte mit Zitronensaft?«, fragte Wilfred.

»So in der Art, wir glauben, dass die Schrift sichtbar wird, wenn Bruno in der Nähe ist «, sagte Loretta.

»Wenn man eine Verbindung zu ihm hat«, fügte ich hinzu. »Aber nicht übernommen wurde, so wie Paul.«

»Ja, dann kann man es nicht lesen. Weil es sich nur dem offenbart, der wirklich gegen Bruno kämpfen will.«

Sporti drehte das Buch hin und her. »Was habt ihr gelesen? Ich meine, wenn ihr die Schrift schon gesehen habt ... Wartet, das ist doch das aus dem Bunker, oder?«

»Genau«, sagte ich.

Loretta streckte den Rücken durch. »Bisher wissen wir, dass das Monster Bruno heißt und ein Märlep ist, und nicht so genannt werden will. Und wir haben von einer Zeremonie gelesen, für die man Engelstrompeten aufkochen muss.«

»Ich konnte vorhin noch etwas lesen«, sagte ich. »Und zwar stammt Bruno aus Moorbach oder kam zumindest hier an. Er kam aus einem Riss in der Luft, da stand, es sah aus wie ein Schattenriss, aus dem er gekrochen ist. Das steht wohl im Gründungsbuch der Stadt.«

»Echt jetzt?«, sagte Sporti. Wilfred zupfte nervös an seinen Haaren.

»Das hat die Frau gemeint, als sie gesagt hat, wir sollen uns um Bruno kümmern. Das ist Bruno. Ein Monster«, sagte ich. »Es war in meinem Vater, so wie es in Paul war, und vielleicht hat es auch Alfi dazu gebracht, dass er sich ... Es mordet und wir sind die Einzigen, die davon wissen.«

»Dann lasst uns zur Polizei gehen«, sagte Wilfred.

»Ausgerechnet du – Wilfred – willst zur Polizei? Möchtest du, dass die dich auf der Türschwelle abballern, oder was?« Sporti spuckte aus und reichte Loretta das Buch.

»Wenn wir damit zur Polizei gehen, dann was?« Sie zog die Brauen hoch. »Sollen wir denen sagen, dass wir im Traum zwei Morde beobachtet haben? Die glauben uns kein Wort.

Für die sind wir dann die Schuldigen. Wisst ihr, was die sagen werden? Ich habe das schon in unzähligen Krimis gelesen.«

Sie sah uns der Reihe nach eindringlich an. »Die werden sagen, dass *wir* die Frau erschossen haben, vielleicht glauben sie, dass es ein Unfall war, aber bei Alfi werden sie uns unterstellen, dass er uns verpetzen wollte und wir ihn deshalb aus dem Weg geräumt haben. Im Anschluss machen die Paul ausfindig, der ihnen gerne bestätigt, was er gesehen hat. Er wird ihnen glaubhaft versichern, dass er sich längst bei der Polizei melden wollte, aber zu viel Angst vor uns hatte, schließlich haben wir einen Revolver. Als nächstes steckt er ihnen noch, dass der tote Freund von Paul mit in der Senkbachebene war und ihm gesagt hat, er wolle am nächsten Morgen Anzeige gegen uns erstatten.«

Sie holte tief Luft. »Ich sag euch was, wenn wir den Märlep aus dem Weg räumen wollen, wenn wir verhindern wollen, dass noch mehr Menschen sterben, dann müssen wir die Sache selbst in die Hand nehmen.«

Ich hatte einen Bleikloß im Magen, sagte aber trotzdem laut: »Ich bin dabei.«

»Für Alfi«, sagte Sporti.

»Für Alfi«, sagte auch Wilfred.

»Für Alfi«, wiederholte Loretta.

»Für Alfi«, sagte schließlich ich.

»Dann packen wir's an. Aber vorher, hat wer einen Plan, wie?«, fragte Sporti.

»Wir müssen herausfinden, was das für eine Zeremonie ist beziehungsweise wie wir sie ausführen«, sagte Loretta. »Dann fahren wir in den Bunker und sehen, was wir dort finden. Irgendwer muss die Fotos gesammelt haben, das war sicher nicht Bruno. Die Frau wollte, dass wir Bruno finden, mich würde es nicht wundern, wenn ihr der Bunker gehört hat.«

»Ist was dran«, sagte Sporti und streckte die Hand nach der Zigarettenschachtel aus. Wilfred reichte sie ihm.

»Nach was suchen wir?«, fragte ich. »Und weiß jemand von euch, was Engelstrompete ist?«

»Eine Blume«, sagte Wilfred und legte den Kopf in den Nacken. Wir starrten ihn an.

»Was?«, fragte er, als er unsere Blicke bemerkte. »Haben wir im Garten. Meine Mutter ist voll aus dem Häuschen, weil sie ein Gebüsch aus Blütenkelchen hat. Darf sie aber nicht anfassen, sind giftig oder so.«

»Du musst uns mindestens eine Blüte besorgen«, sagte ich. Wilfred zuckte mit den Schultern und war am Aufstehen.

»Nicht sofort«, sagte ich.

»Doch«, warf Loretta ein. »Am besten gleich. Wir treffen uns wieder hier. Wenn du kannst, wir brauchen auch was zu essen und Wasser. Vielleicht auch ein Zelt und du darfst dich von der Polizei nicht erwischen lassen. Die sucht uns bestimmt, entweder wegen Konstis Eltern oder wegen der Frau oder Alfi oder Paul oder seinem Freund.«

Sporti stöhnte. »Ich geh mit. Sonst rennt der den Polizisten direkt in die Arme. Da könnten wir ihn auch gleich vor dem Revier abliefern. Außerdem habe ich meinen Rucksack vom Zelten noch nicht ausgepackt.«

»Bleibt von euren Eltern fern. Ihr habt gesehen, was mit Konstis los war.«

»Machen wir.«

»Passt auf euch auf, wir treffen uns dann hier.«

Wir klopften uns mit den Fäusten ab.

»Und wenn wir hier nicht mehr sind oder ihr die Polizei in der Nähe seht, dann treffen wir uns am Bunker«, sagte Loretta.

Wilfred und Sporti bestiegen die Räder und fuhren davon.

»Meinst du, das war eine gute Idee?«, fragte ich, aber die Antwort lag klar vor mir. Es war egal. Wir hatten nur die eine.

»Wir mussten uns aufteilen«, sagte Loretta. »Wenn wir in die Bibliothek gehen und nicht mehr hochkommen, dann ist es gut, wenn es noch zwei gibt, die an dem Problem arbeiten.«

Ich nickte. »Bruno kam in Moorbach raus. Wenn stimmt, was in dem Buch stand, dass Brunos Ankunft in so einem Buch steht, dann heißt das doch, dass er bei der Gründung von Moorbach plus minus ein paar hundert Jahre aufgetaucht ist.«

»Stimmt, und wenn er seit damals sein Unwesen treibt, dann müssten wir ...«

»... in den Zeitungen ...«, sagten wir gleichzeitig.

»... was finden«, beendete Loretta den Satz.

Ich kratzte mich am Knie. Die Stelle, auf die ich heute Morgen gestürzt war, juckte.

»Bruno will uns nicht in der Bibliothek haben. Das hat er uns beim letzten Mal gezeigt«, sagte Loretta.

»Guten Morgen.« Der Alte im Frack war direkt hinter uns materialisiert. Ich hatte ihn nicht kommen hören. »Sie wieder hier. Toll.« Der Mann legte keinen Wert darauf, seinen Sarkasmus zu überspielen. Sein Blick hing ein Stück über unseren Köpfen. »Na«, seufzte er, »was ist es heute?« Er rückte sein goldenes Brillengestell zurecht.

»Wissen Sie, heute nehmen wir uns ein paar alte Zeitungen vor«, näselte Loretta.

»Tz-tz-tz, die Jugend. Wisst ihr denn überhaupt, was eine Zeitung ist?« Er schritt durch den Kreis, den Wilfred und Sporti verlassen hatten, und setzte seinen Weg zur Bibliothek fort. Wir sprangen auf und folgten ihm. »Ich bin enttäuscht von der heutigen Zeit. Früher, hach ja, früher ...« Er entriegelte die Tür und betrat die Bibliothek. »Seid ihr sauber?«

Ich schnaubte, wollte an ihm vorbeihuschen, aber er stellte sich in den Weg. »Habt ihr gewaschene Finger?«

Ich hatte eine passende Antwort – dass er ein alter Tattergreis sei und bitte seine eigenen Nachkommen nerven solle –, da parierte Loretta. »Wir würden niemals einen so versierten

Herren wie Sie kränken wollen. Natürlich haben wir uns die Hände gesäubert.«

Sie machte einen Knicks. Der Alte murrte und marschierte hinter seinen Tresen und wir die Treppe runter.

Ich folgte Loretta durch den Flur, an den Regalen entlang. Die Aura, die die geleimte Blättersammlung umgab, war bedrückend. Die Kerzen flackerten, obwohl kein Lüftchen wehte. Wachs tropfte auf den roten Teppich, der unter unseren Füßen sanft nachgab. Es war totenstill und ich hatte ein flaues Gefühl. Die winzigen Feuer waren so schwach wie Glühwürmchen. Schatten wanden sich um uns.

Wir stoppten bei Regal einundvierzig, auf dem Kupfertäfelchen stand »Stadtarchiv«. Loretta machte einen Schritt in den Gang und ich folgte ihr.

Die Regale schlossen uns wie ein Zimmer ein, hier war es noch dunkler als draußen. Auf den Regalbrettern lagerten keine Possen, Schinken oder Taschenbücher, sie waren mit Diamagazinen gefüllt, alle beschriftet und nach Jahren sortiert.

Ein quadratischer Bildschirm stand auf einem eher wacklig anmutenden Tisch. Er teilte sich den Platz mit einem leeren Diamagazin, in das man die Dias einsortieren musste.

Loretta schwang sich auf den Drehstuhl, drückte den Einschaltknopf und ich holte die Magazine. Das erste war von 1865.

Wir schoben es ein.

»Spürst du das?«, fragte sie. Und wie ich das spürte, ein aufdringliches Brummen im Hintergrund, wie ein knurrender Bär.

»Er will, dass wir gehen.« Sie rieb sich das Kinn.

»Dann beeilen wir uns.«

Wir wälzten uns durch den Moorbacher. Jedes Dia schob sich mit einem sanften Klacken vor die Linse und die Mechanik summte im Anschluss. Bis 1871 gab es keine Hinweise.

Dann fanden wir eine Überschrift: »Totes Mädchen ohne Augen gefunden«.

Der Text des Artikels lautete wie folgt: »So hatten sich Otto und Wilhelmine Ernst ihren silbernen Hochzeitstag nicht vorgestellt. Das glückliche Paar wollte am Morgen, bevor sie sich zum gemeinsamen Nachmittagstee mit der Familie Hermann aufmachten, wegen der bevorstehenden Ernte ihr Weizenfeld begutachten. Doch mitten im Feld fanden sie ein unbekanntes Kind. ›Ich war schockiert‹, sagte Otto Ernst. ›Als ich sie umdrehte, sie hatte keine Augen. Sie waren weg.‹ Wer macht so etwas, lautet die Frage, die sich alle Moorbacher nun wohl stellen. Wachtmeister August Fritz gab hierzu zu Protokoll: ›Bisher ist es ein Rätsel, wie die Leiche dorthin kam, aber wir gehen jeder Spur nach.‹«

»Das war er«, sagte ich.

Loretta blätterte weiter. Im selben Jahr gab es noch zwölf weitere augenlose Leichen. Die Artikel berichteten alle von demselben Feld.

In der Ausgabe vom 23. Dezember 1871 stand: »Herr Otto Ernst und seine Gattin Frau Wilhelmine Ernst wurden verhaftet und verurteilt. Die erst kürzlich beschlossene Staatsanwaltschaft legt ihnen dreizehn Morde zur Last. Am Mittag des 22. Dezembers, um 12:00 Uhr, richtete der Henker die Strafgefangenen unter Einschluss der Öffentlichkeit durch das Handbeil auf dem Siegesplatz hin.«

Wir wühlten uns durch die Jahrzehnte. Je weiter wir uns in die Gegenwart vorarbeiteten, desto mehr Nachrichten gab es und umso schwerer waren die Magazine. 1872 bis 1929 gab es keine Einträge, allerdings auch viele Lücken, die teilweise bis zu zehn Jahre verschluckten. Viele der Aufzeichnungen waren unvollständig oder schwer entzifferbar. Im Februar 1929 hätten wir so beinahe über eine Schwarzweißfotografie geblättert, auf der eine Wand mit verblichenen und dreckigen Flugblättern zu sehen war. Dazwischen hingen handgeschriebene

Zettel. Ein Flugblatt fiel mir besonders ins Auge. Es musste erst kurz vor der Aufnahme aufgehängt worden sein, so neu wie es aussah. Das Datum des Eintrags war vom Februar 1928.

»Kannst du das vergrößern?«, fragte ich.

Loretta drehte am Projektor ein Rad. »Worauf?«

»Siehst du den Zettel neben dem Mann, der in die Kamera winkt?«

Sie schraubte am Rad. Das Geschriebene war verschwommen und klein, aber die Überschrift konnten wir entziffern.

»Toter Junge ohne Augen«, las Loretta. Wir hatten wieder eine Spur und ratterten die Dias durch. Klack-Klack. Summ. Klack-Klack. Summ.

Der nächste Hinweis erschien im April 1929. In einer Spalte über Pferdewetten und die Ausschreitungen der Prohibition in Amerika, stand kurz: »13-Jähriger erstochen«. Der Text lautete: »Am Morgen des 7. April fand ein Spaziergänger auf dem verlassenen Reiterhof ein Kind ohne Augen. Da es keine Papiere bei sich trug, bittet die Polizei um Mithilfe. Der Junge ist 120 Zentimeter groß, hat dunkelbraune Haare, ihm fehlt im rechten oberen Kiefer ein Backenzahn und er hat eine gezackte Narbe über der linken Braue. Wenn Sie Hinweise zu seiner Identität haben, dann melden Sie sich bitte. Moorbach und die Polizei danken Ihnen für ihre Unterstützung.«

Klack-Klack. Summ. Klack-Klack. Summ.

Ich stellte das Magazin zurück ins Regal und betrachtete die folgenden Reihen. In den nächstens Fächern verdoppelten sich die Magazine. Waren es im Jahr 1929 noch vierzig Boxen gewesen, gab es für 1933 bereits einhundertsechzig. Danach verringerten sich die Meldungen dramatisch, bis 1950 eine wahre Informationsflut hereinbrach. Belegte 1945 noch zwei Regalfächer, waren es 1950 sieben, 1970 schon dreiundzwanzig.

Ich zeigte ihr meine Entdeckung. »Schau mal.«

»Ich denke nicht, dass wir alle durchwühlen müssen. Wir haben 1881 die ersten Berichte, dann 1929 und wir wissen von den aktuellen Fällen 1975. Zwischen der ersten Dokumentation liegen achtundvierzig Jahre und von 1929 bis heute sind es sechsundvierzig Jahre.«

»Also stimmt's ...« Ich schluckte. Mir war heiß und ich hatte den Eindruck, dass die Schatten das Regal über mir in die Länge zogen. »Wir haben es hier mit einem Wesen zu tun, das aus dem Nichts kommt und Menschen jagt.« Die Luft schmirgelte mir bei jedem Atemzug roh durch die Kehle.

»Würde ich auch so sagen.«

»Loretta?«

»Hm?«

»Siehst du das?« Ich zeigte zur Decke. Dort hingen gepökelte Schweinehälften und Würste im Ring, wie Ketten an Schürhaken.

»Hm, hm«, presste sie zwischen verschlossenen Lippen hervor. Ich hatte den Geschmack von Käse und sauer eingelegtem Kraut auf der Zunge. Ein Schrei braute sich in meinem Hals zusammen, doch ich brachte nichts weiter als ein klägliches Winseln hervor.

Wir befanden uns nicht mehr in der Bibliothek, aber irgendwie doch. Es war dieselbe Räumlichkeit, dieselbe Gewölbedecke. Aber es gab keine Bücherregale mehr, keinen Projektor. Der Schreibtisch, an dem wir die letzte Stunde gearbeitet hatten, war weg. Um uns war ein Erdkeller, in dem Lebensmittel lagerten. An den Wänden stapelten sich Fässer, vereinzelte Käseleiber lehnten daneben und ein paar Gärtöpfe standen dicht zusammen, Fackeln flackerten an den nackten Steinwänden.

»Wo sind wir?«, fragte Loretta. Die Luft kondensierte vor meinem Mund und es war kalt, trotz der Beleuchtung. Ich zitterte. »Loretta«, presste ich hervor. »Was ist hier los?«

»Das Buch, schau!« Es lag vor einem Weinfass auf dem Steinboden, dort wo wir es auf den Tisch gelegt hatten. Ein gelber Schein umgab es. Ich hob es auf und öffnete den Einband. Im hinteren Drittel flimmerte eine Seite, aber keine Schrift war zu sehen. »Steht nichts drinnen.«

Als ich es zuklappen wollte, hinderte Loretta mich daran und tippte auf den oberen Rand. Füllerstriche bildeten Rundungen, Linien und Kanten, sie waren so gelb wie mit frischem Ausfluss geschrieben:

Hilfekonstantinhilfelorettaichbrauchehilfealfredalfredalfred

Die Fackeln loderten auf, als zöge ein Sturm durch die Kammer.

»Lass uns abhauen. Er ist hier …« Ich wirbelte herum. Wir waren wieder in der Bibliothek. Loretta klammerte sich an den Bürostuhl und schnaufte wie nach einem Eilmarsch.

Ich strich über die Seitenwand des Bücherregals. Es war echt. Die Kerzen, sie brannten und tropften. Loretta beruhigte sich aber nicht. Sie japste und war kurz davor zu hyperventilieren.

»Was hast du?« Ich klappte das Buch zu und steckte es ein.

Sie beugte sich vornüber. Ihre Haare verdeckten sie bis zu den Knien. Ich legte mir einen ihrer Arme auf die Schulter.

»Nicht«, brachte sie zwischen zwei Atemzügen hervor. »Guck … in … das … Buch.«

»Das können wir draußen.« Sie schüttelte den Kopf und entzog sich mir. Widerwillig schlug ich das Buch auf. Eine weitere Handschrift hatte noch etwas hinzugekritzelt:

Schamanische Riten des Yona-a'ari.

Lorettas Atemnot milderte sich zu einem Hecheln. »Buchtitel«, sagte sie. »Gang neunzehn.«

Diesmal ließ sie es zu, dass ich sie stützte. Wir humpelten zusammen über den roten Teppich. Das unmerkliche Brummen im Hintergrund war angeschwollen. Uns folgte etwas, eine Macht, die uns die Köpfe vom Hals rupfen wollte. Ich spürte die Anwesenheit eines gewaltigen Wesens in meinem Rücken, wie man die Blicke eines Fremden im Nacken fühlte. Wir sahen uns ständig um, aber außer den langen Schatten war nichts zu sehen. Der Weg bis zum neunzehnten Gang brauchte eine Ewigkeit.

»Hier.« Sie zog ihren Arm weg und hinterließ eine kühle Stelle auf meiner Schulter. »Wie hieß es?«

Ich schlug in Brunos Buch nach. »Schamanische Riten des Yona-A'Ari.«

Sie fuhr mit ihrer flachen Hand über die Buchrücken, kippte eines aus dem Fach. »Hier.«

Es war nicht größer als das Brunobuch, und ehe ich mich versah, hatte sie es unter ihrem Kleid versteckt.

»Jetzt raus hier.« Wir eilten zur Treppe.

Oben wartete der Alte. Er grinste unheilvoll. Seine Augen lagen tief in ihren Höhlen und waren durch Schatten ersetzt, schwarz wie sein Frack. Er leckte sich die Lippen und schmatzte.

Wir stiegen langsam die Stufen rauf, auf ihn zu.

»Na, Kinder, seid ihr fündig geworden?«

»Nein, aber fertig für heute«, antwortete ich. »Kommen morgen wieder.«

Er rümpfte die Nase und verschränkte die Arme hinter dem Rücken. Er war seltsam, noch eigenartiger als sonst. Er inspizierte uns von oben bis unten, während wir an ihm vorbeigingen. Ich war bereit, ihn bei der kleinsten falschen Bewegung umzustoßen.

»Habt ihr aufgeräumt?«

»Ja«, sagte Loretta.

»Halt!« Unterhalb seiner Brauen zuckte etwas Gelbes durch die Dunkelheit. Loretta und ich sahen uns an, rannten zur Tür und rissen sie auf.

»Komm!«, brüllte ich und schmiss die Tür zu. Wir schwangen uns auf die Räder und traten wie Wahnsinnige in die Pedale.

20

Ich radelte wie irre, immer weiter. Irgendwann erreichte ich den Ortsausgang. Loretta rief nach mir, da begann ich mich zu beruhigen. Sonst hätte ich sie abgehängt. Sie hatte die schamanische Literatur auf den Gepäckträger geklemmt. Wir bogen auf einen der Radwege ab.

»Das war nicht mehr der Bibliothekar«, sagte ich.

»Ganz sicher nicht.«

»Du hast auch die Fässer gesehen.« Sie nickte. »Bruno ist hinter uns her, oder?« Sie nickte erneut.

Wir fuhren zwischen den Äckern an einem Maisfeld entlang und hielten, um ein paar Kolben zu pflücken. Sie waren saftig und süß, die erste Mahlzeit des Tages. Ich fragte mich, was wir machen würden, wenn wir am Bunker ankamen, aber Sporti und Wilfred nicht da waren. Was, wenn die Polizei die Gegend abgeriegelt hatte und dieser Gesetzeshüter Humbold auf uns wartete, um uns zu Hause abzuliefern? Oder wenn uns Bruno dort erwartete, um uns eigenhändig die Köpfe abzutrennen?

»Wie sollen wir eine Kreatur besiegen, die nicht mal ein Wesen von dieser Erde ist?«, murmelte ich. Loretta antwortete nicht, sie war mit ihren eigenen Fragen und Bedenken beschäftigt.

Gegen Nachmittag bogen wir in den Wald. Wir orientierten uns an dem, was wir kannten, und folgten den wenigen Schildern. Ganz so lange war es nicht her, dass wir zu fünft nebeneinander hier lang gefahren waren, ich erinnerte mich noch an einen Großteil des Weges. Mir war kalt. Damals hatte Alfi noch ein schlagendes Herz gehabt.

Wir schoben die Räder die letzten Kilometer neben dem Weg durch den Wald, um möglichen Schnüffelnasen aus dem Weg zu gehen, versteckten uns zwischen den Bäumen und beobachteten unseren alten Schlafplatz.

Der See schlief geräuschlos, bis zum Sonnenuntergang würde es noch einige Zeit dauern. Uns warnten keine rotweißen Flatterbänder vor dem Betreten des Tatorts und keine Streifenwagen blockierten den Weg. Es lag keine Leiche am Waldrand und keine Wachen hielten Ausschau nach uns.

Deshalb schlichen wir zum Bunker, tiefer in den Wald.

Die Luke des Bunkers war zu. Die Metallplatte war nicht von Laub und Erde bedeckt, sie glänzte klar und deutlich im Sonnenlicht. Kein Absperrband war darum gespannt. Hätte die Polizei sie nicht finden müssen? Wir ließen uns unweit davon nieder.

Loretta las sich in die Riten der Schamanen ein. Ich sah mir die handgeschriebene Botschaft an. Nachdem ich eine Weile daraufgestarrt hatte, fiel mir das erste Wort auf. Mit einem grauen Kalkstein, den ich unterwegs aufgelesen hatte, ringelte ich die restlichen Wörter ein.

Hilfe(konstantin)hilfe(loretta)ich(brauche)hilfe(alfred)alfred(alfred)

Ich konnte es kaum erwarten, ihr meine Entdeckung zu zeigen. Sie sah interessiert auf das Gekritzel. »Alfi hat irgendwie Kontakt zu uns aufgenommen«, sagte ich.

»Ich habe auch was. Hier steht, dass nur ein Märlep existiert, und der ernährt sich von seelischen Schmerzen und der Seele selbst. Laut dem Buch und einigen Sagen über den Märlep sind die Augen der Spiegel der Seele, weswegen er die Augäpfel herausschält. Er ernährt sich von der Angst der Seelen.

Wie und ob man den Märlep vernichten kann, dazu steht hier nichts, aber da ist ebenfalls diese Zeremonie von Mär beschrieben. Sieh her!«

Sie drehte mir das Buch hin. Eine Passage war unterstrichen und eine Notiz hinzugefügt: »Nur der Stärkste wird ihm begegnen, um ihm eine Frage zu stellen, die er mit der Wahrheit beantworten muss. Dazu einen Liter frisches Quellwasser, bei Nacht geschöpft, über dem offenen Feuer erhitzen, auf eine Handvoll gehackte Engelstrompete und eine Handvoll geriebenen Oregano gießen. Zehn Minuten ziehen lassen. Einen Esslöffel abschöpfen und trinken, weiter köcheln lassen, nach weiteren zehn Minuten den nächsten Löffel nehmen. Die Prozedur so lange wiederholen, bis ein Sieger hervorgeht, dem sich der Märlep offenbart.«

»Wir halten die Zeremonie ab, einer von uns trifft ihn und fragt, wie wir ihn vernichten können. Er muss uns die Wahrheit sagen, steht hier. Dann wissen wir Bescheid«, sagte sie.

»Ich weiß nicht. Wenn das so einfach wäre, wieso hat es dann nicht jemand vor uns versucht?«

Darauf wusste sie keine Antwort, wir sahen schweigend auf die Zeilen, bis ich keine Lust mehr hatte. »Ich geh jetzt in den Bunker. Wir haben lang genug gewartet.«

»Da unten ist es stockfinster und wir haben keine Taschenlampe. Lass uns weiter auf die anderen warten.«

»Na gut.«

So harrten wir zwischen den Bäumen aus. Ich achtete auf jedes Geräusch, von denen es nicht viele gab. Es zirpten weder Grillen, noch raschelten Blätter. Der Wald hatte während unserer Abwesenheit nichts von seinem merkwürdigen Verhalten eingebüßt. Die Sonne verschwand ohne farbenprächtigen Untergang, auf einmal war es dunkel und Loretta rückte näher zu mir, so dass wir Rücken an Rücken lehnten. Irgendwann legte sie ihren Handrücken in meine Hand.

Ich war mit meinen Gedanken bei Wilfred und Sporti. Wo blieben sie so lange? »Ganz schön unheimlich«, flüsterte sie. »Oder?«

»Hm?«

»Gruselig hier draußen.«

»Ja … Wo bleiben nur die anderen?«

»Wenn sie bis morgen früh nicht eintrudeln, müssen wir ohne Lampe da runter.«

Ich schielte zum Eingang, der im Dunkeln kaum zu erkennen war. »Ich hoffe, die haben die beiden nicht aufgegabelt oder Bruno …«

Wir schwiegen und ich verfiel in einen Dämmerzustand, aus dem ich hochschreckte, als Loretta immer schwerer wurde und schließlich tief und schwer atmete. Der Sandmann hatte sie besucht.

Ich bewegte mich so wenig wie möglich, um sie nicht zu wecken. Durch die dichten Baumkronen blitzten die Sterne, die in einem Dreieck zueinanderstanden. Ich dachte über die Zeremonie von Mär nach und, dass sie unsere einzige Chance war herauszufinden, wie wir Bruno loswurden. Alfi hatte uns eine Nachricht hinterlassen. Er brauchte Hilfe. Wo war er?

Das Klappern einer leerlaufenden Fahrradkette riss mich aus meinen Gedanken. Ich rüttelte Loretta wach und hielt ihr den Mund zu. »Pssst.«

Sie nickte und ich nahm meine Hand runter. Wir suchten Deckung hinter einem Baum.

Ein Leuchtkegel durchtrennte die Schwärze der Nacht. Das Klappern näherte sich.

»Wir haben uns verfahren …«, sagte Wilfred.

»Halt's Maul!«, erwiderte Sporti.

»Halt selber das Maul. Arschgeige.«

Loretta sprang auf und rannte ihnen entgegen.

»Loretta!«, schrie Wilfred. Er klang erleichtert. »Loretta! Du siehst sie doch auch, oder?«

»Wilfred, ich knall dir gleich eine. Halt's Maul und brüll nicht so rum!«

»Du musst immer so gemein sein.« Wilfred umfuhr ein Loch und machte dabei einen ungewollten Schlenker auf ihn zu. Sporti ließ nichts anbrennen. »Aua!«

»Da seid ihr ja endlich. Was hat so lange gedauert?«, fragte ich.

Sie bremsten und stiegen ab. Wilfred hätte sich dabei beinahe auf die Nase gelegt, wenn Sporti ihn nicht unterm Arm erwischt hätte. »Danke, Mann.«

»Wir waren an der Bibliothek, aber eure Räder waren weg. Wir haben uns gleich auf den Weg gemacht, doch unser Schlauberger hier hat Kreuz und Bein geschworen, das wir an der Kreuzung vorne am Waldanfang links abbiegen müssen. Hat ewig gedauert, bis wir die alte Route wiedergefunden hatten. Ich meine, wir konnten schon die ersten Hochhäuser von Lichheim sehen.« Er warf Wilfred einen missmutigen Blick zu.

»Habt ihr Taschenlampen?«, fragte ich.

»Ja«, bestätigte Wilfred. »Ich hab eine zum Kurbeln. Da brauchen wir keine Batterien.«

»Sind wir allein?«, fragte Sporti.

»Niemand außer uns.«

Loretta rieb sich die Wangen und Unterarme. »Wollen wir heute noch in den Bunker? Was meint ihr?«

»Hab kein Zelt dabei. Das Teil ist so schwer, damit wäre ich nie hier angekommen.« Wilfred reichte mir die Lampe. Ich kurbelte und blendete mit dem Lichtschein Sporti.

»Was ist mit deinem Auge?«, fragte ich. Es war dick und schwulstig.

»Schon gut«, winkte er ab.

»Seine Mami«, sagte Wilfred.

»Bist du wohl ruhig!« Sporti deutete eine Ohrfeige an.

»Sie hat ihn von hinten gepackt und dann mit ihrem Knie …«

»Halt's Maul!« Sporti machte einen Schritt auf ihn zu.

»Schon gut, schon gut.«

»Sie hat mich ungünstig erwischt. Ist piepe, hab meinen Rucksack gegriffen und wir sind abgehauen. Sie hatte diese gelben Augen, die die Paul hatte.«

»Und bei dir lief alles reibungslos?«, fragte Loretta Wilfred.

»Logisch!« Er hob den Daumen. »Die Blüte hat Sporti.«

»Können wir noch mal über den Teil mit dem Bunker reden?«, fragte Sporti. Er entriss mir die Taschenlampe und kurbelte Richtung Luke. »Habt ihr reingeschaut?«

»Nein«, sagte ich. »Die ist zu, schon die ganze Zeit.«

»Sicher?« Sporti zeigte an mir vorbei zur Luke. Ich war mir sicher, dass er mich auf den Arm nehmen wollte, aber da hatte ich mich getäuscht. Die Luke stand offen, wie eine klaffende Wunde im Waldboden.

»Das ist nicht witzig«, sagte Wilfred, seine Stimme bebte.

»Ich mach keine Witze.«

»Die war zu«, sagte Loretta. »Die war zu.«

»Wollt ihr immer noch da runter?«, fragte Sporti. »Also ich bin ja dafür, dass wir Wilfred runterschicken, wenn er's überlebt, dann folgen wir. Arme hoch, wer das gut findet.«

»Ha-ha, Sporti. Ha-ha.«

Sporti ließ sein Fahrrad fallen. Die Klingel bimmelte. »Ich leuchte mit der Funzel da runter. Gucken wir mal, was zurückguckt.« Sporti lächelte schief und stiefelte zum Zugang in die Unterwelt. Wir folgten mit großem Abstand und positionierten uns um den Zugang.

Sporti kurbelte. Der Deckel war von innen vom Ruß unserer Bombe geschwärzt. Silberne Flecken meiner Handabdrücke reflektierten das Licht.

»Nicht zu schnell, sonst überhitzt die Lampe und das war's«, drängte Wilfred. Sporti machte langsamer und lenkte den Lichtkegel in die Dunkelheit hinab. Der Konus brannte einen Flecken auf den Boden am unteren Fuße der Leiter.

Etwas reflektierte das Licht. Es war eine Pfütze aus einer undefinierbaren Flüssigkeit.

»Was ist das?«, fragte ich. Die Frage hallte im Schacht wider.

»Pssst«, machte Loretta, ab da schwiegen wir. Sie deutete nach unten, zeigte dann auf uns und hob fragend die Achseln. Wer wollte runtergehen?

Wilfred machte einen Schritt zurück. Loretta würde ich nicht gehen lassen, obwohl sie die Stärkste von uns war, und Sporti hatte nur ein funktionierendes Auge. Ich hob beide Hände, als würde ich mich geschlagen geben, und streckte darauf eine nach der Lampe aus.

Das Licht blieb während der Übergabe an, und ich drehte die Kurbel gleich weiter. Die Lampe war ein rechteckiger Kasten. An einer Ecke guckte die Glühlampe heraus und auf der rechten Seite hing die Handkurbel. Ich würde also im Dunkeln runterklettern müssen und erst unten wieder drehen können. Der Gedanke erfüllte mich nicht sonderlich mit Wohlbehagen.

Ich steckte die Lampe ein und überreichte Loretta das Brunobuch. Unsere Finger berührten sich und ich hätte sie am liebsten in die Arme geschlossen, um sie niemals wieder loszulassen. Sie nickte verständnisvoll.

Ich stellte mich auf die oberste Sprosse und zählte bis drei. Länger würde es sicher nicht dauern, bis eine eiskalte Hand mich an der Wade packen und in die Tiefe reißen würde.

Die Zeit war abgelaufen. Ich lebte noch.

Halb erleichtert stieg ich die nächsten Sprossen hinab. Solch eine Dunkelheit hatte ich noch nie erlebt. Zu sagen, ich hätte die Hand vor Augen nicht sehen können, wäre zu wenig gewesen. Es war so lichtlos, dass ich nicht mal vermuten konnte, wo meine Hand war, wenn ich sie von der Leiter nahm. Es war so finster wie der Tod persönlich.

Ein süßlicher Duft von sommerlichen Blüten stieg aus der Tiefe. Je weiter runter ich kletterte, desto wärmer wurde die abgestandene Luft. Das ergab mit dem Blumenaroma eine eigenartige Mischung aus faulendem Kompost im Sommer und Zuckerfabrik.

Ich stieg tiefer und tiefer. Die Leiter schien kein Ende zu finden. Mir war, als stiege ich seit fünfzehn Minuten hinab. Die Luke weit über mir verschmolz mit dem kaum sichtbaren Himmel. Die Köpfe meiner Freunde waren schwarze, runde Schatten.

Plötzlich drängte sich mir eine Stimme auf, es war kein herkömmliches Sprechen, sondern hallte eher zwischen meinen Ohren, wie eine Gedankenübertragung. »Hallo, mein Freund!«, rief die Stimme hysterisch. »Wollen wi-wir spielen?«

»Wer bist du?«

»Och ...«, sagte es enttäuscht.

Ich wechselte die Richtung und kletterte wieder rauf. Meine Freunde stiegen wie Heißluftballone in die Höhe, der Schacht wuchs empor, der Ausgang verschwand in weiter Ferne. »... du weißt doch, wer ich bin. Stimmt's?«

»Bruno«, sagte ich. Da ich den Ausgang niemals erreichen würde, stieg ich wieder runter und erreichte auch bald darauf den Boden.

»B-Bruno! Ja, ja genau!« Nun klang die Stimme fröhlich. »Ich bin hier, um mit dir zu spielen. Du magst bestimmt Zuckerwatte, oder? Ma-magst du Zuckerwatte?« Darin schwang ein hysterischer Unterton mit, mein Herz raste. Mit klammen Fingern klaubte ich die Lampe aus der Hosentasche, die sich im Stoff verhakt hatte. Ich zog, aber sie hing fest.

»Magst du Zucker-watte?«

»Ja«, sagte ich und drehte und zog an der verdammten Taschenlampe. Ich rutschte immer wieder mit den Fingern über das glatte Gehäuse.

»Und gebrannte Ma-Mandeln?« Er wirkte ernsthaft interessiert.

»Ja.« Ich verlor die Geduld und riss. Es war mir egal, ob ich meine Hose zerpflückte, wenn ich nicht sofort Licht bekam, würde ich an einem Herzinfarkt sterben – sollte Bruno mir nicht vorher mein Haupt vom Hals trennen oder ein Messer sonst wo reinstechen. Aber die Lampe rührte sich nicht.

»Was willst du?«, brüllte ich überreizt.

»F-freunde. Das wir Freunde sind.« Er kicherte wie ein dreijähriges Kind, das sich hinter einer Fensterscheibe versteckte. »Wir werden Freunde.«

Aus dem Hintergrund vernahm ich ein leises Summen. Das Geräusch erinnerte mich an das Brummen aus der Bibliothek, nur war es hier deutlicher. Jemand sang, aber ich verstand die Worte nicht. Sie klangen wie eine vertraute Sprache, aber doch völlig fremd.

Endlich hatte ich die Lampe befreit, nicht ohne dabei die Tasche aufzureißen. Ich griff nach der Kurbel und verstand nun doch eine Textzeile. »... ist alles, was ich hab.«

Ich kurbelte. Licht flutete den kleinen Raum. Das Summen und die Präsenz vergingen. Wo ich auch hin leuchtete, war nur Betonmauer. Ich sah noch mal zu meinen Freunden hoch. Ihre Köpfe hingen wie schwarze Luftballons über dem Ausstieg.

Ich ging durch die Tür.

Der süßliche Geruch intensivierte sich. Vor der Tafel, an der die Bilder der Opfer angepinnt waren, hing ein Sack von der Decke. Darunter hatte sich eine Pfütze gebildet, von der Spuren bis zum Eingang führten. Das süßliche Aroma kam von diesem Sack.

Ich ging näher. Es war kein Sack, sondern ein Mensch, den ich gleich erkannte. Es war die Frau mit der lilafarbenen Bluse, der ich das Leben genommen hatte.

Wie erstarrt stand ich in der Mitte des Raumes. In ihrem Bauch prangte ein Loch. Unter ihr trockneten Blut und andere Körpersäfte, die ihr weiterhin von den Knöcheln tropften. Ihre Arme waren mit einem Hanfseil verknotet. Das Seil war um einen Schürhaken gewickelt, der von der Decke hing.

Die Lampe flackerte. Das Summen schwoll an. Diesmal verstand ich die Sprache, und nicht nur das, ich erkannte Alfis Stimme, die Unverständliches dazwischenrief. Es war Brunos giggelnder Gesang, der sich um Alfis Rufe schwang und sie in den Hintergrund drängte: »Schwarz, schwarz, schwarz sind alle meine Kinder. Schwarz, schwarz, schwarz ist alles, was ich bin. Darum lieb ich alles, was so schwarz ist, weil mein Schatz die Pe-est ist.«

Plötzlich klang Alfis Schrei glockenklar: »Lauf!«

Ich drehte mich um und lief, sprang die Leiter hinauf und kletterte wie der Teufel. Oben packte mich Sporti.

»Zumachen!«, plärrte ich, sobald ich draußen war. »Zumachen!«

Wir warfen uns gegen die Luke. Sie bewegte sich kaum, quietsche schrill und krachte schließlich doch zu.

»Weg hier! Weg, weg, weg ... müssen weg. Los schnell!« Loretta, Sporti und Wilfred gafften mich an, als wäre ich eine wandelnde Leiche.

»Worauf wartet ihr?« Ich stellte mein Fahrrad auf. »Was ist mit euch?«

»Beruhig dich«, sagte Sporti.

»Was? Beruhigen! Ich hab da unten –«

»Wir auch«, unterbrach mich Loretta. »Wir haben gehört, dass er unser Freund sein will und all den Blödsinn. Wir können nicht abhauen! Du hast Alfis Nachricht doch gelesen?

Bruno hat seine Seele, Alfi existiert noch, er ist nur gefangen. Wir müssen ihm helfen. Das sind wir ihm schuldig.«

»Aber die tote Frau ...«

Sporti nickte. »Wir haben sie auch gesehen. Es war wie ein Traum, nur, dass wir wach waren.«

»Aber ...«

»Wir haben uns währenddessen unterhalten«, sagte Loretta. »Wir wollen die Zeremonie noch heute Nacht durchführen. Je eher wir wissen, wie wir ihn besiegen können, desto schneller können wir Alfi befreien.«

Ich sah sie nacheinander an. »Das ist euer Ernst?«

Wilfred nickte, selbst er war entschlossen. Ich schüttelte den Kopf. »Seid ihr denn von allen guten Geistern verlassen!«

»Du musst ni–«, begann Wilfred.

»Halt's Maul, Wilfred«, fluchte ich. »Natürlich mach ich mit. Scheiße!« Ich trat gegen einen Stein, der nicht da war. »Dann machen wir es halt heute. Brauchen Feuer. Sporti?«

Er zückte sein Feuerzeug.

»Na dann, worauf warten wir?«

Wir schnappten uns unsere Räder. Wilfred und Sporti gingen zankend voran. Loretta hielt mich am Arm zurück.

Sie sah mich ernsthaft an und öffnete ihren Mund zu einem feinen Spalt. Sie kam näher. Ich spürte meinen Herzschlag. Sie blieb vor mir stehen und nahm meine Hände. Ich glühte, meine Achseln waren heiß und nass. Sie hatte nicht aufgehört, mich anzusehen. Ich spürte ihren Atem gegen meine Lippen branden. Unsere Lippen trennten nur noch wenige Zentimeter. Sie stellte sich auf die Zehenspitzen. Sie kannte ihr Ziel.

Loretta grinste, ganz schwach, es war kaum zu sehen, ein zufriedenes Lächeln. Meine Fingerspitzen kribbelten wie eingeschlafen, aber angenehmer, verheißungsvoller. Gleich war es so weit.

Sie drehte den Kopf an mir vorbei. Ihr Mund verfehlte sein Ziel und traf die Wange. Ich drückte sie zurück und presste meine Lippen auf ihre. Sie erwiderte den Kuss und es war das schönste Gefühl dieser Erde. Ein Feuerwerk brach in mir aus. Ich wusste, das war der Grund, warum wir Menschen lebten – um zu küssen, um uns zu lieben.

Als sie ihren Mund von meinem löste, fühlte ich mich einsam. »Wir müssen los«, sagte sie und wandte sich in die Richtung, in die Wilfred und Sporti verschwunden waren.

Ich sah ihr verträumt nach, wie sie den Ständer am Rad zurückschob und sich auf den Sattel setzte. Sie lächelte mich an. »Konstantin?«

»Ja?«

»Dein Fahrrad.«

Ich sah auf meine Hände und machte einen Schritt auf sie zu. Danach war ich wieder voll bei mir. Ich schwang mich in den Sattel und wir traten in die Pedale.

21

Wir schlossen schnell auf, wir hatten weniger Zeit zu zweit verbracht, als ich angenommen hatte. Sporti stellte gerade seinen Rucksack in den Kies am Strand. Das Wasser lag ruhig da. Gestirne erzählten von vergangenen Tagen.

Das war ein guter Ort für das Feuer.

»Die Lampe?«, fragte Sporti. Ich reichte sie ihm und er gab sie weiter. »Wilfred, du kurbelst.«

Wir brachen einige trockene Äste, sammelten Laub und trugen alles zu einem Haufen zusammen. Als es genug war, setzten wir uns um die Feuerstelle. Wilfred leuchtete vor Sporti, der mit seinem Feuerzeug den Laubhaufen ansteckte. Die Flamme wuchs von Teelicht- auf Fackelgröße und nagte bald an den Ästen, die wir darüber aufgestapelt hatten.

»Hat wer eine Teekanne?«, fragte Loretta.

»Kanne nicht, aber einen Topf, geht sicher auch?«, fragte Sporti.

»Denke schon. Die Blüte ...« Sie unterbrach sich, als Wilfred den gelben Blütenkelch vorsichtig aus einem Handtuch wickelte. Sie war nicht schlaff, sondern kräftig, als hinge sie noch am lebenspendenden Baum. Er reichte sie wie ein Neugeborenes mitsamt dem Handtuch an sie weiter.

Loretta legte die Engelstrompetenblüte vorsichtig zwischen sich und dem Feuer ab. Sporti gab den Topf über mich an sie weiter, und ich reichte ihr mein Taschenmesser.

»Oregano«, sagte Loretta erschrocken, als wäre es kein Gewürz, sondern eine Beleidigung. »Wir haben keinen! Wieso sollten wir auch Oregano mit–«

»Ganz ruhig«, sagte Sporti gedehnt. »Ich hab Eier dabei.«

»Was sollen wir denn mit Eiern? Wir brauchen Oregano, das ist doch kein Ei«, schimpfte Wilfred.

»Ich mache an mein Rührei immer Oregano. Das gehört einfach dazu. Hab von anderen gehört«, dabei warf er Wilfred einen strafenden Blick zu, »die ihr Rührei in Ketchup ertränken.«

Er holte ein Glas aus der Tasche und gab es feierlich an Loretta weiter. Sie drückte ihm einen Kuss auf die Backe.

»O-ho ho«, machte Wilfred.

»Du bist der Beste«, sagte sie.

»Hach, Kleines«, imitierte Sporti in bester Errol-Flynn-Manier, »keine Ursache. Auf mich ist Verlass.«

Sie schraubte es auf und verzog das Gesicht. »Unverkennbar, widerliches Kraut.«

»Hey«, protestierte Sporti. »Mir ist es heilig.«

Sie legte das Buch des Schamanen dicht an die Flammen, um daraus lesen zu können. »Quellwasser bei Nacht geschöpft.«

Ich hob den Topf auf, tauchte ihn in den See und stellte ihn gefüllt ans Feuer, bevor ich mich wieder setzte.

»Ein Liter«, murmelte Loretta. »Sporti, wie viel geht in den Topf?«

»Ist da keine Markierung?«

»Nein, nichts zu sehen«, sagte Loretta.

Sporti drehte sich zu seiner Reisetasche und wühlte darin. »Hab auch nichts, um es abzumessen. Schätz es doch.«

Loretta verzog das Gesicht zu einem Was-solls-Blick. Ich schätzte und goss etwas Wasser aus. »Sollte passen.«

»Kannst du die Hand aufhalten?«, fragte mich Loretta.

Ich streckte sie ihr entgegen. Sie klappte eine Schere aus dem Taschenmesser und schnitt aus der Blüte großzügige Stücke heraus. Fetzen von Blütenblättern flatterten mir in die Hände.

Das Feuer warf Schatten auf Lorettas Gesicht und betonte ihre Wangenknochen. Ich fuhr die Konturen ihrer Lippen mit den Augen nach. Die untere formte einen weiten Bogen, die obere war etwas schmaler.

»Das dürfte reichen«, sagte sie und legte die Blüte zurück auf das Handtuch.

Ich leerte die Stücke in den Kochtopf. Sie krümelte ordentlich Oregano darüber. »Wasch dir am besten die Hände.« Ich schrubbte sie ausgiebig im See und setzte mich dann zu ihr. Wilfred und Sporti rückten ebenfalls heran.

Der Tee köchelte im Kies direkt neben dem Feuer. Sporti zauberte einen Esslöffel hervor und rührte in dem Gebräu.

»Sollen wir das wirklich machen?« Wilfred hatte weniger gefragt als vor sich hin gebrabbelt. In der Dunkelheit, die nur von den Flammen erhellt wurde, sahen seine Augen weiß und groß aus, wie die eines verängstigen Kalbs vor dem Schlachten.

»Wir haben keine Wahl«, sagte ich.

Sporti drehte eine Zigarette in den Fingern. »Ich glaub, die heb ich mir für danach auf«, murmelte er und steckte sie sich hinter das Ohr.

»Da stand, dass das nur der Stärkste schafft«, sagte ich. Loretta nickte.

»Was passiert mit den anderen?« Wir sahen an uns runter. Dampf wallte von der Topfwandung.

»Zehn Minuten«, verkündete Loretta.

Es wurden schweigsame zehn Minuten. Was kam da auf uns zu? Ich konnte es mir nicht ansatzweise vorstellen. Bitte mach, dass wir alle lebend aus dem Wald kommen!

»Es ist so weit«, sagte Loretta schließlich. Wir rückten noch dichter zusammen, bildeten ein an das Feuer grenzendes

U. Sporti und ich saßen am nächsten zum zeremoniellen Tee, in dem er mit dem Löffel rührte. Er schnupfte eine Nase voll Dampf und zog eine Grimasse.

»Übel«, sagte er und tauchte den Löffel ein. Er hob ihn wieder hoch und schaute auf den aufsteigenden Dampf, pustete und schlürfte den Löffel leer. Ohne zu zögern, reichte er den Topf an Wilfred weiter, der gab ihn an Loretta und zum Schluss kam er zu mir.

Ich stellte den Topf am Feuer ab. Die Mixtur schmeckte bitter, allerdings dominierten die Oreganoaromen. Machbar, dachte ich, alles in allem war das Zeug trinkbar.

»Das war's?«, fragte Wilfred.

»Jetzt warten wir und trinken in zehn Minuten den nächsten«, erklärte Loretta.

Ich fühlte in mich. Da war eine warme Spur, die der Tee halsabwärts hinterlassen hatte und die in meinem Magen verschwand.

Loretta gab das Zeichen. Sporti schöpfte den nächsten Löffel. Ich hatte nicht bemerkt, wie die Zeit verflogen war. Nach ihm tranken Wilfred, dann Loretta und zum Schluss ich. Kaum hatte ich den Kochtopf abgestellt, brach die dritte Runde an.

Das Feuer war größer geworden. Auf der linken Seite der Welt brannte der Wald lichterloh, ein flüchtiger Gedanke, was aus den Menschen wohl geworden war, huschte an mir vorbei. Ich schob mir den heißen Löffel in den Schlund. War das die vierte oder die fünfte Runde? Ich guckte zwischen meine Füße, die angewinkelt auf dem Boden standen. Wann hatte ich mich so hingesetzt? Hatte ich nicht eben noch auf den Unterschenkeln gehockt? Wieder steckte ein Löffel in meinem Mund. Ich beobachtete, wie ich den dampfenden Pott abstellte, obwohl er längst an seinem Platz war. Ich schluckte und meine Speiseröhre brannte. Flach holte ich Atem und hob den

Kopf. Er war schwer wie tausend Elefanten, so schwer wie der See, vor dem wir diese Zeremonie abhielten.

Sporti kippte reglos wie ein Buch auf den Rücken. Die Beine an die Brust gezogen, blieb er wie ein Käfer liegen. Er war raus. Der nächste Löffel steckte in meinem Mund, oder hatte ich vergessen, ihn zurückzulegen? Der Topf köchelte neben den Flammen, die steil zum Himmel bleckten und dem Mond einheizten, der wie eine Eisenkugel rotglühend am Himmel stand. Eine weitere Kelle, ich schluckte.

Klack-Klack. Summ.

»Was war das?« Ich sah zu Wilfred und er sah zu mir. Hinter ihm erhob sich ein Schatten. Es war ein ausgewachsener Mann mit Tentakeln, wie ein Krake mit zwei Köpfen. Ich hätte geschrien, aber mir war, als würde einer der Fangarme meinen Mund zudrücken.

Das Schattenwesen versank wieder in der Erde, Wilfred lächelte, er hatte es nicht bemerkt. Er schob sich unbeholfen den Löffel in den Mund und reichte das Gesöff an Loretta weiter. Sie guckte in den Topf, trank und schüttelte sich. Ein-, zweimal rührte sie noch um, bevor sie ihn an mich übergab.

Ich griff nach dem Henkel, doch meine Arme waren aus Gummi. Sie wuchsen immer weiter, wurden länger und länger. Loretta kippte rücklings um, die Arme um die Beine geschlungen, die Knie wie Sporti ans Kinn gezogen.

Der Kochtopf legte die unendliche Strecke zu mir zurück und ich steckte mir in Zeitlupe den nächsten Löffel in den Schnabel. Wilfred rückte näher. Aber er war nicht allein. Die Gestalt fuhr wieder aus dem Boden, diesmal zwischen uns. Sie war aus dreidimensionalem Schatten, die Tentakel hingen wie tot herunter. Ich erkannte nicht, ob das Wesen mir den Bauch oder den Rücken zuwandte. Es stand einfach nur da und bewegte sich nicht.

»Sie-siehst du ihn auch?«, stammelte Wilfred.

Mein Hals war zu einem ausgeleierten Gummiband verkommen, mein Haupt stieg wie ein Heißluftballon auf, bis über die Wolken. Ich nickte, dann fiel mir ein, dass er mich unmöglich sehen konnte.

Also sagte ich »Ja«.

Plötzlich drehte sich mein Hals wie eine Angelschnur um meinen Nacken auf. Ich war wieder auf Augenhöhe mit Wilfred.

Das Schattenwesen befand sich noch immer zwischen uns.

»Warum tut ihr das?«, fragte es mit einer Stimme, die tausende Stimmen in sich vereinte.

Ich sah nach rechts. Auf einer weiten Wasserfläche schwebten Glaskugeln. Sie rollten aus einem purpurnen Riss am Ende des Sees wie Murmeln aus einem angeschnittenen Sack. In ihrem Inneren zuckten Blitze.

Meine Hand legte den Löffel nieder. Hatte ich getrunken? Nein, ich war noch dabei. Mein Mund war bis obenhin gefüllt. Ich schluckte die Flüssigkeit, die sich die Speiseröhre hinunter brannte. Als der Schmerz nachließ, sah ich in Wilfreds große, weiße Augen.

Wir umklammerten unsere Schienbeine und starrten einander an. Wilfred hatte die Ausmaße eines Schulgebäudes angenommen und dennoch sahen wir uns an, ohne dass ich den Blick heben musste.

Flammen züngelten um uns. Sie hatten inzwischen auch die rechte Seite der Welt eingenommen, hielten aber Abstand zu den Glaskugeln, die auf das Ufer zutrieben. Loretta und Sporti waren nicht mehr zu sehen.

Die rabenschwarze Gestalt kroch auf ihren Fangarmen durch das Feuermeer. Es brummte im Hintergrund.

»Hörst du das?« Ich verstand meine eigene Sprache nicht.

»Ubad skuat sje aish«, antwortete Wilfred.

Die Gestalt umkreiste uns auf den Zungen des Feuers. Sie veränderte sich, bekam lange Beine und gigantische Füße wie ein Clown. Sie öffnete den Mund und hauchte: »Sing!« Es klang wie Alfi, als er am Lagerfeuer gesessen und Sportis Sprit getrunken hatte.

Mein Mund klappte auf und zu. Ich setzte die Stimmbänder in Schwung. Sie verursachten wahllos Töne, dann schaffte ich es, das Lied anzustimmen. »Grün, grün, grün sind alle meine …«,

Wilfred bewegte sich wie mein Spiegelbild. Ich war taub und hörte alles. Das Feuer prasselte, die Äste knackten und wir sangen etwas, das keine Melodie hatte, aber doch das Schönste und zugleich Furchterregendste war, das ich je gehört hatte.

Wir waren nicht allein. Andere sangen mit, viele Stimmen erklangen. Auch Loretta und Sporti konnte ich hören.

Die Gestalt stellte sich zwischen mich und Wilfred und streckte die Arme aus. Sie war nun klein wie ein Kind. Aus ihren Händen traten Schatten, die sich einander an den Händen hielten. Es wurden immer mehr, bis sich eine Menschenkette aus Schattenkindern gebildet hatte. Eines stach deutlich aus der Menge heraus. Es war das einzige, das nicht nur schwarz war. Es war die Gestalt von vorhin, das Schattenwesen mit den Tentakeln, nur dass es jetzt keine mehr hatte.

Es hatte sich noch mal verändert.

Alfi.

Über ihn huschten die Schatten und das Licht des Feuers. Er sah mich ungeduldig an. Sein Unterkiefer schwang auf und zu, auf und zu. Auch er sang. Er hatte keine Augen im Schädel. So wie ich es verstand, hatten wir alle niemals Augen im Schädel gehabt.

Die Glaskugeln hatten das Ufer erreicht. Die Schattenkinder sangen weiter. Ich sah durch sie hindurch zu Wilfred. Er lag auf dem Rücken, die Beine bis unter das Kinn gezogen.

Der Chor wandte sich nun endgültig mir zu.

Alfi streckte mir seine Hand entgegen. Ich dachte an die verbrannten Eier zum Frühstück. Mama? Kann ich Ketchup haben? Nun streckten mir auch die Kinder die Hände entgegen, die ganze lange Reihe von durchsichtigen Gestalten reichte mir ihre Hände. Sie zitterten. Ich musste einschlagen, ich musste. Sie wollten mir helfen, sie wollten mich zu Bruno bringen.

Die Glaskugeln zuckten und blitzten aufgeregt. Sie hatten den See verlassen und umgaben uns wie das klare Wasser einer jahrtausendealten Quelle, das aus dem Boden aufgestiegen war.

Es war an der Zeit. Ich griff nach Alfis Hand, überzeugt, dass ich durch ihn hindurchlangen würde. Doch ich fühlte ihn. Er war wirklich da.

Etwas berührte mich am Fuß. Ich sah runter. Es war eine der Glaskugeln. In ihr zuckten purpurne Blitze, grelle, elektrische Entladungen schlugen von innen gegen das Glas. Sie bekam einen Sprung wie ein Ei, das von innen mit einem Schnabel aufgebrochen wird.

Der Riss knirschte wie brechendes Eis auf einem gefrorenen See. Das Glas barst und mit ihm explodierten die anderen Kugeln Schlag auf Schlag. Blitze schossen in den Himmel, zurück in Zeus' Hand. Die rote Mondkugel, aufgeheizt durch das Weltenfeuer, sank langsam herab. Die Stromschläge beleuchteten die Gesichter der Kinder wie die Oberfläche eines Sterns. Sie waren zweifelsohne alle Opfer des Märleps.

Die Münder der Kinder formten Worte im Rhythmus eines Chors. Diesmal verstand ich: »... blau, blau sind alle meine Kleider. Blau, blau, blau ist alles, was ich hab ...« Ihre Stimmen klangen verzerrt, wie von weit her, oder als ob sie nicht mehr menschlich wären.

Blitze schnitten durch die Luft. Dampf stieg auf.

»Jetzt?«, fragte ein Teil von mir.

Alfi nickte. Unzählige Kinder nickten mit ihm. Die Blitze zuckten nun hinauf zum Äther und ich stieg in die letzte Zeile mit ein. »Schwarz, schwarz, schwarz sind alle meine Kinder

…« Den Text konnte ich einfach, er lag mir auf der Zunge wie ein abgebissenes Apfelstück. »… schwarz, schwarz, schwarz ist alles, was ich hab.« Wir sangen nicht wie Freunde. Wir sangen wie Verdammte, die um Erlösung flehten. »Darum lieb ich alles, was so schwarz ist …«

Ein Blitzschlag vom Ausmaß eines Wolkenkratzers schlug in den See ein. Das Wasser verdampfte sofort. Wir standen im Nebel. Der Donnerschlag ließ nicht auf sich warten und blies nicht nur den Wasserdampf, sondern auch das Feuer ins Jenseits. Die Bäume wurden entwurzelt und flogen wie Zahnstocher im Orkan davon. Zurück blieben Löcher.

»… weil mein Schatz Bru-uno ist!«

Die restlichen Blitze erstarben mitten in der Bewegung, fielen zusammen und rieselten gülden hinab.

Ich war allein. Um mich lag trostloses Land. Der rote Mond hing über mir und dem toten See.

»Du!«, grölte jemand wütend. »Du! Was willst du?«

Ich stand dort, wo das Feuer gewesen war, auf einem Flecken, der sich nicht wie die Erde anfühlte. Mein Hals brannte, aber ansonsten war ich wieder bei Verstand. Ich war bei Bruno, aber er zeigte sich nicht.

»Zeig dich mir!«, befahl ich. Kohle, Staub und Erde stoben vor mir auf, wirbelten zu einem Sturm und setzten sich wie ein Puzzle zusammen: ein nackter, bleicher Kopf ohne Haare mit gelben Augen. Da war Bruno, so wie er sich mir bisher offenbart hatte.

»Was«, presste er hervor, »willst du?«

»Dass du aufhörst!«, sagte ich deutlich.

Er kicherte, wie Frauen mit falschen Fingernägeln und angeklebten Haarverlängerungen bei einer Teeparty kicherten. Er legte seinen Kopf auf die linke Seite und lächelte mich verliebt an.

Ich hatte das Ritual als Sieger verlassen und er nahm mich nicht ernst. »Du bist der Märlep«, sagte ich, wohl wissend, dass er so nicht genannt werden wollte. Es zeigte Wirkung. Der Schädel sprang auf mich zu, so nah, dass sich unsere Nasen berührten.

»Hör auf!«, schrie er. Sabber tropfte ihm vom Kinn.

»Märlep?«

»Hör auf! Hör auf!«, bellte er und lachte mechanisch. »Ha-ha-ha-ha-ha ...«

»Sag mir, wie kann ich dich töten?«

Er verstummte und wich zurück. Seine Augen quollen hervor, verdrängten die Lider und ploppten heraus, sie machten dabei ein schmatzendes Geräusch. Die Augäpfel schwebten vor mir in der Luft, ohne Verbindung zum Kopf. Und dort blieben sie und starrten mich an, während der Schädel um mich herumschlich wie ein Soldat um einen unbekannten Gefangenen.

»Daskönnteichdirsagen.« Er sabberte und schlürfte es ruckartig ein. »Aber wieso?«

»Weil das eine Ende haben muss!«

Er kicherte wie ein verliebtes Mädchen hinter ihrer adrett vorgehaltenen Hand. Die Augen gafften mich weiterhin an, als könnten sie mich durch reines Glotzen umbringen.

»Gut, ich verrat es dir. Mich kann man nicht töten. Ich bin dein Gott.« Er warf den Kopf zurück und schickte einen Schrei zum Himmel hinauf. »Ich bin un-sterb-lich. «

»Was? Nein!«, kreischte ich. Am liebsten wäre ich zu Staub zerfallen. Meine Knie zitterten. »Ich bin als Sieger aus der Zeremonie hervorgegangen, also antworte mir!«

»Das habe ich.« Der Kopf blieb vor mir stehen und schnappte mit dem Mund nach einem seiner Augen.

Es lag auf seiner Zunge und starrte mich weiterhin an.

Er schluckte es runter und es tauchte in der Augenhöhle wieder auf. Es passte wie angegossen. Daraufhin zwängte er das andere herunter.

»Kämpf gegen mich«, sagte er süßlich. »Und finde heraus, dass ich unsterblich bin.« Er zog die Lippen auseinander und entblößte die Zähne. Sabber tropfte heraus, Zähne fielen, der Kopf stürzte in sich zusammen.

Der Boden riss unter mir auf und ich fiel.

22

Ich schrie. Der Krater über mir schrumpfte auf Stecknadelgröße, bevor er verschwand. Unter mir erschien ein neues Bild: Vier Körper lagen um ein verloschenes Lagerfeuer herum. Alle reckten die Glieder von sich, als wären sie erschlagen worden.

Es waren meine Freunde und ich. Unsere Brustkörbe hoben und senkten sich im grauen Morgenlicht.

Ich landete in meinem Körper und schlug die Augen auf.

Ich war zurück. Ich war der, der Bruno getroffen hatte, und soweit ich das beurteilen konnte, hatte ich die Prozedur unbeschadet überstanden.

Ich klopfte mir den Staub von der Hose. Dann ging ich zu Loretta. Ihre Wangen glühten, dasselbe bei Sporti und Wilfred, aber ansonsten schien es ihnen gut zu gehen.

Ich lief zum Ufer, der See schlief in grenzenloser Ruhe. Irgendwo auf der anderen Seite lag das Haus, in dem wir Zuflucht gefunden hatten.

Wir hatten nie herausgefunden, wer die Frau gewesen war, die mittlerweile im Bunker am Strick hing. Wahrscheinlich hatte Bruno sie weggebracht, aber ich fragte mich, warum die Polizei den Bunker nicht gefunden hatte. Die Luke ragte deutlich aus dem Waldboden hervor, hätten sie die nicht bemerken müssen? Aber offensichtlich hatten sie das nicht, sonst wären hier Absperrbänder gewesen, und eine Leiche ließ man doch nicht einfach hängen.

Mir fiel wieder ein, wie Bruno mit mir geredet hatte, als ich in den Bunker runtergestiegen war. Was hatte Loretta gesagt, bevor wir hergekommen waren? Jemand musste die Fotos gesammelt haben. Das war sicher nicht Bruno gewesen. Es war jemand gewesen wie wir, der Informationen gesammelt hatte. Jemand war ihm auf die Schliche gekommen.

Die Situation, in die wir da gestolpert waren, war fürchterlich. Aber das Schlimmste, ich würde meinen Freunden beibringen müssen, dass wir nichts gegen Bruno ausrichten konnten.

An den Seiten des Sees erhoben sich steile Klippen, auf denen Linden und Pappeln wuchsen. Da war Wilfred vor ein paar Tagen beinahe runtergefallen. Der Morgen war wolkenverhangen, nur über dem Wasser riss der Himmel auf und zeigte strahlendes Blau. Die restliche Welt versank im trostlosen Grau.

Laut dem Buch musste Bruno wahrheitsgemäß antworten. Er war also unsterblich.

Etwas Kaltes berührte mich im Nacken. Ich fuhr herum.

»Weißt du, wer es geschafft hat?«, fragte Loretta. Sie sah mich mit einer Mischung aus Angst und Zuversicht an.

»Die Antwort wird dir nicht gefallen. Er ist unsterblich.«

Sie schluckte, wiegte kaum merklich den Kopf und sah auf den See hinaus. Sie schlang ihre Finger um meine.

»Er musste die Wahrheit sagen.« Sie klang, als wollte sie noch etwas hinzufügen, tat es aber nicht. Wir starrten hinaus auf das Wasser, das still dalag und uns rein gar nichts Hilfreiches zu sagen hatte. Die Aussicht war wie eine traurige Fotographie.

»Dann finden wir eine alternative Möglichkeit«, sagte Loretta.

»Eine Alternative?«, fragte ich.

»Das kann es nicht gewesen sein, oder? Wir dürfen nicht aufgeben. Das war der erste Anlauf und wir haben immer noch den Bunker, vielleicht finden wir da noch etwas.« Sie drehte sich zu mir und bekam große Augen. Aufgeregt sprach sie weiter: »Ich hab Alfi getroffen. Er war er selbst, soweit ich das beurteilen konnte. Vielleicht hat er eine Idee. Wir könnten die Zeremonie noch mal machen und ich frage ihn.« Sie ließ den Kopf geschlagen sinken, wie ein Diamantenschürfer, dessen großer Fund sich als Glas herausgestellt hat. »Aber das geht nicht. Die Zeremonie geht nur einmal. In dem schamanischen Buch steht, dass sonst die Teilnehmer ihrer Geister beraubt werden und für allezeit in der Anderswelt im Feuer brennen.«

»Klingt nicht so verlockend«, sagte ich und legte einen Arm um sie.

»Wir haben die Zeremonie gemacht, und wenn alle wach sind, besprechen wir, was wir währenddessen erlebt haben. Bringt uns das nicht weiter, dann finden wir eine andere Lösung. Wir kriegen das irgendwie hin. Wir müssen.« Sie lehnte sich an meine Schulter und ich legte einen Arm um sie. Ihre Nähe war wie ein Anker auf stürmischer See.

»Okay.« Wir blieben noch eine Weile am Wasser stehen, bevor wir in den Wald gingen, um Feuerholz und Laub zu sammeln.

Das Lagerfeuer brannte. Wir kramten aus Sportis Rucksack Essen und stellten Dosen mit Linseneintopf, Erbsensuppe und Gulasch vor das Feuer.

»Hoffentlich hat wer einen Dosenöffner dabei«, sagte ich und wir beide mussten laut lachen. Wilfred fuhr hoch, öffnete gleichzeitig Mund und Augen und schrie, als hätten die Flammen auf ihn übergegriffen.

Loretta legte ihm die Innenseite ihres Handgelenks auf die Stirn. Ich schüttelte ihn an den Schultern. »Wilfred!«

»Kein Fieber«, sagte sie.

Er brüllte immer noch wie am Spieß. »Geh zurück.«

Loretta trat zur Seite. Ich drückte ihm Mund und Nase zu. Er brüllte gedämpft, bis ihm die Luft ausging. Er zappelte wie ein auseinandergerissener Wurm und schlug mir auf die Arme, also ließ ich ihn los.

»Nicht brüllen«, mahnte ich.

Er sah sich verdattert um, schien nach etwas zu suchen oder erst herausfinden zu müssen, wo er sich befand.

»Wir sind in der Senkbachebene. Wir haben die Zeremonie von Mär vollzogen. Loretta und mir geht es gut. Sporti schläft noch, er liegt dort.«

Ich zeigte in die Richtung, und als wäre das sein Signal gewesen, fuhr Sporti senkrecht auf. »Was ist hier los?«, rief er.

»Alles gut«, sagte Loretta.

Wilfred zog sich an meinem Arm rauf. »Hat's funktioniert?«

»Ja und nein, setz dich zu uns ans Feuer.«

Wir bildeten das U von gestern. Sporti zog die Zigarette von letzter Nacht hinter seinem Ohr hervor und inhalierte den blauen Dunst. Seine Haare standen ihm vom Hinterkopf ab.

»Hast du einen Dosenöffner?«, fragte ich. Sporti kramte ihn aus dem Rucksack und ich drückte damit Luftlöcher in die Deckel unserer Eintöpfe.

»Was ist gestern passiert?«, fragte Wilfred.

»Konsti hat's geschafft. Er war bei Bruno, der ihm sagte, dass er unsterblich ist«, erklärte Loretta.

»Und ... was?«, sagte Sporti. Niemand reagierte. »Verdammte Axt! So eine Scheiße. Dieses Arschloch!«

Wilfred verschränkte die Arme vor der Brust und kämpfte mit den Tränen. »Wir sind verloren, wir sind am Arsch. Ich werde meine Eltern nie wieder sehen und dieses Märding bringt uns alle um, um meine Augen zu fre-fre...«

»Beruhigt ihr euch jetzt mal?«, sagte ich.

»Beruhigen?« Wilfred funkelte mich an. »Was sollen wir? Wir sind im Eimer und du sagst, wir sollen uns beruhigen. Geht's eigentlich noch? So'n verdammter Bockmist!«

»Konsti hat recht!«, sagte Loretta. »Wir haben eine Idee, aber dazu müssen wir uns zusammenreißen.«

Sporti und Wilfred schwiegen, auch wenn sie Loretta dabei nicht ansahen. »Wir gehen der Reihe nach durch, was wir erlebt haben. Ich denke, wir hatten alle ... Visionen, haben was gesehen oder erlebt.«

»Ich nicht«, warf Sporti dazwischen.

Loretta sah ihn beschwichtigend an. »Nicht schlimm, lasst uns durchgehen, was wir haben. Okay? Ich fange an. Ich war in der Bibliothek in Moorbach, aber sie war anders. Von der Decke hingen Körperteile, Arme und Beine, aber am schlimmsten waren die Hände. Sie waren auf Haken aufgespießt und trocken wie geräuchert. Der Bibliothekar stand vor mir und verwandelte sich in Bruno. Gelbe Augen, weißer Kopf, der restliche Körper lag tot unter ihm. Es war, ich weiß nicht, wie ich es anders ausdrücken könnte, als wären Zukunft, Gegenwart und Vergangenheit gleichzeitig. Während er lachte, hatte er schon aufgehört und starrte mich an, obwohl er erst noch lachen wollte. Das klingt seltsam, aber so war es eben.« Loretta nahm einen Zweig, der vor ihr lag, und sah ihn eindringlich an.

»Er lachte und giggelte. Ich hatte ein Messer, das ich mir in den Hals stach. Er wollte, dass ich mich umbringe, das wollte er unbedingt, mehr als alles andere. Ich wehrte mich dagegen, aber er hatte Macht über mich. Mein Körper tat, was er befahl. Ich stach mir wieder und wieder in den Hals. Dann tauchte Alfi auf. Er brachte mich vor Bruno in Sicherheit. Wir versteckten uns in einem Käfig hinter einem Bücherregal und aus irgendeinem Grund konnte er uns dort nicht finden. Aber das Merkwürdige war, dass der Käfig aus Konstantin bestand. Er war wie ein Gummimann in die Länge gezogen.«

Sie drehte den Zweig in den Fingern und warf ihn ins Feuer. »Alfred und ich, wir konnten nicht miteinander sprechen, so sehr wir es auch versuchten, wir brachten keinen Ton heraus. Dann bin ich hier aufgewacht. Das war alles.«

Wilfred streckte den Rücken durch. »Ich hab mit Konsti am Feuer gesessen. Ich weiß noch, wie du umgekippt bist.« Er schielte zu Sporti und sah dann schnell in die Flammen. »Zwischen uns tanzte ein Puppentheater aus verbrannten Marionetten. Einigen fehlten Arme und Füße und sie bluteten silbernes Blut. Ich weiß noch, dass ich zurückgefallen bin, und dachte, ich würde Wochen und Monate fallen – es waren Jahre. Ein schlimmes Gefühl, so lange zu fallen und nie zu wissen, wann der Aufprall kommt. Er kam und war ganz mies. Mir tat alles weh. Ich wachte in einem Raum voller Bücher auf, vielleicht war ich da, wo du auch warst.«

»Dunkle Regale aus Holz mit Kerzen?«, fragte Loretta.

»Ja genau, da war ich. Genau da. Bei den Büchern lag Essen. Schinken, Käse und Brote. Von der Decke hingen Körperteile, Hände und Füße und Beine. Es waren die Sachen, die bei den Puppen gefehlt hatten. Ich hörte ein Kreischen und Brüllen, ich hab danach gesucht, konnte es aber nicht finden. Es kam von überall. Direkt hinter mir und ganz weit vor mir. Ich suchte, ohne den Ursprung zu finden.« Wilfred knibbelte an seinem Daumennagel, als würde darunter etwas festsitzen.

»Bis ein Kind vor mir auftauchte. Junge, Mädchen, Alter, es war wie bei Loretta mit der Zeit. Es war alles gleichzeitig und es hatte kein Gesicht. Es war wie zugewachsen, von einer Haut überzogen. Echt eklig. Ich wollte wegrennen, hatte aber Bammel, was mich noch erwarten könnte, also blieb ich stehen. Es sprach in tausend Stimmen, die alle durcheinander flüsterten, zusammen ergaben sie so etwas wie ein Gespräch, aber sie trugen alle dieselbe Nachricht in sich, wisst ihr, was ich meine? Sie wollten, dass ich es mir merke: Ubad skuat sje aish. Was soll das heißen, fragte ich und es wollte, dass ich es wiederhole. Ich sagte es wieder und wieder. Dann tauchte Bruno auf.

Seine gelben Augen brannten wie Säure und ich schrie, bis ich hier aufgewacht bin. Das war's.«

»Ubad skuat sje aish?«, wiederholte Loretta. »Klingt wie erfunden.«

»Und was hat der große Held erlebt?«, fragte Sporti. Ich erzählte meine Geschichte, berichtete von den Kindern, von den Blitzen, dem Lied und schloss mit der Pointe: »Er ist unsterblich.«

»Schöne Scheiße«, sagte Sporti. »Da haben wir einen prachtvollen Haufen vor uns liegen. Einen dummen Satz, den kein Schwanz versteht. Ein unsterbliches Arschloch, das Bock auf unsere Augen hat, eine Bibliothek voller Leichenteile und einen Käfig, der aus Konsti besteht? Hab ich was vergessen?« Er schnickte den angerauchten Filter ins Lagerfeuer. Die von Teer vergilbte Watte krümmte sich.

»Murks!«, motzte Wilfred.

»Wir haben immer noch den Bunker«, sagte ich.

»Ja, genau«, witzelte Sporti, »in dem eine Leiche hängt, nach der die Polizei sucht, weil Alfi ... Scheiße!«

»Scheiße ...«, sagte ich und etwas in mir kippte. Ich musste plötzlich lachen. »Scheiße. Ja!« Mit einem Mal sah ich alles viel klarer: Die Antwort lag im Bunker. »Scheiße, ja! Die Leiche!«

Vor lauter Erleichterung lachte ich einfach weiter. Alle starrten mich an. Sie hielten mich für verrückt. »Die hängt da unten!« Ich lachte lauthals. »Seht ihr es denn nicht! Die Leiche hängt im Bunker!« Ich lachte so sehr, dass mir die Tränen kamen, und verlor gleichzeitig den Bezug zu mir. Ich reihte mich bei meinen Freunden ein und beobachtete den entgleisten Teil meiner selbst.

»Keine Ahnung, wie die da runtergekommen ist, aber«, ich schnaufte und wieherte, »ich weiß nicht, warum ich so lache.« Ich warf mich auf den Rücken und streckte die Beine zum Himmel. Der Kies zwickte mich in den Rücken. »Die konnten sie nicht finden.« Ich verschluckte mich und hustete. »Keine Absperrbänder! Nicht ein Polizist. Warum wollten wir ausgerechnet hierher?«

»Was ist mit dir? «, fragte Loretta.

Sporti sprang auf. »Wenn du nicht gleich rausbringst, was Sache ist, ich schwör dir, dann ...« Er knirschte mit den Zähnen.

Ich beruhigte mich und wischte mir die Tränen ab. »Die haben den Bunker nicht gefunden. Ich wette darauf, dass sie mit Spürhunden unterwegs waren, die hätten die Leiche riechen müssen. Der Eingang zum Bunker ist nicht zu übersehen. Das erste, woran wir dachten, als wir von der Zeremonie gehört hatten, war, dass wir zum Bunker müssen. Wir brachen aus ihm aus, dann starb die Frau. Und gestern bin ich erst in den Bunker, und danach haben wir beschlossen, unmittelbar die Zeremonie abzuhalten. Alles dreht sich um diesen himmelhoch jauchzenden Bunker. Versteht ihr?« »Nein!«, sagte Sporti. »Ich versteh nichts davon! Ihr?«

Wilfred und Loretta zuckten mit den Achseln.

»Wegen des Bunkers, es ist so, als würde er uns rufen. Oder? Alles hängt damit zusammen. Bruno hat den Bunker übernommen! Wie in der Bibliothek, die hat er auch übernommen. Der Bunker ist jetzt Brunos Reich. So ist die Frau runtergekommen. Er hat das gemacht!« Ich keuchte, vom Lachen und von der langen Rede.

Sporti schüttelte den Kopf, stand auf und warf ein paar Steine ins Wasser. »Und was jetzt? Wie bringt uns das weiter?« Er vergrub die Hände in den Hosentaschen. Die abgeriebenen Hosenknöpfe an den Seiten waren verkratzt und glänzten wie angelaufenes Aluminium. Meine Stimmung kippte wieder und die grundlose Euphorie verschwand. Ich verstand mich selbst nicht und schob mein Verhalten auf den Stress der letzten Tage. Irgendwie hatte die Anspannung raus gemusst und das war mein Ventil gewesen. Mir ging es besser.

»Konsti, ich weiß nicht, was du meinst, aber wir machen weiter, wo wir aufgehört haben«, sagte Loretta. »Abgesehen davon, dass wir nicht aufhören können. Was du aufgezählt hast: Konsti als Käfig, dieser seltsame Satz, die Bibliothek und der Bunker. Das hängt alles zusammen.«

Wilfred stapelte flache Steine zwischen seinen gespreizten Beinen. Er war bei der dritten Ebene, als der Turm zusammenbrach.

Sporti drehte eine Zigarettenschachtel in den Fingern. »Aber musste uns das Vieh nicht die Wahrheit sagen? Das stand in dem Buch, also stimmt es, wenn es behauptet, unsterblich zu sein. Die Zeremonie hatte doch auch funktioniert. Was bringt es uns, herauszufinden, was das alles bedeutet?«

Loretta schlenderte um das Feuer, die Arme schützend vor der Brust gefaltet. »Wer weiß, ob das stimmt. Vielleicht kann er ja doch lügen. Tun wir nichts, dann warten wir auf unseren Tod. Wir müssen es irgendwie aufhalten.«

»Noch einmal die Zeremonie –«, begann Sporti.

»Geht nicht«, unterbrach ich ihn. »Laut dem Buch würden wir das nicht überleben.« Sporti hatte sich zu Loretta gestellt, ich schloss zu ihnen auf. »Gehen wir noch mal in den Bunker, vielleicht finden wir noch etwas.«

»Ja, lasst uns da noch mal umsehen«, sagte Sporti. Wir nickten.

»Wollen wir erst essen?«, fragte Wilfred, der die ganze Zeit Steine gestapelt hatte.

»Ich bin dafür.« Sporti sicherte sich das Gulasch. Wir stürzten uns wie Schiffbrüchige auf die Dosen. Wilfred schob sich löffelweise Erbseneintopf in den Mund. Loretta und ich teilten uns den Linseneintopf.

»Waff if?«, schmatzte Wilfred.

»Schluck runter, sonst war's der letzte Löffel, den du kauen konntest«, sagte Sporti.

»Was ist«, sagte Wilfred, »wenn Alfi mehr weiß? Ihr habt ihn gesehen.« Er zeigte mit dem Löffel auf uns und schmatzte.

Sporti hob die Faust zum Schlag. »Wilfred, der ist tot, das hast du schon mitbekommen?«

»Warte«, sagte Loretta und Sporti hielt inne. »Die Idee ist gar nicht mal so blöd.« Sie sah auf Sporti, der den Arm immer noch erhoben hatte, dicht über Wilfreds Schulter. »Ich meine nicht, dass du dich nicht bewegen darfst.« Sporti grinste und vollendete den Hieb.

»Au!«, jammerte Wilfred und rieb sich den Arm. »Danke, Loretta!«

»So war das auch nicht gemeint. Wartet, ich muss was nachsehen.« Sie ging zu ihrem Rucksack und begann darin zu kramen.

»Mann, das war gut.« Wilfred rülpste knapp.

»Das war alles?« Sporti schickte ein ausgedehntes Bäuerchen in die Welt, das eher ein ausgewachsener Bauer in voller Manneskraft war. Wir lachten und Wilfred schob einen feuchten Rülpser nach.

»Und? Was machen wir jetzt?« Sporti reichte Wilfred das Gulasch.

»Die ist ja leer! Du Flitzpiepe. Ich hab doch Hunger.« Wilfred schmiss ihm die leere Dose vor die Füße.

»Warte ...« Sporti kramte im Rucksack.

»Vielleicht finde ich was, womit wir Alfi rufen können«, sagte Loretta und klappte das Schamanenbuch aus der Bibliothek auf.

»Ah ja. Da. Fang!« Sporti warf Wilfred eine Packung Schokolinsen zu.

»Danke!« Er riss die Tüte auf und bot uns kauend welche an. Ich nahm das Angebot gerne an, aber bevor ich mir welche nehmen konnte, warf Sporti mir einen geschlossenen Beutel in den Schoß.

»Hab beim Rausrennen die Süßigkeitenbox eingepackt. Ist genug für alle da. Wer will einen Riegel?«, fragte Sporti.

Wir hoben die Hände, Loretta auch, ohne vom Buch aufzuschauen.

»Was meint ihr, wie klingt Geisterbeschwörung für euch?«, fragte sie.

»Scheiße, so was macht man echt nicht«, sagte Sporti.

»Wenn es unsere einzige Chance ist?«, legte sie nach.

»Ach, na dann, wieso nicht?« Er lächelte und legte die Stirn in Falten. »Dann ziehen wir's durch. Was brauchen wir? Blut? Urin eines jungfräulichen Hais oder das Wasser eines Gletschers aus der Hölle?«

Loretta kicherte. »Aber mal im Ernst. Vieles ist machbar.«

»Was brauchen wir?«, fragte Sporti noch mal.

»Ein Feuer, das Gebet, das hier steht, und ein Lebendopfer eines Hasen oder Rehkitzes.«

»Was ist das für ein Gebet?«, fragte Wilfred.

»Moment.« Sie blätterte um. »Hier, also: Heller Geist, dunkler Tag, zeige uns den Geist, gib ihn frei. Da müssen wir wohl dann Alfis Namen einfügen.«

»Brauchen wir wirklich ein Lebendopfer?«, fragte ich. Sie stierte weiter auf die Seiten.

»Dieses Ritual ist für Leute, die es nicht mit einem Märlep zu tun haben. Vielleicht hilft uns das ausnahmsweise.«

»Ich schlage vor ...«, sagte ich. »Das Ritual wird sicher nachts abgehalten, oder? So wie die Zeremonie von Mär, nehm ich an?«

»Jup, bei Nacht und klarem Himmel, steht hier.«

»Dann schlage ich vor, dass wir noch mal in den Bunker steigen, und heute Nacht beschwören wir dann Alfi.«

Wilfred nahm eine Handvoll blauer Linsen, die er sich wie ein Patient in einer einzigen Bewegung in den Mund pfefferte.

»Sollten wir nicht besser von hier abhauen? Wenn die Polizei, unsere Eltern oder irgendwer kommt? Die suchen uns hier und das nicht zuletzt«, sagte Sporti.

»Denke ich auch«, sagte Wilfred.

Loretta pflichtete ihnen bei. »Wir verschwinden von hier, sobald wir das mit dem Bunker erledigt haben.«

»Und wir klettern da alle runter?« Wilfred sah flehentlich zu uns auf.

»Auf jeden Fall!«, sagte Sporti. »Wir gehen alle.«

Wilfred ließ die Handvoll grüner Schokolinsen in die Tüte zurückkullern.

»Wohin?«, murmelte ich vor mich hin. »Wir packen unsere Sachen, besuchen den Bunker und danach verschwinden wir. Aber wohin? Kennt wer eine Unterkunft?«

»Ich weiß, wo wir unterkommen können«, sagte Loretta und stand auf. Wir warteten, ob sie ihr Wissen mit uns teilen würde, was sie nicht tat. Also räumten wir unseren Kram zusammen und Loretta bestand darauf, dass wir die Fahrräder mit zum Bunker nahmen, falls wir schnell abhauen mussten.

23

Ich führte die Truppe in den Wald. Durch die Bäume sah ich den Weg, auf dem wir hergekommen waren. Ich hörte fast, wie er mir ins Ohr wisperte. Er wollte, dass ich zu ihm käme und davonraste. Er versprach mir, niemandem zu verraten, dass ich abgehauen sei, und er würde für mich einen neuen Pfad in den Wald hauen, damit ich auf dem schnellsten Weg nach Hause fahren könne, in mein Haus, wo meine lieben Eltern auf mich warteten, mit Sahnekuchen, Fürst-Pückler-Eis und einem heißen Kakao. Vielleicht schwämmen sogar winzige Marshmallows in der Schokolade. Ich schmeckte das braune Gold schon.

Wir erreichten die Lichtung mit dem Bunker. Die Luke stand offen.

Ich erstarrte.

»Was ist?«, flüsterte Loretta von hinten und schloss zu mir auf. Sie atmete ruckartig ein, sie hatte es auch gesehen. Sie hatte Ringe unter den Augen, wie mit Tusche gemalt.

Ich rieb mir den Schweiß aus dem Nacken. Das war das Maul des Monsters. Wir waren als Häppchen verkleidet und hatten den grandiosen Einfall, ihm zwischen die Backenzähne zu klettern. Das war kein guter Plan. Das war nicht mal ein Plan. Das war Käse, allerfeinster Käse.

»Warum ist die offen?«, fragte ich, aber niemand schien mich gehört zu haben.

»Weiter«, sagte Sporti und zog an mir vorbei.

Wilfred holte auf. »Spürt ihr das?«

»O ja.« Und wie ich das spürte.

»Ich hab Angst«, sagte er. »Ich hab eine Scheißangst.«

»Ich auch, Mann, ich auch«, sagte Sporti. Wir lehnten die Fahrräder an die Bäume und Sporti stellte den Rucksack dazu. Loretta steckte sich das Schamanenbuch unter das Kleid und ich das Brunobuch in den Hosenbund.

Wir versammelten uns um das Loch.

»Wir hatten das gestern doch zugemacht«, sagte ich.

»Wa-warum ist die Luke auf?«, stotterte Wilfred. Wir sahen uns an.

»Das macht jetzt keinen Unterschied. Wir gehen da runter. Einer bleibt am besten hier oben«, sagte Sporti. »Falls wer kommt.« Ich warf meinen Blick runter, die Öffnung war ein gieriger Schlund, der dazu gemacht war in sich aufzunehmen, was da käme. Es gab kein Ende, nur eine Leiter, die in der Schwärze versank.

»Ich bin für Wilfred«, sagte Wilfred mit unnatürlich hoher Stimme.

Wir stimmten ihm zu. Sporti drehte die Kurbel der Taschenlampe, sie surrte mechanisch und ein dünner Strahl fiel in die Tiefe. Für den Abstieg steckte Sporti sie in die Hosentasche, damit er beide Hände frei hatte.

»Ich geh vor, beeilt euch, falls da unten jemand ist«, sagte er und ehe ich mich versah, hatte der Schlund ihn bis zur Hälfte verschluckt.

»Pass auf dich auf, wir kleben dir an den Fersen.« Ich überlegte eine Warnung wegen der Leiche auszusprechen, biss mir aber auf die Zunge. Sie hatten die aufgehängte Tote ja gesehen, als ich das letzte Mal da unten gewesen war.

Sportis wuschelige Haarpracht verschwand in den Schatten. Ich tastete mich rückwärts an die Leiter ran. »Wilfred! Pass mir ja auf!«, schnauzte ich. Wie gerne hätte ich mit ihm getauscht.

Ich umfasste jede Sprosse sorgfältig und versicherte mich bei den Stufen, dass sie wirklich da waren. Ich sah nach unten, konnte aber nichts sehen.

»Sporti?«, rief ich. Ich klang wie ein schrill übersteuertes Nebelhorn.

»Ja«, kam es abgehackt von unten. Kein Echo, kein Schall.

»Bist du angekommen?«

»Ja!«

»Licht!«

»Ist an!«

»Leuchte zu mir.«

»Mach ich. Aber ich sehe dich nicht.«

Da hatten wir was gemeinsam. Ich war blind und der Lichtfleck über mir schrumpfte immer mehr. Es war wie beim letzten Abstieg.

»Loretta?«, rief ich nach oben. Sie antwortete nicht. Es war, als müsse jeder den Abstieg für sich allein bewältigen. »Halt durch«, rief ich hoch.

Mein Fuß schabte über den staubigen Boden. Ich drehte mich um und stand direkt vor Sporti. Es war eng in dem kleinen Vorraum. Er leuchtete mir ins Gesicht.

»Wo warst du so lang?«, fragte er aufgeregt.

»Leuchte rauf!« Der Strahl wanderte das Stahlgerüst nach oben und franste auf halbem Weg immer mehr aus. Irgendwo über uns verlor sich das Licht im Nichts.

»Siehst du sie?«, fragte ich.

»Nein.«

Ich dachte daran, wie ich vor Bruno geflüchtet war und die Leiter nicht hatte enden wollen. Was wäre, wenn Loretta in einer ähnlichen Lage steckte und sie unentwegt kletterte, aber niemals hier unten ankam? Sie würde bis zur Ermüdung klettern und irgendwann abstürzen.

Uns blieb nichts anderes übrig, als zu warten. Hier spielten wir nicht nach unseren Regeln. Gerade, als ich mir sicher war, dass wir Loretta niemals wiedersehen würden, tauchte ihr lederner Schuh im Licht der Lampe auf. Schnell kletterte sie nach unten.

»Endlich«, keuchte sie erleichtert. Ich fiel ihr um den Hals. Der Stoff ihres Kleids klebte ihr klamm zwischen den Schulterblättern.

»Gott sei Dank«, flüsterte ich. Sie streichelte mir über den Hinterkopf und entzog sich meiner Umarmung. Das surrende Kurbeln der Lampe trat in den Vordergrund.

Loretta wedelte mit der Hand vor der Nase hin und her. »Was riecht hier so … so … süß?« Sie schüttelte sich.

»Beim letzten Mal war es die Frau«, sagte ich.

Sporti drückte gegen die geschlossene Verbindungstür. »Beeilen wir uns. Sonst schifft sich Wilfred noch ein.«

Wir sahen ein letztes Mal rauf. Es gab keine Luke mehr über uns, kein Licht in weiter Entfernung, nur die Leiter, die hoch in ein dunkles Nirgendwo führte.

Wir stemmten die Tür auf, bis wir durchpassten.

»Hier war jemand«, sagte ich und meine Stimme klang seltsam leise. »Ich hatte die Tür nicht zugemacht.«

Sporti schwenkte die Taschenlampe wie einen Leuchtturm. Wir gingen dicht gedrängt in den Raum hinein. Alles war wie vorher, die Frau hing an der Decke, die Bilder steckten an der Wand. Es war weit und breit niemand zu sehen.

»Hier ist keiner«, sagte Sporti. »War wahrscheinlich Bruno, der die Luke geöffnet hat, um uns Angst einzujagen.«

»Keine Wurzeln schlagen.« Loretta huschte um die Leiche herum, die kaum merklich schaukelte. »Kannst du mir die Bilder zeigen?« Sporti leuchtete auf die Wand. Die Tote warf einen abgeknickten Schatten über das Mauerwerk bis zur Decke. Ihre Haut war grau und ich sah schnell weg.

Wir schoben uns an ihr vorbei und versuchten sie nicht zu berühren.

»Oana, die Freundin von Alfi«, sagte ich und zeigte auf das Foto mit dem Datum vor zwei Wochen. Auch die anderen Aufnahmen der Kinder waren mit Daten versehen. Es waren Zeichnungen darunter, Polaroids und Schwarzweißfotos. Einige waren vergilbt, manche verblasst, alle gewellt, viele schimmelten an den Rändern.

»Das ist von 1871«, sagte Loretta und tippte auf die gekritzelte Zahl am unteren Ende. Es war das Zeitungsbild eines dürren Mädchens mit kurzen, blonden Haaren, schmalen Schultern und offenstehendem Mund. Ihre Augen fehlten. Ich erkannte sie gleich wieder. Von ihr hatte ich geträumt, bevor Paul seinen Freund umgebracht hatte. Sie hatte wie eine Puppe über der Straße geschwebt.

»1646 n. Chr. Was heißt das?«, fragte Sporti.

»1646 nach Christus«, sagte Loretta. »Wieso?«

»Deswegen.« Er deutete auf ein Schwarzweißbild, das aus einem Buch abfotografiert worden war: eine unsaubere Zeichnung eines Jungen im Baumwollhemd, der auf einem unebenen Untergrund lag. Das Bild war stark verschwommen, aber er konnte in unserem Alter gewesen sein. Statt Augen hatte er zwei fette, schwarze Kreise. Jemand hatte mit Bleistift darüber geschrieben: 1646 n. Chr.

Auf dem Tisch stand ein offener Pappkarton voller Fotoalben und Bücher, darunter guckte die Ecke einer Zeitung heraus. Ich zog sie hervor und faltete sie auseinander. Auf der Titelseite prangte ein Foto, das mehr als zwei Drittel des Blättchens einnahm. Darauf waren Hütten und abgezäunte Wiesen zu sehen.

»Hört euch das mal an«, sagte ich. »Reiterhof abgerissen. Zuletzt hatte der Reiterhof an der Ann-Sophie-Straße ›Vom Winde zum Stall‹ keine gute Presse gemacht. Vor vierzig Jahren tauchten Leichen von Kindern und Jugendlichen auf den Äckern auf. Die Ermittlungen blaa ... blaa ... Polizei vor fünfunddreißig Jahren wegen mangelnder Beweise eingestellt.

Seitdem steht die Frage im Raum, was mit dem Grundstück geschehen soll. Zum Dezember stellt die Stadt ein Komitee zusammen, das über den Verbleib entscheiden soll. Bisher diskutiert der Stadtrat die Möglichkeiten, entweder einen Spielplatz zu errichten oder neue Gebäude zu bauen, und nach einem Investor zu suchen. Einigen Anwohnern ... blaa ... blaa ... blaa.«

»Ein Spielplatz in der Ann-Sophie-Straße! Das ist unser Klo«, sagte Sporti.

»Die Leichen ... sieh mal da! Und da! Und da!« Loretta huschte über die Bilder der Toten. »Die Linien, die zum Spielplatz laufen, bedeuten, dass die Kinder, Alfi, Oana und Pauls Freund, Bruno hat sie alle am Spielplatz umgebracht.«

»Ich versteh dich schon, aber was hat das –«

»Äh Leute ...? Da! Hört ihr das?«, fragte Sporti.

Ich spitzte die Ohren. Wilfred lärmte von weit her.

»Ruft er nach uns?«, fragte ich. Die Schreie vermengten sich im Widerhall zu einem unverständlichen Brei. Sporti setzte sich in Bewegung.

Ich hielt ihn am Arm zurück. »Das ist sicher eine Falle.«

Er drehte sich um und gab mir die Lampe. Sie leuchtete noch einen Moment weiter. »Ich kann ihn nicht hängen lassen. Macht ihr weiter, bin gleich wieder da.«

»Nein!«, rief ich.

Es war zu spät. Er rannte an den frei hängenden Füßen vorbei und verschwand in der Dunkelheit. Ich drehte die Kurbel. Er war über alle Berge.

»Komm, halten wir uns rann«, sagte Loretta. »Die Tote hat hier was herausgefunden, etwas, das wir auch wissen müssen.«

»Weil sie wollte, dass wir uns um Bruno kümmern?«

»Weil sie hier war, als sie gestorben ist.«

»Wenn wir sie beschwören statt Alfi? Vielleicht kann sie uns was dazu sagen.«

»Ja«, murmelte sie. »Halt auf die Fotos.« Sie beäugte die Bilder einzeln. Ich sah zu der hängenden Frau. Warum hatte sie keinen Bodenkontakt? Sie hing da wie ein seelenloser Geist. Sie gehörte nicht an einem Seil aufgehängt, sondern mit einem Kleid in einen Sarg und unter die Erde gelegt.

»Was suchst du?«, fragte ich. Wilfreds Gejaule verstummte. Entweder hatte Sporti ihn erreicht oder schlimmer, ihm war was zugestoßen. Ich vermutete letzteres. »Loretta! Wir müssen los!«

»Ja, gleich ...«

»Was suchst du?«, wiederholte ich. Sie sah von einem Bild zum nächsten, betrachtete es und starrte auf das nächste.

»Ich suche ... ich suche ...«

»Loretta!«

»Ich bin gleich bei dir, ich suche ...« Sie zupfte eines der Bilder von der Wand. »Ich habe es. Hier guck.« Es war dasselbe Motiv wie bei den anderen: ein Kind, in diesem Fall ein Mädchen, höchstens dreizehn Jahre alt, ohne Augen. Der Mund war zu einem schmalen Spalt zusammengepresst.

»Ich weiß ehrlich nicht, was ich damit soll.« Wir tauschten, sie reichte mir das Foto und drehte stattdessen die Kurbel der Taschenlampe.

»Dreh es um!«, sagte sie.

Auf der Rückseite stand: 06/12/1929.

»Und weiter?« Ich drehte es zurück und bevor sie mir erklären konnte, was an dem Bild so besonders war, entfuhr mir ein albernes »Huch«.

Das Mädchen presste die Lippen aufeinander. Das bedeutete, als das Foto vor rund vierundfünfzig Jahren entstanden war, hatte das Mädchen noch gelebt, und wenn meine Schätzung korrekt war, dann buckelte sie mittlerweile siebenundsechzig Lebensjahre. Die meisten davon hätte sie blind wie ein Seeigel verbracht.

»Wenn sie lebt ... aber wie? Und vor allem wer?«

»Annegret Münch, steht da unten in der Ecke. Wir brauchen ein Telefonbuch.« Tatsächlich stand ihr Name hauchdünn und sehr klein in der unteren Ecke.

»Das ... das ist ... wirklich Wahnsinn. Die ... also ... wenn die noch lebt, mein ich, dann hat die den Märlep überlebt.«

»Kannst du das Foto einstecken?« Ich faltete es und steckte das Bild zu dem Buch in den Hosenbund.

Ich schob mich an den Beinen der Toten vorbei. Ihre Hand baumelte direkt vor meiner Nase, die Nägel waren lackiert und die Farbe zum Teil abgeplatzt. Ihre Bluse spannte sich über dem aufgeblähten Bauch. Ich wünschte, dass mir das nicht aufgefallen wäre, und blieb stehen.

»Was ist?« Loretta richtete das Licht auf die Tote.

»Ach, bestimmt nichts.« Doch da war was beim Einschussloch. Das Blut aus der Bauchwunde war in die Bluse gezogen und überdeckte das meiste, aber ich erkannte ein Muster und zeigte auf eine Stelle über dem Nabel.

»Ubad ...«, sagte Loretta.

»Was?«

»Ich glaube, das steht da.« Loretta betrachtete die Tote wie ein Kunstwerk. Mir war schlecht. Ich hörte wieder den blechernen Schuss, spürte, wie meine Arme den Rückstoß abfingen, das Kribbeln in den Fingern.

»Schiebst du ihr das Oberteil nach oben?«

Ich seufzte innerlich. Ihre fliederfarbene Bluse war dunkel und triefte vor Körpersäften. »Muss ich?«

»Ich kann nicht kurbeln und das auch noch machen.«

Sie stank abscheulich. Meine Fingerspitzen fassten den unteren Saum. Er war feuchtkalt. Das Gewebe pappte an der trüben Haut wie ein Pflaster und schrappte beim Hochziehen.

In der Haut waren Schnitte, sie liefen spitz aufeinander zu. Ich rollte den Stoff vorsichtig bis zur Brust rauf. Es war albern, aber ich wollte ihr nicht wehtun, nicht noch einmal. Die

Schnitte kreuzten sich auch aus nächster Nähe wahllos, quer über die Haut und ohne Sinn.

»Ubad skuat sje aish«, sagte Loretta. »Ist das nicht das, was Wilfred in seiner Vision wiederholen musste? Ubad skuat sje aish.«

»Wieso?«

»Weil das da steht.« Der Stoff blieb kleben, wo ich ihn gehalten hatte. Ich trat neben Loretta. Schmutzige Striche bildeten kaum entzifferbar vier Worte auf ihrem Bauch. »Was hat das zu bedeuten?«

»Keine Ahnung.«

»Wir sollten nach oben. Zu Wilfred und Sporti.«

Und so ließen wir sie an diesem unwirklichen Ort zurück.

24

Der Vorderraum war leer, Sporti war offensichtlich schon hochgegangen. Loretta stieg vor, ich kletterte dicht hinter ihr her und verlor sie prompt aus den Augen. Es war wie beim Abstieg. Wir steckten in unseren eigenen, finsteren Blasen. Es gab nur mich und meine Bewegungen, linke Hand, linkes Bein, rechte Hand, rechtes Bein, linke Hand ... Irgendwann verließen mich die Kräfte. Meine Arme wurden schwächer und die Handinnenflächen waren wund.

»Lass Wilfred in Frieden!«, brüllte Sporti weit entfernt. Von oben verklang ein Hall wie in einem Traum. Über mir tauchte ein heller Kreis auf. Ich strengte mich an schneller raufzukommen. Ein Wassertropfen fiel mir auf den Kopf, rann durch die Haare bis zur Kopfhaut.

»Hey, komm schon, darüber lässt sich doch reden!« Wieder Sporti, nicht mehr aggressiv, sondern flehend.

»Wo ist das Arschloch? Ist der da unten?«, brüllte jemand.

Das war Paul! Es krachte, wie ein Hammer, der auf Metall drosch. War das ein Schuss gewesen?

»Mein Gott«, murmelte ich.

»Ich frag ein letztes Mal. Wo ist der dritte Wichser aus eurer Wichserbande?«

Loretta schnaubte. »Sehr einfallsreich, hab verstanden, alle sind Wichser.« Ich schob den Kopf vorsichtig aus dem Bodenloch und erkannte Lackschuhe, auf denen Jeanshosen Falten schlugen. Die Röhren der Jeans führten an zwei Beinen hoch und endeten an einem Hintern. Auf Hüfthöhe baumelte eine

Hand mit einem Revolver – es war derselbe, der Alfi und der Frau das Leben genommen hatte.

Ich sah weiter nach oben. Pauls von Pomade durchtränkte Haare lagen auf den Schulterblättern, sein weißes Shirt war so glasig wie in Zeitung eingerollte Pommes.

Er stand mit dem Rücken zu mir, vor ihm knieten Sporti, Wilfred und Loretta. Wilfred drückte sich eine Hand aufs Auge, als hätte er Schmerzen.

»Fick dich«, knurrte Paul und fuchtelte mit dem Revolver vor ihnen herum. Sportis Blick zuckte zu mir und gleich wieder zu Paul, der den Hahn der Knarre spannte. »Ihr könnt es mir sagen oder ich knall erst die Negerfotze, dann die Fotze und zum krönenden Abschluss die Fettbacke ab. Keine Sorge, ich schieß euch nicht in den Kopf oder so. Ich ziel auf euren Bauch, dann dauert es länger.«

Er richtete die Waffe auf den See, drückte ab. Der harte Knall dehnte sich in alle Richtungen aus. Paul schwenkte seinen Arm wieder zurück und richtete den Lauf auf Wilfred. »Wo ist die Schwuchtel?«

Ich sah rot.

Ich sprang aus dem Schacht, packte ihn von hinten am Hals und riss ihn zurück. Er stolperte in meine Richtung. Ich wich zur Seite und trat ihm mit aller Kraft gegen die Hüfte. Er verlor den Halt und stürzte mit dem Revolver in der Hand hinab in den dunklen Abgrund.

Das letzte, was ich von Paul sah, war sein überrascht aufgerissener Mund. Er schrie und der Schrei verhallte langsam in der Unendlichkeit.

»Deckel zu!«, brüllte Sporti. Wir warfen uns mit vollem Körpergewicht gegen den Verschluss. Es quietschte und schepperte und der Deckel fiel mit einem Klonk zu.

»Geht's euch gut?« Loretta klebte Erde an der Wange, die sich mit Schweiß zu verlaufendem Mascara mischte.

»Ja«, sagte Sporti.

Wilfred senkte die Hand, sein linkes Auge war genauso geschwollen wie Sportis. »Der hat sich angeschlichen und mich überrascht.«

»Und auf mich hat er gelauert, mir gleich eine verpasst, als ich noch auf der Leiter stand«, sagte Sporti und brummte zerknirscht: »Dieses Arschloch.«

»Leute!« Loretta zeigte auf die Stelle, an der der Schacht in den Boden geführt hatte. Da war nichts weiter als flacher Fels. Ich streckte mein Bein vorsichtig aus und tippte ihn an. Er war echt, keine Einbildung.

»Der ist weg!« Wilfred unterdrückte einen hysterischen Schrei.

Sporti bekam große Augen und schluckte glucksend. »Meint ihr, der Deckel stand offen, weil er uns da drinnen verschwinden lassen wollte?«

Wir sahen uns an. »Hatten wir Glück?«, fragte ich.

»Sieht so aus ... Meint ihr, jemand hat den Schuss gehört?«, fragte Loretta.

»Ich hoffe nicht. Die beiden im Seehaus, Mark und Alex, scheinbar haben die den ersten ja auch nicht gehört«, sagte ich.

»Lasst uns gehen. Ich will diesen verfluchten Ort niemals wieder sehen«, sagte Sporti. Verfluchter Ort, dachte ich, das war es: verflucht bis oben hin. Wären wir doch nie auf die bescheuerte Idee gekommen, hier rauszufahren. Wir hätten nichts mit der Scheiße zu tun gehabt!

Warum waren wir überhaupt hierhergekommen? Ausgerechnet hierher? Aber die Antwort lag auf der Hand: wegen des Bunkers. Er hatte uns von Anfang an zu sich gerufen.

»Als ich hochgeklettert bin ...«, sagte ich. »Und der Schuss ... da glaubte ich, einen von euch hätte es erwischt. Dass einer von euch tot wäre.«

Wilfred sah mich traurig an und Loretta streichelte mir über den Rücken.

»Los, hauen wir ab.« Sporti setzte sich den Rucksack auf. Wir waren ausgelaugt und statt mit den Rädern zu fahren, schoben wir sie durch den Wald. Wäre ich aufgestiegen, wäre ich vermutlich umgekippt und nie wieder aufgestanden.

Wir liefen nebeneinanderher. Loretta und Sporti schlossen mich und Wilfred mittig ein.

»Habt ihr was rausgefunden?«, fragte Wilfred. Er hatte eine Zigarette im Mundwinkel, und als er merkte, wie ich ihn ansah, sagte er: »Aufhören kann ich immer wieder.«

Ich nickte »Es gibt eine Überlebende.«

»Wenn sie noch lebt, sie wäre heute um die siebenundsechzig«, führte Loretta näher aus.

»Eine, die Bruno überlebt hat?«, fragte Sporti überrascht.

Loretta und ich nickten. »Kippe!«

Wilfred gab seine Angerauchte an ihn weiter. Sporti inhalierte tief und lang.

»Wir haben auch Wilfreds Worte gefunden«, sagte ich.

»Ubad skuat sje aish«, zitierte Wilfred gedankenverloren.

»Genau, sie waren in den Bauch der Frau geritzt«, sagte ich.

Sporti ließ Nebel aus seinem Mund aufsteigen, der sein Gesicht kurzzeitig verdeckte. Als ihm der Rauch ausging, sagte er, was er zu sagen hatte. »Was meint ihr, wurden sie vor oder nach dem Tod eingeritzt?«

»Schwer zu sagen. Konsti, kannst du dich an was erinnern? Du hast doch versucht sie wiederzubeleben. Hast du da was gesehen?«, fragte Loretta.

»War alles so hektisch, Paul, Alfi und ... ich weiß nicht. Möglich, aber nur geraten.«

Wir kamen kaum voran, aber den See hatten wir hinter uns gelassen.

»Wir haben ihren Namen. Sobald wir eine Telefonzelle finden, suchen wir ihre Adresse«, sagte Loretta.

»Machen wir die Beschwörung dann am Klo? Wegen Alfis Seele, wenn sie irgendwo ist, dann da, oder?«, fragte Wilfred.

»Ja«, sagte Sporti. »Gar nicht dumm.« Er klopfte ihm auf die Schulter.

»Wir haben darüber nachgedacht, die Frau zu rufen und nicht Alfi«, sagte ich. »Wir glauben, dass der Bunker von ihr ist und dann die Schnittwunden am Bauch. Sieht doch so aus, als wäre sie am See gewesen, um was gegen ihn zu unternehmen.«

»Lasst uns erstmal die Überlebende finden«, sagte Sporti. »Bruno ist immer noch hinter uns her, verlieren wir keine Zeit.«

Loretta stieg mit einem Bein aufs Pedal und trat sich vom Boden ab, wie auf einem Tretroller. »Den letzten beißen die Hunde.« Sie warf das andere Bein über den Sattel und raste davon.

»Meint sie das ernst?«, fragte Sporti und kaute auf seiner Unterlippe.

»Ich werde auf keinen Fall der letzte sein!« Ich schwang mich aufs Rad und strampelte los. Die plötzliche Aufregung nahm mir die Müdigkeit. Der holprige Untergrund rüttelte mich anständig durch. Ich schlingerte um einen Ast, da schoss Wilfred an mir vorbei und schenkte mir ein höhnisches Lachen. »Fang mich doch, du Eierloch!«

Er hatte nicht mich gemeint! Sporti überholte mich ebenfalls, nutzte einen Stein als Sprungschanze und hüpfte über einen Baumstamm, um den ich kurz danach herum lenkte. Sporti besaß Geheimreserven, auf die er zugriff, wenn er sie brauchte. Wie sonst konnte er mir um so viele Längen voraus sein.

»Wartet!« Ich keuchte und stöhnte, meine Oberschenkel zuckten. Vor mir streckte Wilfred den Arm zur Seite, als wolle er abbiegen und platschte ihn Sporti volle Kanne auf den Rücken. Der kreischte.

»Du Pappnasenscheißer, wenn ich dich in die Finger kriege!«

Wilfred brauste vor, Sporti ihm nach. Loretta fuhr entspannt wie auf dem Weg zu einem mittäglichen Picknick, kurz darauf holte ich sie ein. Wir waren von Bäumen umgeben und das würde noch eine Weile so bleiben.

»Worüber denkst du nach?«, fragte ich.

»Wir sollten nicht nach Moorbach fahren. Nicht gleich. Lichheim ist ganz in der Nähe, erstmal dorthin und rausfinden, wo wir Annegret Münch finden, bevor wir wieder in den Ring in Moorbach steigen.«

»Okay.« Ich kannte den direkten Weg dorthin zwar nicht, aber eine Stadt zu finden, dürfte kein Nadel-im-Heuhaufen-Fall sein.

»Kommt dir das nicht auch anstrengend vor? Als würde Bruno wie ein Blutegel an uns kleben und statt Blut Energie saugen?«

Ich nickte und sah zu ihr rüber. Sie sah matt aus, ihr Blick war verhangen. »Könnte sein, dass Sporti den Weg kennt. Auf Wilfred würde ich eher nicht setzen, wenn es um Orientierung geht.«

Sie lachte und wirkte merklich befreit.

Der Pfad vor uns machte eine Kurve und Sporti und Wilfred verschwanden aus unserem Sichtfeld.

»Wo sind die zwei?« Wir lauschten, ohne Ergebnis.

»Meinst du, Sporti hat Wilfred erwischt?« Wir lachten.

»Dann gibt es heute wohl Wilfred am Spieß.«

Wir grinsten uns an.

»Ich muss.« Ich bremste abrupt, ließ das Rad fallen, wo ich gerade war, und humpelte zwischen die Bäume.

Ich wollte meinen Feuerwehrschlauch aus der Tasche ziehen, rutschte aber vom Knopf ab, da zog ich in letzter Sekunde die ganze Hose runter. Der Strahl plätscherte sofort gegen den Baumstamm und besprenkelte die Wurzeln. Ich dachte daran, wie Bäume tranken, und hatte ein schlechtes Gewissen.

»Tut mir leid, alter Kumpel.«

»Konsti«, rief Loretta, erschreckend nahe.

»Halt! Komm nicht hier her!« Ich drückte den Schlauch ab. Der Strahl schnitt durch die Luft. Die Lache dampfte.

»Alles okay?« Hinter mir raschelte das Laub.

»Jaja, musste nur pinkeln.«

»So genau wollte ich das nicht wissen.« Sie entfernte sich wieder. Ich beendete mein Geschäft und holte sie ein. Wir trafen die Jungs an der Straße, wo sie auf uns warteten und Rauchringe übten.

Wilfred zwinkerte uns zu. »Uh, was habt ihr denn da gemacht?«

»Haltet die Klappe«, mahnte ich. »Alle beide.« Aber das interessierte sie nicht im Geringsten. Sie schmatzten Kussgeräusche.

»Oh, liebster Konstantin, du fetzige Schnitte. Schmatz. Schmatz.«

»Hmmm, ich will dich hier und jetzt. Nimm mich.«

»Ihr seid Idioten«, sagte ich.

Loretta lachte und fuhr an uns vorbei. »Wir fahren nach Lichheim! Kennt wer den Weg?«

»Solltest du den Weg nicht kennen?«, rief Wilfred.

»Nein, wieso auch? Nur weil ich da gewohnt habe?« Wir sattelten auf.

»Egal, ich weiß, wo lang, und führe uns«, sagte Wilfred.

Sporti klatschte sich die Hand ins Gesicht und zog sie langsam zum Kinn herunter. »Dann sind wir verloren. Der führt uns doch direkt auf ein noch genutztes Raketentestgelände.«

»Ja-haha, ich weiß wirklich, wo lang.«

»Ha! Genauso wie auf dem Herweg, oder was? «, platzte es gut gelaunt aus Sporti heraus. Wir saßen auf und fuhren auf eine Kreuzung zu. »Drei Stunden waren wir länger unterwegs, als wir gemusst hätten!«

Wilfred zeigte ihm den Stinkefinger.

»Okay, gut, wenn du es so genau weißt, Mister Landkarte, dann sag mir, wo wir jetzt abbiegen.«

»Links!«, sagte Wilfred wie aus der Kanone geschossen. »Da vorne links.« Er kreuzte siegessicher die Arme vor der Brust.

Wir erreichten die Kreuzung, die mehrere Straßenschilder hatte. Das orangene Blech, das uns verriet, dass wir in 29 Kilometern Lichheim erreichen würden, zeigte nach rechts.

»Echt, früher war es links«, behauptete Wilfred. »Die haben vielleicht die Straßenführung geändert.«

»Ja, stimmt«, sagte Sporti. »Das haben die, das war in den Zeitungen, die haben die Ortschaften verlegt, mit Hubschraubern und so, weißt du noch Konstantin?«

Ich grinste. »Ja, genau. War eine Riesensache und es waren super viele Haken nötig, um die Stadt anzuhängen. Hat drei Jahre gedauert und das nur, weil dieser Vollidiot von Schildaufhänger die neuen Teile verkehrt herum angebracht hat. Und jeder weiß, wenn Verkehrsschilder einmal hängen, dann bleiben die.«

Ich und Sporti tauschten Blicke, und wir waren schon dabei in Lachen auszubrechen, als Wilfred vollkommen ernst sagte: »Ja, genau, ich erinnere mich.«

Wir sahen ihn an, dann einander und dann Loretta, die schrie, als hätte sie Schmerzen. Alle zuckten zusammen, sie holte Luft und lachte, als würden es um ihr Leben gehen.

Allein das hätte uns zum Kringeln gebracht, aber das bedröppelte Gesicht von Wilfred gab uns den Rest. Wir kreischten und hatten Not nicht geradewegs in den Straßengraben zu brettern. Wilfred stieg mit ein und vervollständigte das lachende Quartett.

Die Kreuzung hatten wir rund zwanzig Kilometer hinter uns gelassen. Die Leichtigkeit und Freude war erneut durch Abgeschlagenheit und unerschütterliche Schwere ersetzt worden. Die Anspannung verstärkte sich, je mehr wir uns Lichheim näherten. Die Stadt war wie ein Magnet, der uns umso stärker anzog, je näher wir ihm kamen.

In der letzten Stunde hatte ich mir ein Bild der Großstadt ausgemalt, in die keiner von uns jemals einen Fuß gesetzt hatte. In meiner Vorstellung griffen gierige Hochhäuser nach Vögeln, die sie, ohne zu kauen, verschluckten.

Wilfred ließ seine Zunge wie ein Hund aus dem Mundwinkel hängen und Sporti nuckelte, wenn er nicht gerade keuchte, am Filter. Loretta hockte kerzengerade auf ihrem Sattel und hatte die Hände unter den Po geschoben.

»Sind wir bald da?«, fragte Wilfred so quengelig, dass sich meine Mundwinkel bis zu den Ohrläppchen spannten.

In der heißen Mittagssonne, die langsam in den Nachmittag überging, tauchten wir aus dem Wald auf wie eine Schnecke aus ihrem Haus, und wie eine Schnecke hatten wir den Eindruck, der Wald würde uns verfolgen. Er hatte uns nicht freiwillig ausgespuckt, aber jetzt waren wir raus und schnupperten Freiheit.

Sie roch nach faulem Acker und Kuhscheiße. Neben uns sprühte ein Traktor Jauchenebel auf sein umgepflügtes Feld.

»Muss das so stinken?« Sporti warf demonstrativ seine Zigarette in den Ackerboden. »Ekelhaft! Wie soll ich so mein Kippchen genießen? Sockenficker du!«

Die Straße machte einen weiten Bogen und am Horizont erschien eine große Baustelle, dahinter tauchten die ersten Neubaublöcke auf. Statt Hochhäusern hatten Kräne den Luftraum für sich eingenommen. Eine Hauswand schwang über behelmte Köpfe. An der Kette eines Krans hing eine Kreissäge, wie ein Falke, der seine Beute ausmachte. Bauarbeiter klopften sich gegenseitig auf die sonnengegerbten Schultern.

»Habt ihr das schon mal gesehen?«, sagte ich schwer beeindruckt. Denn natürlich hatte niemand von uns jemals eine solche Baustelle erlebt. Im Rosenbauviertel baute keiner mehr. Die maroden Hütten hielten die Inhaber höchstens stiefmütterlich instand. Wenn bei uns nach dem Winter ein Schlagloch in der Straße auftauchte, dann blieb es dort, bis es von selbst verheilte – was es natürlich niemals tat. Es wuchs und wuchs.

In der Nähe des Bahnhofs war so eines, das die Autofahrer umfahren mussten, weil sie sonst darin stecken geblieben wären. Vor einigen Jahren hatte es nach einem Regenfall voller Wasser gestanden und unser Nachbar, Herr Fischer, hatte seinen Familienvan da drin versenkt. Die Bergung dauerte zwei Tage. Am Ende zog der Abschleppdienst das Auto an der Hinterachse raus und riss dabei neue Löcher in den Straßenbelag. Die Karosserie war so verzogen, dass Herr Fischer seitdem durch das Fenster auf den Fahrersitz klettern musste.

»Wir brauchen mit etwas Glück nicht bis in die Innenstadt«, sagte Loretta. »Da finden wir bestimmt vorher eine Telefonzelle.«

»Ganz sicher«, sagte ich.

Wir fuhren abseits des Neubaugebiets die Nebenstraßen entlang. Für mich sahen die Häuser alle wie prächtige Villen aus, sie waren viel größer als alle unsere Häuser zusammen. Von ihnen löste sich auch kein Putz und die Wagen davor rosteten nicht. Hier war die Zeit am Laufen. Hier bewegte sich was. In Moorbach war alles öde und grau, wie von einer unbekannten Macht ausgebremst. Die Farben waren hier bunter, die Luft frischer und die Menschen bestimmt freundlicher.

Ich kam mir schäbig vor. Schon im Vorort dieser Stadt ging es den Menschen umso vieles besser als uns. Sie waren beseelt von Glück und bestimmt besaßen sie drei oder vier Garderoben, darunter mit Sicherheit auch schnieker Zwirn. Ein

Auto hatte sogar Chrom an der Stoßstange, die fest angeschraubt war, sie würde garantiert nie über den Asphalt scharren und Funken sprühen.

»Da vorne!«, brüllte Wilfred.

Alle drehten sich erschrocken zu ihm um. Er zeigte auf eine Telefonzelle, die neben einer der Villen stand. Sie war gelb, hatte auf drei Seiten Fenster und abgerundete Ecken.

»Nicht so laut«, flüsterte Sporti.

Loretta sprang vom Rad und verschwand in dem Häuschen. Sie blätterte durch die dünnen Seiten des Telefonbuchs, dann schwang die Zellentür wieder auf.

»Hat wer Kleingeld?« Ich tastete meine Taschen ab und fand eine Mark fünfzig. Die Münzen hatten sich in dem weichen Stoff auf der Innenseite verknotet, ich hatte sie komplett vergessen.

»Hier.« Ich reichte ihr fünfzig Pfennig. Die Tür glitt lautlos zu.

Sporti und Wilfred taxierten mich wie hungrige Löwen, die nur das Gitter von ihrem Mittagsessen trennte. »Seit wann hast du Geld?«, fragte Wilfred.

»Davon hätte ich noch locker eine Schachtel kaufen können.«

»Von Mutter. Es war für Notfälle, lasst uns lieber Essen für alle, statt Kippen für einen besorgen.«

Die Tür ging wieder auf. Loretta trat an die Sonne. Ich streckte meine Hand für das Wechselgeld aus und sie drehte die Hände um. Beide Handflächen waren leer.

»Diese Automaten sind Abzocker«, murrte ich.

»Ich habe Annegret Münchs Adresse. Sie denkt, sie hat mit ihrer Tochter telefoniert. Sie erwartet uns heute Abend. Ich habe gesagt, dass ich Freunde mitbringe. Sie will Hackbraten mit Erbsen und Soße kochen.«

»Klingt super!« Sporti klatschte in die Hände und verheiratete Po mit Sattel. »Auf geht's. Ich liebe Hackbraten.«

»Wichtig ist, dass sie zuhause ist. Ob wir wirklich Braten bekommen, weiß ich nicht. Aber sie lebt. Sie lebt wirklich. Ratet mal, wo sie wohnt?« Loretta strich sich durch die Haare und schob sie sauber auf dem Rücken zusammen. Unter ihren Achselhöhlen erstreckten sich nasse Flecken. »In Moorbach, in der Rosenbausiedlung. In der Goethestraße siebzehn f.«

»Moorbach?«, fragte Wilfred. »Aber die suchen uns doch da.«

»Wie sollen wir das bis heute Abend schaffen?«, fragte ich. »Ausgerechnet in unserer Siedlung.«

»Sagt mal, habt ihr das mit dem Hackbraten nicht gehört, oder was?«, fragte Sporti. »Geben wir lieber Gummi, damit wir rechtzeitig da aufschlagen.«

25

Wir waren nur noch eine Stunde von Moorbach entfernt auf einem Feldweg, der uns direkt in die Rosenbausiedlung führen würde. Zum Glück konnte sich Sporti gut Wege merken, so dass wir uns nicht mehr verfahren hatten.

Loretta schloss zu Sporti auf und winkte uns. »Besprechung!«

Wir reihten uns auf dem Feldweg nebeneinander auf, ohne anzuhalten. Neben uns zischten die Kornfelder vorbei. Die Lenker stießen gegeneinander.

»Wir gehen nicht alle da rein«, sagte sie ganz ruhig.

»Wieso?«, fragte Sporti. »Ich will aber den –«

»Weil das zu gefährlich ist. Wir dürfen sie nicht aufschrecken, nicht, dass sie die Polizei ruft. Ich schlage vor, Konsti und ich, nur wir beide. Ihr steht Schmiere. Würde mich nicht wundern, wenn ... irgendwie ... ihr wisst schon, wenn was Komisches passiert.«

»Wir beeilen uns«, sagte ich. Ich hatte nicht vor länger bei der Augenlosen zu bleiben als nötig.

»Der Hackbraten ...«, sagte Sporti. »Die Ärmste, sie hat extra welchen für mich gemacht.«

»Nimm's nicht schwer.« Ich klopfte ihm auf das nasse Kreuz.

»Ganz ehrlich«, Loretta schlug einen dringlichen Tonfall an, »sie hat Bruno überlebt, wer weiß, was da auf uns lauert. Versteht ihr das?«

»Klar, das wird 'ne heikle Sache«, sagte Sporti. »Aber der Braten ...«

»Deswegen zwei Außenposten und zwei drinnen.«

»Tut mir echt leid, Mann«, sagte Wilfred zu Sporti. »Au!« Wilfred rieb sich die Schulter.

Uns kam ein Fahrradfahrer entgegen. Wir scherrten hintereinander ein und machten so den Weg frei. Weiße Wolken wanderten an dem angeschnittenen Mond vorüber, der schon aufgetaucht war, obwohl die Sonne ihren Dienst noch nicht quittiert hatte. Acker und Feldwege hatten wir gegen Straßen und Autos eingetauscht, bald passierten wir den Ortseingang von Moorbach.

»Seht euch um, und wenn ihr etwas bemerkt, gebt sofort Meldung«, sagte Loretta.

Wir umfuhren das Klo und näherten uns der Rosenbausiedlung von hinten.

»Konsti, du übernimmst.« Loretta und ich wechselten die Plätze, so dass ich an der Spitze war.

Ich konzentrierte mich. In der untergehenden Sonne und den länger werdenden Schatten wirkte alles und jeder bedrohlich. Ich achtete auf Gesichter und Gesten, versuchte, mich in die Leute zu versetzen, zu verstehen, was sie vorhaben könnten.

Ein älteres Paar schloss seine Haustür auf. Zwei Kinder malten mit Kreide an einem Kunstprojekt, das wie eine abstrakte und sehr schiefe Version des Eiffelturms aussah. Fischers knatternder Familienvan verpestete die Luft. Er bog zum Glück in eine andere Straße und scherte nicht vor uns ein.

Wir kurvten durch eine mit Blumenkübeln verkehrsberuhigte Spielstraße. Ein Labrador zerrte sein Herrchen in karierter Schiebermütze über den Gehsteig. Ein Schwarm Schwalben flog in wechselnder Formation über uns hinweg und verschwand hinter einem Wohnblock.

»Nicht mehr weit.« Wir hatten unser Ziel fast erreicht und waren nun von Häusern und ihren schrottreifen Sprösslingen umzingelt.

Natriumdampflampen lösten endgültig das Tageslicht ab. Wir waren bisher gut durchgekommen, niemand hatte uns bemerkt.

Ich rutschte unruhig mit dem tauben Hintern auf dem Sattel herum, hielt Ausschau nach Peter Humbold und seinem treuen Knappen, als ich das Haus meiner Eltern entdeckte. Es war zum Greifen nah, die vier Wände, in denen ich die meiste Zeit meines Lebens verbracht und Laufen gelernt hatte. Dann bogen wir in die Goethestraße, die bei Hausnummer zweiunddreißig anfing, fuhren an einer Reihe Linden vorbei und ich verlor sein Antlitz hinter üppigem Blattwerk aus den Augen.

»Da vorn«, sagte Wilfred. Er klang verängstigt. Im Schatten der Bäume, die die Straße zu einer dicht bewachsenen Allee machten, war es nachtdunkel. Die Straßenlaternen beleuchteten gerade so den Boden unter ihnen. Müllsäcke lagen zuhauf zwischen verwaisten Schrottkarren. Die schmalen Häuser klebten in einer langen Reihe trostlos und zerfallen zusammen. Die Reihe zog sich so weit, dass kein Ende sichtbar war. Viele Fenster waren ohne Glas, dafür aber mit Zeitungspapier und Folie abgeklebt. In einem steckte eine Matratze mit braunem Wasserfleck und welligen Rändern.

»Siebzehn f. Da wären wir.« Ich lehnte mein Rad gegen einen Bauschuttcontainer voller Beton und Stahl, überwuchert von Efeuranken. Zwei nackte Betonstufen führten zur Haustür, daneben waren Klingel und Briefkasten befestigt. Die Fenster waren heil und der Putz vollständig. Siebzehn f war damit luxuriöser als die meisten Bruchbuden der Straße.

»Wie besprochen?«, fragte Loretta und wir stimmten zu. »Also dann.«

Loretta stieg vor mir die bröckelnden Treppenstufen rauf und drückte den Klingelknopf. Ich stellte mir vor, wie die schwere Tür quietschte, wie sie von allein aufging und uns ein verlassener Flur empfing. Wir träten ein, die Haustür würde zuknallen und wir in eine endlose Schlucht stürzen, wo uns eine augenlose Lady durch ihre schimmelnden Augenhöhlen anglotzen würde.

Die Scharniere jaulten auf wie ein verletzter Köter. Eine magere Frau erschien und lehnte sich an die Zarge.

»Ja?« Ihre Stimme krachte wie ein alter Keilriemen, der erst warmlaufen musste. Sie bestand nur aus faltiger Haut und Knochen. Dunkelblaue Adern erstreckten sich vom Hals bis rauf zur bleichen Stirn. Sie trug ein Kopftuch und eine Fliegerbrille, die ihre Brauen bedeckte. Die Augen konnte man nicht sehen, die dunklen Gläser waren sicher eine Sonderanfertigung, um ihre Löcher zu verstecken.

»Hallo, Frau Münch«, sagte Loretta seicht, räusperte und wiederholte sich.

»Ach, Kindchen«, sagte die Oma wie die Hexe aus dem Knusperhäuschen. »Lad mir deine Freunde doch mit ein. Ihr braucht keine Angst zu haben.«

»W-«, setzte Loretta an, aber die Oma ließ sich nicht reinreden.

»Du hast doch gesagt, du bringst deine Freunde mit, aber hier ist nur einer. Und die Nummer mit meiner Tochter? Ich bitte dich. Ich habe keine Kinder.« Sie schien uns durch die abgedunkelte Brille anzusehen. »Ich hab Hackbraten im Ofen.«

Sie machte kehrt und bog durch einen zweiten Eingang links neben ihr. »Kommt rein«, rief sie, »und macht die Tür zu! Wir wollen doch kein Gesindel am Tischlein haben.«

»Was meinst du?«

»Lieber mehr als weniger.« Ich pfiff. Sporti steckte seinen Kopf hinter dem Bauschuttcontainer hervor.

»Was ist?«

»Sie hat keine Tochter und will, dass ihr mit reinkommt.«

»Sie weiß von uns?« Sporti verließ mit Wilfred sein Versteck. »Keine Tochter?«

Loretta hob die Hände.

»Kommt ihr?«, kam aus dem Herzen des Gebäudes.

Sporti quetschte sich zwischen uns durch. »Ich kann ihn riechen, lecker, lecker Hackbraten. Ob sie den mit Oregano gemacht hat?«

Wilfred hing ihm an den Fersen. Sie verschwanden durch die Tür zur Linken.

»Du weißt, was das heißt?«, fragte Loretta. »Nicht wir haben uns bei ihr eingeladen, sondern sie wollte uns hier haben.«

»So, wie du es vorhin gesagt hast: Sie hat Bruno überlebt. Lass uns die Augen offenhalten und schnell wieder rauskommen.«

Wir überwanden die Schwelle und ich sah zurück zu meinem Fahrrad, in Erwartung mystischer Kräfte, die die Tür zuwerfen würden.

Nichts geschah.

»Drückt die Haustür bitte fest zu. Das Schloss ist alt und gibt leicht nach. Nicht, dass sie wieder aufspringt«, rief die

Oma irgendwo aus dem Inneren des Hauses. »Das Haus kühlt sonst aus und Heizöl ist nicht umsonst.«

Ich lehnte die Tür sanft an, für den Fall, dass wir fliehen mussten.

Wir standen in einem zierlichen Vorräumchen, in dem an einem Kleiderhaken Jacken hingen. Aus einem Regenständer aus gedengeltem Kupfer schaute ein Blindenstock und eine gelbe Schärpe mit drei schwarzen Flecken lugte aus einer Jackentasche. Ich deutete darauf, um sie Loretta zu zeigen. Ein abgenutzter, dunkelgrauer Teppich bedeckte den Boden und die Tapete war gepunktet.

Loretta schritt durch die Tür links ins Wohnzimmer, ich folgte ihr. Es hatte ein intaktes Glasfenster, davor stand ein ausgezogener Esstisch, komplett eingedeckt mit Tellern, Besteck und Gläsern. Über dem Tisch schwebte ein Kronleuchter, behangen mit falschen Diamanten. Die Glühbirnen waren an. Dunkelbraune Holzstühle, deren Beine zu Spiralen gedrechselt waren, warteten dicht gereiht auf ihren Einsatz. Was mich überraschte: An den Wänden hingen Fotografien von Blumen, Wäldern und einer prunkvollen Kirche.

»Schau mal die Bilder?«, flüsterte ich. Loretta drehte sich zu mir und hob fragend die Augenbrauen. »Warum? Wenn sie nichts sieht?«

Sie zuckte mit den Schultern. Rechts von uns war der Durchgang zur Küche und eine weitere Tür lag in der linken Ecke.

Sie war nur angelehnt. Ich linste durch den Türspalt und knipste das Licht an. Ein gemachtes Bett mit Blümchenbezug stand in der Mitte des Zimmers, gegenüber war ein Fenster, abgehängt mit Rüschenvorhängen, neben mir ein Kleiderschrank. Der Raum hatte kaum ausreichend Bewegungsfreiheit, um sich darin umzuziehen, aber für eine Person reichte es wahrscheinlich. Ein Buch lugte unter dem Kopfkissen hervor.

»Sie kommt«, flüsterte Loretta. Ich drückte erschrocken das Licht aus und kam mir dämlich vor. Sie hatte keine Augen und das Klicken des Schalters war auffälliger, als die Birne brennen zu lassen. Ich drehte mich um, da stand sie mit zwei Porzellanschüsseln in der Hand im Wohnzimmer. In einer waren dampfende Klöße und in der anderen braune Soße.

»Was gefunden?«, fragte sie. Ihre zerknitterten Wangen bildeten ein Lächeln.

»Wie bitte? Ich hab nichts gesucht.«

Sie stellte die Schüsseln auf den Tisch. »Lassen wir die Spielchen, in Ordnung? Ihr seid wegen Bruno hier.«

Ein Schlag entlud sich in meiner Magengrube. Die kräftigen Glühlampen bekamen einen scharfen Gelbstich.

»Setzt euch, wir sind gleich fertig. Sofern der Dicke den Braten nicht allein aufisst.« Sie schob die Soße zur Seite, dabei schwappte sie über und floss zäh an der Schüssel hinab. Dann ging sie mit großen Schritten in die Küche zurück.

Ich wartete, bis sie das Zimmer verlassen hatte. »Mir ist schlecht«, sagte ich. Es war, als wolle sich mein Magen durch den Hals nach draußen zwängen. Loretta brachte keinen Ton heraus. Sie ergriff meine Hand und wir setzten uns auf die Stühle nahe dem Ausgang. In der Küche fragte Sporti, was es zum Nachtisch geben würde.

Das Geschirr war aus feinem weißen Porzellan, am Rand waren lila Fliederblüten und in der Mitte eine Engelstrompete aufgemalt. Ich zeigte sie Loretta. Sie sah mich ausdruckslos an, als wäre sie im Wachkoma.

In polierten Gläsern mit schmalen Hälsen stiegen silbern schimmernde Perlen durch klares Wasser auf. Das Besteck blitzte. Die Stoffservietten neben den Gabeln steckten in Holzringen.

»Warum hängen hier Bilder?« Die Frage hatte sich mir in den Verstand gekrallt. Sporti und Wilfred stürmten so selbstverständlich aus der Küche, als wären sie die Enkelkinder der

Oma. Sie folgte ihnen mit einer Fleischplatte, auf der der Braten dampfte.

Wilfred stellte einen Feldsalat mit Croûtons und Sporti eine Schüssel mit Erbsen auf den Tisch.

»Setzt euch, Kinder«, sagte die Oma. Sie bewegte sich frei und grazil, schwang ihren schmalen Körper am Stuhl und am Tischende vorbei und ließ sich schließlich wie ein flatterndes Handtuch sinken. Sie vermittelte nicht ansatzweise den Eindruck, als ob sie sich ohne Sehkraft durchs Leben schlug.

»Haltet euch nicht zurück. Das ist kein christliches Haus, in dem wir vor dem Essen beten. Ich bitte euch aber, nichts übrigzulassen. Eine alte Dame wie ich isst sonst den restlichen Monat daran. Also, hopp hopp!«

Sporti ließ sich das nicht zweimal sagen und lud sich zwei Klöße und eine fette Scheibe grauen Hackbraten auf, den er in Soße ertränkte.

»Danke, Frau Münch«, sagte er und stopfte sich eine Gabel Fleisch in den Mund.

»Nennt mich Annegret.«

Wilfred packte sich den Teller ebenso voll, selbst bei den Erbsen war er nicht sparsam. Die Oma drehte ihren Kopf wie in Zeitlupe zu uns. Ich glaubte, die ausgelutschten Löcher zu sehen, wie sie sich leer und nutzlos hinter dem dunkelbraunen Glas versteckten.

»Ihr wollt nichts essen?«, fragte sie langsam. Mein Magen zog sich zusammen, so sehr, dass er aus Kohle Diamanten hätte pressen können. Und so angewidert, wie Loretta aussah, erging es ihr nicht anders.

»Nein, danke«, sagte ich und mir stieg bittere Galle die Kehle herauf. Ich hütete mich, auch nur daran zu denken, mir mit diesem Wasser den Mund auszuspülen, auch wenn das Letzte, was ich getrunken hatte, die Brühe der halben Dose Linsen gewesen war.

Loretta warf einen unruhigen Blick auf die Tafel und sah schnell weg.

Die Oma streckte ihre knorrige Hand aus, dunkle Adern wanden sich wie Würmer um ihre Finger. »Könnte ich bitte die Soße haben?«

»Aber klar«, sagte Sporti und reichte ihr die Soßenschüssel. Sie schüttete einen Stausee auf ihren Teller und versenkte dann Fleisch, Erbsen und Klöße darin.

»Warum haben Sie Bilder an den Wänden?«, fragte ich.

Sie stach in das abgeschnittene Hackfleisch und schaute dann zu mir. Entweder versteckte die Oma Augen hinter der Brille oder sie durchdrang mich mit ihren Höhlen.

»Damit die Leute mich mögen, wenn sie mich besuchen. Ist sonst so leer an den Wänden.« Sie beugte sich vor, um das abgetrennte Stück Fleisch von der Gabel zu lutschen. Ein Sabbertropfen seilte sich von ihrer Unterlippe ab. Sie kaute und schluckte.

»Das sind doch Bilder von mir und eine Zeichnung vom HB-Männchen, oder?« Einer ihrer Mundwinkel zuckte. »Na, ach quatsch. Alter Blindenwitz.«

Sie packte ihr Glas wie einen Humpen und spülte den angekauten Brei hinunter. Sie grinste zielsicher zu Loretta. »Starr das Essen nicht so an, als wäre es hinter einer Glaswand gesichert. Das hier ist kein Museum, schnapp dir, was du kriegen kannst, solange die Burschen dir noch was übriglassen.«

Lorettas Hände wanderten zögerlich zur Tischdecke. Sie rieb sich die Haut zwischen Daumen und Zeigefinger, als wolle sie einen Leberfleck abkratzen.

»Na, los!«, sagte die Hexe freundlich und brach damit Lorettas Widerstand.

Sie lud sich hellgrüne Erbsen auf und zog die Fleischplatte über das Tafeltuch. Sporti und Wilfred stopfen sich weiterhin voll, als hätten sie gewettet, wer in kürzerer Zeit mehr fressen könne.

Die Oma schluckte angestrengt. »Jetzt zu dir, Kleiner!«

»Ich will nichts«, sagte ich und versuchte Blickkontakt mit Loretta aufzunehmen, aber sie war wie die anderen ins Essen vertieft. »Loretta?« Sie beachtete mich nicht.

»Du willst was über Bruno wissen«, fragte die Alte.

»Woher wissen Sie davon?«

»Das könntest du nicht begreifen. Ihr habt Mist gebaut.«

Sie legte das Besteck an den Tellerrand. Sporti, Loretta und Wilfred verharrten in ihren Positionen wie eingefroren. Die Oma trank, stellte das Glas ab, und als sie das Essbesteck wieder aufnahm, setzten meine Freunde die Bewegung fort, in der sie ausgeharrt hatten.

»Was hast du mit ihnen angestellt?«

»Ich habe für Privatsphäre gesorgt.« Ihre Stimme blieb ein Sammelsurium aus quietschenden Lauten, wie sie ein ungeöltes Scharnier von sich gab. »Die Frau im Wald, die hättest du nicht erschießen dürfen.«

Mir lief der Schweiß den Rücken hinunter.

»Bruno wollte, dass ihr sie erschießt, denn sie war hinter ihm her.«

Sie klemmte sich eine einzelne Erbse zwischen die Schneidezähne und zerbiss sie, das dunkelgrüne Mark quoll heraus. Sie leckte sich die Zähne mit der Zunge sauber. »Ihr habt ihn sauer gemacht, dass ihr bei mir seid, das ist nicht gut für euch.«

»Wer ist die Frau?«, fragte ich. Loretta stocherte im Braten herum, als wolle sie ihn untersuchen. Wilfred nahm sich einen Nachschlag Klöße.

»Sie war so etwas wie meine Tochter und die einzige Freundin, die ich vor ihm geheim halten konnte. Aber sie musste ja unbedingt versuchen den Fluch zu brechen. Bruno ist ein Teil von mir, weißt du? Diese dumme Gans.«

Eine einzelne Träne kam unter der Brille zum Vorschein und floss langsam hinab. »Er ist seit damals in mir und bald wird er die Kontrolle wieder übernehmen«, rief sie. »Ich wünschte, ich wäre gestorben, aber selbst den Tod erlaubt er mir nicht. Er sieht uns gerade zu.« Es war als pikte mir etwas ins Herz, ein bedrückender Schmerz überkam mich. »Er will euch töten, von euren Seelen zehren. Durch sie erlangt er seine Kraft.«

Ihr Gesicht zeigte Trauer, dann ging der Ausdruck in Wut über.

»Ihr könnt mich nicht umbringen!«, schrie sie in tausend Stimmen.

Sie rammte die Gabel in den Tisch und hielt sich den Kopf: »Aber einsperren kann ich dich«, rief sie mit normaler Stimme. »Er übernimmt die Kontrolle! Gib mir das Buch!«

Meine Freunde waren wieder in ihren Positionen erstarrt. Wilfred hatte ein Wasserglas an die Lippen gesetzt, das sich an seinem Mund vorbei entleerte. Ich schob den Stuhl zurück, um das Buch aus dem Schlafzimmer zu holen.

»Auf dem du sitzt, Junge, mach schon, uns rennt die Zeit davon.«

Ich zögerte, aber dann zog ich das Brunobuch aus der Tasche und reichte es ihr.

»Du bekommst es gleich wieder.« Sie streichelte den Einband, als wäre er ein Freund, zeichnete die Prägung der Rosenranken auf der Rückseite nach, tastete die geschlossenen Buchseiten ab, zählte sie und teilte die Blätter mit ihrem Fingernagel. Leere Seiten lagen in ihren Händen, aber das Papier trübte sich und Formen tauchten aus der Tiefe der Seiten auf und tanzten als Buchstaben über das Papier. Sie strich über die Worte.

»Kannst du das sehen?«

Sie hielt mir das Buch hin. Die Seite war kreuz und quer beschrieben. Einzelne Sätze vollführten Kopfstand, andere waren mir zugewandt. »Ja.«

»Dann haben wir wirklich keine Zeit mehr!«

Sie packte ihr Messer und schnitt sich die Pulsadern auf, ehe ich etwas tun konnte. Das Messer fiel zur Seite, es klebten graue Bratenkrümel daran.

Blut quoll aus der Wunde, floss auf das Buch und schlängelte sich dort über die Seiten. Die Buchstaben nahmen seine Farbe auf und veränderten ihre Formen, aber bevor ich sie lesen konnte, klappte sie das Buch mit einem Knall zu.

»Nimm deine Freunde und verschwinde! Er kommt.«

Ich packte das Buch. Sie streckte ihren Arm zur Mitte der Tafel. Blut spritzte auf das Essen. Sie riss die Gabel aus dem Tisch und warf sie fort.

Die Erbsen im Topf färbten sich hellgelb, wurden zu einem Knäuel aus Maden. Die Soße verklumpte zu einer gelbbraunen Brühe. Das Fleisch auf Sportis Gabel veränderte sich zu halbfester Scheiße und tropfte von den Zinken herab. Er gab einen erschrockenen Laut von sich, warf das Besteck weg und sprang auf. Loretta spie aus und gab ein würgendes Geräusch von sich. Wilfred verdrehte die Augen.

Die Oma flüsterte: »Lauft!«

Durch ihre Brille leuchteten zwei gelbe Kreise. Ich sprang auf. Der Stuhl fiel hinter mir um.

»Meine Freunde«, sagte die Oma und spuckte dabei. Ihre Haut hing schlaff wie ein Kehlsack von ihren Knochen. Sie erblasste. Auf ihren weißen Armen breiteten sich verwesende Löcher aus, die Ränder wurden schwarz, das Zentrum gelb vom Eiter.

Wilfred kippte mit dem Stuhl nach hinten gegen die Wand. Er zuckte und zappelte und leuchtend grüne Kotze erschien zwischen seinen Lippen.

»Meine Freunde, ihr habt mich vermisst, stimmt's!«

Das war Bruno. Er steckte in der Hexe. Aschfahle Haut tauchte unter ihrer auf, brach sich durch die obere Hautschicht wie durch einen Kokon. Ein Hautlappen plumpste vom Unterarm auf den Teppich.

»Wir müssen hier raus!«, brüllte ich und schob das Buch in die Hosentasche.

Ich sprang auf und eilte auf die andere Seite des Tisches. »Hilf mir!«, rief ich Sporti zu.

Sporti packte mit an und wir warfen den Tisch senkrecht auf Bruno. Loretta ergriff beim Aufstehen ihren Stuhl und schleuderte ihn auf das Ungetüm. Ich lief wieder zurück und riss die Wohnzimmertür auf. Wilfred würgte noch immer, Sporti zerrte ihn hoch.

Bruno lachte sein tiefes, aus der Hölle stammendes Totengräberlachen: »Ha-Ha-Ha-Haaa... Ha-Ha-Ha-Haaa.«

»Du! Tür!«, schrie ich Loretta zu. Sie lief raus und machte sich an der Haustür zu schaffen.

Ich rannte zu Wilfred, stützte ihn auf der einen Seite, während Sporti auf der anderen lief. Zusammen trugen wir den schlaffen Körper durchs Zimmer. Er kam mir viel schwerer vor, als er hätte sein dürfen.

Das Lachen erstarb. Plötzlich war es stiller als nachts in einem Krematorium. Wilfreds Last verschwand von meinen Schultern. Irgendwo brüllte jemand und das Licht flackerte.

Ich war allein.

»Konstilein«, wisperte Bruno hinter mir. »Konstilein.«

Ich drehte mich zu ihm um. Da war er. Ein grauweißer Kopf ohne Haare. Der Hals hing leer herunter, darunter wand sich Zwielicht, wie eine Horde balgender Katzen. Schatten schossen hervor, lange dünne Finger, die nach mir griffen.

Er hielt den Kopf gesenkt, sah mich aber an. Seine Augen waren endlose Teerbecken, aus deren Zentrum zwei eitergelbe Funken aufstiegen. Die Nase war abgefault und hatte ausgefranste, mandelförmige Löcher hinterlassen.

Er verzog den Mund zu einem breiten, viel zu breiten Lächeln und leckte sich die Lippen. Sabber tropfte vom Kinn, den er schlürfend wieder einsog. »Konstilein.«

Seine Stimme war ein süßes Flüstern im Wind, getragen vom Duft einer Blumenwiese. Dann sang er: »Schwarz, schwarz, schwarz sind alle meine Leichen. Schwarz, schwarz, schwarz ist alles, was ich brauch.«

Die Schatten wogten hin und her, im Flackern der Glühlampen. Unter ihm lagen die Fleischabfälle, die einmal die Oma gewesen waren. Jetzt hatte sie ihren Frieden.

Die Schatten hatten mich erreicht, sie griffen nach mir. Sein gelber Blick lähmte meine Bewegungen, es war, als kämpfte ich mich durch ein Moor.

»Hau ab! Sieh ihn nicht an«, wirbelte ein Windhauch von weither. Ich wandte den Blick ab, aber da war noch immer die Melodie. Ich wollte ein Teil von ihm werden, ich wollte in ihm aufgehen.

Also sah ich wieder auf.

Eine durscheinende Gestalt stellte sich zwischen uns. Die Schatten glitten mühelos durch sie hindurch.

»Alfi?«, fragte ich. Die Gestalt riss den Mund weit auf und schrie mir etwas entgegen. Ich hörte sie nicht.

Etwas packte mich am Kragen und zog mich nach hinten. Ich würgte und krächzte, ich wollte hierbleiben, bei Bruno. Aber ich wurde weitergezerrt und stand mit einem Mal vor dem Haus. Sporti knallte die Tür zu.

Es war dunkel. Er schleifte mich auf die andere Straßenseite, auf der Wilfred am Boden lag, Loretta kniete über ihn gebeugt daneben. Wilfred atmete noch, bewegte sich aber nicht. Grüne Pampe klebte ihm am Kinn.

Ich sah zu dem Haus zurück, die Fenster waren dunkel, nichts bewegte sich. Bruno schien uns nicht zu verfolgen.

»Ich schwöre Wilfred, wenn du jetzt nicht zu dir kommst, dann knack ich deine Eier mit meinem Knie«, sagte Sporti wütend und ließ meinen Kragen los. »Mach keinen Scheiß!«

Ich kniete mich neben Loretta.

»Wilfreds Augen ... sie sind ... sie ...«, sagte sie.

»Auf jetzt!«, rief Sporti so laut, dass im Haus hinter uns Licht anging. Er hob Wilfred auf, hielt ihn wie ein Baby in den Armen und stürzte die Straße entlang, den Weg zurück, den wir vor einer Stunde gekommen waren.

Ich dachte kurz an die Fahrräder, aber wir ließen sie zurück. Wir rannten, so schnell unsere Beine uns trugen, bogen in eine Seitenstraße ein und stolperten zur Kreuzung, von der aus man zu Loretta und mir kam.

Mir blieb das Herz stehen, als ich vor unserer Einfahrt einen Streifenwagen stehen sah. Wir bremsten abrupt, verschnauften, doch Sporti wetzte schon weiter. Der matte Schein der Straßenlaterne genügte, um zu erkennen, dass das Auto unbesetzt war.

Sporti hatte Wilfred bereits bis zum Supermarkt geschleppt und machte keine Anstalten stehenzubleiben. Loretta und ich rannten hinterher, wir erreichten den Bahnhof, ließen den Parkplatz hinter uns und sprinteten den steilen Hang hinauf, Sporti vor uns noch immer mit Wilfred in den Armen.

Wir kamen kaum hinterher.

26

Als wir ihn eingeholt hatten, lag der zusammengekrümmte Wilfred auf der Tischtennisplatte, ein Fuß hing an der Seite runter. Sporti schlug mit beiden Fäusten neben ihn auf die Platte. Er weinte, auch Loretta fing an zu weinen und barg das Gesicht in den Händen.

Der halbe Mond klebte sauber abgeschnitten am Himmelszelt. Warum zum Teufel war Sporti ausgerechnet hierher gerannt?

Sporti und Loretta schluchzten. Ich ging an ihnen vorbei zu Wilfred. Meine Füße waren schwer wie Blei. Wilfreds Gesicht war von mir abgewandt. Ich streckte die Hand vor, um den Puls zu tasten, da stellte ich mit der Sachlichkeit eines Fremden fest, dass ich zitterte, als flitzte Strom statt Blut durch meine Adern.

»Ist, ist er …«, fragte Sporti. Wilfreds Brust schwoll an und flachte ab. Ich hatte noch Bruno klar vor Augen, wie er sang.

»Nein«, antwortete ich. »Er atmet.« Aber wie viele Atemzüge würde er noch schaffen?

Schatten legten sich über Wilfreds Gesicht. Sie zuckten nicht wie die von Bruno. Sie verbargen seine Züge unter einem dichten Vorhang.

»Seine Augen«, hatte Loretta vor dem Haus gestammelt. Was war mit ihnen? Ich hatte zwar eine Vorstellung, doch das konnte nicht sein. Ich packte den rauen Stoff seiner Jeansjacke und drehte Wilfred zu mir ins Mondlicht. Sein Kopf kippte dabei in meine Richtung. Sein Mund stand weit offen. Die

Lider waren nach innen gewölbt. Sie wellten sich wie schlaffe Segel ohne Wind, bevor sie aufgingen.

Bruno hatte ihm die Augen entrissen. Etwas bewegte sich in dem braunschwarzen Matsch am Grund seiner Augenhöhle.

»Ich«, hauchte Wilfred und hustete.

Sporti kam und nahm seine Hand.

Wilfred öffnete den Mund: »Ich hab Alfi gesehen.« Er klang alt und schwach und rau.

»Scheiße, Wilfred«, flüsterte Sporti.

»Bei der Oma. Er holt mich, hat er gesagt. Ihr sollt ihn rufen.« Manche seiner Wörter waren nicht mehr als Schmatzlaute. »Er hat gesagt, ihr müsst ihn fangen.« Er hustete rasselnd, bäumte sich auf und fiel dann zurück.

Sein Hinterkopf prallte gegen die Waschbetonplatte. Es gab ein Geräusch wie bei einem kraftvollen Schlag auf eine ausgestopfte Gran Cassa. »Alfi, da bis«, hauchte er, dann klaffte sein Mund kraftlos offen.

»Wilfred?«, jammerte Sporti.

Loretta heulte heftiger und drehte sich weg. »Wilfred?«, wiederholte Sporti. Seine Beine hielten ihn nicht länger. Er ging in die Knie, griff erneut nach Wilfreds Hand und weinte so fassungslos, dass es mir die Brust verengte.

Ich hatte keine Ahnung, wie ich mich verhalten sollte, schleppte mich zu Loretta und ließ mich neben ihr zu Boden sinken. Ich heulte. Ich weiß nicht, wie lang wir so saßen, aber irgendwann gingen mir die Tränen aus, und ich wimmerte vor Schmerz weiter.

»Bruno war in mir drin«, sagte Loretta irgendwann, als glaube sie ihren eigenen Worten nicht. »Hat mich gesteuert. Ich wollte das nicht.«

Ich wollte mich zu ihr zu drehen. »Nein, bitte. Bleib«, sagte sie. Ich rutschte von den Knien auf den Po und wartete darauf, dass sie weiterredete.

Sie atmete stockend ein. »Ich war in einem finsteren Haus. Im echten Haus der Oma, so wie es wirklich aussah. Es war voller Ruß. Die Luft war voller Staub, so dicht, dass er sich nicht absetzte.« Loretta redete mechanisch, als leiere sie ein Band ab. »Das Menü, er zwang uns, es zu essen. Er sagte mir, wie ich mich verhalten müsse. Das waren keine Erbsen, es waren die ganze Zeit fette Maden. Ich konnte sie sehen, wie sie sich auf der Gabel krümmten.« Hinter uns schnaufte Sporti. »Er sagte ›Iss!‹, und ich schaufelte ... Sie zuckten mir im Mund.« Sie würgte. »Wilfred musste einen Löffel voll Hackbraten ... der keiner war, essen. Er kaute auf Scheiße.«

Ich stand auf und schlang meine Arme um sie.

»Ich glaube, sie hat das gemacht, weil sie ihn so beschäftigen konnte«, sagte Loretta. »Um in Ruhe mit dir zu sprechen.«

»Ja, das kann sein. Hier ist es nicht sicher!«, rief ich Sporti zu. »Wir sind hier, genau da, wo seine Opfer gefunden werden und wir haben sein letztes hergebracht ...« Nachdem ich es ausgesprochen hatte, wurde mir die Bedeutung meiner Worte klar: Wir hatten Brunos Auftrag erfüllt, ihm seine Leiche gebracht.

»Was schlägst du vor?«, fragte Sporti.

»Wir gehen zu mir«, sagte Loretta. »Wir können zu mir. Da sind wir eine Weile ungestört.«

»Aber deine Eltern –«

»Sind tot«, unterbrach sie mich.

Das warf so viele Fragen auf, dass mir die Worte im Hals stecken blieben. Sie entzog sich meiner Umarmung: »Ich habe es niemandem erzählt! Heute Nacht wird uns da keiner vermuten. Wir brechen morgen früh auf oder bleiben, bis es uns sicher erscheint.«

Ich fühlte das Buch in meiner Hose, dachte an das Blut der Oma und sah zu dem schlaffen Wilfred.

»Dann gehen wir zu dir«, sagte Sporti. Er klopfte Wilfred auf die Brust und klemmte ihm eine Kippe zwischen die Finger. »Mach's gut, alter Freund.«

Ich klopfte ihm ebenfalls auf die Brust und kam mir wie der letzte Vollidiot vor. Ich hätte ihn gerne zugedeckt. Loretta strich ihm über die Locken und gab ihm einen Kuss auf die Nase.

Ein Licht flammte neben mir auf, es stach schmerzhaft in den Augen. Sporti steckte das Feuerzeug weg und nahm die glimmende Flumme aus dem Mund, deren Glut wie ein Glühwürmchen leuchtete.

»Die Alte hat Blut ins Buch gespritzt«, sagte er. »Wieso?«

»Weiß nicht.« Ich zog es aus dem Hosenbund am Rücken.

»Nicht hier, lass uns erst verschwinden«, sagte er.

Ich nickte und schob es zurück. Loretta wischte sich übers Gesicht und wir kletterten den Damm hoch.

Als ich oben stand, war für eine Sekunde alles so wie früher. Ich drehte mich zum Kotzreifen und konnte Alfi winken sehen. Wilfred hatte seine Runde schon hinter sich und lehnte völlig fertig am Gestell.

»Kommst du, Konsti?« Das war nicht Alfi, sondern Sporti, und ich wäre gerne gekommen, auf den Reifen gestiegen und hätte ihnen gezeigt, wie man das Spiel spielt.

Ich drehte mich um, die Erinnerung fiel von mir ab, und ich stieg den Damm hinunter.

Wir trotteten wie Halbtote die beleuchtete Straße zum Supermarkt entlang. Jeder Schritt schmerzte. Es war fast so schlimm wie am Morgen in dem Haus am See. In meinen Knien knirschte Splitt, meine Hüfte brannte wie eine offene Wunde, in die Desinfektionsmittel geschmiert wurde.

Sporti hatte vergessen, an seinem Stummel zu saugen, so dass die Spitze verglommen war. Etwas wehte mir den Hinterkopf hinauf und verharrte. Ich warf einen Blick über die Schulter.

»Ist was?«, fragte Sporti.

Ich schüttelte den Kopf. »Nein, glaube nicht.«

Wir bogen in die Rosenbausiedlung ab und ich sah zum Nachthimmel auf. Er war klar und rein, keine Sterne befanden sich am Firmament.

Das Haus lag ruhig da, der Streifenwagen war verschwunden. Im Wohnzimmer flackerte nicht mehr das Licht des Fernsehers, sie hatten sich schlafen gelegt. Das runde Fenster unter dem Dach war geschlossen. Dahinter wartete mein Bett darauf, dass ich mich hineinlegte.

Ich hatte wieder den Eindruck, dass jemand hinter uns war. Ich drehte mich um, aber die Straße war leer. Loretta sah mich fragend an.

»Ich bilde mir das sicher nur ein, aber ich hab das Gefühl beobachtet zu werden.«

Sporti und Loretta ließen ihre Blicke schweifen. Es bewegte sich nichts und niemand.

»Lasst uns reingehen«, schlug Loretta vor. Wir folgten ihr durch den verwahrlosten und ausgedörrten Vorgarten zum Eingang, den sie bedacht leise aufschloss. Von oben sahen die beiden runden Fenster auf uns herab.

»Kommt«, forderte sie uns auf. Erneut spürte ich etwas im Nacken und drehte mich auf der Schwelle um. In den Lichtkegeln der Straßenlaternen war nichts zu sehen, außerhalb davon herrschte Dunkelheit.

»Tür zu«, mahnte Loretta im Flüsterton.

Durch die Fenster fiel das schwache Licht der Straßenlaterne und zeichnete ein Muster auf die lückenhaften Dielen. Es gab nur ein Zimmer, das aber geräumiger war, als ich gedacht hatte. Darin standen ein gemachtes Bett, ein Kohleofen mit Wasserkessel, ein weißes Waschbecken, ein an den Ecken abgerundeter Kühlschrank – ein amerikanisches Modell - und ein runder Tisch direkt an der Fensterbank. Darüber war das Fenster, das wir vor Wochen eingeschossen hatten. Loretta hatte eine dunkelblaue Mülltüte mit Klebeband am Rahmen befestigt.

Meine Hand bewegte sich automatisch zum Lichtschalter.

»Halt«, zischte Loretta. »Wir sollten das Licht auslassen, das ist zu hell, aber ich hab noch Kerzen.«

»Besser, wir benutzten die auch nicht «, sagte ich und schob die Hand in die Hosentasche. »Sollten nicht unnötig auf uns aufmerksam machen.« Sporti zog den einzigen Stuhl vom Tisch, dabei scharrten die Beine laut über den Boden, und ließ sich wie ein Wäschesack darauf fallen. Die Druckknöpfe seiner Hose schimmerten im Licht der Straßenlaterne.

»Was ist deinen Eltern passiert?«, fragte ich.

Loretta hockte sich auf die Bettkante und ich lehnte mich gegen den eisernen Ofen. Er war kalt. »Ich weiß nicht genau. Sie haben sich oft gestritten. Mal über Geld, mal über Politik oder über das fehlende Salz im Essen. Meine Mutter zog dabei meistens den Kürzeren. Sie weinte oft und saß lange am Esstisch, bis das Abendbrot zum Frühstück geworden war. Manchmal schickten sie mich auf mein Zimmer und manchmal schlug er sie vor meinen Augen. Dann kam ich in die Schule und bekam weniger von ihren Streitereien mit. Doch meine Mutter trug die Schminke dicker auf und keine kurzärmligen Sachen mehr.«

Sie seufzte. Ihr Blick ging zum Kühlschrank. »Am sechzehnten Februar kam ich von der Schule, wir hatten nach der Fünften aus, und sie waren weg. Erst dachte ich, sie wären einkaufen, und als sie abends nicht heimkamen, dachte ich, sie wären aufs Land gefahren oder schliefen bei Freunden. Eine Woche verging und ich kam gut klar. Wenn man seine Eltern verliert, dann sollte das eine Tochter traurig machen, oder? Aber wisst ihr was? Mir ging es besser als zuvor. Manchmal, wenn ich abends die Tür abschloss, dachte ich an sie und fragte mich, ob ich nicht offenlassen sollte, falls sie heimkämen, aber ich schloss immer ab, denn ich brauchte sie nicht mehr.« Loretta kreuzte ihre Arme und sah zur Mülltüte am Fenster.

»Beim Aufräumen fand ich schließlich einen Umschlag voller Geld, mit dem ich einkaufen konnte. Er lag im Koffer meiner Mutter, ich denke, sie wollte abhauen oder so. Ich hätte es ihr nicht verübelt. Vor ein paar Wochen dann stand meine Tante unangemeldet vor der Tür.«

»Die Kettwich?«, fragte Sporti ungläubig.

Loretta nickte. »Sie hatte sich Sorgen gemacht, weil unsere Rufnummer abgestellt worden war. Die Rechnungen, auch das Wasser und Strom hatte ich nicht beglichen, sonst wäre ich heute noch da. Ich erzählte ihr, dass sie einfach gegangen waren, und sie wollte wissen, wie ich allein klargekommen war. Also erzählte ich ihr von meiner Einkaufsroutine mittwochs und wie ich Wäsche wusch und das alles. Als ich fertig war, meinte sie, dass ich für mein Alter sehr selbstständig sei, und beschloss, mich nach Moorbach zu bringen. Sie verkaufte den Hausrat meiner Eltern, richtete mir ein Konto bei der Bank ein, und weil ihr Mann nicht will, dass ich bei ihnen wohne, besorgte sie mir das Haus hier.«

Sie strich die Falten aus der Bettdecke. »Ab und an steckt sie mir Geld für die Miete zu. Sie meint, wenn ich sparsam bin, dann reicht das Geld bis zu meinem achtzehnten Lebensjahr. Was gut wäre, weil ich bis dahin arbeiten kann und nicht in ein Kinderheim muss.«

»Die Kettwich?«, hakte Sporti nach. »Die hat dir geholfen? Die hat was Gutes getan?« Er schüttelte den Kopf.

»Red nicht so über sie!« Loretta stampfte mit dem Fuß auf. »Sie ist meine Tante! Ohne sie würde ich in einem Heim verschimmeln!« Die Wutfalten zwischen ihren Brauen glätteten sich. »Es darf nur niemand merken, dass ich alleine lebe. Wenn die Polizei davon Wind bekommt, dann zwingen die mich doch ins Heim und meine Tante würde mächtig Ärger bekommen.«

»Hast du es uns deswegen nichts gesagt?« Ich fühlte mich seltsam verraten. Hatte sie kein Vertrauen in uns, zu mir?

Sie nickte und sah zu den Dielenritzen, die den Winter nicht draußen halten würden, wenn er anklopfte.

»Darf ich hier rauchen?«, fragte Sporti.

»Lieber nicht.«

»Hast du Wasser?«

»Ja, klar doch.« Sie sprang auf und holte unter dem Waschbecken zwei saubere Marmeladengläser hervor. In einem steckten ihre Zahnbürste und eine Tube Zahnpasta, die sie beide auf den Ofen legte. Sie drehte den Hahn auf und reichte uns die vollen Gläser. Sporti gurgelte, hing sich über das Waschbecken und spuckte aus. Wenn ich daran dachte, aus was der Hackbraten bestanden hatte, hätte ich die Zahnpastatube ausgesaugt und darauf herumgekaut.

Ich stürzte zwei Gläser runter. Mein Magen rebellierte bei der unerwarteten und eisig kalten Füllung und drohte, sich zu entleeren, gleichzeitig knurrte er und verlangte nach Essen.

Ich setzte mich zu Loretta aufs Bett. Ihre Finger glitten sanft zwischen meine, sie waren so kühl, dass sie auf meiner Haut brannten.

»Er kontrolliert uns«, sagte sie. »Hat uns zum Bunker geführt, zu der Frau und zu der Oma. Und Wilfred zum Klo.«

Ich legte ihr einen Arm um die Hüfte. Sie lehnte sich steif an meine Schulter. »Es ist nur noch eine Frage der Zeit, bis er uns holen kommt.«

Sporti spuckte überstürzt aus, so dass die Brühe über den Rand des Waschbeckens schwappte und auf den Dielenboden tropfte. »Am Arsch! Wir holen ihn! Dieses Arschloch hat uns zwei Freunde genommen!«

»Nicht so laut«, flüsterte ich.

Sporti senkte die Stimme, klang aber nicht weniger aggressiv als zuvor. »Wir warten ganz sicher nicht darauf, dass er uns holt. Wir schnappen ihn, bevor er uns!«

Loretta schüttelte sich. »Aber wie?«

Ich beugte mich vor und holte das Buch aus der Hosentasche. »Die Oma hat gesagt, wir können ihn nicht besiegen, aber einfangen.«

Ich betrachtete den äußeren Rand. Ihr Nagel hatte einen Knick hinterlassen, und genau da versenkte ich nun meinen. Ich schlug an der Stelle auf, wo das Blut über die Seiten geflossen war: Dunkelrote Buchstaben schlängelten sich wild über die Seiten.

»Können wir vielleicht doch *eine* Kerze anmachen? Ich erkenne kaum etwas.«

Loretta stand auf und kramte unter dem Waschbecken einen Kerzenhalter mit gebogener Pfanne und einem Haltering heraus. »Setz dich auf den Boden, dann sieht man vielleicht draußen das Licht nicht.«

Sie drehte die Kerze, die bis auf drei Fingerbreit abgebrannt war in die Halterung. Das Wachs hing in erstarrten Tropfen unterhalb des Dochts. Sie reichte den Halter Sporti. »Mach sie aber erst an, wenn ich die Vorhänge zugezogen habe.«

Er ließ sich vor mir nieder und Loretta zog die Gardinen an den Rundfenstern über der Eingangstür zu. »Gut, jetzt.«

Sporti entzündete das Feuerzeug. Das orangerote Plasma bildete seine Flamme. Blitze zischten durch mein Sichtfeld. Er drehte das Feuerzeug auf die Seite und steckte den Docht in Brand. Das Miniaturfeuer loderte wie das Lagerfeuer am See.

Loretta setzte sich und Sporti griff hektisch zur Seite, um Wilfred davon abzuhalten in die Flamme zu greifen. Er griff ins Leere, zwischen ihm und Loretta war noch Platz, als hätte da noch jemand sitzen sollen. Wir hatten eine Menge verloren in den letzten Tagen, wie würde es weitergehen? Was bedeutete all das?

Ich hielt das Buch dicht an die Kerze. »Pass auf«, warnte Loretta und ich drückte die trocknen Seiten zu mir, die nur darauf warteten in Flammen aufzugehen.

Schatten huschten über das vergilbte und gewellte Papier. Ich blätterte vor und zurück. Die anderen Blätter waren leer, doch diese Buchseite wollte nicht länger schweigen. Die Buchstaben hatten das Blut der toten Hexe in sich aufgenommen und waren klar und deutlich zu erkennen.

Ich las: »So werden wir ihn los, liebste Mama, ich kann ihn uns vom Hals schaffen. Ich werde ihn rufen, es wird funktionieren, es muss funktionieren, denn entweder sperre ich ihn ein oder ich sterbe in dieser Stunde. Gib das Ritual weiter, falls ich es nicht …« An der Stelle endete der Text.

Außenherum waren Notizen in einer anderen Handschrift. »Die Zeremonie von Mär allein abhalten«, stand links oben. Gegenüber: »Grün, grün, grün, sind alle meine Kleider … singen, um ihn zu beschwören und einzusperren.«

Links unten stand: »Ich bin dein Gefängnis für den Rest meines Lebens, trete ein.« Und rechts daneben: »Niemals aufhören, das Lied zu singen.«

»Wenn das alles ist«, sagte Sporti.

»Ist es nicht«, sagte ich und las einige Sätze, die wieder in einer anderen Handschrift zwischen die Textblöcke gekritzelt waren. »›Kann nicht getötet werden. Endet das Gebet für mehr als hundert Herzschläge, endet mein Leben.‹ Klingt echt nicht so nett, was?«

Sporti schüttelte den Kopf. »Verstehe ich das richtig? Wir sperren das Arschloch nicht in eine Kiste, sondern in uns?«

Ich nickte.

»Das ist Scheiße! Vergammelte Entenscheiße, eine verstrickte Kette aus Schweinearschlöchern, die uns da umgehängt ist. Und das Gebet muss durchgängig gesprochen werden?«

Ich zuckte mit den Schultern, ich war in den letzten Sekunden nicht zum Experten für das Übernatürliche mutiert.

»Und wenn man einschläft? Hä? Was ist dann?«

Ich zuckte erneut mit den Schultern. »Und wer das auch immer geschrieben hat, hat es vergeigt, oder die arme Wurst ist eingeschlafen. Die Optionen sind scheiße, ehrliche, wahrhaftige Dackelscheiße.« Er würgte und beugte sich eben noch rechtzeitig über das Waschbecken, um sich zu übergeben.

»Wir haben die Frau erschossen, bevor sie ihn fangen konnte. Was sollen wir sonst machen?«, fragte ich. »Wenn ihn einer von uns in sich einsperrt, was dann? Wenn ich das richtig verstanden habe, dann muss immerzu das Gebet gesprochen werden. Da wird man ja doof von. Wie lange dauert es, bis man dann in der Klapse landet?«

»Wir sollten uns beruhigen und nichts überstürzen«, sagte Loretta.

Auf Sportis Gesicht entstanden rote Flecken. »Überstürzen? Ich sperr das Arschloch super gerne in mir ein und spring mit ihm von der Klippe, wenn ihn das umbringt. Ich will, dass der Hurenbock verreckt. Aber der Bastard kann nicht draufgehen. Das gibt's doch nicht! Das muss doch gehen!«

»Nicht so laut!«, zischte Loretta. »Man hört euch bis draußen. Ehrlich, mich nervt diese Arschgeige genauso wie euch, aber wenn man uns hört und jemand die Polizei ruft, dann haben wir verloren.«

Ich wechselte einen Blick mit Sporti. Hatte Loretta wirklich geflucht?

»Sporti, du hast recht, es reicht nicht, dass wir ihn nur fangen, der muss bezahlen. Das schulden wir Alfi und Wilfred«, sagte Loretta.

»Kann ich mal?«, fragte Sporti. Er zeigte auf das Buch. Ich reichte es ihm. Er hob einen silbernen Gegenstand aus der Spüle.

»Nein, nicht!«, sagte Loretta, aber da war es zu spät. Er hatte sich in den Finger geschnitten und drückte die Schnittwunde zusammen. Blut quoll hervor und er strich damit über die leeren Stellen.

»Und?«, fragte ich.

»Nichts. Gar nichts.« Er lehnte sich ans Becken.

»Dann rufen wir Alfi jetzt sofort«, sagte ich. »Wilfred meinte doch, wir sollen Alfi rufen. Worauf warten wir?«

»Wir haben kein Tieropfer«, sagte Loretta.

»Noch ist unsere Begegnung frisch. Wilfred hat auch gesagt, dass Alfi ihn holen würde, das bedeutet, dass er ganz in der Nähe ist.«

»Jetzt spinnst du komplett!« Sporti steckte sich den blutenden Finger in den Mund.

»Warum? Warum sollten wir das nicht testen? Versuchen wir doch das Ritual, was soll schief gehen?«

»Dass wir *ihn* rufen«, sagte Loretta. »Er könnte mit auftauchen.«

»Na und? Wir müssen doch was tun, und Alfi ist die einzige Möglichkeit, die wir noch haben.«

Loretta sah erschrocken aus.

»Was?«, fauchte ich.

»Du hast recht«, sagte sie und sah krampfhaft an mir vorbei.

Sporti schob seinen Finger in der Wangentasche hin und her, dann fragte er: »Was hast du?«

Sie sah zu ihm. »Es ist das, was ich in der Bibliothek gesehen hatte, als die während der Zeremonie von Mär voller Leichenteile hing. Wisst ihr noch?«

Ich atmete tief durch und mein Herz schlug das erste Mal seit langem wieder normal. »Scheiße! Ich war der Käfig. Das willst du doch sagen, oder? Ich bin der verfluchte Scheißkäfig für dieses Ungetüm.«

Ich wusste nicht, warum ich fluchte, denn eigentlich verspürte ich keine Angst. »Umso mehr müssen wir Alfi beschwören«, fuhr ich fort. Ich erinnerte mich an Alfis Mundbewegungen, und je stärker ich daran dachte, desto mehr sahen diese Bewegungen nach Worten aus. »Seht mal, Alfi hat

Wilfred ausrichten lassen, dass wir ihn rufen sollen, und als wir im Haus der Hexe waren, da hat Alfi mir dasselbe zugerufen. Alfi will uns helfen und mit jeder Minute, die wir verstreichen lassen, verlieren wir den Kontakt zu ihm.«

»Dann eben sofort«, sagte Sporti, »bevor die Nacht rum ist.« Loretta seufzte und holte das Buch hervor.

»Ein Feuer bei Nacht, ein Lebendopfer und das Gebet: Heller Geist, dunkler Tag, zeige uns Alfred, gib ihn frei. Wo sollen wir das Feuer machen?«

»Im Klo«, sagte ich.

Sportis Augen weiteten sich und Loretta presste die Lippen zu einem blutleeren Strich zusammen.

»Dort ist er gestorben und viele andere auch. Dort ist die Verbindung am stärksten. Wenn wir ihn irgendwie erreichen wollen – vor allem ohne Lebendopfer -, dann da.«

Loretta sah mich prüfend an. »Du meinst das ernst.«

Ich nickte. »Ja, das meine ich und wir sollten los.« Um meinen Worten Nachdruck zu verleihen, stand ich auf und steckte das Buch ein.

»Ich bin dabei«, sagte Sporti und sprang auf.

»Ihr könnt gerne hierbleiben. Ich mach das. Bevor ich sein Käfig werde, will ich mit Alfi sprechen und hören, dass es wirklich keine andere Möglichkeit gibt.«

Sporti streckte den blutenden Finger in meine Richtung. »Du möchtest einen Geist beschwören?« Er schnaufte durch die Nase. »Allein?«

Er streckte die restlichen Finger zu mir, ich schlug ein und wir klopften uns auf die Rücken. »Vorher holen wir die Fahrräder, falls wir aus dem Klo abhauen müssen«, sagte Sporti und drehte sich zu Loretta.

»Also dann. Beschwören wir Alfi«, sagte sie und marschierte an uns vorbei zum Ausgang. »Kommt ihr?«

27

Vor der Tür hatte ich gleich wieder das Gefühl, dass uns wer beobachtete, als würde Bruno uns nicht mehr aus den Augen lassen.

»In ein paar Stunden geht die Sonne auf«, sagte ich und trieb uns so zur Eile an.

Wir machten uns auf den Weg zum Hexenhaus, um unsere Räder zu holen. Mir war schlecht bei dem Gedanken daran, dass wir einen Geist beschwören wollten. Noch vor einer Woche hätten wir jeden ausgelacht, der uns das vorgeschlagen hätte. Aber die Übelkeit war real und wurde immer aufdringlicher, je näher wir der Oma kamen.

Wir bogen in die Allee ein.

»Sagt mir, dass ihr das auch seht«, stammelte Sporti.

»Ja«, wisperte Loretta. Sie meinten nicht unsere Drahtesel, die wie nach einem Sturm auf der Fahrbahn verteilt lagen. Sie meinten auch nicht die Lampen, die in einem gelblichen Ton flackerten, oder dass wir *ihn* spürten – dieses unterschwellige Brummen, das er von sich gab, wenn er in der Nähe war, und durch das die Geräusche abflachten, als würden einem Hände auf die Ohrmuscheln gepresst.

Sie meinten das eingestürzte Haus bei siebzehn f, beziehungsweise das fehlende Haus. Zwischen siebzehn e und siebzehn g war eine Ruine, weniger als das, es waren abgerissene Gemäuer, in denen ein Bagger auf den nächsten Arbeitstag wartete. Davor stand der mit Stahl und Beton gefüllte Bauschuttcontainer, aber die Überwucherungen vom Efeu waren verschwunden.

Mir schnürte sich der Hals zu.

Sporti hob sein Rad auf, das Vorderrad war verbogen. »Das ist komplett hin.« Und ließ es wieder fallen. Es schepperte und die Klingel gab ein grelles Klingeln von sich.

»Beim Container«, sagte Loretta. Wilfreds Rad lag dort. Bis auf den Platten am Hinterrad, das Klebeband hatte wohl nicht mehr gehalten, war es vollkommen in Ordnung.

Sporti streichelte über den Sattel, als wischte er Staub ab und setzte sich auf. »Los, hauen wir ab.«

Mein Fahrrad lag unter einem Baum, bis auf ein paar tiefe Kratzer im Rahmen war es genauso in Ordnung wie Lorettas.

Ich zückte das Buch und schlug es auf. Buchstaben huschten über die Seiten. Ich blätterte um. Es waren unterschiedliche Handschriften, manche Sätze waren sorgsam kalligraphiert, andere zittrig und windschief. Ich überflog verzweifelte Hilferufe und immer wieder tauchte der Name Bruno auf.

Das Buch war eine Art Tagebuch und Dokumentation von Menschen, die gegen Bruno gekämpft hatten. Sie hatten ihre Erlebnisse auf den Seiten festgehalten. Ich vermutete, dass sie alle den Kampf verloren hatten und durch seine Hand gestorben waren, denn hätte einer Erfolg gehabt, dann wären wir ihm nie begegnet.

Sporti bremste mit über den Boden ratschenden Rädern direkt neben mir. »Dafür ist jetzt keine Zeit.«

Er hatte recht. Ich klappte es zu, hob mein Rad auf und folgte ihm.

Wir fuhren nicht den üblichen Weg zum Klo, sondern näherten uns von der anderen Seite, dem einzigen Ein- und Ausgang, den der Spielplatz offiziell hatte und der ebenerdig war.

Wir stiegen in der Lücke im Damm ab und legten unsere Räder in das taunasse Gras. Das Rauschen wurde immer lauter und füllte meinen Schädel aus, als würde sich darin etwas aufplustern.

Es war, als wären wir noch nie an diesem Ort gewesen und gleichzeitig als hätten wir ihn nie verlassen. Nebelschwaden waberten über den Boden. Die Burg, der Kotzreifen, der Sandkasten davor, der Spielplatz, alles war wie eine Kopie. Die Burg sah zwar genauso aus, wie ich sie in Erinnerung hatte, aber ihr fehlte ein Element: Alfis Einschussloch. Beim Kotzreifen, die Kette war nicht aus Stahlgliedern, sondern ein geflochtenes Seil.

Ich wollte nicht zur Tischtennisplatte blicken, aber mein Blick wanderte automatisch dorthin, wie eine Wünschelrute, die Wasser gefunden hatte.

Wilfred lag so da, wie wir ihn verlassen hatten. Die Zigarette hing zwischen den Fingern und er schlief einen endlosen Schlaf.

»Sammeln wir Holz«, sagte Loretta. Ich war erleichtert, eine Aufgabe zu haben. Wir teilten uns auf, rissen Ästchen aus den Büschen und brachen größere von Bäumen ab, die wir an dem Ort zusammentrugen, an dem Alfi auf den Revolver gebissen hatte. Wir trugen einen ansehnlichen Feuerhaufen zusammen und ich brach noch mal auf, um endlich Alfis Flasche zu holen, die er im Geäst verloren hatte.

Ich hangelte mich die Schräge runter und machte sie gleich aus, obwohl die Feldflasche tarngrün war. Sie hing noch immer an ihrer Schlaufe im Gebüsch.

Ich drängte mich ins Gebüsch, Dornenbüsche und unterarmdicke Äste blockierten den Durchgang. Die scharfen Dornen reichten mir bald bis zur Hüfte. Sie war zu weit weg. So würde ich sie nie erreichen.

Ich suchte nach einem Stock und fand über mir einen Ast, nicht dicker als eine Angelrute. Ich sprang und ließ ihn nicht mehr los. Der Baum raschelte erst, dann knackte es. Ich hebelte den Ast wie den Griff eines Wagenhebers, drehte und wendete ihn, bis er vom Stamm abbrach.

Er hatte die Form und Länge einer Lanze, aber er reichte ebenfalls nicht bis zur Flasche. Ich lehnte mich vor und Nadeln stachen mir in Arme und Beine, doch ich war immer noch zu weit entfernt. Ich musste einen Schritt in die Dornen wagen.

Spitze Krallen gruben sich in mein Fleisch und drangen tief ein, aber davon spürte ich kaum etwas. Das Rauschen überlagerte den Schmerz. Blut rann mir wie Schweiß über die Haut. Ich streckte und streckte mich, es fehlte nicht mehr viel, um mit der Lanzenspitze den Flaschengurt zu erreichen.

Ich lehnte mich in das Dickicht und Dornen bohrten sich in meine Brust. Ich war ein lebendiges Nadelkissen, aber die Strapazen zahlten sich aus. Das Flaschenband rutschte auf die Lanzenspitze. Ich holte sie ein und schob meinen Kopf durch die Schlaufe. Die Flasche war schwerer, als ich gedacht hatte. Mir brannte die ganze Vorderseite, als ich mich zurücklehnte und wegtrat.

Loretta kam mir entgegen. Hinter ihr bekam der Nachthimmel erste dunkelblaue Töne. »Wie siehst du denn aus!«

»Halb so wild.«

»Sieh dir deine Arme an, die sind voller Blut. Was hast du gemacht?« Ich hob ihre Hand und drückte sie sanft auf die Flasche vor meiner Brust.

»Das ist Alfis, ich habe sie geholt, dachte, das Zeug könnte nicht schaden, so gut, wie es brennt.« Kaum hatte ich das ausgesprochen, verschmolzen die einzelnen Kratzer zu einem allumfassenden Schmerz, der sich anfühlte, als würde mir die oberste Hautschicht mit einem Sparschäler abgeschnitten.

Brunos Hintergrundrauschen schwoll jäh an. Da schoss mir eine Nervenentladung durch den Körper, ähnlich dem Gefühl einer Nadel, die in einem offenliegenden Zahnnerv stocherte. Ich unterdrückte einen Schrei und stöhnte.

Loretta hielt sich die Schläfen. Ein Licht flackerte vor dem Holzhaufen, Sporti krümmte sich ebenfalls.

»Das gefällt ihm nicht«, brüllte ich gegen den Lärm in meinem Schädel an.

»Mir auch nicht«, rief Loretta.

Das Brummen ebbte ab und wir eilten zu Sporti. Er hielt ein Blatt über die Feuerzeugflamme, um damit das Feuer zu entfachen, aber sobald er den Daumen vom Gashahn hob, erstarb die Flamme.

»Habt ihr das gespürt?«, fragte er, kaum dass wir bei ihm waren. »Ich bekomm das Scheißfeuer nicht an.«

Ich schraubte den Deckel von Alfis Flasche herunter und schleuderte den Inhalt wie der Pfarrer das Weihwasser über den Holzstoß.

»Versuch es jetzt noch mal.«

Eine Flamme sprang vom Feuerzeug auf das Holz über und breitete sich in Windeseile aus.

Sporti drehte sich zu Loretta: »Was jetzt?«

Sie durchsuchte die Seiten ihres Buches, fand die richtige und las: »Heller Geist, dunkler Tag, zeige uns Alfred, gib ihn frei!« Sie sah uns an. »Sprecht es mit!«

»Heller Geist, dunkler Tag, zeige uns Alfred, gib ihn frei. Heller Geist, dunkler Tag, zeige uns Alfred, gib ihn frei. Heller Geist, dunkler Tag, zeige uns Alfred, gib ihn frei.«

Wir sprachen gemeinsam und monoton. Ich starrte in die bleckenden Flammen. Der Alkohol verbrannte und die Flammen griffen auf das Gehölz über.

»Heller Geist, dunkler Tag, zeige uns Alfred, gib ihn frei. Heller Geist …«

Eine Flamme wechselte von Orange zu Blau, ins Grüne und färbte sich wieder orange. Eine Weile flackerte sie unschuldig gen Himmel. Dann wechselte sie erneut die Farbe und blieb so blau wie das Meer. Sie löste sich aus dem Verbund des Brandes und schwebte wie ein Seidentuch davon.

Die Flamme drehte sich gegen den Uhrzeigersinn um das Lagerfeuer. Rasch nahm sie an Geschwindigkeit zu und wurde zu einem azurblauen Ring.

»Heller Geist, dunkler Tag ...« Der Ring teilte sich in zwei schmalere Ringe auf. Einer blieb horizontal, der andere stellte sich vertikal in dessen Mitte auf.

»Hallo«, sagte eine Jungenstimme. Trotz des Rauschens war sie klar zu hören, sie erklang irgendwo zwischen meinen Ohren. Es war Alfi.

Ich sah zu Loretta und Sporti, sie hatten aufgehört zu beten.

»Alfi«, hörte ich Loretta. »Wie können wir Bruno besiegen?«

»Ihr müsst ihn einsperren und dann erste–«

Plötzlich schlugen die Flammen um und loderten dunkelgelb. Sie waren nicht mehr durchsichtig und aus ihnen tropfte Schleim. Die Ringe drehten sich weiter, aber um sie wanden sich schwebende Schläuche aus Eiter, die eine fremde Macht in Form hielt.

Mein Mund betete augenblicklich ein anderes Mantra und ich konnte nicht aufhören. »Grün, grün, grün, sind alle meine Kleider. Grün, grün, grün ist alles, was ich hab.«

Statt Alfi riefen wir Bruno.

»Loretta!«, brüllte ich. Um uns wuchs eine Kuppel aus Schatten. Sie schloss uns mit dem toten Wilfred, dem Kotzreifen und der Burg ein.

»Loretta! Sporti!«, schrie ich noch lauter. Sie starrten abwesend und singend in den Eiterfluss des Feuers, das bereits eine Lache um sich gebildet hatte.

Ein Piken drang durch meine Stirn und stocherte mir ins Gehirn. Es war Alfi, der mir etwas zuflüsterte, das ich umgehend herausschrie. »In meiner Hose, das Taschenmesser. Ihr müsst mir die Worte in den Bauch ritzen! Sofort!«

Ich sah die Worte klar vor Augen und hoffte, dass auch die anderen beiden sie so deutlich sahen: »Ubad skuat sje aish«. Die Worte aus Wilfreds Vision.

Vorher war es Zwang gewesen, dass ich Bruno beschworen hatte, aber jetzt wollte ich, dass er kam. Ich brüllte es fast: »Blau, blau, blau sind alle meine Kleider. Blau, blau, blau ist alles, was ich hab.« Der Text floss durch mich hindurch und ich gab ihn wie ein Radio aus.

Ein bleicher Kopf tauchte aus dem hölzernen Nest auf und schwebte auf mich zu. »Hallo Konstilein«, sang Bruno freundlich. »Halli-hallo. Hast du mich vermisst?«

Sein Grinsen reichte bis hinter zu den Ohren. Er bleckte die Zähne. »Du hast mich vermisst, stimmt's?« Er kicherte wie ein verliebtes Mädchen. »Ich dich auch. Willst du mir deine Augen schenken?«

Mein Mund sang inzwischen eine Zeile, die von weißer Kleidung handelte.

Brunos Kopf hing nun direkt vor meiner Nase. Weiß und kahl wogte er von einer auf die andere Seite. Verwesende Haut wackelte im Schwung seines Unterkiefers teigig unter dem Kehlkopf.

»Du willst mich fangen!« Er riss die Augen weit auf, in der unendlichen Schwärze glühte das Gelb.

Bruno lachte übertrieben und falsch. Sabber tropfte ihm vom Kinn. Er bewegte die Lippen wie ein Karpfen an Land. Geifer schäumte. Er spuckte mir ins Gesicht: »Versuch's doch!«

Er brach in heilloses Gelächter aus. Seine Stimmlage rutschte von einem grellen Kreischen in den Bass. Dieses Brummen hätte ich überall wiedererkannt.

Er kaute und klapperte mit den Zähnen, spielte mit der Zungenspitze an einem fauligen Schneidezahn, drückte und leckte darüber, während das Lachen weiter seinen fehlenden Hals hinaufstieg. Knack! Der Zahn brach heraus. Bruno spuckte mir das faulige Stück gegen die Wange, es hinterließ einen siedend heißen Fleck.

Schmerz drang von irgendwo her in mein Bewusstsein. Mein Bauch schmerzte. Ich sah an mir herunter, Loretta kniete vor mir und schnitt mir in den Bauch.

Sporti betete weiter mit mir. »Schwarz, schwarz, schwarz sind alle …«

Mir war klar, ich würde in den nächsten Stunden sterben und für den Bruchteil eines Lidschlags war es mir egal. Bruno durfte die Lunte nur nicht riechen.

Er lächelte wieder sein obszönes, widerwärtiges Lächeln. »Deine Augen, so fest und drall.« Er keuchte aufgeregt, als sich unsere Nasen berührten. »Ich we-werde dich kosten.«

Seine gespitzten Lippen wuchsen und blähten sich auf. Trockene Haut stand wie Schuppen von ihnen ab. Sie kamen meinem linken Auge näher, spitzten sich und legten sich darauf. Die Wärme, die von ihm ausging, war unerträglich.

Er saugte und leckte mir über den Augapfel, es brannte, als träufelte man mir Batteriesäure ins Auge. Er zuzelte und saugte dann mit Kraft.

Mein Auge hob sich aus dem Schädel. Ich schrie, unterbrach die Beschwörung, fing mich wieder und sang weiter. Mein Bauch brannte bei jedem Schnitt, den Loretta machte. Sie zog mir die Hose etwas an der Hüfte herunter, um mehr Platz zu haben, und die Klinge ratschte durch mein Fleisch.

Das Auge war kurz davor die Höhle zu verlassen. Die Muskeln, die ich bis dahin nur beim Schielen benutzt hatte, rebellierten unter der unbekannten Anstrengung und verkrampften. In meinem Kopf war ein schmerzender Fleck, da wo mein linkes Auge gewesen war. Jeder meiner Nerven kreischte schrill. Seine raue Zunge schleckte. Viel brauchte er nicht mehr, bis es heraus ploppen würde und er den Sehnerv wie eine Lackritzstange durchbeißen könnte.

»Jetzt!«, brüllte Loretta.

»Ich bin dein Gefäß für den Rest meines Lebens, trete ein«, sagte ich laut und deutlich.

Und fuhr mit dem Gebet fort, das ich niemals beenden durfte. »Grün, grün, grün, sind alle ...«

Bruno ließ mein Auge los und wich zurück. Er schwebte wieder über dem erloschenen Feuer. Aus seinem Hals stürzten Eiterbäche, die im Sand versickerten. Meine Sicht war seltsam verschoben, wie zwei Bilder die schief übereinanderlagen. Das eine Auge war gelähmt und zuckte unwillkürlich.

»Du hast doch nicht geglaubt, dass du mich fangen kannst!« Er brüllte wütend. »Du!« Er sah sich um. »Ihr!« Seine Stimme schallte über das Klo.

Ich sang weiter. Seine Haut wurde transparent, feine Tropfen aus schwarzem Nebel plätscherten von seinem Kopf, wanderten wie Tentakel über den Boden und auf mich zu und kletterten an mir rauf. Sie durchdrangen mein Brustbein und füllten einen Hohlraum dahinter aus. Ich bekam kaum noch Luft, als würde mein Brustkorb zusammengedrückt.

Bruno brüllte und sein Kopf ging im Nebel auf, der den Tropfen folgte und in mir versickerte.

Ich hatte Bruno in mir aufgenommen.

»... alle meine Kleider, rot, rot, rot ist alles, was ich hab ...« flüsterte ich vor mich hin. Nach jedem Wort schnappte ich nach Luft.

In meinem Brustkorb brannte glühende Kohle, als würde ich innerlich zersetzt. Hundert Herzschläge, wenn ich einhundert Herzschläge pausierte, würde ich sterben.

Sporti ging neben Loretta in die Hocke. Ich hatte nicht bemerkt, dass ich mich irgendwann hingekniet hatte.

»Scheiße! Hast du ihn? Du hast ihn, nicht wahr?«, fragte er.

Ich nickte, hörte aber nicht auf zu singen.

»Dein Auge, Mann, das sieht nicht ...« Sporti überlegte. »Sorry, aber dein Auge hängt da.«

»Ich schieb es zurück«, sagte Loretta und drückte es mit ihrem Handballen in die Höhle. Greller Schmerz zuckte durch meinen Schädel.

»Er ... darum lieb ich ...«, knurrte ich außer Atem, »zerfrisst mich ... mein Schatz ein Jäger ist.«

Mir wurde schwarz vor Augen.

28

In meinem Ohr fiepte es laut. Ich schlug die Augen auf und erkannte mein Bett und den Kleiderschrank, den Kleiderschrank meines Opas. Das Laken war weich und warm. Ich wartete sehnsüchtig darauf, dass Mutter mich zum Frühstück rief.

Ich befand mich in dieser Zone, in der man sich kurz nach dem Wachwerden manchmal aufhielt, wenn man die Tiefschlafphase zu fix überwunden hatte. In dieser flüchtigen Spanne seliger Zufriedenheit waren ich, mein Zimmer und dieses Brummen. Sonnenstrahlen fielen wie Scheinwerfer durch das Fenster über dem Kopfende des Bettes.

Ich fragte mich, wann ich das letzte Mal hier gewesen war und dachte, wie albern die Frage sei, immerhin lebte ich in diesem Haus. Eine andere Wahrheit schlich sich an, und als ich sie von mir schubste, bebte die Erde. Das Haus wackelte. Staub rieselte durch die Sonnenstrahlen und jedes Staubkorn reflektierte gleißend das Licht.

Ich spürte Lorettas Kuss auf meinen Lippen und war mir unschlüssig, ob ich das vielleicht geträumt hatte.

»Konstantin!« Mutter spuckte die Ts. Ein erneutes Beben brach los, die Ziegel klimperten. »Du wirst sie niemals wiedersehen!«, brüllte sie unmittelbar neben mir.

Ich drehte mich verschlafen herum, aber dort war sie nicht. Das Haus erzitterte, der Kleiderschrank kippte mit einem donnernden Schlag um, Staub wirbelte auf und ein Brummen erfüllte die Welt, das alle anderen Geräusche ausschloss.

»Konstantin«, kicherte Bruno in meinem Schädel. »Mein lieber, Kleiner! Konstilein ging allein in den Wald hinein, hi-hi-hi-hiii…«

Die Zone verpuffte wie eine Seifenblase. Ich hatte Bruno in mir. Dieser klare Gedanke machte mich wach.

Loretta hockte vor mir und schrie mich an. Ich blickte auf ihren Mund, wie er auf und zu, auf und zu ging. Sporti hatte sie an den Schultern gepackt und rüttelte sie.

Was machten die da? Ich konnte nicht reden, doch bewegte sich mein Mund.

»Konstantin?«, fragte Bruno lieb und zutraulich. »Warum lässt du mich nicht frei?« Ich konnte ihn deutlich hören, irgendwo zwischen meinen Ohren.

»… so weiß ist, weil mein Schatz ein Müller ist. Bunt, bunt, bunt sind …«, sang ich angestrengt und mit letzter Kraft.

Sportis Wangen waren rot, das restliche Gesicht bleich. Loretta wischte sich das Blut von den Händen.

»Konstilein, lass mich frei, lass mich frei, lass mich dein Geheimnis sein«, flüsterte Bruno in mir. Er saß in mir fest. Ich war sein Gefäß. Ich tastete meinen Bauch ab und begriff, woher das Blut an Lorettas Händen kam.

Sporti redete mit mir. Doch das Einzige, was ich hörte, war das dumpfe Rauschen verzerrter Störsignale, die Bruno fabrizierte.

Er ist in mir gefangen, nicht ich in ihm, sagte ich mir und drehte mich. Ich war auf dem Spielplatz, alles war noch da, die Burg, der Kotzreifen, die Tischtennisplatte. Darunter bewegte sich ein gelber Stern.

Das hatte ich schon mal gesehen, genau dort. Ich sang und musste dabei lächeln. Wilfred schwebte im Yogasitz über seiner Leiche auf der Tischtennisplatte. Ein Rauchfaden verband ihn mit seiner verstorbenen Hülle. Er lächelte und bedeutete mir, ich solle näherkommen.

Ich setzte mich in Bewegung. Aus dem Augenwinkel sah ich, wie Loretta und Sporti aufsprangen.

»Hey, Konsti«, sagte er und drehte die Kippe von Sporti in den Fingern, wie ein Schlagzeuger die Stöcke. »Alfi wartet auf dich. Du musst es zu Ende bringen.«

»Zu Ende bringen«, sagte ich zu ihm. »Was meinst du damit?«

»Das wird er dir zeigen.«

»Du hörst mich?«

»Ja, glasklar. Ich hoffe, du schaffst das. Nimm das Messer.« Er sah nach unten, als könne er durch die Tischtennisplatte sehen. »Es liegt genau da, los, mach schon.«

Ich ging auf die Knie. Jemand griff nach mir, aber ich schüttelte ihn ab. Ein gelbes Irrlicht tanzte über den Sand. Ich wischte darüber und legte ein Messer mit breiter Klinge frei, in die seltsame Zeichen geätzt waren. Der Griff war nicht aus Holz, sondern aus einer Rippe.

»Was machst du hier? Solltest du nicht in den Himmel fahren oder so?«

»Unsere Seelen sind an Bruno gebunden. Wir bleiben. Sieh dich um.« Er zeigte hinter mich und ich folgte der Geste.

In der Mitte standen Loretta und Sporti und starrten mich an. Um sie schwebten durchscheinende Gestalten, hunderte davon. Es waren alles Kinder und Jugendliche. Sie bedeckten jeden Winkel des Klos und wie bei Wilfred banden Schnüre ihre Seelen an die Stelle, an der ihre Leichen gefunden worden waren.

Ich stand auf einem Friedhof voller Überreste. Einer fiel mir besonders auf. Er lehnte an der Burg. Sein Kopf hing vornüber und hinter ihm, auf dem Holz, erblühte eine blutige Rose. Über ihm schwebte Alfi in seiner löchrigen Jeans. Sein Gesicht war unverletzt. Er grinste und winkte mich zu sich.

Ich wich den Kindern so gut es ging aus. Die Geister sahen mir mit gelassener Miene dabei zu. Loretta und Sporti folgten mir, sie hatten es aufgegeben, mit mir zu reden.

»... blau, blau, blau sind alle meine Kinder ...« Meine Lippen arbeiteten fleißig weiter.

»Hey Mann«, sagte Alfi. Loretta und Sporti kamen ebenfalls zu uns. Ihre Beine glitten durch die Körper der Verblichenen wie durch Nebel. »Du bist noch nicht fertig.«

»Tut gut, dich zu sehen«, dachte ich, hatte dabei aber Mühe, das Lied nicht zu unterbrechen. »Weißt du, wie wir ihn loswerden?«

Er sah zu seinen Füßen, wie jemand, der üble Nachrichten im Gepäck hatte. »Er stirbt, wenn er an seiner Geburtsstätte getötet wird.«

»Und wie?«

Er hob seinen Kopf. »Er muss in einem sterbenden Körper stecken und mit ihm sterben.«

Treffer! Meine Eingeweide verkrampften sich. Schnell verdrängte ich, was das bedeutete.

»Die Geburtsstätte ist bei der Bibliothek, oder?«

»Das Messer, es ist mit Bruno auf unsere Welt gekommen und die einzige Waffe, die bei ihm funktioniert. Er wurde schon mal besiegt, in einer anderen Welt, und ist hier her geflüchtet. Beeil dich!«

Wie sollte ich das Loretta und Sporti beibringen? Ich unterbrach mein Mantra. Jetzt hatte ich noch einhundert Herzschläge, bis der Tod mich erreichen würde.

Die Leichen verpufften, die Geister waren weg und der Spielplatz lag wieder still da.

In mir tobte Bruno, mein Kreislauf kam ins Trudeln und grelle Punkte tanzten vor mir durch die Luft. In meiner Brust bündelte sich die glühende Kohle. Jetzt wusste ich, warum ich einhundert Schläge hatte, das war die Zeit, die Bruno bräuchte, um mich in Stücke zu reißen.

Ich war am Ende meiner Kräfte.

»Müssen zur Bibliothek«, presste ich hervor. Sporti und Loretta drehten sich zu mir um. »Alfi sagt, ich muss dort sterben, damit Bruno stirbt.«

Die Kohle war in den wenigen Sekunden zu einem Feuerball mutiert. »Keine Diskussion.«

Sie starrten mich an und ich konnte es ihnen nicht übelnehmen. »Wir müssen los. Grün, grün, grün sind alle ...«, begann ich wieder, aber der Feuerball blieb. Was Bruno einmal nahm, gab er nicht wieder her. Keine fünfzehn Herzschläge hatte ich den Gesang unterbrochen, aber ich konnte mich kaum noch auf den Beinen halten. Fünfundachtzig hatte ich noch übrig. Die Leichen und die Geister tauchten wieder auf.

Ich drehte das Messer in meinen Händen. Loretta sah es ungläubig an. Sie hielt noch mein Taschenmesser fest, an der Klinge klebte Blut. Ich stiefelte zur Lücke im Damm, kam aber nicht weit. Ich knickte ein und kniete auf dem Kadaver eines Mädchens. Es war das mit den kurzen, blonden Haaren und der schmalen Statur, das ich im Traum gesehen hatte. Sie schwebte durchscheinend über mir und betrachtete mich ohne großes Interesse.

Ich stand auf, mit dem Ergebnis, dass ich erneut zusammensackte. Ich schnaufte und erhob mich dann, ohne mein Zutun, ruckartig auf die Beine. Loretta und Sporti hatten sich untergehakt, um mich zu stützten.

»Konstilein, ich will dein Freund sein. Warum bist du so gemein? Ha-Ha-Ha-Haaa.«

Ein nicht realer Speer drang mir in den Rücken und durchstieß meine Brust. Ich schrie vor Schmerz und spürte meine Beine nicht mehr. Loretta und Sporti hatten Mühe, mich auf den Beinen zu halten.

»Halt's Maul«, schrie ich in mich hinein. »Wir bringen das jetzt zu Ende!«

Loretta und Sporti zerrten mich weiter. Sie hörten ihn nicht.

»Du glaubst doch nicht wirklich, dass du eine Chance hast?« Er klang, als würde er beim Sprechen spucken und der heiße Ball in mir loderte auf. »Ich werfe deine Seele zu den anderen!«, kreischte er.

Ich kämpfte mich aus meinem Inneren und bekam am Rande mit, wie wir die Kreuzung erreichten und weiter geradeaus gingen. Der Morgen graute, bald würden die ersten Hunde ihre Herrchen über die Straßen führen.

»Ich bin noch nicht fertig mit dir«, raunte Bruno. »Noch nicht!« Er war jetzt hysterisch. »Noch nicht«, schrie er.

Bruno schickte ein Beben durch mich, das gegen meine Schädeldecke brandete. Mein Kopf wummerte.

»Paul!«, rief Bruno. Ich hatte keine Ahnung, ob er draußen zu hören war.

»Deine Augen sind bestimmt köstlich. Du wirst mir sicher viel Kraft geben.« Er kicherte und schrie: »Paul!«

Der sengende Klotz in meiner Brust heizte sich weiter auf, das Gefühl über einer Gasflamme zu kochen und nicht wegzukönnen, war kaum auszuhalten.

»Weißt du, mein Lieber«, summte Bruno, »wenn du mich rauslässt, dann darfst du weiterleben, nicht so wie eure Eltern. Das hat Paul für mich gemacht.«

»... sind alle meine Kleider, blau, blau ...« Ich ließ mich nicht ablenken. Bruno kämpfte mit allen Mitteln, wer wusste schon, ob er die Wahrheit sagte.

Wir blieben stehen.

»Paul, bring sie um!«, kreischte er so laut, dass sich seine Stimme überschlug.« Ich kämpfte mich aus meinem Inneren.

Die Dämmerung erhellte den Morgen. Wir standen vor der Bäckerei nahe dem Siegesplatz, das Schaufenster war beleuchtet, die Auslage leer und ausgefegt. Daneben stand Paul. Von seinen Füßen führten blutige Schuhabdrücke zurück in die

Siedlung. Ich holperte im Gebet, sofort loderte Schmerz hinter meiner Brust auf.

Sein weißes Shirt war rot verschmiert. Tropfen lösten sich aus dem Stoff. Er sah aus wie durch ein Blutbad gezogen. Die Haare pappten an der Stirn, wie die Zacken eines Sägeblatts. Seine Augen waren mandelförmig und glühten hellgelb. Sein Mund klarte zu einem kreideweißen Lächeln auf. Von seinen Armen rann Blut zu den Fingerspitzen, die sich um den schwarzen Revolver krümmten. In der Linken baumelten Golfbälle an pastellroten Schnüren. Es waren Augen.

»Huch«, machte Bruno in mir und kicherte. »Das werden doch nicht die eurer Eltern sein.« Ich knetete das Messer in meiner Hand. »Los! Bring ihn um, bring ihn um!«

Paul richtete den Revolver auf mich. Loretta stellte sich zwischen mich und den Lauf. Sporti klopfte mir auf den Rücken. Er sah mich entschuldigend an und richtete mich vorsichtig auf, bis ich mich allein halten konnte. Anschließend reihte er sich neben Loretta ein und verbreiterte so die Mauer vor mir.

»Erschieß ihn!«, geiferte Bruno.

Paul schwenkte die Trommel aus seinem Revolver und prüfte die Ladung.

Mir kam das Messer in den Sinn. Ich reichte es vor, berührte damit Lorettas Hand. Sie griff zu, hielt es aber weiterhin hinter dem Rücken.

Paul wollte mich, also humpelte ich zur Seite, an der Mauer meiner Freunde vorbei. Er richtete den Revolver auf mich und zog den Hahn zurück, dabei senkte er den Lauf Richtung Straßenbelag.

Sporti sprang vor, Loretta ihm nach. Paul gelang es, einen Schuss auf mich abzufeuern, ehe sie ihn zu Boden rangen.

Ich spürte, wie das Projektil zwei meiner mittleren Zehen vom linken Fuß abtrennte. Die Schmerzen gingen in dem

Brennen auf, das der Märlep in mir anrichtete. Ich knallte auf die Knie, aber ich sang weiter. »Rot, rot, rot sind alle …«

Bruno tobte. Das Schaufenster explodierte. Glas regnete auf uns herab. Paul feuerte noch einen Schuss ab. Ich kämpfte mich an die Oberfläche zurück und erkannte, dass Sporti und Loretta auf Paul lagen und mit ihm um den Revolver rangen.

Sporti drückte den Lauf in Pauls Händen seitlich zu Boden. Paul verpasste ihm mit der Faust eine auf den Kehlkopf und Sporti taumelte zurück.

Paul schwang die Waffe hoch, zielte auf Sporti und Loretta rammte Paul das Messer in den Bauch. Paul ließ den Abzug los und eine Kugel flog senkrecht nach oben in den Himmel, bevor er mit dem Griff nach Lorettas Gesicht schlug. Sie kippte auf seine Beine, das Messer landete neben ihr.

Sporti hämmerte Paul mit dem Ellenbogen auf die Nase, bis Blut spritzte, aber Paul versetzte ihm einen solchen Kinnhaken, dass er rückwärts stolperte und auf den Hintern krachte.

In Windeseile hatte Paul sich aufgerichtet. Blut strömte aus seiner Bauchwunde, doch darum scherte er sich nicht. Er holte aus und rammte Loretta, die sich gerade wieder aufrappelte, die Faust auf die Nase, während er gleichzeitig auf mich zielte. Das Bündel Augen klatschte Loretta auf den Rücken und sie kippte neben ihm um. Ich starrte in die Revolvermündung. Bruno kicherte und lachte. »Du wirst sterben. Tot, tot, tot sind alle deine Freunde. Ha-haaa… «

Pauls Zeigefinger zuckte und in nächsten Moment wich alles Leben aus Paul. Seine Augen verloren den gelben Glanz und wurden grau. Sein Körper sackte zusammen und blieb vornübergebeugt sitzen. Der Revolver entglitt seinen Händen.

Er saß da wie ein Golem, der auf seine Befehle wartet. Hinter ihm hockte Loretta, die das Messer wieder aus seinem Nacken zog. Paul kippte zur Seite. Seine Hand öffnete sich und die Augen rollten über das Pflaster.

»Nein!«, plärrte Bruno.

Ich betete weiter und hatte das erste Mal den Eindruck, dass wir eine Chance hatten.

Loretta kam zu mir. An der Wurzel ihrer gebrochenen Nase ragte der Knochen aus der Haut. Sie atmete durch den Mund. Die rechte Gesichtshälfte war geschwollen.

Sie reichte mir die Hand und half mir auf. Sporti hob den Revolver auf, guckte in die Trommel und schmiss ihn vor Pauls Füße. Seine Druckknöpfe hatten ihren Dienst versagt. Die Hosenbeine schlingerten lose von der Hüfte. Er kam zu uns und hakte sich bei mir unter.

Wir gingen die letzten Meter. Die Morgenluft war angenehm kühl. Meine abgetrennten Zehen rutschten unter den Fußballen. Ich sah die Mundbewegungen meiner Freunde, ohne sie zu hören. Bruno in mir kochte vor Wut, schrie und plärrte, doch solange ich die Worte sang, war er machtlos.

Loretta und Sporti lehnten mich gegen den Brunnen. Ich war müde und ausgebrannt, im Gegensatz zu meinem Gefangenen. Ich öffnete die Hand und streckte sie Loretta hin.

»... sind alle meine Kinder ...«, sang ich. Sie sah traurig aus, zögerte, sagte etwas und bog meine Finger schließlich um den glatten Griff des Messers. Es war ein weißer Knochen, die harten Kanten der Schnitzereien bohrten sich in meine Haut.

Dann setzte sie sich neben mich, nahm meine freie Hand und drückte sie. Auf der anderen Seite ließ sich Sporti nieder.

Es war an der Zeit, dass ich meinen Teil beitrug, und ich fühlte mich so gar nicht bereit dazu. Aber wenn ich länger wartete, würde ich ohnmächtig werden, und dann würde Bruno aus mir ausbrechen.

Ich hob das Messer, richtete die Klinge aus und konzentrierte mich auf Lorettas Berührung. Sie war bei mir, dafür war ich dankbar und wütend zugleich. Ich wollte sie nicht verlassen.

Meine Lippen sangen unablässig das Lied.

Ich erinnerte mich an unseren Kuss, streckte meinen Arm aus und stieß mir das Messer in den Bauch.

Es tat weh. Bruno kreischte. Heiser kam es von meinen Lippen: »... weil mein Schatz ein ...«, dann brach mir die Stimme. Loretta drückte meine Hand fester und ich riss die Klinge mit einem Ruck aus mir heraus.

Kühle Schatten stiegen aus dem Lehm und legten sich feucht über mich. Bruno verlor an Kraft. Mir rutschte der Kopf in den Nacken und die letzten Bilder waren einzigartig. Tausende Sternschnuppen schossen zum Firmament. Jede für sich war ein Kerzenschein voller Geschichten. Die Seelen der Kinder, sie waren endlich frei.

In mir fiel Brunos Gefängnis zusammen, die brennende Kugel verschwand und sein Kichern erstarb.

Es war still. Mein Körper war rein und leer.

»Wir haben es geschafft«, sagte ich und die Welt versank im Dunkeln.

29

Die Dunkelheit, die mich umgab, zersprang und im grellen Licht tauchte Loretta auf. Sie schrie und hellblaue Latexhandschuhe packten sie an den Schultern und zogen sie aus meinem Sichtfeld.

Menschen wuselten um mich herum, der alte Bibliothekar musterte mich über den Rand seiner runden Gläser. Er war so dicht bei mir, dass ich seinen Kaffeeatem riechen konnte.

Die Welt verschwand erneut hinter einem schwarzen Vorhang. Ich verlor das Bewusstsein und kam in einem beigen Kasten, der ruckartig schaukelte, wieder zu mir. Eine Leuchtstoffröhre, die hinter Aluminiumgittern eingesperrt war, blendete mich. Ein Herr in weißen Klamotten tauchte auf.

»Wir kümmern uns um dich«, sagte er. Die Umnachtung packte mich und schleifte mich in ihr Reich zurück.

Das Nächste, was ich mitbekam, war, wie die Fahrzeugdecke mit der Lampe über mir verschwand und kurz der Himmel zu sehen war. Sie brachten mich in einen Flur, in dem über mir Neonröhren in einem gleichmäßigen Rhythmus vorbeizischten. Ich schaukelte und bebte, aber nicht so ungehemmt wie zuvor in dem Kasten. Wir passierten Räume und eine Dame im dunkelblauen Kasak redete neben mir mit anderen weißen Kitteln.

»Er ist wach!«, rief einer der Kittel, während sie mich rasch von Raum zu Raum schoben.

»Zieht ihn aus!«

»Beeilung, Beeilung!«

»Bereitet ihn vor!«

»Mein Gott, ich habe hier zwei lose Zehen.«

»Operationssaal sieben!«

»Blutdruck fällt.«

Sie schoben mich mit den Füßen voran in ein gelbgekacheltes Zimmer, was mir Brunos weiße Fratze mit den gelbgefärbten Augen in Erinnerung rief. Aber ich spürte ihn nicht.

»Puls bei vierzig! Weiter fallend!«

»Konstantin, wir operieren dich, alles wird gut. Du schaffst das. Hast du gehört? Du schaffst das«, sagte die Dame im Kasak.

Sie stand am Kopfende meines Bettes. Ihre braunen Haare waren zu einem Zopf geflochten, einzelne spindeldürre Drähte schraubten sich unter der Haube hervor und zeigten chaotisch in alle Richtungen.

»Loretta«, sagte ich. Mir stülpte jemand eine Maske über Mund und Nase. Meine Lider klappten zu und ich driftete in einen traumlosen Schlaf.

Als ich aufwachte, war ich umgeben von surrenden Maschinen. Von irgendwoher drang industrielles Weißlicht. Neben mir tanzte ein hellgrüner Punkt über die Bildschirmfläche und piepte regelmäßig. Am Fußende warteten Pappkästen voller Medikamente auf einem Rollwagen auf ihren Einsatz.

Das sanfte Dröhnen der Apparate beruhigte mich. Ich hatte keine Schmerzen und trieb auf einer Welle aus Gleichgültigkeit dahin. Über mir schwebte ein graues Dreieck, das mit einem Gurt an einer Stange über dem Bett festgeknotet war und an dem ich mich hätte hochziehen können. Eine Schneiderfliege landete darauf und suchte nervös mit ihren langen Beinchen nach Halt. Eines der Hinterbeine wollte nicht so richtig Platz finden – als wäre es zu viel. Sie schob es vor und tastete die Umgebung ab. Dabei behielt sie aufgeregt den Luftraum im Auge. Nach einigen verzweifelten Minuten packte sie ihre Beine zusammen und flog davon.

Mir fielen die Lider zu und glitten wieder auf. Ich war ausgelaugt und wollte weiterschlafen, aber die Frau im dunkelblauen Kasak stand neben mir. Sie hatte einen Herrn im weißen Kittel bei sich. Beide studierten ein Klemmbrett.

»Er ist wach«, sagte der Mann.

»Hallo, Konstantin«, sagte die Frau. »Schön, dass du wach bist. Du bist im Krankenhaus. Ich bin Dr. Franz. Wir haben dich operiert. Du hattest eine Stichwunde am Bauch.« Sie sah auf die Instrumente und den Tropf. Sie drehte ein Zahnrad an dessen Schlauch. »Ich habe die Schmerzmittel runtergesetzt. Falls du dich schwer und müde fühlst, dann wird das in der nächsten Stunde besser. Hast du Schmerzen?«

Ich verneinte mit einer kaum merklichen Kopfbewegung.

»Gut.« Sie drückte mir eine Fernbedienung in die Hand. »Drück den Knopf, wenn du was brauchst oder du richtig zu dir kommst. Es gibt da einige, die mit dir reden möchten.«

Loretta, dachte ich und der Gedanke trieb von mir weg wie Laub auf einem Fluss.

Etwas klackte wie Holz auf Steinfußboden und ich erwachte.

Das Geräusch kam auf mich zu.

»Aufstehen!«, trällerte eine mir bekannte, männliche Stimme. »Ich weiß, dass du wach bist. Das sieht man an deinem Puls.«

Ich klappte widerwillig die Augen auf.

Der Polizist, Peter Humbold, stand vor meinem Bett. Er hatte eine Akte bei sich. Er sah sich um, holte sich einen Stuhl aus der Zimmerecke und stellte ihn neben das Bett. Er legte die Akte darauf, zog die Dienstjacke aus, nahm den Hefter auf und setzte sich.

»Ich bin heute dein erster Besuch?« Ich war mir nicht sicher, ob ich sprechen konnte, also nickte ich. In meinem

Bauch löste das eine Napalmexplosion aus. Der Schmerz erreichte rasch seinen Peak und flachte ebenso flott wieder ab.

Humbold schlug in der Zeit die Akte auf und las. »Alles okay?«, fragte er, als er aufsah.

Um einen weiteren Tsunami aus Schmerzen zu verhindern, versuchte ich es mal mit dem Mund. »Ja«, brachte ich hervor. Mein Hals juckte, was mir einen Hustenanfall bescherte. Ich glaubte, mein Bauch würde von einem von der Decke schaukelnden Kreissägeblatt zerschnitten. Ich hatte mich kaum beruhigt, als Humbold anfing zu reden.

»Ich bin heute nicht der Letzte, der dich sehen möchte. Ein Mitarbeiter vom Jugendamt wartet draußen.«

»Meine Eltern sind tot.« Ich hörte mich kraftlos an, wie ein Verdurstender. Bruno hatte nicht gelogen.

»Woher weißt du das?«

»Paul ... Er hat auch die ...« Ich legte eine Atempause ein und danach noch viele weitere. »... von Loretta und Sporti und Wilfred ...«

»Sporti?«

»Bernhard, das ist sein Name.«

»Wer hat Paul Wollreif erstochen?«

»Er hat sich selbst –«

»Erzähl keinen Unsinn. Niemand sticht sich von hinten ein Messer in den Kopf. «

»Es ging nicht anders.«

»Also, wer war es? Sag mir ja die Wahrheit.«

»Loretta.« Ich fühlte mich wie ein schmutziger Verräter.

»Wie ist das mit deinem Fuß passiert?« Ich sah zum Bettende und hob den Fuß an, ein dicker Gips kam unter der Bettdecke zum Vorschein.

»Paul hat auf mich geschossen.«

»Auf die Füße?«

»Sporti und Loretta haben mich beschützt und ihn angegriffen.«

»Hm-hm, dasselbe sagen deine Freunde.« Er fixierte mich. »Und er hat den Revolver dann wieder auf dich gerichtet und wollte dich erschießen?«

Ich brummte, sagte aber nichts.

»Warum wollte er dich erschießen?«

Die Unterhaltung kostete mich reichlich Kraft. »Paul mochte uns noch nie.«

»Aha. Was ist mit deinem Freund Wilfred Dubois und seinen Eltern passiert?«

»Dasselbe.«

»Wie dasselbe?«

»Paul …« Ich brach ab.

»Und was ist mit Alfred Grinizki? Wir haben keine Leiche einer Frau im Wald gefunden.«

»Ich weiß es nicht.«

»Und die Stichwunde in deinem Bauch? Wie ist das passiert?«

»Paul hat mich angegriffen.«

Er schien zu überlegen, ob er mir glauben sollte, dann zückte er einen Stift, klickte die Rückseite und schrieb. Anschließend schob er die Papiere zusammen. »Gut, wir sind hier vorerst fertig.«

»Wo sind meine Freunde?« Meine Stimmbänder juckten, die pikenden Nadeln breiteten sich aus, aber ich unterdrückte den Hustenreiz.

»Ich danke dir.« Seine zwar freundliche, aber ernste Miene verschob sich ins Mitleidige. »Deine Verluste tun mir schrecklich leid. Du brauchst dich nicht zu sorgen, weder du noch deine Freunde stehen unter Verdacht. Du hast Glück, dass die Ärzte dich zurückholen konnten. Du warst geschlagene fünf Minuten tot. Mach was draus.« Er warf sich beim Reden die Jacke über, und bevor ich etwas sagen konnte, war er draußen.

Ich schluckte an dem Kratzen vorbei und atmete kontrolliert, als Loretta in einem Krankenkleid und in pinken Hausschuhen durch die Tür kam. Ihre Nase war geschient und auf der Wange klebte ein Pflaster. Sporti kam hinterher, er hatte eine Halskrause um und trug das gleiche weiße Gewand mit unzähligen türkisen Punkten.

»Ist es vorbei?«, fragte ich und Loretta nickte.

»Ja. Ja, das ist es«, sagte sie und lächelte.

Begonnen: 26.08.2021
Beendet: 29.09.2021

Nachwort

Ich hoffe, Sie hatten mindestens genauso viel Spaß beim Lesen wie ich beim Schreiben. Danke, dass Sie meine Geschichte gelesen haben. Wenn Sie Lust haben, mir zu schreiben, dann nutzen Sie gerne folgende E-Mail-Adresse: Christian@ChristianKaessmayer.de. Ich freue mich auf Ihre Nachricht und antworte, so schnell ich kann – natürlich wird jede E-Mail von mir persönlich beantwortet.

Auf Instagram heiße ich: ChristianKaessmayer und eine Website habe ich auch: www.ChristianKaessmayer.de und wenn Sie meine nächste Veröffentlichung nicht verpassen möchten, dann einfach den QR-Code mit dem Handy scannen und in den Newsletter eintragen – und kostenlose Kurzgeschichten erhalten.

Danke und liebe Grüße
Christian Kässmayer

Printed in Germany
by Amazon Distribution
GmbH, Leipzig

27157190R00208